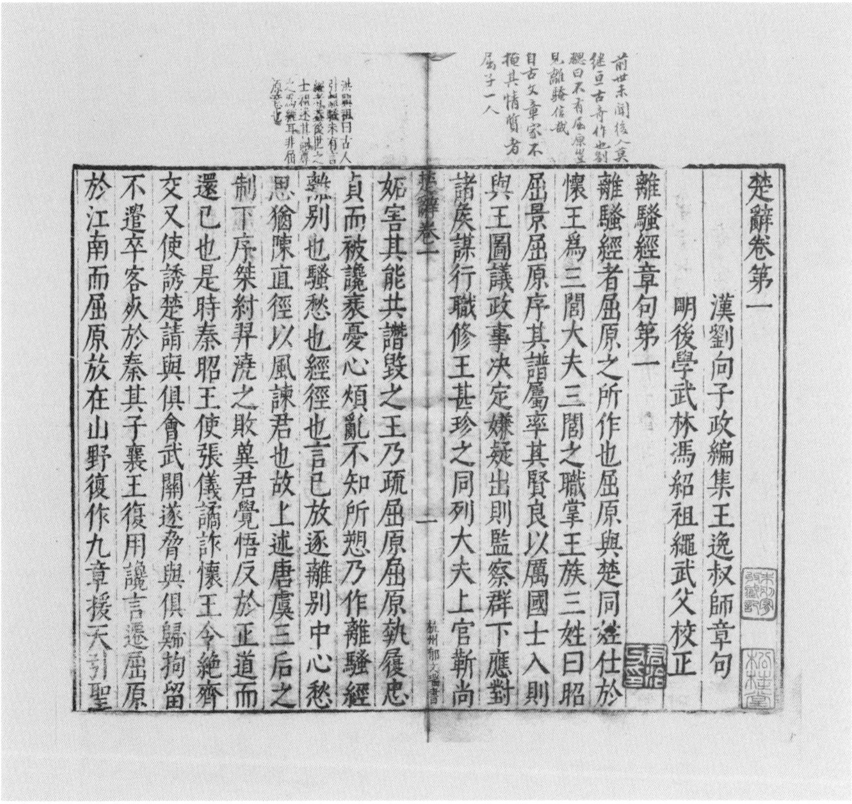
前世未聞後人莫繼亘古奇作也劉勰曰不有屈原豈見離騷信哉自古文章家不掩其情質者屈子一人

洪興祖曰古人引離騷未有言經者蓋後世之士祖述其詞尊之爲經耳非屈原意也

楚辭卷第一

漢劉向子政編集王逸叔師章句

明後學武林馮紹祖繩武父校正

離騷經章句第一

離騷經者屈原之所作也屈原與楚同姓仕於懷王爲三閭大夫三閭之職掌王族三姓曰昭屈景屈原序其譜屬率其賢良以厲國士入則與王圖議政事決定嫌疑出則監察群下應對諸侯謀行職修王甚珍之同列大夫上官靳尚妬害其能共譖毀之王乃疏屈原屈原執履忠貞而被讒袠憂心煩亂不知所愬乃作離騷經離別也騷愁也經徑也言已放逐離別中心愁思猶陳直徑以風諫君也故上述唐虞三后之制下序桀紂羿澆之敗冀君覺悟反於正道而還已也是時秦昭王使張儀譎詐懷王令絕齊交又使誘楚請與俱會武關遂脅與俱歸拘留不遣卒客死於秦其子襄王復用讒言遷屈原於江南而屈原放在山野復作九章援天引聖

楚辭卷一　一　杭州郁文瑞書

明萬曆間馮紹祖校刊本《楚辭章句》

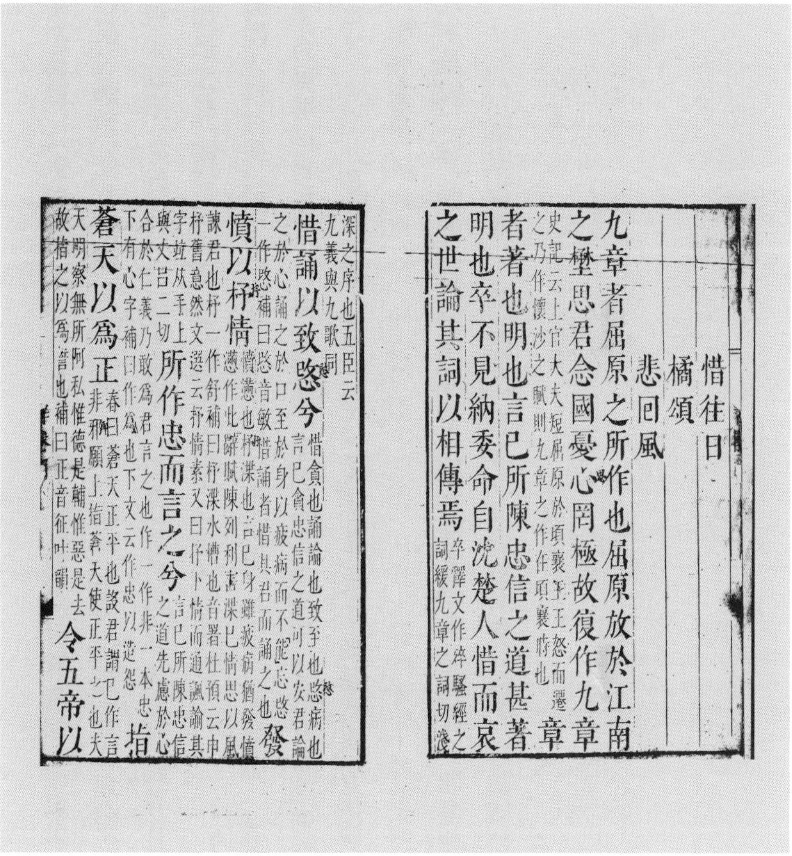
惜往日
橘頌
悲回風
九章者屈原之所作也屈原放於江南之壄思君念國憂心罔極故復作九章史記云上官大夫短屈原於頃襄王王怒而遷之乃作懷沙之賦則九章之作在頃襄時也章者著也明也言已所陳忠信之道甚著明也卒不見納委命自沈楚人惜而哀之世論其詞以相傳焉卒䢴文作猝騷經之詞緩九章之詞切淺深之序也五臣云九義與九歌同

惜誦以致愍兮惜貪也誦論也致至也愍病也言已貪忠信之道可以安君論之於心誦之於口至於身以疲病而不能忘愍一作愍補曰愍音敏惜誦者惜其君而誦之也發憤以杼情憤懣也杼渫也言已身雖疲病猶發憤懣作此辭賦陳列利害渫已情思以風諫君也杼一作舒補曰杼渫水槽也音署杜預云申杼舊意然文選云杼情素又曰杼下情而通諷諭其字並从手上與文呂二切所作忠而言之兮言已所陳忠信之道先慮於心合於仁義乃敢爲君言之也作一作非一本忠下有心字補曰作爲也下文云作忠以造怨指蒼天以爲正春曰蒼天正平也設君謂巳作言非邪願上指蒼天使正平之也夫天明察無所阿私惟德是輔惟惡是去故指之以爲誓也補曰正音征叶韻令五帝以

明末清初汲古閣毛表校刻本《楚辭補注》

會。故全書雖不名一家，而處處是對學術遺産的繼承；但此編又係新著，亦處處滲透着一己之見。此外，並力求以個人生平所形成的屈學體系，經緯全書。

書中離騷、九歌二篇，由我親自起草以示例。其餘天問、招隱、惜誓、哀時命、九思，由李大明同志執筆；九章、卜居、漁父、九辯、九歎，由李誠同志執筆；招魂、遠遊、大招、七諫、九懷，由熊良智同志執筆。對上述初稿，我皆精心修改，有小改也有大改，求合己意而後止。但由於時間匆促，考慮難周，未必皆已是而人非。

本集所用底本，爲金陵書局翻印汲古閣本洪興祖楚辭補注，并參校四部叢刊影印明覆宋本。凡有異文異字，均擇要出校并擇善而從。

刻意「求真」，是我們的要求；但能否「近真」，則未敢自信。謬誤之處，望學術界不吝賜教。

湯炳正　一九九四年九月一日寫於淵研樓，時年八十有四

目録

離騷

【解題】

離騷之作，是在楚懷王十六年（公元前三一三年）屈原遭讒被疏之後。「離騷」之義，班固離騷贊序以爲「離，猶遭也。騷，憂也。明己遭憂作辭也。」此解與屈賦之「離憂」、「離尤」、「離蠥」等造詞習慣相合。據世傳史記索隱單行本，屈傳「離騷」作「離慅」。日本所傳古本史記亦多作「離慅」。按「離」古與「罹」通，訓「遭」；又詩月出釋文：「慅，憂也。」故「離騷」實即遭逢憂患之意。

離騷記録了屈原在楚懷王時從事變法革新所進行的鬥爭，以及遭讒被疏後在思想感情上的矛盾衝突。屈原在惜誦中追敍這一事件時，有這樣一段話：

矰弋機而在上兮，罻羅張而在下，
設張辟以娱君兮，願側身而無所。
欲儃佪以干傺兮，恐重患而離尤，
欲高飛而遠集兮，君罔謂汝何之。
欲横奔而失路兮，堅志而不忍，

背膺牉以交痛兮，心鬱結而紆軫。

這裏以三個「欲」字爲起點的詩句，高度地概括了詩人當時對進與退、守與變、去與留的心理衝突。而離騷這一瑰麗詩篇，正以這三者爲抒情的主旋律，展示了詩人反抗黑暗、追求光明、同情人民、熱愛祖國的偉大人格，並形成了詩篇的起伏突兀而又和諧完美的藝術結構和藝術風格，成爲中國文學史上的千古絶唱。

帝高陽之苗裔兮，朕皇考曰伯庸〔一〕。攝提貞于孟陬兮，惟庚寅吾以降〔二〕。皇覽揆余于初度兮，肇錫余以嘉名〔三〕。名余曰正則兮，字余曰靈均〔四〕。紛吾既有此内美兮，又重之以脩能〔五〕。扈江離與辟芷兮，紉秋蘭以爲佩〔六〕。汩余若將不及兮，恐年歲之不吾與〔七〕。朝搴阰之木蘭兮，夕攬洲之宿莽〔八〕。日月忽其不淹兮，春與秋其代序〔九〕。惟草木之零落兮，恐美人之遲暮〔一〇〕。不撫壯而棄穢兮，何不改乎此度也〔一一〕。乘騏驥以馳騁兮，來吾道夫先路〔一二〕。昔三后之純粹兮，固衆芳之所在〔一三〕。雜申椒與菌桂兮，豈維紉夫蕙茝〔一四〕。彼堯舜之耿介兮，既遵道而得路〔一五〕。何桀紂之猖披兮，夫唯捷徑以窘步〔一六〕。惟黨人之偷樂兮，路幽昧以險隘〔一七〕。豈余身之憚殃兮，恐皇輿之敗績〔一八〕。忽奔走以先後兮，及前王之踵武〔一九〕。荃不察余之中情兮，反信讒而齌怒〔二〇〕。余固知謇謇之爲患兮，忍而不能舍也〔二一〕。指九天以爲正兮，夫惟靈修之故也〔三〕。

〔一〕高陽：古顓頊帝之稱號。　苗裔：後世子孫。史記楚世家：「楚之先出自帝顓頊高陽。」王逸楚辭章句（以下省稱「王逸注」）：「武王求尊爵於周，周不與，遂僭號稱王，始都於郢。是時生子瑕，受屈爲卿（章句、補注各本誤作「客卿」，此據張守節史記正義引王逸注校改），因以爲氏。」此屈氏所由來。　朕：我。蔡邕獨斷：「古者尊卑共之，貴賤不嫌」，「至秦，天子獨以爲稱」。　皇考：古稱遠祖亦曰皇考。　伯庸：屈原遠祖名。據近來學者考證，即世本所載熊渠的長子庸。封句亶王。

〔二〕攝提：歲星（木星）名，見石氏星經及史記天官書等。　貞：當。　孟：始。　陬：夏曆正月。正月爲春季之始，故曰「孟陬」。建國前長沙子彈庫出土之戰國楚帛書，以夏曆爲月序，記正月曰「取」（「陬」之同音字），知楚用夏曆紀月。「攝提貞於孟陬」，是説歲星正當孟春正月晨出東方。據推算，楚宣王二十八年，即公元前三四二年正月，歲星晨出東方，此屈原之生年月。　庚寅：紀日之干支。　降：降生。據推算，公元前三四二年正月二十六日是庚寅日，此屈原之生日。

〔三〕皇：前人多謂「皇」乃上文「皇考」之省稱。但「皇考」省稱爲「考」，古多有之；而省稱爲「皇」則罕見。方言六云：「南楚瀑洭之間母謂之媓」，廣雅釋親亦云：「媓，母也。」則「皇」或即「媓」（大戴禮帝繫：堯娶「女皇」，廣韻引作「女媓」）。　生子命名，在中夏爲父事，在楚或母主之，殆爲母系社會之殘痕。　初度：即指上文所言，屈原生於歲星「恒星周期」的第一年，「會合周期」的第一月，歲星躔度，年月皆居第一，故曰「初度」。言生日之不平凡。一本「初度」上無「于」字，非。　錫：賜。　嘉名：初生之乳名。説文乙部：「孔，通也，从乙从子，乙，請子之候鳥也。乙至而得子，嘉美之也，古人名嘉，字子孔。」乙部又云：「乳，人及鳥生子曰乳，獸曰産，从孚从乙，乙者，玄鳥也。明堂月令：玄鳥至之日，祠于高禖以請子。故乳从乙。」是「孔」、「乳」、「嘉」乃一義之孳演。天問「玄鳥致貽，女何嘉？」「嘉」亦即指生子而言。

〔四〕正則：屈原不僅生于一年之首的正月，而且是難得的歲星「恒星周期」的第一年、「會合周期」的第一個月的夏曆正月，故名之曰「正則」。　儀禮士冠禮云：「以歲之正，以月之令」，鄭注：「正，猶善也。」是「正則」者，有以善爲法之意。　靈均：「靈」與「令」古通，古善之義。儀禮士冠禮「令月吉日」，鄭玄注：「令，吉皆善也。」據金文「庚寅」古代多視爲吉日，屈原的生年、月、日均吉善，故又字曰「靈均」。

〔五〕紛：盛多貌。　内美：天然的内在美質。「此内美」的「此」字，乃承上文而來，即指生年月日皆極吉善。「紛吾既有此内美」的「紛」是副詞提在主語之前，而不放在動詞之前的倒置用法。屈賦此例甚多，見後。　重：加。　脩能：當作「脩態」。朱熹楚辭集注引一本「能」作「態」。按離騷言「脩」凡數見，有時作名詞用，如「前脩」，有時作形容詞用，如「脩名」，有時作動詞用，如「余獨好脩以爲常」之「好脩」，前後凡四見。此處「脩態」之「脩」當作動詞。説文云：「脩，飾也。」作爲比喻講，「脩態」指脩飾容態，即起下文之「扈江離」、「紉秋蘭」等。而作爲本義，則「脩態」指後天對道德的脩養（説文心部云：「態，意也。」）緊承上文天然「内美」而來。

〔六〕扈：王逸注：「扈，被（披）也，楚人名被爲扈。」則「被」乃通語，楚方言轉爲「扈」。「被」聲轉爲從「户」得聲之「扈」，此猶方言四所謂「帍裱謂之被巾」。 離：文選作「蘺」，香草名，生水邊，故曰「江離」。 芷：香草名。原本玉篇广部引此作「廦芷」，當爲「廦芷」之誤。廦指崖岸隱僻之處。芷生幽僻處，故曰「辟芷」。 紉：廣雅釋詁：「紉，索也。」與王逸注同。索爲繩索，此處作動詞用，謂以繩索結束蘭花以爲佩。九歎怨思王逸訓「紉帛」之紉爲「結束也」，是其例。或誤紉爲紐，非。

〔七〕汩：方言六：汩，「疾行也，南楚之外曰汩。」王逸注：「疾若水流也」，是其義。 不吾與：不待我。論語陽貨：「日月逝矣，歲不我與。」

〔八〕搴：拔取。方言一：「攓，取也。南楚曰攓。」説文手部：「𢶒，拔取也，南楚語」，並引離騷本句。「搴」、「攓」、「𢶒」音義同。 阰：山。 木蘭：香木名，王逸謂「木蘭去皮不死」。 攬：采。 洲：章句本作「中洲」，與上句不相應，「中」字疑衍。洲，水中小塊陸地。 宿莽：卷施草。爾雅釋草謂此草「拔心不死」，王逸謂此草「冬生不死，楚人名曰宿莽」。屈原以朝夕采擷草木，喻己勤於脩德。

〔九〕忽：疾貌。 淹：停留。 春秋：代四季。 代序：即代謝。孟子云：「序者，射也。」

「序」「射」即以同音爲訓。故此處借「序」爲「謝」。

〔一〇〕惟：思。 零落：凋落。 美人：屈原自喻。 遲暮：晚暮，喻年老。

〔一一〕文選無「不」字，依王逸注「言願令君甫及年德盛壯之時」云云，則離騷古本亦無「不」字。 撫壯：任用年德盛壯之士。 棄穢：廢棄讒佞穢惡之人。 此度：指國之舊有法度。

〔一二〕騏驥：駿馬，喻君王威勢，多爲戰國時政治家所用。韓非子外儲説右上兩言「勢者，君之馬」，是其證。 騁：説文馬部：「騁，直馳也。」 來：助動詞。 道：文選作「導」，同引導之義。「來吾道夫先路」，乃屈賦特殊句式，以通常結構而言，爲「吾來道夫先路」，「來道」連讀。與下「來遠棄而改求」句式相同。

〔一三〕三后：指楚莊王、楚康王、楚悼王，同是楚國有革新之功的先王。 純粹：純正無私，指三后之德。 衆芳：芳，香草，喻賢才； 即下文「申椒」、「菌桂」、「蕙」、「茝」之屬。據史載，楚莊王聽政，所進賢才數百人（史記楚世家），楚康王能容人（左傳襄公十五年）；楚悼王用吴起，明法審令，以撫養戰鬥之士（史記孫子吴起列傳）：此三后用賢之證。

〔一四〕雜：集。 申：香木。即涉江「露申辛夷，死林薄兮」之「露申」。 椒：香木。 菌桂：香木。菌本作箘，從竹。山海經海内經郭璞注：「衡山有菌桂，桂員似竹，見本草。」 維：通「唯」。 紉：以繩結束。 蕙、茝：皆香草。

〔一五〕堯、舜：皆古聖君。 耿介：光明正大。 遵：循。

〔一六〕桀、紂：夏、殷失國之君。　猖披：亦作「昌披」，釋文「昌」又作「倡」，並同音通用。王逸注：「昌被，衣不帶之貌。」錢杲之謂「行不正貌」。易林觀之大壯：「心志無良，昌披妄行。」是「昌披」指妄行而無約束。北魏孝文帝吊比干墓文云「咨堯舜之耿介兮，何桀紂之猖敗」，「敗」亦即「被」「披」之同音通用字。　捷徑：斜出之小道。　窘步：舉步艱難。

〔一七〕黨人：結黨之羣小。　偷樂：貪圖享樂，苟且偷安。　幽昧：不明。　險隘：危險狹阨。韓非子六反云「偷樂而後窮」，是說「偷樂」會導致國家走向窮途，與此義同。

〔一八〕憚：害怕。　殃：禍患。　皇輿：王逸注：「皇，君也。輿，君之所乘，以喻國也。」韓非子外儲説右上：「國者，君之輿也；勢者，君之馬也。」　敗績：戴震屈原賦注引禮記檀弓謂「車覆曰敗績」，喻國之傾覆。

〔一九〕忽：疾貌。　以：而。　先後：作動詞用，謂輔導於前後也。　及：追及。　前王：即前所云「三后」。　踵武：足跡，此指莊王、康王、悼王革新之政績。

〔二〇〕荃：香草，喻懷王。　中情：猶言内心，屈賦常用語。一作「忠情」，非。　齌怒：王逸注：「齌，疾也」，説文火部：「齌，炊餔疾也。」而文選各本作「齊怒」，楚辭釋文亦作「齊」，並云「或作齌」。按爾雅釋詁云「齊，疾也」，是王注訓「疾」，乃「齌」之引伸義，而作「齊」作「齌」皆「齌」之同音假借字。五臣訓「齊」爲「同」，誤。「齌怒」，殆謂不加思索而遷怒。屈賦數言懷王易怒，本篇而外又如九章抽思云「數惟蓀之多怒兮，傷余心之懮懮」、「與余言而不信兮，蓋爲余而造怒」。

〔一一〕謇謇：當爲「乾乾」之同音通用字。易乾：「君子終日乾乾，反復道也」，「終日乾乾，與時偕行」。則「乾乾」當爲自强不息之意。故呂覽士容：「乾乾乎取舍不悦」，高注：「乾乾，進不倦也。」此指上文「奔走」、「先後」輔佐懷王進行改革。但此正爲羣小所忌，故云「爲患」。　舍：放棄。

〔一二〕九天：古人謂天有九重，以示其高。即天問所謂「圜則九重」也。　正：通「證」，驗也。　靈修：章太炎先生訄書官統中謂「靈修」實即「令長」，故屈原用稱其君。此蓋「南國之法章」，莊忌哀時命稱「靈皇」，劉向九歎離世又稱「靈懷」，則直謂懷王也。

以上第一段，綜述生平經歷、思想抱負及革新失敗的遭遇。在全篇中堪稱序詩。

初既與余成言兮，後悔遁而有他〔一〕。余既不難夫離別兮，傷靈修之數化〔二〕。余既滋蘭之九畹兮，又樹蕙之百畝〔三〕。畦留夷與揭車兮，雜杜衡與芳芷〔四〕。冀枝葉之峻茂兮，願竢時乎吾將刈〔五〕。雖萎絶其亦何傷兮，哀衆芳之蕪穢〔六〕。衆皆競進以貪婪兮，憑不厭乎求索〔七〕。羌内恕己以量人兮，各興心而嫉妬〔八〕。忽馳騖以追逐兮，非余心之所急〔九〕。老冉冉其將至兮，恐脩名之不立〔一〇〕。朝飲木蘭之墜露兮，夕餐秋菊之落英〔一一〕。苟余情其信姱以練要兮，長顑頷亦何傷〔一二〕。擥木根以結茝兮，貫薜荔之落蘂〔一三〕。矯菌桂以紉蕙兮，索胡繩之纚纚〔一四〕。謇吾法夫前修兮，非世俗之所服〔一五〕。雖不周於今之人兮，願依彭咸之遺則〔一六〕。長太息以掩涕兮，哀民生之多艱〔一七〕。余雖好修姱以鞿羈兮，謇朝誶而夕替〔一八〕。既替余以蕙纕兮，又申之以攬茝〔一九〕。亦余心之所善兮，雖九死其猶未悔〔二〇〕。怨靈修之浩蕩兮，終不察夫民心〔二一〕。衆女嫉余之蛾眉兮，謠諑謂余以善淫〔二二〕。固時俗之工巧兮，偭規矩而改錯〔二三〕。背繩墨以追曲兮，競周容以爲度〔二四〕。忳鬱邑余侘傺兮，吾獨窮困乎此時也〔二五〕。寧溘死以流亡兮，余不忍爲此態也〔二六〕。鷙鳥之不羣兮，自前世而固然〔二七〕。何方圜之能周兮，夫孰異道而相安〔二八〕。屈心而抑志兮，忍尤而攘詬〔二九〕。伏清白以死直兮，固前聖之所厚〔三〇〕。悔相道之不察兮，延佇乎吾將反〔三一〕。回朕車以復路兮，及行迷之未遠〔三二〕。步余馬於蘭皋兮，馳椒丘且焉止息〔三三〕。進不入以離尤兮，退將復修吾初服〔三四〕。製芰荷以爲衣兮，集芙蓉以爲裳〔三五〕。不吾知其亦已兮，苟余情其信芳〔三六〕。高余冠之岌岌兮，長余佩之陸離〔三七〕。芳與澤其雜糅兮，惟昭質其猶未虧〔三八〕。忽反顧以遊目兮，將往觀乎四荒〔三九〕。佩繽紛其繁飾兮，芳菲菲其彌章〔四〇〕。民生各有所樂兮，余獨好脩以爲常。雖體解吾猶未變兮，豈余心之可懲〔四一〕。

〔一〕此句上一本有「曰黃昏以爲期兮，羌中道而改路」句，但唐寫本及日本古抄卷子本文選，以及今傳李善、六臣文選各本皆無此二句。王逸本楚辭有之，但無注文。洪興祖謂係後人所增，是也。此蓋後人或引抽思文句以證「成言」、「後悔」之意，遂被誤入正文。　成言：定言，約定之言。九章抽思亦云「昔君與我成言」。左傳襄公二十七年兩言「成言」，皆與此同義。　悔：翻悔。　遁：説文辵部：「遷也。」「悔遁」謂悔改前言。　有他：另有他約。

〔二〕離別：指被疏之後，離朝廷、別懷王。　數化：指多變。謂懷王在内政外交政策上變化無常。此即管子任法所謂「失君」「立法而還（旋）廢之，令出而後反之」，韓非子亡徵所謂「好惡無決而無所定立者，可亡也」，屈原在此殆非專指對己始信而終疏，而與當時「人皆言楚之善變」（史記樗里子甘茂列傳）有關。

〔三〕滋：楚辭釋文作「⿱艹哉」，廣韻咍：「⿱艹哉，⿱艹哉蒔。」與王逸注「滋，蒔也」義合，故疑離騷王逸本原作「⿱艹哉」。「⿱艹哉」，「栽」之異體。　畹、畝：王逸注云「十二畝曰畹」、「二百四十步爲畝」，但先秦各國田制各異，楚制如何，不可知。九畹、百畝，皆非實數，而各言其多也。

〔四〕畦：五十畝爲畦。此作動詞用，種植之意。　留夷、揭車：皆香草名。　雜：此指相雜而種。　杜衡、芷：皆香草名。　據王逸離騷序，屈原爲三閭大夫，掌管楚國公族子弟的教育。以上四句，以種植香草喻培育人才。

〔五〕峻：文選作「葰」，「葰茂」即茂盛。　竢：同俟，等待。　刈：收穫。　喻人材成長，各效其用。

〔六〕萎絶：被摧折而枯萎。　蕪穢：荒蕪穢朽。此以香草荒蕪喻賢才變質。下文「蘭芷變而不芳」云云，與此呼應；惜誦所謂「衆駭遽以離心」，亦指此。

〔七〕競進：爭相謀取官位。　貪婪：貪斂財利。　戰國策楚策三蘇子謂懷王時「大臣父兄好傷賢以爲資，厚賦斂諸臣百姓」，蓋「競進」必「傷賢」，「貪婪」必「厚斂」。　憑：朱注錢傳，皆謂「一作馮」。「馮」在此作副詞，形容「不厭乎求索」之狀，若訓爲「滿」，即與全句不合，故王逸不得不强釋爲「中心雖滿」。今按説文：「馮，馬行疾也。」則此句「馮」字當指羣小貪婪求索，爭先恐後，承上文「競進」而來，亦啓下文「馳騖以追逐」。　厭：滿足。　求索：索取。

〔八〕羌：王逸注：「楚人語詞也。猶言卿，何爲也。」按廣雅釋言：「羌，卿也。」蓋「羌」與「卿」古同音，可互借，故或作「羌」，或作「卿」（揚雄反離騷則作「慶」）；其義則訓「何爲」，多用於反詰。故廣雅釋言又謂「羌，乃也」，而「乃」多用作轉折語，與「竟」、「何」同義。　恕：王逸注：「以心揆心爲恕」。　二句意謂黨人以己之心度量他人之心，以爲別人與己同樣貪於財利，於是産生了嫉妬之心。

〔九〕騖：説文馬部：「騖，亂馳也。」

〔一〇〕冉冉：漸漸。　修名：修身建德之美名。

〔一一〕墜露：降落的露水。　落英：飄落的花朵。「墜」與「落」相對成文，猶「飲」與「餐」相對見義。

〔一二〕苟：果真。　信姱：洪興祖云：「言實好也。與『信芳』、『信美』同意。」（九歌王逸注兩言「姱，好貌」，而離騷本句無注，似脱）　練要：練，精練，吕氏春秋簡選「精士練材」，練亦精也。　要：要約。　顑頷：王逸注：「不飽貌。」説文頁部：「顑、顑顲，食不飽；面黄起行也。」「顲，顑顲也。」（依段注所定）「顑顲」即「顑頷」。

〔一三〕擥：文選作「掔」，古與牽引之「牽」通。（如牽羊之作掔羊）　木根：木之根鬚。結：束結。　貫：穿連。「結」「貫」皆謂「掔木根」以結之貫之。　薜荔：香草，緣木而生。蘂：花蕊。

〔一四〕矯：當爲「糾」之借字，猶喬木或作朻木。説文云：「糾，繩三合也。」引申爲交合、糾合之義。此句「矯菌桂」，即指糾合菌桂枝條以爲繩。故下文「紉蕙」之紉，「索胡繩」之索，皆由名詞繩索轉用作動詞，謂糾合桂枝爲繩，連結香草爲佩。屈賦常用「矯」，義不全同。　胡繩：香草。纚纚：糾結連屬貌。

〔一五〕謇：句首語氣詞，猶荀子常用之「安」或「案」，音近字異。楚辭之「謇」「蹇」，或單或聯，用之句首或句中，義各有别。　前修：即前賢，此殆指楚國有志革新的前輩賢臣，如吴起等人。　服：用。

〔一六〕周：合。　彭咸：王逸注：「殷賢大夫，諫其君不聽，自投水而死。」案彭咸身世不可考，屈原在詩中屢言之，并十分推崇，然皆與投水無關，但爲古之大賢無疑。　遺則：遺留的法則。

〔一七〕太息：歎息。　民生：指民衆。　王逸注：「哀念萬民受命而生，遭遇多難以隕其身。」則漢代傳本作「民生」之證。　文選避唐諱改爲「人生」，誤。但五臣注云「哀此萬姓遭輕薄之俗而多屯難」，則所據本仍爲「民生」可知。下文「民心」同。　掩涕：掩面而泣。

〔一八〕好：臧庸拜經日記校爲衍文。　修姱：修潔姱美。　以：猶而。　鞿羈：王逸注：「韁在口曰鞿，革絡頭曰羈。」此以馬自喻約束。此句與前文「余情其信姱以練要」義相近。　誶：諫。　替：廢棄。　艱從艮聲，古韻在諄部。替字説文重文作暜，從兟得聲（陳第誤與兟混爲一字），兟字音讀，以貝部贊字從兟得聲推之，暜（替）字古韻當在寒部。是艱與替爲諄寒二部旁轉，乃古韻之常例。

〔一九〕以：因。　纕：束於腰間用以懸掛佩飾的帶子。　申：重（平聲）、加。　攬茝：採取芳茝以爲佩。　二句王逸説可從：「言君所以廢棄己者，以余佩戴衆香，行以忠正（而被讒）之故也。然猶復重引芳茝以自結束，摯志彌篤也。」此解與下句「九死未悔」緊相呼應。

〔二〇〕九死：極言其處境之艱危。

〔二一〕浩蕩：放恣無據之狀，猶七發之謂「浩唐」。　又九歌河伯「心飛揚兮浩蕩」，王注：「浩蕩，思（各本誤作「志」）放貌。……思念浩蕩而無所據也。」　民心：承上文「民生之多艱」而言。考異：「民一作人」，此殆即洪氏所謂：「李善注本有以世爲時爲代，以民爲人之類，皆避唐諱，當從舊本。」或以爲「民心」即「人心」，乃「屈原自指」，大誤。因唐諱乃改「民」作「人」，不會改「人」作「民」。王逸注「不省察萬民善惡之心」，意雖未當，而漢本作「民」不作「人」可知。

〔二二〕蛾眉：眉如蠶蛾，多指美女，詩碩人：「螓首蛾眉。」此爲屈原自比。　謠：王逸注：「謠，謂毁也。」但「謠」古無「毁」義，故疑本作「謟」，因形近而誤。「謟之言陷也，謂以佞言陷之」（荀子修身楊注）。　諑：方言十：「諑，愬（即「訴」字）也，楚以南謂之諑。」郭注：「諑，譖亦通語也。」（此或本王逸注「諑猶譖也」）　淫：邪亂。

〔二三〕時俗：依王逸注「今世之工，才知强巧」之語，本作「世俗」，因避唐諱而改，當是正。　工巧：「工」亦「巧」，説文工部：「工，巧飾也。」　偭：與滅、蔑、泯、没等字，古因音近通用。故王逸注偭爲「背也」，即背棄規矩而不用之意。九辯用此二句，作「滅規矩而改鑿」。東方朔七諫謬諫用此二句亦作「滅規榘而改錯」，是「滅」與「偭」一聲之轉。　規矩：匠人所以定方圓者，圓曰規，方曰矩，以喻法度。　錯：同「措」，措施。

〔二四〕繩墨：匠人所以正曲直者，亦喻法度。　追曲：隨曲。即枉道而從時。　周容：即「阿容」之意。劉向九歎離世：「羣阿容以晦光兮」，「阿容」亦即「阿諛」。容與諛聲近而轉。　史記封禪書：「鬼臾區」，漢書藝文志作「鬼容區」，即其證。　度：常態。

〔二五〕忳：王逸注：「憂貌。」（章句本作「自念貌」，誤。蓋「憂」上下脱而譌作「自念」二字）九辯「忳惛惛而愁約」，王逸注：「憂心悶瞀自約束也。」重言之作「忳忳」，亦憂愁之義，如九章惜誦「中悶瞀之忳忳」，王逸注：「忳忳，憂貌也。」　鬱邑：一作「鬱悒」，憂愁貌。下文有「曾歔欷余鬱邑」之句，王逸注：「鬱邑，憂也。」按屈賦多於複合形容詞之上，加同義之副詞，構成三字詞組。如下文「紛總總其離合兮，斑陸離其上下」中之「紛總總」、「斑陸離」，是其例。　侘傺：王逸注：「失志貌。」然按九章惜誦「心鬱邑余侘傺兮」王逸注：「楚人謂失志悵然住立爲侘傺也。」無「貌」字，作動詞用，更爲準確全面。

〔二六〕溘死：忽然死去。　流亡：猶見疏而流放。　此態：指上文「偭規矩」「背繩墨」「周容爲度」而言。

〔二七〕鷙鳥：鷹隼之類的猛禽。　不羣：不與凡鳥爲羣。

〔二八〕方圜：圜一本作「圓」，同。　周：合。　二句說方與圓格格不入，哪有不同道而能安然相處之理。

〔二九〕屈心、抑志：即委屈、自制。　尤：此指懷王信讒加給屈原的罪過。　詬：指羣小對屈之誣枉。此句謂含忍罪過以清除羣小的誣枉。　攘：王逸訓爲「除也」，乃古之通訓，可從。因此句上文言「鷙鳥不羣」、「方圜不周」、「異道不能相安」，以及下文「伏清白以死直」，皆有積極鬥爭之意，故此二句不應僅言退讓；　而且「伏清白」實亦攘除誣枉之結果。懷沙云「抑心而自强」，思美人云「媿易初而屈志」，是「抑心」不忘「自强」，「屈志」並非「初」衷。　屈子於此表示雖暫屈抑而仍不忘奮進。

〔三〇〕伏：同「服」，實行。　前聖：前代聖賢，指三后、彭咸之屬。　厚：贊許。

〔三一〕相：説文木部：「省視也。」　道：道路，喻事君之道。　不察：猶不審。　延佇：久立等待。　反：同「返」。

〔三二〕復路：回返舊路。　行迷：猶言誤入歧途。

〔三三〕步：徐行。　蘭皋：長着蘭草的水岸。　椒丘：長着椒木的山丘。　焉：于此。

〔三四〕進：指仕進於朝。　入：納，此指爲君所用。　離尤：遭受罪過。離同「罹」，遭受。　退：謂退而去職。復：文選五臣本、洪興祖楚辭考異引一本，朱熹楚辭集注引一本、文選思玄賦注引離騷，均無此字。有者皆爲後人據王逸注「故將復去」而誤增。但據五臣注所引王注本作「故將退去」，則今作「復」之本，又因「退」之隸書形近而誤。　初服：初始修潔之服。

〔三五〕製：剪裁。　芰：菱角，楚人謂菱角曰芰（見説文艸部「蔆」）。　荷：指荷葉（見説文艸部「荷」）。　芙蓉：開放的荷花（見説文艸部「藺」）。

〔三六〕已：止，罷了。　苟：如果。　信：確實。　二句謂如果我的内心確實美好，即使無人知我也罷了。這是將假設屬句置於主句之後的特殊用法。

〔三七〕高：用作動詞，猶增高。　岌岌：高貌。　長：亦用作動詞，猶引長。　陸離：此詞屈賦屢見，皆兼有「長」、「美」二義，此形容玉佩長垂而有文彩。二句與涉江「冠切雲」、「帶長鋏」，皆爲楚民族服裝之共同特徵，並非如王逸所謂「整其服飾以異於衆」，而實屬屈子民族意識的自然流露。可參見説苑善説。

〔三八〕芳：芳香。澤：潤澤。糅：猶雜也。芳澤雜糅，喻指美德。此外，九章思美人云「芳與澤其雜糅兮，羌芳華自中出」，惜往日云「芳與澤其雜糅兮，孰申旦而別之」，亦芳澤連用，並稱褒美。漢初陸賈新語術事亦云「有劍而無砥礪之功，有女而無芳澤之飾」，因賈爲楚人，故亦承楚語。淮南子修務三言「芳澤」，皆連文無別，以芳澤爲脂粉芬芳之物。此或劉安離騷傳之遺説。後世或以「澤」爲「殬」之借字，言芳殬爲美惡異物，殆失屈賦本義。昭質：明潔之質，言美德。虧：損。

〔三九〕反顧：回顧。遊目：四處觀望。四荒：指楚國四邊偏遠之地。

〔四〇〕繽紛：盛多貌。芳菲菲：香氣勃鬱。彌：愈。章：同「彰」，明顯。

〔四一〕體解：即肢解，古代一種分解肢體的酷刑。懲：古代訓「創」或「恐」，實則因創而恐，始謂之「懲」，一般與「恐」義有別。屈賦「身首離兮心不懲」、「懲於羹而吹虀」，皆與此同義。

以上爲第二段，感情起伏變化，而始終徘徊於進退之間。時而積極進取，時而消極退却，而修德之志，進退如一。它構成了離騷在抒情旋律上的第一個中心。其結論是進既不遇，退而修德：「進不入以離尤兮，退將（復）修吾初服。」惜誦所謂「欲儃佪以干傺兮，恐重患而離尤」，正是這一思想矛盾的集中體現。

女嬃之嬋媛兮，申申其詈余〔一〕。曰：「鮌婞直以亡身兮，終然殀乎羽之野〔二〕。

汝何博謇而好修兮，紛獨有此姱節〔三〕？薋菉葹以盈室兮，判獨離而不服〔四〕？衆不可户説兮，孰云察余之中情〔五〕？世並舉而好朋兮，夫何煢獨而不予聽〔六〕？」依前聖以節中兮，喟憑心而歷兹〔七〕。濟沅湘以南征兮，就重華而陳辭〔八〕：啓九辯與九歌兮，夏康娱以自縱〔九〕。不顧難以圖後兮，五子用失乎家巷〔一〇〕。羿淫遊以佚畋兮，又好射夫封狐〔一一〕。固亂流其鮮終兮，浞又貪夫厥家〔一二〕。澆身被服强圉兮，縱欲而不忍〔一三〕。日康娱而自忘兮，厥首用夫顛隕〔一四〕。夏桀之常違兮，乃遂焉而逢殃〔一五〕。后辛之菹醢兮，殷宗用而不長〔一六〕。湯禹儼而祇敬兮，周論道而莫差〔一七〕。舉賢而授能兮，循繩墨而不頗〔一八〕。皇天無私阿兮，覽民德焉錯輔〔一九〕。夫維聖哲以茂行兮，苟得用此下土〔二〇〕。瞻前而顧後兮，相觀民之計極〔二一〕。夫孰非義而可用兮，孰非善而可服〔二二〕。阽余身而危死兮，覽余初其猶未悔〔二三〕。不量鑿而正枘兮，固前修以菹醢〔二四〕。曾歔欷余鬱邑兮，哀朕時之不當〔二五〕。攬茹蕙以掩涕兮，霑余襟之浪浪〔二六〕。

〔一〕女嬃：即侍妾。周易歸妹六三「歸妹以須」，漢帛書「須」作「嬬」。説文：「嬬，下妻也。」下妻即侍妾。故廣雅釋親云：「妾謂之嬬。」嬬即須，亦即嬃。嬋媛：洪興祖考異引一本作「撣援」。然「嬋媛」、「撣援」，皆即方言一所謂「嘽咺」的同義異文。其文云：「謾台、脅閲，懼也。……宋衛之間凡怒而噎噫謂之脅閲，南楚江湘之間謂之嘽咺。」郭璞注：「噎噫謂憂也。」是楚方語謂憂懼而又怨恨的複雜感情曰「嘽咺」。如九歌「女嬋媛兮爲余太息」謂憂懼，九章「心嬋媛而怨懷兮」謂怨怒。此兼兩者而有之，則下文「詈」字才有着落。「嘽咺」、「撣援」、「嬋媛」乃音同形異之聯綿詞。申申：重復再三。詈：責罵。

〔二〕鮌：夏禹之父、帝堯之臣。婞直：桀驁剛直。當指鮌激烈反對堯讓位於舜，事見韓非子外儲説右上及呂氏春秋行論。亡身：即忘身。「亡」「忘」古多通用。如大戴禮勸學「殆教亡身」，荀子勸學作「忘身」；又尉繚子兵教「指敵忘身」，是「忘身」乃先秦常用語。殀：未盡天年而死。羽之野：羽山之郊野。關於鮌之死，屈賦多歎其失敗，此外九章惜誦稱「行婞直而不豫兮，鮌功用而不就」，天問亦對儒家所謂鮌湮洪水有罪而禹導洪水有功之説持不同看法。詳後天問有關注釋。

〔三〕博謇：「謇」文選五臣本作「蹇」。與上文「朝搴阰之木蘭」的「搴」字通，訓採取。「博搴」即廣採。姱節：朱駿聲離騷補注校爲「姱飾」。姱飾，美好之佩飾。與上文廣採衆芳而好修飾相呼應，與下文「薋菉葹以盈室」二句亦成對比。

〔四〕薋：朱熹集注：「亦作茨。」王逸注引詩「楚楚者薋」，今詩亦作「茨」，是「薋」「茨」古通用。廣雅釋詁三：「茨，聚也。」菉、葹：皆惡草。判：此作副詞用，修飾「離而不服」，與上文「紛獨有此姱節」之「紛」同一用法。如釋爲動詞，則格格不入。此字或作「拌」，如抽思：「拌獨處此異域」，考異「拌」一作「叛」。王逸釋爲「判然」，頗得其義。服：佩用。二句言雖積聚菉葹以盈室，然屈原遠遠抛開獨不佩用。

〔五〕户說：即一家家向衆人訴說。　孰：誰。　余：此爲女嬃代屈原自稱。

〔六〕世：世俗之人。　並舉：王逸釋爲「並相薦舉」，後世多從之。但楚辭「與」「舉」二字多通用。涉江「與前世而皆然兮」，七諫作「舉世皆然兮」，即其例。此當爲「並與」，謂互相勾結，與下文「好朋」對應成文。　煢獨：即孤獨。詩正月：「哀此惸獨」，孟子引作「煢獨」。王逸注引詩與孟子同。重言則曰「煢煢」，九章思美人「獨煢煢而南行」是也。　予：女嬃自稱。

〔七〕節中：猶九章惜誦所謂「令五帝以折中」之「折中」，即斷其是非以合中正之道。揚雄反離騷「將折中乎重華」，即襲此句之義。如此，則西漢傳本或即作「折中」。　喟：喟然，嘆息聲。憑心：憤懣之心。方言二：「憑、斷、苛，怒也，楚曰憑。」　歷：經歷。　二句說我總想根據前聖之言判斷是非，喟然憤懣以至於今，從而引起下文「濟沅湘」、「就重華」。

〔八〕濟：渡。　沅湘：沅水、湘水。　征：行。　重華：帝舜之名（見尚書舜典）。

〔九〕啓：夏啓，禹之子。　九辯、九歌：神話傳說中的天帝之樂，由啓得之於天，用之於郊祭。山海經大荒西經云：「開（即啓，漢人因避景帝劉啓諱而改）上三嬪于天，得九辯與九歌以下此天穆之野，高二千仞，開焉得始歌九招。」郭注引竹書曰：「顓頊産伯鯀，是維若陽，居天穆之陽。」知「天穆之野」乃夏祖先所居之處。又禮記祭法：夏后氏「禘黄帝而郊鯀，祖顓頊而宗禹。」鄭注云：「禘、郊、祖、宗，謂祭祀以配食也。」故此言夏啓在「天穆之野」郊天祭祖，而用九辯、九歌之樂以配九招（又作「韶」）之舞。　夏：諸説紛紜，實當指夏啓。此乃屈賦常用之「借代」格，即借朝代名稱代指該朝帝王。如天問「武發殺殷」之「殷」、離騷「周論道而莫差」之「周」，皆同此例。康娛：安樂。　縱：放縱。　案啓湛樂放縱之事，亦見墨子非樂所引武觀：「啓乃淫溢康樂，野于飲食，將將鍠鍠，管磬以方。湛濁于酒，渝食于野，萬舞翼翼，章聞于天，天用弗式。」（用孫詒讓墨子閒詁校本）

〔一〇〕難：災難。　圖後：爲後代打算。　五子句：本作「五子用夫家巷」。王念孫校「巷」乃「鬨」之同音借字。至於今本「失」乃「夫」字之誤，「乎」乃「夫」誤爲「失」字後由淺人所加。用夫：因而。　五子：啓子五觀，一作「武觀」。　家巷（鬨）：猶内訌，家族内部爭鬥。　關於啓子五觀作亂之事，除前引墨子非樂引武觀所記「啓乃淫溢康樂」、「天用弗式」之外，如國語楚語上士亹又稱五觀是啓之「姦子」，周書嘗麥亦云「其在夏之五子（即五觀），忘伯禹之命，假國無正，用胥興作亂，遂凶厥國」。均可參見。

〔一一〕羿：夏代部落有窮氏的首領。　淫遊：無節制地冶遊。　佚畋：縱情田獵。　封狐：大狐。按天問又謂羿好射「封狶」。此乃神話傳説因演化而歧異。據方言八，南楚謂「豬」曰「狶」，而北燕朝鮮之間又曰「豭」。左傳昭公四年、哀公十五年亦稱「豭」，是齊魯間亦稱「豬」曰「豭」。后羿射獵事之神話傳説，或稱「封狶」、或稱「封狐」者，乃因「豭」與「狐」古同音（皆屬喉紐魚部），故轉化爲「封狐」。招魂謂南方有「封狐」，是離騷之「狐」，非因叶韻而改。關於羿之淫獵事，左傳襄公四年載魏絳對晉悼公説啓太子康時，夏政亂，羿因而得位，「恃其射也，不修民事而淫于原獸」。此正離騷「淫遊」、「佚畋」之謂。

〔一二〕亂流：亂逆淫放。　鮮終：很少有好結局。　浞：寒浞，羿相。　家：指妻。　據左傳襄公四年魏絳言，羿用寒浞爲相，「浞行媚于内而施賂于外」，後用陰謀殺羿，據羿之嬪妃爲己有，「生澆及豷」。

〔一三〕澆：寒浞之子。　强圉：王逸注：「多力也。」洪氏楚辭考異謂一作「彊圉」。古書或作「强禦」、「强衙」等，音同字異，皆强梁多力之意。　被服强圉：力量之于人，猶衣物之在身，故曰「被服」。此乃修辭的「擬物」格。由是觀之，一作「被於强圉」有誤。　縱欲句：王逸本「欲」下有「殺」字，補注本無，考異云：「一本欲下有殺字」。按王逸注「縱放其情，不忍其慾，以殺夏后相」之語，恐本有「殺」字。古謂抑制其情爲「忍」，澆縱情殺戮，故曰「不忍」。　澆縱欲殺戮之事，據左傳哀公元年載伍員曰：「昔有過澆，殺斟灌以伐斟鄩，滅夏后相。」天問亦記澆事，可參見後文有關注釋。

〔一四〕自忘：猶今俗語「忘乎其形」。　厥：其。　顛隕：墜落。　左傳襄公四年：「（夏）少康滅澆于過。」左傳哀公元年：少康「使女艾諜澆，使季杼誘豷，遂滅過戈（杜注：過，澆國；戈，豷國。），復禹之績」。澆首隕落，即指此。并可參見天問有關文句注釋。

〔一五〕常違：言一貫背道而行。　乃遂焉：三副詞連用，猶「于是」。　逢殃：遭到商湯的征討之災。史記夏本紀載：「桀不務德而武傷百姓，百姓弗堪」，「湯修德，諸侯皆歸湯，湯遂率兵以伐夏桀。桀走鳴條，遂放而死」。

〔一六〕后辛：即商紂王，名辛。　菹醢：古人將蔬菜細切而鹽藏之曰菹；用肉作醬曰醢。此指商紂王殘殺臣民。商紂王菹醢其臣民，古書多有記載。天問云「梅伯受醢」；九章涉江云「比干菹醢」；呂氏春秋行論云「昔者紂爲無道，殺梅伯而醢之，殺鬼侯而脯之」。史記殷本紀等亦記其事。　殷宗：指殷商之國祚。　用而：因之。

〔一七〕湯：商湯。　禹：夏禹。湯前而禹後，屈賦凡三見，此乃古人語序「倒置」之例。儼：一本作嚴，古通。儼然，莊敬之貌。　祗敬：即恭敬。尚書皋陶謨謂禹「日嚴祗敬六德」，亦謂儼然而祗敬。　周：周之文王、武王。　論道：「論」或即「掄」之借字。説文手部：「掄，擇也。」　莫差：没有差失。此猶上文所謂堯舜遵道得路。

〔一八〕循：章句本作「修」。據王逸注「行用先聖法度」云云，則本當作「循」，形近而誤作「脩」（考異：「循一作脩」）。故今本章句又寫作「修」。　繩墨：喻指法度。　頗：偏頗。

〔一九〕私阿：私親曲從。　民德：林雲銘楚辭燈謂「爲民所德者」。　焉：於是。　錯：同「措」，置也。　二句意謂皇天公正無私，視萬民所感戴者則爲之置賢臣以爲輔佐。

〔二〇〕維：通「唯」。　茂行：美德。　二句意謂果能享用天下者，只有具有美德之聖哲。此爲倒裝句。

〔二一〕瞻、顧、相、觀：與上文「覽民德」之「覽」，皆寫皇天對人事之觀察。 計：本作「所」。古本「所」或借用「許」字，「許」、「計」形近而譌。 極：與「亟」同音通用。方言一：「亟，愛也。」所亟：指所敬愛者。楚令尹子庚鼎銘文云「民之所亟」，蓋楚國稱頌大臣習用語。

〔二二〕義：道義。 善：善行。 服：猶用。因避與上句重複而變。天問：「何惡輔弼，讒諂是服」，「服」亦訓「用」，指君之用臣。 以上八句，是對「啓九辯與九歌兮」至「循繩墨而不頗」一段史實的總結，所謂皇天立君，必視民之所德；皇天用賢，必視民之所敬者也。

〔二三〕阽：本訓「危」，但在本句則當爲「危死」的副詞，而置於主語「余身」之上，猶「汨余若將不及」之「汨」，「紛吾既有此內美」之「紛」。 初：指初行。即革新政治。 二句謂雖余身岌岌然以至於危死，但回視初行，並不後悔。

〔二四〕鑿：鑿木爲孔。 枘：充鑿之木柄。「不量鑿而正枘」，即謂不度量鑿孔方圓以確定木柄形狀，比喻直道而行，不阿附曲從。

〔二五〕曾：考異：「一作增」，同音通用，亦作「憎」。「曾歔欷」與上文之「忳鬱邑」、下文之「斑陸離」，皆由形容詞上加一副詞而構成。 廣雅釋詁四：「憎，苦也。」又釋詁三：「憎，難也。」是「曾」聲之字，古有「苦難」之意，故得與「歔欷」結合成一個詞組，用以修飾下文表示憂慮之「鬱邑」，且將其提在主語「余」字之前，此乃屈賦通例。 自王逸訓「曾」爲「累也」，遺誤至今。 當：值。 不當，謂不值舉賢授能之盛世。

〔一六〕茹：柔輭。　掩涕：掩面涕泣。　霑：沾。　浪浪：淚流貌。洛神賦：「淚流襟之浪浪。」

以上爲第三段，通過女嬃提出守與變的大節問題，闡明寧死不變的鮮明態度。它構成了離騷抒情旋律的第二個中心。「阽余身而危死兮，覽余初其猶未悔」，奏出了其中的最强音。惜誦所謂「欲横奔而失路兮，堅志而不忍」，也是這種思想矛盾的集中體現。王逸注惜誦此句云：「言己意欲變節易操，横行失道而從佞僞，心堅於石而不忍爲也」，可謂得其本旨。此亦思美人所謂「欲變節以從俗兮，媿易初而屈志」之意。

跪敷衽以陳辭兮，耿吾既得此中正〔一〕。駟玉虬以乘鷖兮，溘埃風余上征〔二〕。朝發軔於蒼梧兮，夕余至乎縣圃〔三〕。欲少留此靈瑣兮，日忽忽其將暮〔四〕。吾令羲和弭節兮，望崦嵫而勿迫〔五〕。路曼曼其修遠兮，吾將上下而求索〔六〕。飲余馬於咸池兮，總余轡乎扶桑〔七〕。折若木以拂日兮，聊逍遥以相羊〔八〕。前望舒使先驅兮，後飛廉使奔屬〔九〕。鸞皇爲余先戒兮，雷師告余以未具〔一〇〕。吾令鳳鳥飛騰兮，繼之以日夜〔一一〕。飄風屯其相離兮，帥雲霓而來御〔一二〕。紛總總其離合兮，斑陸離其上下〔一三〕。吾令帝閽開關兮，倚閶闔而望予〔一四〕。時曖曖其將罷兮，結幽蘭而延佇〔一五〕。世溷濁而不分兮，好蔽美而嫉妒〔一六〕。朝吾將濟於白水兮，登閬風而緤馬〔一七〕。忽反顧以流涕兮，哀高丘之無女〔一八〕。溘吾遊此春宮兮，折瓊枝以繼佩〔一九〕。及榮華之未落兮，相下女之可詒〔二〇〕。吾令豐隆乘雲兮，求宓妃之所在〔二一〕。解佩纕以結言兮，吾令蹇修以爲理〔二二〕。紛總總其離合兮，忽緯繣其難遷〔二三〕。夕歸次於窮石兮，朝濯髮乎洧盤〔二四〕。保厥美以驕傲兮，日康娛以淫遊〔二五〕。雖信美而無禮兮，來違棄而改求〔二六〕。覽相觀於四極兮，周流乎天余乃下〔二七〕。望瑶臺之偃蹇兮，見有娀之佚女〔二八〕。吾令鴆爲媒兮，鴆告余以不好〔二九〕。雄鳩之鳴逝兮，余猶惡其佻巧〔三〇〕。心猶豫而狐疑兮，欲自適而不可〔三一〕。鳳皇既受詒兮，恐高辛之先我〔三二〕。欲遠集而無所止兮，聊浮遊以逍遥〔三三〕。及少康之未家兮，留有虞之二姚〔三四〕。理弱而媒拙兮，恐導言之不固〔三五〕。世溷濁而嫉賢兮，好蔽美而稱惡〔三六〕。閨中既以邃遠兮，哲王又不寤〔三七〕。懷朕情而不發兮，余焉能忍與此終古〔三八〕。索藑茅以筳篿兮，命靈氛爲余占之〔三九〕。曰：「兩美其必合兮，孰信修而慕之〔四〇〕。思九州之博大兮，豈唯是其有女〔四一〕。」曰：「勉遠逝而無狐疑兮，孰求美而釋女〔四二〕。何所獨無芳草兮，爾何懷乎故宇〔四三〕。」世幽昧以昡曜兮，孰云察余之善惡〔四四〕。民好惡其不同兮，惟此黨人其獨異〔四五〕。户服艾以盈要兮，謂幽蘭其不可佩〔四六〕。覽察草木其猶未得兮，豈珵美之能當〔四七〕。蘇糞壤以充幃兮，謂申椒其不芳〔四八〕。欲從靈氛之吉占兮，心猶豫而狐疑〔四九〕。巫咸將夕降兮，懷椒糈而要之〔五〇〕。百神翳其備降兮，九疑繽其並迎〔五一〕。皇剡剡其揚靈兮，告余以吉故〔五二〕。曰：「勉陞降以上下兮，求榘矱之所同〔五三〕。湯禹嚴而求合兮，摯咎繇而能調〔五四〕。苟中情其好修兮，又何必用夫行媒〔五五〕。説操築於傅巖兮，武丁用而不疑〔五六〕。呂望之鼓刀兮，遭周文而得舉〔五七〕。甯戚之謳歌兮，齊桓聞以該輔〔五八〕。及年歲之未晏兮，時亦猶其未央〔五九〕。恐鵜鴂之先鳴兮，使夫百草爲之不芳〔六〇〕。」何瓊佩之偃蹇兮，衆薆然而蔽之〔六一〕。惟此黨人之不諒兮，恐嫉妬而折之〔六二〕。時繽紛其變易兮，又何可以淹留〔六三〕。蘭芷變而不芳兮，荃蕙化而爲茅〔六四〕。何昔日之芳草兮，今直爲此蕭艾也〔六五〕？豈其有他故兮，莫好修之害也〔六六〕。余以蘭爲可恃兮，羌無實而容長〔六七〕。委厥美以從俗兮，苟得列乎衆芳〔六八〕。椒專佞以慢慆兮，榝又欲充夫佩幃〔六九〕。既干進而務入兮，又何芳之能祗〔七〇〕？固時俗之從流兮，又孰能無變化〔七一〕？覽椒蘭其若兹兮，又況揭車與江離〔七二〕。惟兹佩之可貴兮，委厥美而歷兹〔七三〕。芳菲菲而難虧兮，芬至今猶未沬〔七四〕。和調度以自娛兮，聊浮游而求女〔七五〕。及余飾之方壯兮，周流觀乎上下〔七六〕。靈氛既告余以吉占兮，歷吉日乎吾將行〔七七〕。折瓊枝以爲羞兮，精瓊爢以爲粻〔七八〕。爲余駕飛龍兮，雜瑤象以爲車〔七九〕。何離心之可同兮，吾將遠逝以自疏〔八〇〕。邅吾道夫崑崙兮，路修遠以周流〔八一〕。揚雲霓之晻藹兮，鳴玉鸞之啾啾〔八二〕。朝發軔於天津兮，夕余至乎西極〔八三〕。鳳皇翼其承旂兮，高翺翔之翼翼〔八四〕。忽吾行此流沙兮，遵赤水而容與〔八五〕。麾蛟龍使梁津兮，詔西皇使涉予〔八六〕。路修遠以多艱兮，騰衆車使徑待〔八七〕。路不周以左轉兮，指西海以爲期〔八八〕。屯余車其千乘兮，齊玉軑而並馳〔八九〕。駕八龍之婉婉兮，載雲旗之委蛇〔九〇〕。抑志而弭節兮，神高馳之邈邈〔九一〕。奏九歌而舞韶兮，聊假日以媮樂〔九二〕。陟陞皇之赫戲兮，忽臨睨夫舊鄉〔九三〕。僕夫悲余馬懷兮，蜷局顧而不行〔九四〕。

〔一〕敷：鋪開。　衽：衣前下襟。　耿：耿然明澈。此亦副詞前置句法。　此中正：指前段所陳昏君亂臣則相殘、明主賢臣則相得之理。

〔二〕駟：駕。　虬：無角龍。字或作「虯」。　鷖：鳳皇之類，身有五彩花紋。洪興祖云：「言以鷖爲車而駕以玉虬也。」　溘：王逸注：「猶掩也。」此聲訓也。古「盍」在匣紐盍部，「奄」在影紐談部，同爲喉音；二部又相爲平入。遠遊云「掩浮雲而上征」，掩即溘也。　埃風：風起塵飛，故曰埃風。此句言在風塵掩翳中升入天空。

〔三〕發軔：猶啓程。軔，止輪之木，車將行則去之，故曰「發軔」。　蒼梧：即九疑山。禮記檀弓：「舜葬於蒼梧之野。」　縣圃：神話中的山名，在崑崙山上（見天問及淮南子地形等）。

〔四〕留：挽留。　靈瑣：即「靈曜」，日光。「瑣」即「曜」之同音異字。古人「曜」字或讀「肖」聲，如周禮考工記梓人「大匈月燿後」，鄭玄注：「燿讀爲哨」；後漢書馬融列傳載融廣成頌「大匈哨後」，正是「燿」又作「哨」之證。因「靈曜」或作「靈哨」，故又轉寫爲「靈瑣」。古人神化太陽，稱日爲「耀靈」（「曜靈」），如天問「角宿未旦，曜靈安藏」；郭璞遊仙詩「暘谷吐靈曜，扶桑森千丈」（初學記二三引）。離騷上言「夕余至乎縣圃」，下言「日忽忽其將暮」，故此言「欲少留此靈曜」，冀日光暫留而勿遽逝也。

〔五〕羲和：神話中的日御。見初學記引淮南子天文及許慎注。　弭節：謂按行車節度安步徐行。　弭：按。　崦嵫：神話中日入之山。見山海經西山經及郭璞注。　迫：接近。　二句承上文「欲少留此靈曜」而來。

〔六〕曼曼：或作「漫漫」，長遠貌。　修遠：長遠。

〔七〕咸池：神話中日浴之處。淮南子天文：「日出于湯谷，浴于咸池。」　總：王逸訓爲「結也」，又釋云「結我車轡于扶桑，以留日行」，似非是。此「總」字，當爲車起行時總擊六轡以馭馬，殆即詩所謂「六轡在手」。否則尚未起行即結轡于扶桑，殊失「上下求索」之義。「飲馬」、「總轡」皆行前之準備工作。　扶桑：神木，在日出處，見山海經海外東經。說文木部作「榑桑」，謂「神木，日所出也」。

〔八〕若木：生于崑崙西極日入處之神木。山海經大荒北經：「大荒之中有衡石山、九陰山、洞野之山，上有赤樹，青葉，赤華，名曰若木。」郝懿行山海經箋疏云「若木」下原有「日之所入處」、「生崑崙山西附西極」等文。　拂日：蔽日。謂以若木蔽日，使不得過。與悲回風「折若木以蔽光兮」同意。聊：且。逍遥、相羊：王逸注：「皆遊也。」然此處「逍遥」當爲形容詞，「相羊」爲動詞，徘徊遨遊。字或作「儴徉」。全句意謂逍遥而遊，句法與悲回風「聊逍遥以自恃」相同。

〔九〕望舒：神話中的月御。飛廉：神話中的風師。二字乃「風」字音的緩讀，又作「蜚廉」（揚雄反離騷）。奔屬：奔從。

〔一〇〕鸞：鳥名，鳳皇類。皇：或作「凰」，雌鳳。先戒：一本作「前戒」，警備於前。雷師：神話中的雷神。未具：疑爲「末具」之誤，與上句「先戒」爲對文。「先戒」在前，「末具」在後，猶「先驅」在前，「奔屬」在後。「具」之本義爲「供置」，指供辦衆物而言。則「末具」當爲後車輜重之類。此句言雷師告以其所負輜重之任。方與上下文所言車馬之盛相協。但王逸注云「而君怠墮，告我嚴裝未具」，知東漢傳本已誤。

〔一一〕鳳鳥：楚辭補注本作「鳳鳥」，文選各本作「鳳皇」。鳳皇乃傳説中的吉瑞神鳥，雄曰鳳，雌曰皇。

〔一二〕飄風：旋風。屯：聚貌。離：「麗」之借字。屯其相離，猶言聚集附麗。霓：虹。御：侍也。見廣雅釋言。惜誦「俾山川以備御」與此句同意，王逸亦云「御，侍也。」

〔一三〕紛總總：衆多貌。斑陸離：盛美貌。二句指上文望舒、飛廉、鸞皇、雷師、鳳鳥、雲霓等侍從之盛多而絢麗。

〔一四〕帝閽：天庭之門隸，主昏時閉門者。闔：説文：「闔，以木横持門户也。」凡開門者必先去其關，故曰「開關」。　閶闔：天門。說文門部：「閶，天門也。」「闔，門扇也。」「楚人名門曰閶闔。」此以天門不開喻指懷王不納賢才。

〔一五〕曖曖：昏暗貌。　罷：前人訓「疲」訓「極」，皆未得其本義；實則當爲「否」或「瞀」之音近借字。說文日部云：「否，不見也。从日，否省聲。」日見爲「晛」，不見爲「否」，故从日。又廣韻屑：「瞀，日落勢也。」實即「否」之後起字。是「將罷」謂日將落耳。上文「曖曖」即形容日之落，非形容人之疲。　結：攀持。大司命「結桂枝兮延佇」與此句同意，結亦攀持。故招隱士兩云「攀桂枝兮聊淹留」，亦訓「結」爲「攀持」。　延佇：停息。　二句言天色昏冥夕日將落，只得與幽蘭相伴停息。

〔一六〕溷濁：喻世污穢，賢愚不分。　溷俗與「混」通。　蔽美：蔽賢。　二句承上文帝閽不肯開關而感慨。

〔一七〕濟：渡。　白水：神話中的水名，發源於崑崙山。　閬風：神話山名，在崑崙之上。　緤馬：即繫馬。　緤，補注本作「紲」。

〔一八〕反顧：回視。　高丘：按楚懷王時鄂君啓節車節記載楚國境內行程所經之地有「高丘」一名。宋玉高唐賦亦有「高丘」之地，劉向九歎逢紛：「聲哀哀而懷高丘兮，心愁愁而思舊邦。」　二句以高丘無女喻楚無賢君，與下文以「下女」喻臣者不同。

〔一九〕溘：忽然，言其速，此作「遊」的副詞。　春宮：王逸注：「東方青帝宮（各本誤作

「舍」，今據太平御覽卷六九二所引是正）也。」　瓊枝：玉枝。　繼佩：以玉枝連接其佩，使之更長美。

〔二〇〕榮華：爾雅釋文：「木曰華，草曰榮。」此指上文瓊枝玉佩。　相：視。　下女：指下文的宓妃等人，喻賢臣，與「高丘女」相對，故稱「下女」。　詒：贈遺。

〔二一〕豐隆：傳說中的雲神。此言豐隆「乘雲」，思美人又云「願寄於浮雲兮，遇豐隆而不將」，則屈子本以「豐隆」爲雲神。　宓妃：傳爲宓羲氏之女。天問「帝降夷羿，革孽夏氏，胡射夫河伯而妻彼雒嬪」王逸注：「雒嬪，水神，謂宓妃也。」劉向九歎愍命：「逐下袟於後堂兮，迎宓妃於伊雒。」劉向以宓妃爲洛水之神，王逸注本之劉氏。（參見天問有關文句及注釋）

〔二二〕佩纕：繫佩之帶。　結言：以言相約，使不失信。　蹇修：爾雅釋樂：「徒鼓鍾謂之修，徒鼓磬謂之蹇（初學記引「蹇」作「謇」，同音異文）。」章太炎先生菿漢微言據以解「蹇修以爲理」乃「以聲樂爲使」。　理：即使，乃使之同音借字。使從「吏」得聲，故與「理」通。

〔二三〕紛總句：與上文同句同意，此指使者絡繹於途。王逸注非。　緯繣：王逸注云「乖戾也」，其義近是。說文女部：「婎，不說貌，恣也。从女、韋聲。」又：「⿰女恚，不說也，从女；恚聲。」「婎」「⿰女恚」同訓，當爲聯綿詞分釋之例。聯綿詞多同聲借字，「婎」「緯」同以「韋」爲聲符；「⿰女恚」在古韻支部，「繣」爲支部入聲字，故皆通用。　廣雅釋訓作「敳⿰忄畫」，後漢書馬融列傳作「徽嫿」、廣韻麥作「徽繣」，皆同音異體。　以離騷用「緯繣」狀宓妃之乖戾不悦而自恣，則本字當如說文從女爲是。　遷：遷就。

〔二四〕次：舍，住宿。　窮石：神話中的山名，淮南子地形謂弱水之所由出。　按左傳襄公四年有「后羿自鉏遷於窮石，因夏民以代夏政」之説，又舊傳羿妻宓妃，故此以「夕次窮石」爲言，與下文「有娀」「二姚」相同。　濯：洗。　洧盤：神話中的水名，王逸注引禹大傳：「洧盤之水出崦嵫之山。」

〔二五〕保：仗恃。

〔二六〕信美：確實美麗。　無禮：即上言「緯繣」、「驕傲」、「康娱」、「淫遊」等行爲。　來：助動詞。　違、棄：背而去之。　改求：改而他求。

〔二七〕覽、相、觀：皆觀視之意，此乃屈賦修辭常用之「聯疊」格。　四極：四方絶遠之地。　周流：周遊。

〔二八〕瑶臺：玉臺。　偃蹇：高聳起伏之狀。　有娀：國名。　佚女：美女。　吕氏春秋音初：「有娀氏有二佚女，爲之九成之臺。」

〔二九〕鴆：毒鳥。羽有毒，可殺人。　不好：五臣、洪氏皆讀「好」爲上聲，實當讀去聲，與惜誦「父信讒而不好」之「不好」同意。王逸注：「好，愛也。」是此謂爲媒的鴆鳥回言有娀之女並不愛你。

〔三〇〕鳩：鳥名。説文：「鳩，鶻鵃也。」詩小宛、禮記月令皆稱爲「鳴鳩」，知其爲鳥之善鳴者。逝：莊子山木釋文：「翼殷不逝」引司馬云：「曲折曰逝」，是此句之「逝」，當指鳴聲曲折宛轉，與下句「佻巧」相承接。佻巧：指巧辯動聽的不誠之言。韓非子難二引李克（原誤作李兑）言：「語言辯，聽之説（悦）、不度於義，謂之窕言。」並指出此乃「不誠之言」。「窕」「佻」同音通用。

〔三一〕猶豫、狐疑：遲疑不決。前者爲形容詞，後者爲動詞。適：往。

〔三二〕受詒：授予聘禮。高辛：帝嚳之號。此言有娀女簡狄在高臺之上，帝嚳派鳳皇去送聘禮。按天問：「簡狄在臺，嚳何宜？玄鳥致貽，女何嘉？」又九章思美人：「高辛之靈盛兮，遭玄鳥而致詒。」古籍亦多言玄鳥遺卵事。玄鳥即燕子。而離騷獨謂「鳳皇受詒」，蓋因神話傳説演化所致。考爾雅釋鳥：「鶠，鳳，其雌皇。」説文鳥部：「鶠，鶠鳥也，其雌皇。從鳥，匽聲。一曰鳳皇也。」「鶠」與「燕」同音，故由燕受詒演化爲鶠（鳳皇）受詒。禮記月令疏引鄭志，亦有「娀簡狄吞鳳子」之説。

〔三三〕集：停留。止：王逸注：「欲遠集他方又無所之」，似原本「止」當作「之」，往也。浮遊：與「逍遥」義近，爲動詞，「逍遥」爲形容詞。

〔三四〕少康：夏后相之子。有虞、二姚：有虞，夏代部落名，姚姓。據左傳哀公元年，寒浞使澆殺夏后相，夏后相之妻后緍懷着身孕逃歸娘家有仍，生少康。後少康又逃奔有虞，有虞君以二女妻之，是爲「二姚」。

〔三五〕理：使者。　拙：劣。　導言：媒人撮合之言。

〔三六〕稱：敦煌鈔本楚辭音殘卷作「偁」，本字也。說文人部：「偁，揚也。」管子立政九敗解：「羣臣朋黨，蔽美揚惡。」

〔三七〕閨中：爾雅釋宮：「宮中之門謂之闈，其小者謂之閨，小閨謂之閤。」閨閤乃女子所居，故此「閨中」指上舉「有娀」、「宓妃」、「二姚」。　邃遠：深遠。　哲王：聖明之王，此指懷王。　寤：即「悟」，覺醒。「哲王不寤」即指上文「帝閽不開」、「高丘無女」而言，謂在楚求賢不得，而懷王又不覺醒。

〔三八〕不發：不得發泄。　此：統指上文舉世溷濁，求賢不得、哲王不悟而言。　終古：九歌：「長無絶兮終古」，九章：「去終古之所居」，洪氏補注：「終古，猶永古也。」考工記注曰：「齊人之言終古，猶言常也。」則此句謂怎能在這樣的環境中常此下去，引起下文去國求合之意。

〔三九〕索：取。　藑茅：占卜所用之草。周去非嶺外代答卷一〇述南人茅卜之法甚詳，可參。　以：與。　筳篿：占卜所用竹枚。　筳：小策，即卜居「端策拂龜」之「策」。　篿：後漢書方術傳李賢注引離騷此句「篿」作「專」，當係本字。說文寸部：「專，六寸簿也。」亦即竹片之類。　靈氛：王逸注：「古明占吉凶者。」山海經大荒西經載靈山上有「巫咸」、「巫肹」等十巫。案「巫」與「靈」古同義。故說文玉部云：「靈，巫也，以玉事神。从王，霝聲。」九歌東皇太一「靈偃蹇兮姣服」王逸注：「靈，謂巫也。」又「肹」「氛」二字古音同，則「靈氛」即「巫肹」。

〔四〇〕曰：指靈氛代主人卜問而言。　兩美必合：喻聖君賢臣之相合。　慕：傾慕。二句謂聖君賢臣本應相得，但在楚國哪有真正的聖君傾慕你呢。屈賦韻例，凡句尾兩出「之」字，則韻必在「之」字上一字。此處「慕」「占」失叶，或謂「占」乃「卜」字之誤。「慕」在古韻鐸部，「卜」在古韻屋部，二部旁轉。

〔四一〕是：此地，指楚國。　女：喻君。離騷有時以女性自喻，如「恐美人之遲暮」之「美人」；有時喻讒人，如「衆女嫉余之蛾眉」之「衆女」；有時喻賢士良臣，如「相下女之可詒」之「下女」、「哀高丘之無女」之「女」；有時又喻明君，如「豈唯是其有女」之「女」。

〔四二〕曰：乃靈氛以卜筮之答案告主人。　勉：努力。　美：美人，喻賢臣。　釋：猶放棄。　女：通「汝」，對稱代詞，靈氛對屈原的稱謂。

〔四三〕所：處。　芳草：王逸謂喻「賢芳之君」。　懷：思。　故宇：故居，故國。

〔四四〕昡曜：王逸注：「惑亂貌。」　余：屈原自稱。此下至「謂申椒其不芳」，乃屈原聞卜筮結果後的自我抒情。

〔四五〕黨人：朋黨之徒。　獨異：指異於衆人。

〔四六〕户：代户内之人。　服：佩帶。　艾：白蒿。　要：同「腰」。古人佩飾在腰，故曰「盈腰」。

〔四七〕珵：當爲「程」之同音假借字。廣雅釋詁三：「程，量也。」即衡量、度量。　美：即上文「兩美其必合」、「孰求美而釋女」之「美」，指人的德性品貌。　當：恰當、正確。　二句謂黨人於草木猶難正確鑒別，更何況於衡量人的品性。

〔四八〕蘇：取。　糞壤：糞土。　幃：指香囊。

〔四九〕吉占：吉利的占辭。　二句謂想聽從靈氛的勸告離去，心中却猶豫遲疑。

〔五〇〕巫咸：山海經大荒西經所載靈山十巫之一，詛楚文稱「大神」，王逸注謂「古神巫也」。此與以下百神皆爲祭禱對象。　夕降：巫常在夜間降神，故云。　椒糈：王逸注：「椒，香物，所以降神。糈，精米，所以享神。」皆指祭品。　糈之享神，古書多言之，如山海經、淮南子等。　要：祈求。　求神保祐降福。

〔五一〕翳：掩蔽貌。　備降：全從天而降。　九疑：一作九嶷，山名，在今湖南。　繽：繽紛繁盛，此指羣峯競起。　迎：屬古韻陽部，與下句魚部「故」字相協，乃陰陽對轉。

〔五二〕皇剡剡：王逸訓「皇」爲「皇天」，非是。此「皇剡剡」結構，猶「紛總總」、「縹緜緜」，謂神光耀眼貌。山海經言神之出入，每言「有光」；漢郊祀歌狀神降曰「華曄曄」，乃「皇剡剡」之語轉。　揚靈：即後世所謂「顯聖」。　吉故：吉祥的故事，指下文禹湯以下君臣相得之事。「故」初義爲「故事」，見周語、魯語韋注。　上文靈氛既有「吉占」，故此時巫咸又「告以吉故」，内容當至「使夫百草爲之不芳」。

〔五三〕陞降：升降，猶上下，爲動詞，而「上下」則爲形容詞，結構與上文「聊浮遊以逍遥」同。

槼矱：法度。　同：當作「周」。　淮南子氾論「而知槼矱之所周」，正用此句。　從王逸章句通例來看，皆以「合」釋「周」，故此謂「言當自勉强上求明君、下索賢臣與己合法度者」，知王逸本亦作「周」，且與下「調」字同在古韻幽部。

〔五四〕求合：謂湯禹求能輔己之賢人結爲君臣。　摯：即伊尹，湯之佐臣。　咎繇：禹臣。　調：協調。

〔五五〕二句言如自身修善，聖君自會識用，而不必因人舉薦。

〔五六〕説：傅説。　傅巖：傅説服役版築之地。　武丁：殷高宗。　史載傅説賢，然淪爲奴，武丁夢見之，依形求得於傅巖，用爲相。

〔五七〕吕望：太公望。　鼓刀：鳴刀。　吕望遇周文王之前，操屠業於商都朝歌，鼓刀求售。　周文：周文王。

〔五八〕甯戚：衛之商賈。　該：備。　甯戚夜飯牛而歌，齊桓公聞之，知其賢，用爲客卿。

〔五九〕晏：晚。　未央：「央」爲中央，時未央，言時尚早。

〔六〇〕鵜鴂：子規鳥。　揚雄反離騷作「鷤䳏」，張衡思玄賦作「鶗鴂」，敦煌鈔本楚辭音作「鷤鴂」，皆一聲之轉，故王逸注「買鵤」當爲「典鵤」之誤。　巫咸之言終於此。

〔六一〕偃蹇：盛多逶蛇貌。　薆然：掩蔽貌。

〔六二〕諒：信。　恐：各本誤，據王逸注「共嫉妒我正直」云云，字本作「共」，與前「衆薆然而蔽之」相應。「共」「恐」乃聲近之誤。文選六臣注引王逸説已誤。

〔六三〕繽紛：亂貌。淹留：久留不去。

〔六四〕茅：惡草。

〔六五〕蕭艾：賤草。

〔六六〕好：去聲，善自。

〔六七〕蘭：影射懷王少子子蘭。恃：依靠。實：果實。容長：言其華繁盛。二句用音形雙關修辭格，以蘭草指子蘭；又以蘭之無實喻其徒有儀表，「華而不實」。

〔六八〕委厥美，謂棄其美德。委：棄。從俗：言與小人同流合汙。苟：且。衆芳：即上文「哀衆芳之蕪穢」的「衆芳」。蓋屈原曾將子蘭作爲貴族子弟之俊秀而加以培養，現在看來，當時只是苟且得列其中耳。

〔六九〕椒：影射懷王時大夫子椒。新序節士謂其爲司馬。專佞：專事諂佞。慢慆：怠惰佚樂，與上文「黨人偷樂」意近。樧：茱萸，似椒，喻子椒之徒。佩幃：作佩飾的香囊。

〔七〇〕干進：企求升官。務入：騙取信任。祇：王引之解爲「振」，二字古多通用。言干進務入之徒，必不能自振其芬芳。

〔七一〕從流：一本作「流從」，誤。王逸注：「隨從上化，若水之流」，是古本作「從流」。孟子：「從流下而忘反謂之流，從流上而忘反謂之連」，則戰國時「從流」亦常用語。

〔七二〕兹：此。　揭車、江離：本香草，此喻變節之徒。

〔七三〕兹佩：指自己的佩飾，喻美德。洪興祖云：「上云委厥美以從俗，言子蘭之自棄也；此云委厥美而歷兹，言懷王之見棄也。」　歷兹：以至於此。

〔七四〕芳菲菲：芳香。　虧：損。　沬：泯没。

〔七五〕和、調、度：三字同義，聯叠指自我協調。　求女：謂去國而求明君，承上文靈氛勸其「遠逝」、巫咸諭以明主得賢臣之史事而言，與前「哀高丘」、「相下女」之指賢人者不同。

〔七六〕壯：美盛貌。　周流：周遊。

〔七七〕靈氛句：此乃祭禱之後，靈氛重卜之結果。　歷：選。文選甘泉賦「歷吉日，協靈辰」李善注引上林賦郭璞注：「歷，選也。」

〔七八〕瓊枝：瓊樹枝條。　羞：即「脩」同音借字，與訓「進」之「羞」迥異。說文肉部：「脩，脯也。從肉，攸聲。」凡乾肉之呈長條者曰「脩」（此猶乾肉之薄者曰脯，屈者曰朐，申者曰脡），故得與「瓊枝」相比。　精：擣使細碎。　瓊靡：玉屑。　粻：糧。

〔七九〕瑶：美玉。　象：象牙。古人習以象代象牙（以整體代局部），此謂以瑶玉、象牙爲車飾。

〔八〇〕同：共處。　自疏：自我疏遠，指去國。此乃屈子假設之詞，故劉安云「死而不容自疏」。

〔八一〕邅：王逸注：「轉也。楚人名轉曰邅。」崑崙：神話中的中國西部神山。見山海經西山經、海内西經等。

〔八二〕雲霓：王逸注謂指天上雲霓，六臣文選注則謂指畫有雲霓之旌旗。似所據傳本不同。據涵芬樓影宋本六臣文選，此句作「揚志雲霓之晻藹兮」，並注：「五臣無『志』字。」洪氏楚辭考異亦云：「一本『揚』下有『志』字。」按有「志」之本，或原作「揚霓志之晻藹兮」，「志」古與「幟」通（漢書高帝紀集解：「幟，史家或作『識』，或作『志』。」），猶懷沙「章畫志墨」，史記屈原賈生列傳「志」作「職」之類。「霓志」乃畫有虹霓之旗幟，後人不解，始改爲「雲霓」，而舊本又留有「志」字殘痕。劉向九歎：「舉霓旌之墆翳兮」，即襲用「揚霓志之晻藹兮」之古本，其訓「揚」爲「舉」，爲古今通訓，與六臣同；因是旗幟，故言「舉」。又六臣注：「雲霓，虹也。」按「雲」不得訓「虹」，其所據本殆無「雲」字可知。此乃後人妄增，造成齟齬。　晻藹：蔭蔽貌。或作「晻靄」、「晻濭」等，義同。　玉鸞：「鸞」古或作「鑾」，鈴也。據爾雅「有鈴曰旂」，則古代鈴或懸之於旂。此承上文「霓幟」而言。

〔八三〕天津：天河的渡口。　西極：西方極遠處。

〔八四〕翼：文選五臣注本作「紛」；錢杲之離騷集傳本亦作「紛」；朱熹集注亦謂「翼一作紛」。按作「紛」是，言紛然衆多。遠遊重見此句作「翼」，乃括離騷兩句爲一句，非用原句。「翼」王逸訓爲「敬」，則離騷之誤已久。　承：隨從其下。　旂：旗幟。　翼翼：飛翔貌。

〔八五〕流沙：西方沙漠沙隨風移似流水，故名。山海經海内西經：「流沙出鍾山，西行又南行崑崙之虚。」赤水：神話中發源於崑崙的水名，見山海經海内西經。容與：徘徊不前，指爲赤水所阻，與下文「津梁」、「涉予」、「多艱」呼應。

〔八六〕麾：指揮。梁津：在渡口架橋。梁，橋梁，此作動詞，猶架橋。詔：告令。西皇：西方之神。涉：渡。

〔八七〕騰：馳。待：當從楚辭考異作「侍」。遠遊「左雨師使徑侍兮，右雷公以爲衛」即用此語。則「侍」指「侍衛」。「徑侍」，直來相侍。

〔八八〕不周：不周山，在崑崙西北，其山有缺，故名不周。西海：神話中西北方的海。山海經大荒西經：「西北海之外，大荒之隅，有山而不合，名曰不周（今本後衍「負子」二字）。」期：猶目的地。思美人：「指嶓冢之西隈兮，與纁黄以爲期」，與此「指西海以爲期」同意，皆遥指目的地，故曰「期」。

〔八九〕屯：聚。千乘：極言其多。遠遊又云「屯余車之萬乘」。軑：車輪。方言九：「輪，韓、楚之間謂之軑。」

〔九〇〕婉婉：龍婉曲之狀。楚辭釋文作「蜿蜿」。委蛇：飄動舒展貌，或作「委移」、「逶迤」。

〔九一〕抑志：與上文「屈心而抑志」意近，謂抑制自己的感情，與「弭節」承接。神：與遠遊：「神儵忽而不反兮」之「神」同義，與「形」相對，指精神而言。　高馳：猶高揚。此言行雖「弭節」，神已高揚。亦猶遠遊所謂「徐弭節而高邁」。

〔九二〕韶：即九韶，夏啓之樂舞。　假日：假借時日。一本作「暇」，古通用。　媮樂：娱樂。

〔九三〕陟陞：二字同義相疊，皆訓昇。　皇：初昇之日。　赫戲：指天宇輝煌貌。　臨睨：下視。　舊鄉：指楚國。此句言神遊九天而下見故國。

〔九四〕懷：思。　蜷局：曲屈貌，指馬言。　顧：回視。

以上爲第四段，寫猶豫彷徨，在去留之間展示了極其深刻的矛盾和鬥爭。它構成了全篇抒情旋律中的第三個中心。其結論是：「僕夫悲余馬懷兮，蜷局顧而不行」，終於不忍離去。

亂曰：〔一〕已矣哉〔二〕！國無人莫我知兮，又何懷乎故都〔三〕。既莫足與爲美政兮，吾將從彭咸之所居〔四〕。

〔一〕亂：樂章最末一段，即尾聲。　論語泰伯：「師摯之始，關雎之亂，洋洋乎盈耳哉！」禮記樂記：「始奏以文，復亂以武」，皆「始」「亂」對舉，明「亂」爲樂曲之末章。

〔二〕已矣哉：猶「算了吧」，極度失望哀歎之辭。

〔三〕國無人：謂國無賢人，或國無足與爲美政之人。此乃先秦政治家習語，且總與國家前途命運相關，如管子明法，韓非子有度等。屈原之哀歎「國無人」，是對楚國危機的深切擔憂，非個人哀怨，説詳楚辭類稿。　故都：故國。

〔四〕美政：指屈原提出的變法革新的政治主張。綜合屈賦觀之，内容大抵包括：一、勵耕戰，使國富强而法立；二、舉賢能，改革世卿世禄制度；三、反蔽壅，鞏固君主集權；四、禁朋黨；五、明賞罰；六、變民俗。别詳屈賦新探、楚辭類稿。　彭咸：注見前。

以上爲第五段，乃全詩的結尾。詩人沉痛地抒發了「美政」理想不得實現的悲哀及以後自處之道。「吾將從彭咸之所居」，亦即上文「願依彭咸之遺則」，謂退而修德，以求人格的自我完美。

九歌

【解題】

這是屈原根據楚國國家祭典的需要而創作的一組祭歌，與漢司馬相如等作郊祀歌之事相似。屈原乃以詩人身份受命賦詩，與官職無關，其事或即在任左徒時。惜往日云：「惜往日之曾信兮，受命詔以昭詩。」是否即指作九歌，尚不可知。九歌之名，由來甚古，夏啓曾用以爲郊天祭祖的樂歌（見離騷「啓九辯與九歌」句注）。夏時九歌，春秋時早已失傳，故其時古籍解釋頗多歧義。屈原的九歌，只是在祭神娛人方面與其有淵源，故仍襲其名。

禮記郊特牲有「鄉人禓」之俗，「禓」即「殤」。鄉人行之曰「鄉殤」，國家行之曰「國殤」。九歌之有國殤，可證其爲國家祭典之歌。此外，如雲中君之言「壽宮」，並非民間所有（古籍記載，春秋戰國時人君有之）；山鬼之言「靈修」，亦非小民之稱；「東皇太一」爲天之尊神，又非下民所祀；而且九歌所描繪之鍾鼓樂舞、華麗陳設，更非僻野所能備。凡此，皆足見九歌雖多仿民間祭歌，而實用之於國家祭典。

九歌十一章，凡祀十神，末章禮魂爲全詩「亂辭」。可知「九」乃古人表多之虛數，非實指樂歌篇數。又據山海經海外西經云「大樂之野，夏后啓于此舞九代」，是禮魂所謂「傳芭兮代舞」，「代舞」當即「九代」之舞。蓋諸神祀畢，必舞「九代」以終。而「九代」之「九」，亦虚數耳。

東皇太一〔一〕

吉日兮辰良，穆將愉兮上皇〔二〕。撫長劍兮玉珥，璆鏘鳴兮琳琅〔三〕。瑶席兮玉瑱，盍將把兮瓊芳〔四〕。蕙肴蒸兮蘭藉，奠桂酒兮椒漿〔五〕。揚枹兮拊鼓，疏緩節兮安歌，陳竽瑟兮浩倡〔六〕。靈偃蹇兮姣服，芳菲菲兮滿堂〔七〕。五音紛兮繁會，君欣欣兮樂康〔八〕。

〔一〕東皇太一：指天神，亦即上帝。祭在東郊，故曰東皇。宋玉高唐賦：「醮諸神，禮太一。」于「諸神」中獨舉「太一」，其尊可知。九歌首祭「太一」，亦由其至尊無上。吴越春秋載越王「立東郊以祭陽，名曰東皇公。」「東皇公」殆即「東皇太一」之别國異稱。史記封禪書載漢武帝時亳人謬忌奏祠太一，謂「天神貴者太一」，知「太一」之祀，淵源甚久。又，舊本「東皇太一」等標題皆在篇末，此乃古式。本書既爲「今注」，故移於篇前，以便讀者。後皆仿此。

〔二〕吉日：吉善之日。　辰良：猶良辰，美好之時。　「兮」在此代「之」字。九歌以「兮」代連詞介詞之因，詳屈賦新探。　穆：恭敬。　愉：愉悦。　上皇：猶上帝，即東皇太一。　此句謂將恭敬地娱樂上帝之神。「兮」在此代「夫」字。

〔三〕撫：手持。玉珥：指劍身劍柄間設格處的玉飾。「兮」在此代「之」字。璆：美玉；此指玉佩。鏘鳴：猶言發出聲響。琳琅：本爲玉名；此形容佩聲清越。「兮」在此代「而」字。按太平御覽卷五二六引桓譚新論：「昔楚靈王驕逸輕下，簡賢務鬼，信巫祝之道，齋戒潔鮮以事上帝，禮羣神，躬執羽祓，起舞壇前。吴人來攻，其國人告急，而靈王鼓舞自若。顧應之曰：『寡人方祭上帝，樂明神，當蒙福祐焉。』不敢赴救，而吴兵遂至，俘獲其太子及后姬。甚可傷。」（又見太平御覽卷七三五）據此可知楚之國家祭典，主祭者爲國王；而且主祭者亦歌舞。故此詩首四句，即主祭者所歌。「撫長劍」、「璆鏘鳴」係主祭者頌「上皇」之容儀，非主祭者自我炫耀。因新論所言國王主祭，只「執羽祓」，不「撫長劍」；且九歌下文凡言「竦長劍」、「帶長劍」者，皆指神祇，非指主祭者。或言東皇太一爲迎神曲，主要謂歌詞中無「太一」形象，實屬誤解。

〔四〕瑶席：或謂「瑶」爲「蒞」之借字，以蒞草爲席。史記封禪書：「古者封禪，……掃地而祭，席用苴稭。」而楚祭殆用蒞草爲席。或謂席所以藉玉鎮，非是。玉瑱：「瑱」一本作「鎮」，指古人大祭時陳設的實玉。「兮」在此代「與」字。盍：集合。將：持取。把：秉執。三字爲同類聯疊語，意爲合並而捧持之。説詳屈賦新探。瓊芳：謂花之潔白者，奉之以供神也。「兮」在此代「夫」字。

〔五〕肴蒸：古指帶骨的蒸肉。以蕙草和而蒸之，取其香也。蘭藉：以蘭爲奉薦「肴蒸」之墊，亦取其香。此「兮」代「而」字。奠：供置。桂酒：以肉桂所泡之酒。椒漿：以椒實所製之漿。此「兮」代「與」字。

〔六〕揚：舉。枹：鼓槌。拊：擊。此「兮」代「以」字。疏緩節：稀疏緩慢的節奏。安歌：徐歌。此「兮」代「而」字。陳：列。竽：笙類樂器。瑟：琴類樂器。浩倡：先秦以導樂爲倡。其聲浩大，故曰「浩倡」。古多以竽導奏，故韓非子解老云：「竽也者，五聲之長者也。故竽先則鐘瑟皆隨；竽唱則諸樂皆和。」此「兮」代「而」字。此三句爲奇式句，古代多有之，九歌中尤常見。或認爲此處脱一句，非也。説詳楚辭類稿。以上乃羣女巫所歌。皆侈言祭祀時陳設、酒肴、樂歌之盛。

〔七〕靈：本義爲巫，故字從巫。古人巫以通神，故又引伸爲神靈。此指歌舞助祭之羣巫。偃蹇：低昂起伏之舞姿。姣服：美豔的服裝。此「兮」代「而」字。芳菲菲：香氣瀰漫。此「兮」代「然」字。

〔八〕五音：宫、商、角、徵、羽。繁會：言諸樂大合奏，指樂章之「亂」。此「兮」代「然」字。君：指東皇太一。在九歌中，雖或以「君」名神，如「湘君」、「東君」、「雲中君」等，但也稱所敬慕的對象，如大司命、少司命、山鬼等章之稱，即屬帶有敬慕性的第二人稱。本詩上文既已稱神爲「上皇」，則此句稱「君」，當亦屬第二人稱，表示主祭者對神的敬慕。此「兮」亦代「然」字。以上乃主祭者所歌，言衆女巫盛服歌舞以娱「上皇」及「上皇」欣然饗祭的場景。

雲中君〔一〕

浴蘭湯兮沐芳，華采衣兮若英〔二〕。靈連蜷兮既留，爛昭昭兮未央〔三〕。蹇將憺兮壽宮，與日月兮齊光〔四〕。龍駕兮帝服，聊翱遊兮周章〔五〕。靈皇皇兮既降，猋遠舉兮雲中〔六〕。覽冀州兮有餘，横四海兮焉窮〔七〕。思夫君兮太息，極勞心兮𢥞𢥞〔八〕。

〔一〕雲中君：即雲神。江陵天星觀一號楚墓竹簡記楚人祭「雲君」，亦即雲神，與九歌之「湘君」、「東君」之名同例。後世稱爲「雲中君」者，殆因詩中有「猋遠舉兮雲中」之語，增「中」字以足意耳。不知此「雲中」乃神之所止，並非神之名稱。

〔二〕浴蘭湯：以蘭煮湯洗澡。　沐芳：以白芷煮湯洗髮。周禮春官：「女巫掌歲時祓除釁浴。」鄭注：「謂以香薰草藥沐浴。」　此「兮」代「而」字。　華彩衣：盛服彩衣。方言云：「華，晠也。齊楚之間或謂之華。」晠即盛，爾雅釋言：「熾，晠也。」釋文：晠「本作盛」。是其證。　若：如果。　英：爾雅釋草：草之「榮而不實者謂之英」，離騷「夕餐秋菊之落英」即是。此言五彩之衣絢麗如花。　此「兮」代「其」字。

〔三〕靈：即巫，此指扮雲神的男巫。　連蜷：聯綿字，即「戀眷」之異文。此言神享盛祭，留連忘返。此「兮」代「而」字。　爛昭昭：光明貌。古人認爲神之顯靈必有光。離騷：「皇剡剡其揚靈兮。」「爛昭昭」與「皇剡剡」同義。史記封禪書記漢武帝封禪泰山，亦有「其夜若有光」之語。未央：興而未衰。此「兮」代「然」字。以上衆女巫所歌。言其裝飾華麗，竭誠以祭，雲中君（男巫扮）既來而樂之。

〔四〕蹇：發語詞。憺：安。壽宮：祭神之宮。呂氏春秋知接：齊桓公「蒙衣袂而絶乎壽宮」。又説苑貴德：「景公遊於壽宮。」是春秋戰國時諸侯有「壽宮」之證。或疑漢代始有壽宮，九歌作於漢代，大誤。此「兮」代「於」字。齊光：洪氏考異：「齊一作爭。」按王逸注訓「齊」爲「同」，則所據東漢本作「齊光」；但史記引劉安離騷傳所據西漢本則當作「爭光」。雲興而日月昏，雲消而日月明，則作「爭光」爲勝。此「兮」代「而」字。

〔五〕龍駕：以龍爲駕。帝服：服天神之衣。極言輿服之盛。此「兮」代「而」字。聊：且。翺遊：猶翺翔。周章：集韻作「倜傽」，云：「行貌。」此與離騷「聊浮遊以逍遥」句法相同。此「兮」代「以」字。以上雲中君所歌。言己將安於祭宮，逍遥翺翔，盡情宴樂。

〔六〕靈：此亦指扮雲神之巫。皇皇：即煌煌。指神光，與上文「爛昭昭」相應。既降：謂既降臨而享祭。此「兮」代「然」字。猋：説文：「犬走貌。從三犬。」此指疾走貌，猶「倏」字從犬而訓爲疾貌。王逸注「猋，去疾貌」，是所據漢本作「猋」。唐宋而下或作「焱」，不足據。雲中：雲神所居處，與漢代雲中郡無關。此言雲神降臨後又復離去。此「兮」代「於」字。

〔七〕覽：居高視下，指雲神。冀州：禹貢冀州居九州之首，故古或以代稱中土。此乃以局部代整體之例，詳屈賦新探。　有餘：言所及者遠，不只冀州，起下句「四海」。　此「兮」代「其」字。　橫四海：廣及四海。　爾雅釋地：「九夷、八狄、七戎、六蠻，謂之四海。」　焉窮：猶何盡，言雲之所及無窮盡。　此「兮」代「其」字。

〔八〕夫君：彼君，指雲神。　猶少司命稱「彼人」爲「夫人」。　太息：歎息。　此「兮」代「而」字。　極：甚。　勞心：憂心。　𢥞𢥞：憂心貌。　詩草蟲：「憂心忡忡。」𢥞即忡之異體。　此「兮」代「之」字。　以上衆女巫所歌。　言雲中君既來復去，橫遊四海，令人思念。

湘　君〔一〕

君不行兮夷猶，蹇誰留兮中洲〔二〕。　美要眇兮宜修，沛吾乘兮桂舟〔三〕。　令沅湘兮無波，使江水兮安流〔四〕。　望夫君兮未來，吹參差兮誰思〔五〕。　駕飛龍兮北征，邅吾道兮洞庭〔六〕。　薜荔柏兮蕙綢，蓀橈兮蘭旌〔七〕。　望涔陽兮極浦，橫大江兮揚靈〔八〕。　揚靈兮未極，女嬋媛兮爲余太息〔九〕。　橫流涕兮潺湲，隱思君兮陫側〔一〇〕。　桂櫂兮蘭枻，斲冰兮積雪〔一一〕。　采薜荔兮水中，搴芙蓉兮木末〔一二〕。　心不同兮媒勞，恩不甚兮輕絕〔一三〕。　石瀨兮淺淺，飛龍兮翩翩〔一四〕。　交不忠兮怨長，期不信兮告余以不閒〔一五〕。　鼂騁騖兮江皋，夕弭節兮北渚〔一六〕。　鳥次兮屋上，水周兮堂下〔一七〕。　捐余玦兮江中，遺余佩兮醴浦〔一八〕。采芳洲兮杜若，將以遺兮下女〔一九〕。旹不可兮再得，聊逍遥兮容與〔二〇〕。

〔一〕湘君：山海經中山經：「洞庭之山」，「帝之二女居之」，「出入必以飄風暴雨」。郭璞注：「帝之二女而處江爲神也。」是以「帝之二女」泛指洞庭水神。迨史記始皇本紀載秦博士則以「湘君」爲「堯女舜之妻」，能興風浪。九歌分列「湘君」、「湘夫人」，隱然有配偶神的影子，係先民以人類社會爲模型加工神話的必然結果。故解二湘必處處以舜與二女之説强附之，殊可不必；若謂其借配偶神以抒男女相思之情、人神敬慕之意，則又未嘗不可。楚國所祭諸神，略見於近年江陵出土的望山一號楚墓竹簡及天星觀一號楚墓竹簡。然其中只有「大水」一名，而不見江、漢、湘、沅之神，則二湘之祭，或即在「大水」之中。此篇寫湘夫人望湘君赴約之深情，及其未來而思之、已來而樂之的情景。亦用以表達祭者望湘君臨饗之誠。

〔二〕君：指湘君。夷猶：王逸注：「猶豫也。」或謂即「猶豫」之異文，乃「倒詞以取韻」。然按抽思：「悲夷猶而冀進兮」、「低佪夷猶，宿北姑兮」，并不用於叶韻，則楚俗「猶豫」、「夷猶」二語同義而並行可知。此「兮」代「而」字。蹇：發語詞。誰留：爲誰停留。中洲：即洲中。此爲湘夫人疑測之詞。此「兮」代「於」字。

〔三〕要眇：美好貌。洪氏考異：「眇一作妙。」宜修：修，修飾、裝飾。山鬼：「既含睇兮又宜笑。」「宜笑」謂笑得好；此謂裝飾得好。這是湘夫人爲迎接湘君而自我修飾。此「兮」代「而」字。沛：行疾貌。吾：湘夫人自謂。此湘夫人自言速乘桂舟以迎湘君。此「兮」代

「夫」字。

〔四〕二句言湘夫人欲使江湘風平浪静，順利前進以迎湘君，與神話所謂帝之二女出入必有風浪相照應。此二「兮」字皆代「其」字。

〔五〕夫君：指湘君。此「兮」代「而」字。　參差：指排簫。因其外形參差如鳥翼，故云。此以事物之情狀代爲名稱。近年湖北隨縣曾侯乙墓出土之戰國排簫，共十三管，從長到短，依次排列，其形參差，宛如鳥翼。洪氏考異謂「參差」本作「篸差」乃後起字。　誰思：即思誰，乃湘夫人思念湘君的含蓄語。此「兮」代「其」字。　以上二句「來」「思」自爲韻，屬古韻之部。以上爲湘夫人（巫扮）所歌。言湘夫人望湘君之臨，因其未至而思之。

〔六〕飛龍：參下文「蓀橈」「蘭旌」之語，則此當指飛行之龍舟。　北征：北向而行。湘君由湘至郢赴約享祭，故曰「北征」。　此「兮」代「以」字。　邅：回轉。指繞路而行。　吾：湘君自謂。此湘君自言繞道洞庭北上以赴湘夫人之約。此「兮」代「於」字。

〔七〕薜荔柏：洪氏考異：「柏一作拍」。即後世之「箔」字。此謂以薜荔香草織爲簾箔，與湘夫人「薜荔爲帷」義近。　蕙綢：綢即幬之借字，或作幗，即牀帳。蕙綢，謂以蕙蘭香草織爲帷帳。以上兩者皆指舟上陳設。此「兮」代「而」字。　蓀橈：方言：「楫謂之橈，或謂之櫂。」此謂以蓀草飾楫。　蘭旌：周禮司常：「析羽爲旌。」蘭旌：以蘭爲旌。此「兮」代「而」字。

〔八〕涔陽：地名。説文水部：「涔陽渚在郢。」湘君赴郢以享國祭，故「望涔陽」而横江北進。

極浦：遥遠的水涯。　此「兮」代「之」字。　横：横渡。　揚靈：猶後世之「顯聖」。　離騷：「皇剡剡其揚靈」，漢郊祀歌：「揚金光，横泰河。」　此「兮」代「而」字。

〔九〕未極：未至。言雖横江揚靈，猶未到郢都。　女：指湘夫人。　嬋媛：即「嘽咺」，憂慮怨恨。詳離騷注。　余：湘君自稱。　此「兮」代「而」字。　太息：即歎息。謂湘夫人爲己歎息，乃湘君想象揣測之詞。　此「兮」代「然」字。　以上二句「極」「息」自爲韻，皆屬古韻之部。　以上爲湘君（巫扮）所歌。言湘君北上饗祭，因路遠難行而恐湘夫人久等。

〔一〇〕横流涕：謂涕淚横流。　潺湲：流淌貌。此「兮」代「之」字。　隱：憂痛。　隱思，即痛念。　君：指湘君。　陫側：即「悱惻」之同音借字，悲傷惆悵。　此「兮」代「而」字。　二句以「側」爲韻，與前「極」「息」相叶。但前二句爲湘君歌詞之結尾，此二句爲湘夫人接唱之開始。語意分隔，而韻律相連，説詳楚辭類稿第二十。　前人不知屈賦韻例，對此四句「女」、「余」、「君」等詞解釋多混淆錯亂。

〔一一〕桂櫂：桂木爲楫，取其香。　蘭枻：枻即舷，船旁板。以木蘭爲枻，亦取其香。　此「兮」代「而」字。　斲冰：斲，斫。上承「桂櫂」，謂以櫂擊冰前進。　積雪：上承「蘭枻」，謂乘船冒雪前進。前人多謂斲冰紛如積雪，未妥。　此「兮」代「而」字。　二句言湘夫人盛寒乘舟，迎接湘君。

〔一二〕采薜荔二句：謂薜荔緣木而生，采之水中，必不可得；芙蓉開於水中，取之木末，亦爲徒勞。引起下文「媒勞」、「輕絶」之意。此二「兮」皆代「於」字。

〔一三〕心不同：謂不與己同心。媒勞：媒人徒勞。恩不甚：恩愛不深。輕絶：輕易絶情。二句皆湘夫人怨湘君不至之詞。此二「兮」皆代「者」字。

〔一四〕石瀨：説文：「瀨，水流沙上也。」又：「沙，水散石也。」古人「沙」「石」義相通，故此言「石瀨」，實即後世所謂「淺灘」。淺淺：水流貌。此「兮」代「之」字。飛龍：指龍舟，與上文「駕飛龍」同義。翩翩：此指舟行起伏翻動狀。此「兮」代「之」字。二句與上文「采薜荔」二句構思一致，謂石多水淺舟難行，引起下文二句。

〔一五〕交不忠：謂愛情不忠實。此「兮」代「者」字。期不信：謂相約而不守信用。余：湘夫人自稱。不閒：不得閒暇。此「兮」代「而」字。二句言湘君不如期前來而引起湘夫人之疑猜。以上爲湘夫人所歌。言湘夫人因湘君不至而疑慮叢生。

〔一六〕鼂：本爲蟲黽之名，古人多以同音借爲朝夕之「朝」。但離騷等篇，凡朝夕對舉之句仍作「朝」，不作「鼂」。騁騖：奔馳。江皋：江岸。弭節：按節徐行，説詳離騷。北渚：北面小洲。説文：「小洲曰渚。」戰國策燕策：「乘夏水而下漢，四日而至五渚。」則荆郢之地多渚可知。此言「北渚」，與上文湘君「北征」赴郢相應。二「兮」皆代「於」字。

〔一七〕次：舍，止息。周：旋，圍繞。二「兮」皆代「於」字。二句言湘君已到祭壇。「鳥次屋上」言壇場之静，「水周堂下」言壇場之幽，與湘夫人「築室兮水中」一段同義，彼詳而此略。韓非子內儲說上謂齊王祭河伯，「爲壇場大水之上」，蓋當時祭水神者皆築壇於水中，特九歌所言，則又帶有文藝的誇張與想象。　此二句古多歧說，故辯之如上。

〔一八〕捐：棄。　余：湘君自稱。　玦：玉佩，似環而有缺。玦與決音義相通，故古人贈玦以示訣別或斷絶關係。此言棄玦江中，則示永不訣別。此爲音義雙關。　遺：遺棄。　余：湘君自稱。　佩：與「背」古同音，故「倍」、「背」古常通假。　醴浦：醴水之岸。二「兮」皆代「余」字。

〔一九〕芳洲：香草雜生的小洲。　杜若：香草。古人謂服之「令人不忘」（參重修政和證類本草卷七）。此「兮」代「之」字。　遺：與「貽」同，贈送。　下女：下界之女，湘君對湘夫人的稱呼。亦猶離騷稱宓妃爲下女。　此「兮」代「諸」字。　二句言采杜若以贈湘夫人，以示永不相忘，與上文「恩不甚兮輕絶」之意相反。此爲借義雙關。此節諸雙關格，詳屈賦新探屈賦修辭舉隅。

〔二〇〕再得：謂時不可再得，故要珍惜相會。此「兮」代「以」字。　逍遥兮容與：言相遊樂而從容徘徊。此「兮」代「而」字。

以上爲湘君所歌。言湘君既已降臨，與湘夫人相會，逍遥娛樂。

湘夫人〔一〕

帝子降兮北渚，目眇眇兮愁予〔二〕。嫋嫋兮秋風，洞庭波兮木葉下〔三〕。登白薠兮騁望，與佳期兮夕張〔四〕。鳥何萃兮蘋中，罾何爲兮木上〔五〕。沅有芷兮醴有蘭，思公子兮未敢言〔六〕。慌惚兮遠望，觀流水兮潺湲〔七〕。麋何食兮庭中，蛟何爲兮水裔〔八〕。朝馳余馬兮江臯，夕濟兮西澨〔九〕。聞佳人兮召予，將騰駕兮偕逝〔一〇〕。築室兮水中，葺之兮荷蓋〔一一〕。蓀壁兮紫壇，匊芳椒兮盈堂〔一二〕。桂棟兮蘭橑，辛夷楣兮葯房〔一三〕。罔薜荔兮爲帷，擗蕙櫋兮既張〔一四〕。白玉兮爲鎮，疏石蘭兮爲芳〔一五〕。芷葺兮荷屋，繚之兮杜衡〔一六〕。合百草兮實庭，建芳馨兮廡門〔一七〕。九嶷繽兮並迎，靈之來兮如雲〔一八〕。捐余袂兮江中，遺余褋兮醴浦〔一九〕。搴汀洲兮杜若，將以遺兮遠者〔二〇〕。時不可兮驟得，聊逍遥兮容與〔二一〕。

〔一〕湘夫人：通篇寫湘君望湘夫人赴約深情，及其未來而思之，已來而樂之的情景，用以表達祭者望湘夫人臨饗之誠。

〔二〕帝子：據山海經，湘江之神爲天帝之女，故稱帝子。　北渚：見湘君，此爲由湘水赴郢必經之路。　此「兮」代「於」字。　眇眇：即渺渺，遠望不見之貌。　愁予：使我憂愁。　此「兮」代「然」字。　二句爲湘君懸想之詞，謂湘夫人或已止息於北渚，此時却仍望而不見，使人憂愁。

〔三〕嫋嫋：清風徐拂貌。　此「兮」代「之」字。　波：興起水波。　下：脱落。　此「兮」代

「而」字。

〔四〕登：廣雅釋詁：「蹬，履也。」蹬即登之後起字。　白蘋：草名。　騁望：縱目眺望。此「兮」代「以」字。　與：去聲，古多訓「爲」。　佳期：指與湘夫人的約會。　夕張：於夜間陳設鋪張。此言爲了相約而於夜間陳設鋪張以待湘夫人之至。此「兮」代「而」字。

〔五〕萃：集聚。　蘋：水草。　罾：魚網。　二「兮」皆代「於」字。　此言鳥非其所則不集，罾非所施則不得魚，喻己不陳設以待，則湘夫人未必來。　以上爲湘君所歌。言湘君盼湘夫人來臨，因湘夫人未至而哀愁。

〔六〕沅、醴：皆水名。　公子：指湘君。　未敢言：謂思念之情不敢外露。　二「兮」皆代「而」字。　此二句及以上句引起下句，係興體，非比喻。與越人歌「山有木兮木有枝，心悅君兮君不知」二句同例。

〔七〕慌惚：猶彷彿，不明瞭貌。此「兮」代「而」字。　潺湲：水流貌。此「兮」代「之」字。二句言湘夫人望湘君之來而不見，只見流水潺湲而已。

〔八〕麋：鹿類。　蛟：龍類。　水裔：水邊。　二「兮」皆代「於」字。　二句言麋不會捨深山而食於庭中，蛟不會捨深淵而處於水邊，比喻湘君不會待己於荒僻之地。　此與上文湘君所唱「鳥何爲」二句恰相呼應。

〔九〕江皋：江岸。　濟：渡。　西澨：楚稱水涯爲澨，古籍中凡地名有澨者，皆在楚。　此指湘夫人沂江西赴郢都所經之地。二「兮」皆代「於」字。　以上爲湘夫人所歌。言湘夫人思念湘君而馳馬赴約。

〔一〇〕佳人：指湘夫人。　召：召喚。　騰駕：馳車。　偕逝：共同前往；指相會後共赴祭壇。　上句「兮」代「之」字；下句「兮」代「以」字。

〔一一〕築室水中：詳湘君注〔一七〕。　葺：以草遮覆屋頂。　上句「兮」代「於」字；下句「兮」代「以」字。

〔一二〕蓀壁：以蓀草爲室壁，取其香。　紫壇：紫當指草名，本字作茈，所以染紫色者。以紫草爲壇，取其美。　罙：補注：「古播字。」　盈堂：一作「成堂」，猶「爲堂」。據「成堂」之義，則「罙」當爲「匊」之形誤，即後世「掬」字。掬椒成堂，謂兩手掬椒泥以塗堂室。　上句「兮」代「而」字；下句「兮」代「以」字。

〔一三〕桂棟：以桂樹爲屋棟。古堂室正中最高之梁曰棟。　蘭橑：以木蘭爲屋橑。古以縱架於屋梁者爲橑，亦名椽或榱。　辛夷楣：以辛夷之木爲門楣。楣：門上橫木。　葯房：王訓「葯」爲「白芷」，然與下文「芷葺」重複。葯實即芍葯。此言以芍葯裝飾房室。古人稱堂後曰室，室之兩旁曰房。　此二「兮」皆代「而」字。

〔一四〕罔：即網，此訓結。此句謂結薜荔香草以爲帷帳。　擗：或作「擘」，分析之也。　櫋：洪氏考異云「一作槾」，槾當讀幔。説文：「幔即幕。在旁曰帷」，「在上曰幕」。　張：張設。

此句謂析蕙草以爲帳幕，既已張設就緒。　上句「兮」代「以」字；下句「兮」代「而」字。

〔一五〕鎮：洪氏考異：「鎮一作瑱。」王注此句謂「以白玉鎮坐席也」，學者遵之。然按此節前後皆言築屋，此不當雜言陳設，故此「鎮」當爲「殿」之同音借字。蒼頡：「殿，大堂也。」是其義。詩采菽「殿天子之邦」毛傳：「殿，鎮也。」又釋文：「殿，填也。」皆以同音爲訓，故「鎮」「殿」古得通用。此句謂以白玉爲殿堂。

〔一六〕葺：通「緝」，連續縫合。　屋：當爲帷之借字。帷，小帳。詩抑「尚不愧于屋漏」鄭箋：「屋，小帳也。」亦借爲幄。此句謂以芷草爲繩縫合荷帷。與上文「葺之兮荷蓋」並言一事。此「兮」代「其」字。　繚：縛束。此句謂芷縫之不足，又以杜衡縛束。此「兮」代「以」字。

〔一七〕合：集合。　實庭：充實庭院。　此「兮」代「以」字。　建：立。　芳馨：指花氣芬芳。　廡：說文謂「堂下周屋」，猶後世廂房。此謂建起花氣芬芳的廡門。　此「兮」代「之」字。

〔一八〕九嶷：山名，因九峯相似相連而名。在今湖南。　繽：繽紛，衆多貌。　並迎：謂九峯並起似迎接湘夫人。　靈：指湘夫人的衆多侍從。　如雲：言其盛多。　二句與河伯「波滔滔兮來迎，魚鱗鱗兮媵余」構思相同，故「九嶷」不必釋爲「九嶷之神」。　上句「兮」代「然」字；下句「兮」代「也」字。　以上乃湘君所歌。言湘君爲迎接湘夫人而築室水中，百草芳馨，湘夫人忽然降臨。

〔一九〕捐：棄。　袂：衣袖，因其下缺而不合，故稱。「捐袂」亦謂願相親而不相離。　此乃音義雙關語。　遺：遺棄。　褋：當爲「韘」之同音借字。詩芄蘭「童子佩韘」毛傳：「韘，玦也。」着指之射具，似環而缺，與「玦」同義。「遺褋」亦謂願不相離而永相好。此乃借義雙關語。二句「兮」皆代「於」字。

〔二〇〕搴：采取。　汀洲：洲之平者。　杜若：香草名。　遺：贈。　遠者：指湘君，因久別重會，故云。其義與詩「我思遠人」之「遠人」同。　上句「兮」代「之」字；下句「兮」代「諸」字。

此節諸雙關語亦詳屈賦新探屈賦修辭舉隅。

〔二一〕驟得：猶輕易得到。諸家或謂湘君湘夫人末章皆言未遇而苦思，非是。果爾，則當言「時不可得」，何必言「再」「驟」？上句「兮」代「以」字；下句「兮」代「而」字。　以上乃湘夫人所歌。言湘夫人既降臨，與湘君相會而逍遥娱樂。

大司命〔一〕

廣開兮天門，紛吾乘兮玄雲〔二〕。令飄風兮先驅，使涷雨兮灑塵〔三〕。君迴翔兮已下，踰空桑兮從女〔四〕。紛總總兮九州，何壽夭兮在予〔五〕。高飛兮安翔，乘清氣兮御陰陽〔六〕。吾與君兮齊速，道帝之兮九阬〔七〕。靈衣兮披披，玉佩兮陸離〔八〕。壹陰兮壹陽，衆莫知兮余所爲〔九〕。折疏麻兮瑶華，將以遺兮離居〔一〇〕。老冉冉兮既極，不寖近兮愈疏〔一一〕。乘龍兮轔轔，高駝兮沖天〔一二〕。結桂枝兮延竚，羌愈思兮愁人〔一三〕。愁人兮奈何，願若今兮無虧〔一四〕。固人命兮有當，孰離合兮可爲〔一五〕。

〔一〕大司命：周禮大宗伯有祀「司命」之禮，漢書郊祀志謂荆巫祀「司命」，則「司命」固楚所祀。近年江陵出土戰國楚簡，所祀亦有「司命」。但皆無「大」、「少」之分。以九歌二篇內容求之，則「大司命」主「壽夭」（生死），「少司命」主「幼艾」（子嗣）。或謂「少司命」之祭如古之高禖，其神如後世之「送子娘娘」，殆近之。「大司命」爲男性神；「少司命」爲女性神。本篇乃女巫迎祭男神之辭，下篇乃男巫迎祭女神之辭，皆表現男女相慕之意。

〔二〕廣開：大開。天門：天上的宮門。天門大開言神將從天而降。吾：大司命自稱。玄雲：黑雲。「紛吾乘」即「吾紛乘」，神與雲相亂，故曰「紛」。此二句「兮」皆代「夫」字。

〔三〕飄風：爾雅釋天：「迴風爲飄」，即旋風。涷雨：爾雅釋天「暴雨謂之涷」。郭注：「今江東呼夏月暴雨爲涷雨。」亦即今所謂「天涷雨」。「先驅」「灑塵」謂大司命降臨時使風雨開路。此二句「兮」皆代「其」字。以上爲大司命（男巫扮）所歌。言己乘風自天而降。

〔四〕君：女巫指稱大司命。迴翔：即盤旋。已下：洪氏補注本作「以下」。考異：「以一作來。」按顏氏匡謬正俗三引亦作「來下」，王逸注亦云「迴運而來下」。則漢唐舊本皆作「來下」。從下文看，是正在「來下」，而非「已下」。踰：越過。空桑：山名，古籍多見之，當在楚地。大招：「魂乎歸徠，定空桑只。」從女：「女」讀爲「汝」，乃女巫指稱大司命。此言大司命來下，而已從往迎之。　上句「兮」代「而」字；下句「兮」代「以」字。　以上爲女巫迎神所歌。　言己踰空桑而迎大司命的降臨。

〔五〕紛總總：衆多貌。　九州：據周禮，指冀、幽、并、兖、青、揚、荆、豫、雍九州。　此「九州」謂居處九州之人。　予：我，大司命自稱。　此句言人的壽夭都由我掌管。　二句「兮」皆代「之」字。　以上爲大司命所歌。　言人間壽夭皆由己掌管。

〔六〕安翔，從容地飛翔。　乘清氣、御陰陽：言大司命飛翔時，乘輕清陰陽之氣。　莊子逍遥遊：「乘天地之正而御六氣之辨，以遊無窮。」淮南子厚道：「以四時爲馬，以陰陽爲御。」　此二句「兮」皆代「而」字。

〔七〕吾：迎神女巫自稱。　君：迎神女巫指稱大司命。　齊速：王逸本、洪興祖本皆作「齋速」，朱熹集注本則作「齊速」，並謂「一作齋，非是」。　這個判斷極是；但又釋「齊速」爲「整齊而疾速」，則未達一間。　其實此乃承上文大司命「高飛」「安翔」而言，謂「相同的速度」。　此言女巫迎導大司命時，以相同的速度飛行。　道：補注本作「導」，兩字古通，義爲引導。　此指迎神女巫導引大司命飛行。　帝：此篇所迎祭者爲大司命，而非上帝，故此「帝」字當爲「適」之同音借字。適，往也。　帝之通適，亦猶「蹄」之作「蹢」（見詩），「揥」之訓「摘」（見釋名）。　此句本當爲「導適（帝）兮九阬」，「帝」下「之」字，乃或旁注以訓「適」者（詩北門毛傳：「適，之也。」），後人誤入本文。九阬：文苑引作「九岡」，乃楚郢都望山。　據古今圖書集成，在今湖北松滋縣。　二句女巫自謂與大司命齊速而飛，導往九阬之山。上句「兮」代「其」字；下句「兮」代「夫」字。以上爲女巫迎神所歌。言己淩空高翔，引導大司命下降。

〔八〕靈衣：北堂書鈔一二八、太平御覽六二九引此句皆作「雲衣」，謂以雲爲衣也。劉向九歎遠遊：「服雲衣之披披」，正襲此句，則西漢古本作「雲衣」無疑。披披：長貌。陸離：燦爛貌。此皆大司命自誇服飾之盛。二句「兮」皆代「之」字。

〔九〕壹陰兮壹陽：易繫辭：「一陰一陽之謂道」，「陰陽不測之謂神」。此大司命言己能執掌陰陽，左右造化。衆：羣衆。余：大司命自稱。此句猶荀子天論所謂「不見其事而見其功，夫是之謂神」，此則專指人的壽夭。上句「兮」代「而」字，下句「兮」代「夫」字。以上爲大司命所歌。言己盛服享祭，左右造化，人莫能知。

〔一〇〕疏麻：即蘇麻，芝麻的一種。瑶華：指疏麻之花。其色白，故曰瑶華。遺：贈。離居：女巫指稱大司命。神已享祭將去，故以「離居」代稱，猶湘夫人之稱「遠者」。上句「兮」代「之」字；下句「兮」代「諸」字。

〔一一〕冉冉：漸漸。既極：猶將至。「既」古通「幾」。易歸妹：「月幾望」，荀本「幾」作「既」。極：至。此句與離騷「老冉冉其將至兮」同意。寖：漸。愈疏：越來越疏遠。此句以女巫口吻抱怨神之將去。上句「兮」代「其」字；下句「兮」代「而」字。以上爲女巫送神所歌。言神享祭已畢將去，已則依依惜别。

〔一二〕乘龍：據下文「轔轔」，此當指以龍駕車。 轔轔：車聲。 駞：即馳，古通用。沖天：猶騰空。 二句謂大司命饗祭畢，乘龍離去。 上句「兮」代「之」字；下句「兮」代「而」字。

〔一三〕結：攀持。 延竚：久立。 羌：發語詞。 愈思：言思念更切。 愁人：使人愁苦。此爲大司命自言雖已離去，思念之情則更苦。 二句「兮」皆代「而」字。 以上爲大司命所歌，言己將高馳遠去，而又延竚不忍遽離。

〔一四〕奈何：無可奈何。 今：指大司命降臨相會之日。 無虧：不虧歇，指永不離别。此上承大司命「愁人」之語，願長相處無相離。 上句「兮」代「其」字；下句「兮」代「之」字。

〔一五〕有當：猶有常。 二句乃女巫勸留大司命之詞，言人命壽夭有常，但離合之事却無人能管。 以上爲女巫送神所歌。 言己欲與大司命永不别離，雖人命有定而離合由己。

少司命〔一〕

穐蘭兮麋蕪，羅生兮堂下〔二〕。 緑葉兮素枝，芳菲菲兮襲予〔三〕。 夫人自有兮美子，蓀何以兮愁苦〔四〕？ 穐蘭兮青青，緑葉兮紫莖〔五〕。 滿堂兮美人，忽獨與余兮目成〔六〕。 入不言兮出不辭，乘回風兮載雲旗〔七〕。 悲莫悲兮生别離，樂莫樂兮新相知〔八〕。 荷衣兮蕙帶，儵而來兮忽而逝〔九〕。 夕宿兮帝郊，君誰須兮雲之際〔一〇〕？與女遊兮九河，衝風至兮水揚波〔一一〕。與女沐兮咸池，晞女髮兮陽之阿〔一二〕。望美人兮未來，臨風怳兮浩歌〔一三〕。孔蓋兮翠旌，登九天兮撫彗星〔一四〕。竦長劍兮擁幼艾，荃獨宜兮爲民正〔一五〕。

〔一〕少司命：見大司命注〔一〕。

〔二〕穐蘭：穐，秋之古字。或本作蘪蕪，香草名。本草：「蒔於園庭，則芬香滿徑。七八月間開白花。」羅生：羅列而生。堂下：祭堂之下。上句「兮」代「與」字，下句「兮」代「於」字。

〔三〕素枝：蘭與蘪蕪，皆非素枝。洪氏考異：「枝一作華。」文選本亦作「華」。白華上承蘪蕪而言。芳菲菲：猶俗語香噴噴。襲：王逸注：「及也。」謂香氣暗中及人。予：羣巫自稱。上句「兮」代「而」字，下句「兮」代「然」字。

〔四〕夫人：彼人。羣巫指稱少司命。美子：好兒女。蓀：羣巫指稱迎神男巫。何以：何爲。上句「兮」代「其」字，下句「兮」代「而」字。以上爲伴舞羣巫所歌。言羣巫問迎神男巫：少司命自有「美子」，你爲何「愁苦」。

〔五〕二句上承羣巫所唱「穐蘭兮蘪蕪……緑葉兮素枝」而來，並引起下文答辭。上句「兮」代「之」字，下句「兮」代「而」字。

〔六〕美人：指伴舞羣巫。余：迎神男巫自稱。目成：以目相許。二句言行祭時美人滿堂，而少司命獨屬意於己。　上句「兮」代「皆」字，下句「兮」代「以」字。

〔七〕回風：旋風。　雲旗：繪有雲霞的旌旗。　二句言少司命入無言、出不辭，早已乘風載旗而去。　二句「兮」皆代「而」字。

〔八〕二句乃男巫自謂少司命與己「新相知」（「目成」）固人生至樂；而「生別離」（「出不辭」）亦人生最悲。　二句「兮」皆代「於」字。　以上爲迎神男巫所歌。言男巫答羣巫之問，少司命降臨後獨與己「目成」，忽又離去，故而「愁苦」。

〔九〕荷衣：製荷爲衣。　蕙帶：以蕙蘭香草爲帶。　儵、忽：皆迅速貌。古人多兩字合用，如招魂「往來儵忽」。洪氏考異：「儵一作倏」，儵、倏皆爲「倐」之同音借字。　逝：去。　二句乃少司命自謂衣飾香潔，往來匆匆。　上句「兮」代「而」字；下句「兮」代「焉」字。

〔一〇〕帝郊：天帝之郊，猶「天界」。　君：少司命指稱迎神男巫。　誰須：等待誰。　二句乃少司命問迎神男巫：我已遠去，你在等誰？　二句「兮」皆代「於」字。　以上爲少司命所歌。言己來去匆匆，早已遠宿「帝郊」，而你（指男巫）仍在此苦等誰呢。

〔一一〕與女遊二句：洪氏考異：「王逸無注，古本無此二句。」又補注：「此二句河伯章中語也。」按文選已有此二句，則其衍當在梁陳以前。

〔一二〕女：通「汝」，下句同。　迎神男巫指稱少司命。　沐：洗髮。　咸池：古代神話中的天池，日出所浴處。　晞：曬乾。　陽之阿：即「陽阿」，指古代神話中的「陽谷」，或作「湯谷」，日出處。「阿」與「谷」義近，指山曲隅。　二句乃迎神男巫望神之去而復返，相與遊嬉。　二句「兮」皆代「於」字。

〔一三〕美人：指少司命。　未來：承上文少司命「出不辭」「忽而逝」「宿帝郊」而言。　怳：通惘，失意貌。　浩歌：放聲高歌。　上句「兮」代「其」字，下句「兮」代「然」字。　以上爲迎神男巫所歌。言己願與少司命共沐同樂，但望而不來，惟有「浩歌」抒懷。

〔一四〕孔蓋：用孔雀翎製成的車蓋。　翠旍：析扎翡翠之羽爲旍。　九天：天極高處。　撫：持。　彗星：即掃帚星，因其尾如帚，故名。先秦時以彗星爲掃除邪穢之象徵，故左傳昭公二十六年記晏子謂：「天之有彗也，以除穢也。」　二句「兮」皆代「而」字。

〔一五〕竦：高舉。　擁：保護。　幼艾：幼兒及少年。古人又有「少艾」之稱，皆不分男女。上文「撫彗星」、「竦長劍」皆少司命保護幼兒之舉。　荃：香草，此指少司命。　正：君長、主宰。　此爲羣巫頌辭，言少司命方配爲民主宰。　以上爲伴舞羣巫所歌。言少司命能佑護「幼艾」，宜爲萬民主宰。

東　君〔一〕

暾將出兮東方，照吾檻兮扶桑〔二〕。撫余馬兮安驅，夜皎皎兮既明〔三〕。駕龍輈兮乘雷，載雲旗兮委蛇〔四〕。長太息兮將上，心低佪兮顧懷〔五〕。羌聲色兮娛人，觀者憺兮忘歸〔六〕。緪瑟兮交鼓，簫鐘兮瑶簴〔七〕。鳴鷈兮吹竽，思靈保兮賢姱〔八〕。翾飛兮翠曾，展詩兮會舞〔九〕。應律兮合節，靈之來兮蔽日〔一〇〕。青雲衣兮白霓裳，舉長矢兮射天狼〔一一〕。操余弧兮反淪降，援北斗兮酌桂漿〔一二〕。撰余轡兮高駝翔，杳冥冥兮以東行〔一三〕。

〔一〕東君：史記封禪書有「東君」之祀。廣雅釋天：「東君，日也。」是此章乃祭日神之歌。禮記祭義：「祭日於東，祭月於西，以别内外，以端其位。」「祭日於東」即孔疏所謂「用朝旦之時祭於日出東方之時，故曰「東君」。

〔二〕暾：王逸注：「謂日始出東方，其容暾暾而盛大也。」朱熹集注：「暾，温和而明盛也。」是諸家皆以暾爲形容詞，實則此作名詞用，指初出之日，或楚地方言如此。吾：迎神女巫自稱。檻：闌干。扶桑：木名，神話中日出處。此言初出的太陽，將從扶桑照射到我的闌干。二句「兮」皆代「於」字。

〔三〕撫：以手拂拍。安驅：徐行。皎皎：明貌。此言天剛黎明，女巫乘馬徐驅迎神。上句「兮」代「以」字，下句「兮」代「然」字。以上爲迎神女巫所歌。言太陽將出於東方，已乘馬安驅以迎東君。

（四）龍輈：輈，車轅，所以駕馬者。雕以龍形，故曰龍輈。　乘雷：形容車聲似雷。　乘，車乘。　載：建樹。　雲旗：指旌旗飄蕩似雲。　委蛇，即逶迤，指旌旗飄揚舒卷之貌。　此皆東君自言降臨情狀。　據離騷，日乘車，羲和爲御，故此謂「駕龍輈」云云。　上句「兮」代「而」字，下句「兮」代「之」字。

（五）將上：承上「將出」而言，謂將上升至高空。日初出，爲迎祭之時；日上升高空，則祭事將畢，故神爲此「長太息」。　低佪：徘徊不進貌。　顧懷：眷戀。　皆表現東君「將上」時的心情。　二句「兮」皆代「而」字。

（六）羌：發語詞。　聲色：指祀祭時的歌舞。　娱人：令人娱樂。　觀者：指觀看祭禮的人。　憺：安，有貪戀之意。　此言聲色娱人，觀者忘歸，以此襯出東君之不欲去。　以上乃東君（男巫扮）所歌。　言己降臨饗祭，既娱情於歌舞，又恐禮畢離去。

（七）緪：説文作「揯」，云：「引急也。」揯瑟即「把瑟絃繃緊」。　文選長笛賦：「緪瑟促柱。」緪即揯。　交鼓：古人懸鼓於架，多二人對擊，故曰。　簫鐘：當據洪邁容齋續筆引蜀客所見古本作「𢹿鐘」。　𢹿：撞擊。　瑶簴：當據王念孫讀書雜志餘編讀「瑶」爲「摇」。　簴，懸掛鐘磬的木架，故擊鐘而簴摇，猶招魂之「鏗鐘摇簴」。　二句「兮」皆代「而」字。

（八）䶵：或作「箎」，吹奏樂器。　以竹爲之。　竽：見東皇太一注〔六〕。　靈保：指扮東君之巫，猶詩經稱「尸」（扮祖神）爲「神保」，如「神保是饗」、「神保是格」。　賢姱：既賢且美。　此句乃祭神女巫言對東君的仰慕之深。

〔九〕翾飛：迴旋飛翔。　翠曾：當爲「卒翾」，蓋傳鈔者移「翾」旁之「羽」於「卒」之上所致。「卒」即「猝」，迅速。翾，高飛。「卒翾」與「翾飛」對文。此句形容羣巫起舞之狀。　展詩：猶陳詩，演唱詩篇。　會舞：猶合舞，衆巫羣舞。　二句「兮」皆代「而」字。

〔一〇〕應律：與音律相應。　合節：與節奏相合。此言歌舞與音樂旋律相協。　靈：此指東君的侍從。　蔽日：與湘夫人「靈之來兮如雲」同義，言侍從之多。　以上乃祀神羣女巫所歌。描述歌舞並作的盛況及祭以娱神的拳拳之意。

〔一一〕青雲衣、白霓裳：此指日神的服裝與形象。　長矢：長箭。　天狼：星名。晉書天文志上：「狼一星，在東井東南。狼爲野將，主侵略。」　上句「兮」代「而」字，下句「兮」代「以」字。

〔一二〕操：持。　余：東君自稱。　弧：星名。九星相連似弓，故名。晉書天文志上：「弧九星，在狼東南，天弓也。主備盜賊，常向於狼。」淪降：猶淪落、淪亡。此乃東君自謂能保衛國家不受侵略。　援：引持。　北斗：星名，七星相連似斗杓。　酌：斟取。　桂漿：用桂花釀造的酒。　此句承上文，言却敵之後飲酒祝捷。　上句「兮」代「而」字，下句「兮」代「以」字。古人凡祭皆有求神降福禦敵之目的，故以上四句乃東君自許之言。

〔一三〕撰：洪氏補注：「雛免切。定也，持也。」今齊東方言，凡緊握者皆曰撰，音轉如「贊」。余：東君自稱。　轡：御馬之繮。　駝：洪氏補注：「一作『馳』。」　東行：言日落後由地下冥冥東行，次日又出於東方。此乃「渾天」說之先驅。上句「兮」代「而」字，下句「兮」代「以」字。「以」字因讀者以「以」代「兮」而誤入。洪氏考異謂一本無「以」字，是也。以上乃東君所歌。言己享祭之後將爲民抵禦侵略、防備盜賊。

河伯〔一〕

與女遊兮九河，衝風起兮水橫波〔二〕。乘水車兮荷蓋，駕兩龍兮驂螭〔三〕。登崑崙兮四望，心飛揚兮浩蕩〔四〕。日將暮兮悵忘歸，惟極浦兮寤懷〔五〕。魚鱗屋兮龍堂，紫貝闕兮朱宮，靈何爲兮水中〔六〕。乘白黿兮逐文魚，與女遊兮河之渚，流澌紛兮將來下〔七〕。子交手兮東行，送美人兮南浦〔八〕。波滔滔兮來迎，魚鱗鱗兮媵予〔九〕。

〔一〕河伯：即河神。河伯的神話由來甚古。穆天子傳卷一，謂「陽紆之山」乃「河伯無夷之所都居」。水經注洛水引竹書紀年：「洛伯用與河伯馮夷鬥。」「馮夷」即「無夷」。莊子秋水則直稱「河伯」，而大宗師所云「馮夷得之，以遊大川」，亦指河伯而言。屈子天問，亦言河伯妻雒嬪事。初學記引孝經援神契云「河者，水之伯」，殆河神稱「伯」之因。祭祀河伯之風，春秋戰國頗盛。故史記載有西門豹反對「河伯娶婦」之事。或因左傳哀公六年記楚昭王疾，以「祭不越望」爲由不肯祭祀黃河之事，以爲楚不當有祭河伯的祭歌，實則此乃史臣言昭王一人獨能遵循古禮，非謂春秋時楚不祭河。楚自問鼎中原之後，與晉隔河相望，戰鬥頻繁，無不祭河之理。左傳宣公十二年：楚子「祀於河，作先君宮，告成事而還」，即其例。論語述而「子疾病，子路請禱。子曰：『有諸？』子路對曰：『有之。誄曰：禱爾於上下神祇。』子曰：『丘之禱久矣。』」此記孔子一人拒禱，不足以證春秋時無禱「上下神祇」之禮。楚昭王之事與此相似。

〔二〕女：即汝。河伯稱迎神女巫。九河：指黃河將入海時分爲九股，以殺其勢。尚書禹貢：「九河既道。」爾雅釋水釋九河爲：徒駭、太史、馬頰、覆鬴、胡蘇、簡、絜、鉤盤、鬲津。衝風：王逸注：「衝，隧也。」按古今訓詁，「衝」無「隧也」之義。王逸蓋據楚地方言爲訓。隧指兩山間的通道，今湖南方言乃稱「衝」（今多簡寫爲「沖」）。兩山之間風力最大，俗稱「風口」。詩桑柔：「大風有隧，有空大谷」。即指此。漢書韓安國傳顔師古注「衝風，疾風衝突者也」，乃望文生訓。橫波：少司命複出此二句，「橫波」作「揚波」，義相近，猶言狂濤湧起。上句「兮」代「於」字；下句「兮」代「而」字。

〔三〕水車：河伯水行，故曰水車。荷蓋：以荷葉爲車蓋。兩龍：山海經海內北經謂河伯冰夷（郭璞注：「冰夷，馮夷也。」）「乘兩龍」。驂螭：古時一車駕四馬，中兩馬曰「服」，旁兩馬曰「驂」。螭，無角之龍。「驂螭」即以螭駕於龍之兩旁。上下兩句「兮」皆代「而」字。

〔四〕崑崙：古人謂黃河發源於崑崙山。見爾雅、説文、山海經。浩蕩：無思慮貌。離騷：「怨靈修之浩蕩。」二句「兮」皆代「而」字。

〔五〕悵忘歸：王逸謂「言己心樂志説（悦），忽忘還歸也」。按「悵」爲惆悵失意，無「心樂志悦」之義。東君、山鬼皆有「憺忘歸」之語，言樂而忘歸。則此處王逸所據漢本亦當作「憺忘歸」。此言河伯與迎神女巫暢遊大河上下，樂而忘歸。極浦：遥遠的水岸，指上文「九河」、「崑崙」而言。寤懷：猶言開懷、暢懷。此句言河之遠處，令人開懷。上句「兮」代「而」字，下句「兮」代「其」字。以上河伯所歌。言己伴同迎神女巫暢遊大河上下，由下游入海之「九河」直至上游發源之崑崙，樂而忘歸。

〔六〕魚鱗屋：以魚鱗爲屋蓋。龍堂：壁間畫有蛟龍的廳堂。紫貝闕：以紫紋貝裝飾門户。朱宫：以丹色塗宫殿。靈：指河伯。三句謂我早已修築宫殿、裝飾祭壇以待河伯，但河伯爲何總喜遨遊水中不肯來臨？前二句「兮」皆代「而」字，後句「兮」代「於」字。

〔七〕白黿：白色大鼈。逐：隨從。文魚：有斑紋的魚。女：同汝，迎神女巫指稱河伯。河之渚：大河中的洲渚。與河伯遊於河渚，即指上文由九河上至崑崙而言。流澌：解冰隨流而下。紛：指流澌紛然解散之狀。將：猶帶領。史記秦始皇本紀「將軍擊趙」正義：「將，猶領也。」此「將來下」乃迎神女巫言己帶領河伯下臨祭壇，與上「流澌」相連成文，猶漢書郊祀志所記春冰泮解而禱祀於河之禮俗。上句「兮」代「而」字，中句「兮」代「於」字，下句「兮」代「然」字。以上爲迎神女巫所歌。言己早已建築華麗之祭壇，迎河伯降臨享祭。

〔八〕子：指河伯。交手：猶拱手。拱必兩手相交，故云。東行：謂順流東去。美人：羣巫稱頌河伯之言。南浦：南方水濱。二句言河伯享畢將去而羣巫相送。上句「兮」代「而」字，下句「兮」代「於」字。以上爲羣女巫所歌。言河伯享畢將歸而已送之。

〔九〕滔滔：水流貌。來迎：言河水之波來迎河伯。鱗鱗：羣魚比次之狀。媵予：謂羣魚侍從河伯。予，河伯自稱。二句「兮」皆代「而」字。以上爲河伯所歌。言己回歸大河，有波浪相迎，羣魚相隨。

山鬼〔一〕

若有人兮山之阿，被薜荔兮帶女蘿〔二〕。既含睇兮又宜笑，子慕予兮善窈窕〔三〕。乘赤豹兮從文狸，辛夷車兮結桂旗〔四〕。被石蘭兮帶杜衡，折芳馨兮遺所思〔五〕。余處幽篁兮終不見天，路險難兮獨後來〔六〕。表獨立兮山之上，雲容容兮而在下〔七〕。杳冥冥兮羌晝晦，東風飄兮神靈雨〔八〕。留靈修兮憺忘歸，歲既晏兮孰華予〔九〕。采三秀兮於山間，石磊磊兮葛蔓蔓〔一〇〕。怨公子兮悵忘歸，君思我兮不得閒〔一一〕。山中人兮芳杜若，飲石泉兮蔭松柏，君思我兮然疑作〔一二〕。雷填填兮雨冥冥，猨啾啾兮又夜鳴〔一三〕。風颯颯兮木蕭蕭，思公子兮徒離憂〔一四〕。

〔一〕山鬼：祭名山大川，乃古禮之常；而「山鬼」之名，則不多見。實則「山鬼」即山神，南楚山神又有其獨特的神話色彩。顧成天九歌解疑其與巫山神女故事有關，似近是。雖郭沫若曾認爲詩中「采三秀兮於山間」之「於山」即「巫山」，其説不可信（詳後注）。但從全詩看，却與高唐、神女賦之内容隱約相似。如作爲一個熱戀生活、追求愛情的少女形象，她「既含睇兮又宜笑，子慕予兮善窈窕」，不正是神女賦所謂「目略微眄，精彩相授，志態横出，不可勝記」？「雲容容兮而在下」、「東風飄兮神靈雨」，不正是高唐賦所謂「雲氣崒兮直上」、「旦爲朝雲，暮爲行雨」？「留靈修兮憺忘歸」之獨稱「靈修」，不正是巫山神女「願薦枕席」於「先王」的神話縮影？故九歌之山鬼，殆即楚王室祭祀先王「立廟號曰朝雲」之祭歌。

〔二〕若：若有所見，疑似之詞。　人：指山鬼。　阿：山之曲隅。　被薜荔：謂山鬼披薜荔香草爲衣。　帶女蘿：以女蘿爲帶。　女蘿，蔓生植物，多附於松柏，又稱松蘿。　上句「兮」代「於」字，下句「兮」代「而」字。

〔三〕睇：説文：「目小視也。」「含睇」指微開其目，目光含而不露。　宜笑：善笑，愛笑。　大招亦兩見。宜猶「宜人」、「宜春」之「宜」，王逸注：「好口齒而宜笑也。」謂凡口齒好者，則笑得好看。　子：指山鬼。　慕：愛慕。　予：迎神男巫自稱。　善窈窕：言善於作態。　窈窕，姿態美好。　二句「兮」皆代「而」字。　以上爲迎神男巫所歌。　言山鬼之美及其對迎己者的傾慕之情。

〔四〕乘赤豹：言以赤豹駕車。赤豹，指豹毛赤而文黑。從文狸：以文狸爲侍從。文狸，毛黄黑相雜之狸。辛夷車：以辛夷香木爲車。結桂旗：結桂枝爲旗。二句「兮」皆代「而」字。

〔五〕被石蘭、帶杜蘅：與上文「被薜荔」、「帶女蘿」寫山鬼山間獨居之服不同，此言山鬼因即將降臨享祭而换裝。芳馨：指香花芳草。遺：贈。所思：山鬼謂己所思之人。上句「兮」代「而」字，下句「兮」代「以」字。

〔六〕余：山鬼自稱。處：居住。幽篁：幽深的竹叢。險難：猶艱險。獨後來：山鬼謂己降臨祭壇獨遲。上句「兮」代「而」字，下句「兮」代「故」字。

〔七〕表：祭神時所立木表。國語晉語：「昔成王盟諸侯於岐陽，楚爲荆蠻，置茆蕝，設望表，與鮮卑守燎，故不與盟。」韋注：「望表，謂望祭山川，立木以爲表，表其位也。」淮南子氾論：「怯者夜見立表，以爲鬼也。」是所立之表，或有似鬼神者。容容：雲氣浮動貌。上句「兮」代「於」字，下句「兮」代「而」字。下句今本「兮」下又有「而」字，係後人據語氣所臆增，當删。此猶東君「杳冥冥兮以東行」，「兮」本代「以」字，或本臆增「以」字之例。

〔八〕杳冥冥：陰暗貌。羌：廣雅釋言：「羌，乃也。」「乃」猶竟也。「羌晝晦」言竟在白晝間突然陰晦起來，承上句「雲容容」而言。神靈雨：猶言「神在行雨」。「靈」與「零」通，謂雨飄落。上句「兮」代「然」字，下句「兮」代「而」字。

〔九〕靈修：指楚王之主祭者。九歌爲國祀之歌，故稱。　憺忘歸：安樂而忘歸。　歲既晏：歲既暮，喻年齡衰老。　孰華予：猶言誰能使我永葆青春。「予」乃羣女巫代山鬼自稱。此與離騷「及榮華之未落」、「及年歲之未晏」立意相近。　上句「兮」代「而」字，下句「兮」代「矣」字。以上爲羣女巫所歌。言山鬼之來，行雲作雨，主祭者安而忘歸，山鬼亦當及時行樂。

〔一〇〕三秀：即芝草。爾雅釋草「茵芝」郭璞注：「芝一歲三華。」按茵與秀同音，「茵芝」即「秀芝」，芝之別種，因其一歲三華，故稱「三秀」。　磊磊：亂石堆積狀。　蔓蔓：葛藤連延狀。　上句「兮」代「於」字，故「兮」下「於」字當爲衍文，因後人不知而妄增，與上文「雲容容兮而在下」誤衍「而」字同例。或釋「於山」爲「巫山」，非是。

〔一一〕公子：山鬼稱己所思之人。　悵忘歸：言望人未見，悵然忘歸。　君：指上文「公子」。　我：山鬼自稱。　不得閒：山鬼推想諒解之詞，言公子非不思我，特因「不得閒」耳。此與湘君「期不信兮告余以不閒」命意不同。　上句「兮」代「而」字，下句「兮」代「焉」字。　以上爲山鬼所歌。追訴與「公子」相見之難，及其諒解之意。

〔一二〕山中人：指山鬼。　芳杜若：芳香的杜若。　石泉：山泉。　蔭松柏：以松柏爲蔭庇。　君：指上文「山中人」，即「山鬼」。　我：男巫自稱。　然疑：猶言將信將疑。　此句謂正由於你思我之深，故對我的愛情產生了懷疑。　上句「兮」代「如」字，中句「兮」代「而」字，下句「兮」代「焉」字。

〔一三〕填填：雷聲。冥冥：陰雨貌。猨：即猿。啾啾：猿鳴聲。又：一作「狖」，猿類。上句「兮」代「而」字，下句「兮」代「然」字。以上乃迎神男巫所歌。與「山中人」（山鬼）追述相見之難，並致以寬慰之意。

〔一四〕颯颯：風聲。蕭蕭：木聲。徒：空。離憂：陷於憂愁之中。上句「兮」代「而」字，下句「兮」代「焉」字。以上爲羣女巫所歌。承上文代抒山鬼別後之苦。

國殤〔一〕

操吴戈兮被犀甲，車錯轂兮短兵接〔二〕。旌蔽日兮敵若雲，矢交墜兮士爭先〔三〕。凌余陣兮躐余行，左驂殪兮右刃傷〔四〕。霾兩輪兮縶四馬，援玉枹兮擊鳴鼓〔五〕。天時墜兮威靈怒，嚴殺盡兮棄原壄〔六〕。出不入兮往不反，平原忽兮路超遠〔七〕。帶長劍兮挾秦弓，首身離兮心不懲〔八〕。誠既勇兮又以武，終剛强兮不可凌〔九〕。身既死兮神以靈，子魂魄兮爲鬼雄〔一〇〕。

〔一〕國殤：國家爲死難者舉行的祭祀。「殤」即禮記郊特牲「鄉人禓」之「禓」，音同字異；亦即論語鄉黨「鄉人儺」之「儺」，同事異名。鄭玄注郊特牲：「禓，强鬼也。」古人欲借强鬼之力除災，故祭之。韋昭注楚語「殤宫」：「若今世云能使殤矣。」是「使殤」之俗，魏晉之際猶行於世。鄉人祭之曰「鄉殤」，國家祭之曰「國殤」。「殤」之本義爲未成年而夭亡；此國殤所祀則專指戰死者，故國殤末句稱之爲「鬼雄」。古時凡祭禓行儺，必使巫覡扮强鬼，進行「索室」「驅疫」，以達消災却敵之目的，故此章所寫，即祭禮時「强鬼」或巫覡所唱。

〔二〕吴戈：吴地出産的劍戈。周禮考工記云：「鄭之刀，宋之斤，魯之削，吴粤之劍，遷乎其地而弗能爲良，地氣使然也。」一九七八年湖北隨縣出土戰國曾侯乙墓竹簡記隨葬武器有「楚甲」「吴甲」「䣝弓」等，故當時楚有「吴戈」或「秦弓」本不足奇。或説「吴戈」當爲「吾科」，乃盾名；但下文「秦弓」又當作何解？　犀甲：以犀牛皮爲甲，取其堅。荀子議兵：「楚人鮫革、犀、兕以爲甲，鞈如金石。」史記禮書引作「堅如金石」。　錯轂：指車輪互相交錯。轂，車輪中部圓木，所以固軸者，此代指車輪。　短兵：戰國時軍隊編制的名稱，即將帥的衛隊，因持刀劍等短兵器而名。商君書境内：「……國封尉，短兵千人；將，短兵四千人。」此言敵軍逼近帥車，衛隊直接與其交戰。　二句「兮」皆代「而」字。

〔三〕敵若雲：形容敵人衆多。　矢交墜：言兩軍對射，流矢交互落地。　二句「兮」皆代「而」字。

〔四〕凌：侵犯。　余：巫扮將帥自稱，下同。　陣：朱熹引一本作「陳」，是，指軍事陳列之狀。　躐：踐越。　行：行伍。　左驂：古人一車四馬。中兩馬稱服；左右兩旁之馬稱驂。殪：死。　右：承上文「左驂」，指右驂。　刃傷：爲鋒刃所傷。　二句「兮」皆代「而」字。

〔五〕霾：與「埋」通。　縶：絆繫。　埋輪縶馬，是古代的一種軍事行動，即在對陣失利時，以此表示至死不退。孫子九地篇：「是故方馬埋輪，未足恃也。」曹注：「方馬，縛馬也。」王逸注：「終不反顧，示必死也。」得其義。　援：執。　玉枹：飾玉的鼓槌。　古者戰事以擊鼓進，以鳴金退，皆由將帥掌之。故此言援枹擊鼓以進，乃將帥之事。　二句「兮」皆代「而」字。　以上陣亡將士（巫扮）所歌。言己在戰爭危急之際埋輪縶馬，拼死一戰。

〔六〕天時墜：洪興祖引文苑「墜」作「懟」，注家多從之。但據王逸注「墜，落也」，則漢代古本作「墜」無疑。按屈賦稱「時」多與「日」義通，指太陽。如離騷有「日忽其將暮」，又有「時曖曖其將罷（疲）」之語。故此「天時墜」即謂太陽已落。　威靈：神靈。此言鏖戰至暮，天地昏暗，神靈震怒。　嚴殺：殘酷的搏殺。　盡：指敵我雙方死傷殆盡。　原壄：即原野。洪、朱二氏皆謂「壄」古「野」字，然世傳各本「壄」皆誤作「壄」，實則當從「予」聲，從「矛」不通。

〔七〕反：通「返」。此指戰士爲國捐軀疆場而不得回返。　忽：遠貌。與懷沙「道遠忽兮」之「忽」同義。　超遠：即迢遠。　上句「兮」代「而」字，下句「兮」代「其」字，與離騷「路曼曼其修遠」句式相同。

〔八〕挾：持。　秦弓：秦地所産良弓，見前注。　首身離：芙蓉館本作「首雖離」。　戰國策秦策：「首身分離，暴骨草澤。」知其爲古成語。　懲：乂，王注誤作「忞」，因受創而懲戒。「心不懲」猶言至死不悔。　二句「兮」皆代「而」字。　以上陣亡將士（巫扮）所歌。言己爲國捐軀，死而無憾。

〔九〕誠：實在，真是。　勇：勇敢。　武：威猛。　又以：又且。　惜往日：「虚惑誤又以欺」，與此同義。　此句言實在是既勇敢又威猛。　凌：侵犯。　二句「兮」皆代「而」字。

〔一〇〕神以靈：言戰士既死之後，其神亦靈。「以」猶「亦」，古書多互用。　子魂魄：洪氏補注：一作「魂魄毅」，一作「子魄毅」。「子」猶九歌他篇尊稱對方，此乃祭神巫覡對戰死者之尊稱。句言你們的魂魄不愧爲鬼中雄傑。　上句「兮」代「而」字，下句「兮」代「乃」字。　以上爲祭神巫覡所歌。言戰士勇武剛强，死後魂爲鬼雄，受人敬仰。

禮　魂〔一〕

盛禮兮會鼓，傳芭兮代舞，姱女倡兮容與〔二〕。春蘭兮秋菊，長無絶兮終古〔三〕。

〔一〕禮魂：九歌每章題名皆與内容相應，惟禮魂則否。或以禮魂爲前十章送神之總曲，但天神地祇古無稱「魂」者。故以此爲國殤亂辭，其説近是。國殤末句「子魂魄兮爲鬼雄」，正與禮魂之名相承。蓋國殤之祭皆由男巫出場，而結尾禮魂則係羣女巫歌舞禮贊之辭。九歌他章亦有類似之亂辭，但未題辭名。故國殤亂辭或本無題名，特後人別加批注於句旁，以明其與國殤正文之別，後遂以訛傳訛，誤爲脱離國殤而獨立之章。此殆王逸九歌序中所謂「章句雜錯」之一端歟？

〔二〕盛禮：洪氏補注本作「成禮」。「成」「盛」古多通用。此言「成禮」，指上文國殤之祭禮行將結束。會鼓：楚祭舞必擊鼓。衆鼓齊鳴，故曰「會鼓」，猶東君之「會舞」。傳芭：謂舞時以花相傳。「芭」即「葩」之異文。説文：「葩，華也。」代舞：更疊起舞。殆即山海經的「九代」之舞。「會鼓」與「代舞」並舉，即淮南子修務所謂「鼓舞」。姱女：美女，指參加歌舞的女巫。倡：即唱，歌唱。容與：從容有度。上句「兮」代「而」字，中句「兮」代「以」字，下句「兮」代「而」字。

〔三〕春蘭秋菊：指天時代謝，百花永芳。終古：長久永恒。二句謂天時無盡，祭享亦不絶也。

此章爲羣女巫集體舞蹈時所唱。乃國殤之亂辭。

天問

【解題】

「天」爲宇宙萬物之總稱；所問者廣，故曰「天問」。

天問之作，王逸楚辭章句天問序認爲是屈原放逐時觀楚先王廟堂壁畫所繪天地山川神靈聖賢怪物行事，「因書其壁，呵而問之」。考遠古廟堂壁繪故事，由來尚矣。王逸之説不爲無據。對於天問寫作時地，古今學者多所推定。如果天問之作確實受到先王廟堂壁畫之啓示，則其時地當在流亡漢北之時。因近代考古發現，漢北丹淅之地乃楚先代都城所在，貴族陵墓甚多，當時先王廟堂必有存者。屈原行經其地，觸目生情，賦天問篇，其可能性是很大的。但這最多只能説是臨時的創作契機，更重要的則是時代思潮給屈子的影響。戰國之世，諸子蜂起，百家爭鳴，對宇宙之形成、歷史之演變、神話之流傳、物象之奇瑰，各家皆從不同角度有所探索。如莊子之問天運，鄒衍之推驗物理，孟子之論辯唐虞夏商古史等，這正是戰國的時代思潮。而屈原本着懷疑與批判之精神，大膽地對天文、地理、神話、歷史等提出了許多探索性的疑問和詰難，企圖對天人之際進行一番新的思考，借以推往知來，以古鑒今，抒泄個人的不平與憤懣，這就構成了天問不朽的思想價值和認識價值。

天問的文學色彩，主要表現在既不同於哲學家的確立答案，也不同於科學家的推定結論，更不同於宗教家的建立神權，而只是用問而不答的啓迪語氣，促使人們對真理的不斷求索。

天問並非「文義不次敍」，亦很少錯簡，而是結構有序，耐人尋繹。其敍事之法有四：一是類敍，即以性質相同的事類爲序，如問天、問地；二是順敍，即以史事時代先後爲序，如問夏、商、周三代之嬗遞；三是回敍，即問及某一朝代之事而回環敍述，反覆追問；四是雜敍，即雜取性質不同的事類，綴於一篇之末。至於天問句式，雖以四言爲主，又雜以三言、五言、六言、七言，活潑多變。以四句爲一節，而問式結構計有三十多種；如將句之長短計入，則全篇幾無相同的句式。此誠千古之奇文，「問體」之絕唱也。

曰：〔一〕遂古之初，誰傳道之〔二〕？上下未形，何由考之〔三〕？冥昭瞢闇，誰能極之〔四〕？馮翼惟像，何以識之〔五〕？明明闇闇，惟時何爲〔六〕？陰陽三合，何本何化〔七〕？圜則九重，孰營度之〔八〕？惟茲何功？孰初作之〔九〕？斡維焉繫？天極焉加〔一〇〕？八柱何當？東南何虧〔一一〕？九天之際，安放安屬〔一二〕？隅隈多有，誰知其數〔一三〕？天何所沓？十二焉分〔一四〕？日月安屬？列星安陳〔一五〕？出自湯谷，次于蒙汜〔一六〕。自明及晦，所行幾里〔一七〕？夜光何德，死則又育〔一八〕？厥利維何，而顧菟在腹〔一九〕？女岐無合，夫焉取九子〔二〇〕？伯强何處？惠氣安在〔二一〕？何闔而晦？何開而明〔二二〕？角宿未旦，曜靈安藏〔二三〕？

〔一〕曰：發問之辭。此用以總起全篇。

〔二〕遂古：遠古。「遂」即「邃」。離騷有「邃遠」一詞，邃即遠也。傳道：傳説。

〔三〕上下：指天地。未形：未形成。考：考定。二句問對天地未形成之前，何從考知其事。此節蓋屈原對當時盛行的如騶衍的「先序今，以上至黄帝，……推而遠之，至天地未生，窈冥不可考而原也」（史記孟荀列傳）的推演術的詰難。

〔四〕昭：字本當作「昒」，形近而誤作「昭」。説文日部：「昒，尚冥也。」古義同「昧」。冥、昒、瞢、闇，皆言混沌未辟之象。四字同義聯叠，屈賦有此通例。極：追究。二句問在混沌黑暗之中，誰能追究出宇宙的形態。

〔五〕馮翼：元氣盛滿貌。淮南子天文：「天墜未形，馮馮翼翼。」高誘注：「馮翼，無形之貌。」惟像：據韓非子，像之本義爲想像，與形象之義有别。故淮南子精神云：「古未有天地之時，惟像無形。」二句問所謂元氣馮翼，只是想像，憑什麽能辨認其形狀。

〔六〕明明闇闇：指晝明夜闇。惟：語氣詞。時：時間。二句問晝夜劃分，明闇往還，形成「時間」，但時間又是什麽東西。

〔七〕陰陽三合：即陰陽參合。「三」「參」古通用。莊子田子方言陰陽「交通成和而物生焉」，淮南子天文言「陰陽和而萬物生」，皆陰陽參合之意。　本：本體。　化：變化。　二句問陰陽參合而生萬物，然而何者爲本體，何者爲變化。戰國時之陰陽造物論者曾提出「體」、「化」問題，如呂氏春秋大樂云：「萬物所出，本於太一，化於陰陽（今本「本」作「造」，舊校云「一作本」）。」屈原對此提出了疑問。以上十二句，是對宇宙起源問題的提問。

〔八〕圜：指天體。　九重：古人想像天體高遠，猶如層層叠合。九，數之極。　營：借爲「環」。　度：量。　二句問天宇有九重，是誰去環繞測量的呢。

〔九〕兹：此，指上文的「九重」。　功：與「工」通。何功，歎其工程之浩大。　二句問天體九重之巨大工程，是誰開始建造出來的。這是對「九重」說的質詰。

〔一〇〕斡：古蓋天學說認爲天似蓋笠，故「斡」指傘蓋頂端的保斗，詳桓譚新論。　維：說文糸部：「維，車蓋維也。」指蓋轑間相連繫的繩索。　天極：指「北斗極，天樞」而言，亦詳新論。　加：置。　二句問所謂天似蓋笠，則蓋頂與轑繩又繫於何處，天之樞軸又安放在哪裏。戰國時已有蓋天之説，故詰之。

〔一一〕八柱：傳説中撑天的八根支柱。　當：相值。　東南：疑當爲「西北」之誤。蓋淺人據下文「墜何故以東南傾」而臆改。因爲此處乃問天而非問地，與上二句皆爲詰問蓋天學説。北極在北，故蓋天論又有「天如倚蓋」之説（見晉書天文志），「天傾西北」之説亦因此而生。所謂「西北何虧」，虧即塌陷之義。　二句問古有八柱撑天之説，這八柱究竟撑在天的何處，天之西北爲何又垮塌下了呢。案：淮南子載共工怒觸不周山，「天柱折，地維絶」，故下文云「天傾西北」，即承「天柱折」而言；云「地不滿東南」，亦上承「地維絶」而言。屈原此處所問爲「八柱」，即天之八柱，然則所「虧」者自當爲「西北」而非「東南」。此事王逸本已誤，故辨之如上。

〔一二〕九天：古人將天宇分成中央與八方（參吕氏春秋有始等），故曰「九天」。際：邊際。放：至。屬：連接。二句問九天之間的邊際各至何處，又相連接於何處。上文問「圜則九重」，言其高也；此問「九天」，言其廣也。

〔一三〕隅隈：角落。古人有九天多角落之説，如淮南子天文：「天有九野，九千九百九十九隅」，即其遺説。所以屈原問九天之際究竟有多少角落，誰能知其數。

〔一四〕沓：會合。十二：十二次。古人以爲太陽、月亮沿黄道運行，每年會合十二次，於是將黄道周天分爲十二段，各十二辰，亦稱十二次。二句問天上何處是日月會合之所，十二次又是如何劃分出來的。

〔一五〕屬：繫屬。列星：衆星。陳：排列。二句問日月在天何所繫屬而不墜，衆星又如何排列得有條不紊。以上四句總問天體，下面則分問日月星辰。

〔一六〕湯谷：日出處。山海經海外東經：「湯谷上有扶桑，十日所浴。」尚書堯典作「暘谷」。次：宿。蒙汜：日入處。尚書堯典作「昧谷」。蒙汜即昧谷，「蒙」、「昧」一聲之轉，故淮南子天文云：「日出於暘谷，……淪於蒙谷，是謂定昏。」

〔一七〕自明及晦：言日行之一晝，從朝至暮。以上四句問日。

〔一八〕夜光：指月亮。　德：同「得」。莊子天地：「物得以生謂之德。」　則：而。　育：生長。　二句問月亮憑什麽得以死而復生。古人對月之圓缺，有「生魄」、「死魄」之稱，故有此問。

〔一九〕厥：其。　利：利益。　維：語氣詞。　顧菟：即「於菟」，指虎。左傳宣公四年：楚人「謂虎於菟」。「顧菟」與「於菟」一聲之轉。中原地區本有月中有兔的傳説，而此傳説傳入楚地之後，因楚人稱虎爲「於菟」，故將月中有兔之傳説演化爲月中有虎之神話。　二句問傳説月中有於菟，這對月又有何利益。以上四句問月。

〔二〇〕女岐：星名，即九子母。章句本作「女歧」，同。　合：各本衍。王逸注「無夫而生九子」云云，是王逸本無「合」字。　二句當作「女岐無夫，焉取九子」。　取：得。史記天官書「尾爲九子。」索隱：「子必九者，取尾有九星也。」尾有九星之天象，演化爲女岐九子之神話，故屈原設問。

〔二一〕伯强：箕星風伯神，即山海經海外北經所謂的北方禺彊神。淮南子墬形謂「隅强，不周風之所生也」，此當指風之厲者而言，在天則爲箕星，故漢書天文志云：「箕星爲風。」又風俗通義禮典：「風師者，箕星也。」獨斷亦云：「風伯神，箕星也。」天問上言尾星，此言箕星，意相連承。　惠氣：猶惠風。古人稱風爲氣。廣雅釋言：「風，氣也。」亦即莊子齊物論所謂「大塊噫氣，其名爲風」。　惠風，指風之和者。　二句問暴厲的風神伯强何所居處，和暢的惠風又從何處而來。

〔一二二〕闔：閉。

〔一二三〕角宿：東方七宿之首，古天文家謂爲天門（參史記天官書索隱引石氏星經、晉書天文志等）。　曜靈：太陽。　遠遊：「耀靈曄而西征」，亦指太陽。　廣雅釋天：「曜靈，日也。」　以上四句問爲何天門閉而晦冥，開而明曉；天門未開之時，太陽又藏在何處。此蓋對以角宿爲天門之說提出詰難。　以上問星辰。

以上第一段，問宇宙、天象、日月、星辰。

不任汩鴻，師何以尚之〔一〕？僉曰何憂，何不課而行之〔二〕？鴟龜曳銜，鯀何聽焉〔三〕？順欲成功，帝何刑焉〔四〕？永遏在羽山，夫何三年不施〔五〕？伯禹腹鯀，夫何以變化〔六〕？纂就前緒，遂成考功〔七〕。何續初繼業，而厥謀不同〔八〕？洪泉極深，何以寘之〔九〕？地方九則，何以墳之〔一〇〕？河海應龍，何盡何歷〔一一〕？鯀何所營？禹何所成〔一二〕？康回馮怒，墬何故以東南傾〔一三〕？九州安錯，川谷何洿〔一四〕？東流不溢，孰知其故〔一五〕？東西南北，其修孰多〔一六〕？南北順隋，其衍幾何〔一七〕？崑崙縣圃，其尻安在〔一八〕？增城九重，其高幾里〔一九〕？四方之門，其誰從焉〔二〇〕？西北辟啓，何氣通焉〔二一〕？日安不到，燭龍何照〔二二〕？羲和之未揚，若華何光〔二三〕？何所冬暖？何所夏寒〔二四〕？焉有石林？何獸能言〔二五〕？焉有虬龍，負熊以遊〔二六〕？雄虺九首，儵忽焉在〔二七〕？何所不死？長人何守〔二八〕？靡蓱九衢，枲華安居〔二九〕？一蛇吞象，厥大何如〔三〇〕？黑水玄趾，三危安在〔三一〕？延年不死，壽何所止〔三二〕？鯪魚何所？鬿堆焉處〔三三〕？羿焉彃日？烏焉解羽〔三四〕？

〔一〕任：勝任。　汩：説文水部：「汩，治水也。」　鴻：與「洪」同。　荀子成相：「禹有功，抑下鴻」，「鴻」字用法同。　師：衆人，指堯時羣臣。　尚：舉薦。　之：代鮌。

〔二〕僉：皆。　課：試。　堯時羣臣舉鮌治水之事，見尚書堯典。　四句問鮌如果不能勝任治洪水之事，爲何衆人要舉薦他；而且衆人皆説不必擔心，何不讓他試一試。

〔三〕鴟：鴟鵂，貓頭鷹類。　曳：拖拉。　銜：口含。　長沙馬王堆漢墓出土帛畫有一鴟鵂立龜背，而龜正從水中爬向高處。　此或即神話中鮌治水時有鴟、龜相助之事。　拾遺記：「禹盡力溝洫，導川夷嶽，黄龍曳尾於前，玄龜負青泥於後。」殆亦與此事有關。　二句問鴟龜曳銜以助治水，鮌爲何能聽從它們。

〔四〕順欲：言依鮌之想法。　刑：治罪。　帝刑鮌之事，參見離騷「鮌婞直以亡身兮，終然殀乎羽之野」注。

〔五〕遏：幽閉。　三年：言時間長。　施：一本作「弛」。　弛義爲緩解，即赦罪之意。　故書多載帝殛殺鮌於羽山，如禮記祭法云「鮌鄣鴻水而殛死」，然疏引鄭玄云：「鮌非誅死。　鮌放居東裔，至死不得反於朝。」此正所謂「永遏在羽山」、「三年不弛」之義。

〔六〕伯禹：伯爲禹之封爵，又見逸周書嘗麥解。　腹：一作「愎」，兹從章句本。　王逸注：「言鮌愚狠，腹而生禹。」此言禹出於鮌之腹，乃神話傳説。　初學記二二卷引歸藏、山海經海内經亦有此説。　二句問禹既出鮌腹，怎會發生變化。　此問引起下文「纂就前緒，遂成考功」、「續初繼業，而厥謀不同」之義。

〔七〕纂就：繼承。　前緒：前人業績，此指鮌的治水事業。　考：父死曰考，此指禹父鮌。　二句言禹繼承了鮌的治水工作，而且完成了乃父未竟之業。

〔八〕續初：繼續鮌的治水工作。　厥：其，代禹。　謀：指治水措施。　二句問禹本來是繼續鮌的治水工作而成功的，爲何又説他的治水法與乃父不同。　此因戰國時傳説，多謂鮌堙洪水而失敗，而禹導洪水而成功。　但據山海經大荒北經、莊子天下、淮南子墬形等書載，鮌、禹治水並無異法，皆用堙填，故屈原有此質詰。　此又與離騷等篇同情於鮌有關。　蓋鮌之獲罪，誠如山海經海内經所謂「竊帝之息壤以堙洪水」，「不待帝命」，又即離騷所謂「婞直方命」（即尚書堯典所謂「方命圮族」），以及韓非子外儲説右下、吕氏春秋行論所記反對堯傳位於舜，並非因治水無功。

〔九〕洪泉：即「鴻淵」。　天問前云「不任汩鴻」，則「洪」本作「鴻」；「淵」作「泉」，或唐人避高祖諱而改。　淮南子墬形：「鴻水淵藪，自三百仞以上，二億三萬三千五百五十里，有九淵，禹乃以息土填洪水，以爲名山。」正解此問。　寘：即「填」。

〔一〇〕方：分別。國語楚語下記楚大夫觀射父言「不可方物」，韋注：「方，猶別也。」九則：等劃物爲則。九則謂九州。墳：土之高者。此用作動詞，乃積土使高之義。禹之治水，既與父同，用堙塞，故「寘之」、「墳之」皆積土以成高地。此事典籍亦多言之（見國語周語下、淮南子齊俗等）。以上四句問洪水極深，是怎樣被填平的；地分九州，是怎樣堆起來的。

〔一一〕二句，據洪興祖楚辭考異，一本作「應龍何畫？河海何歷？」據今本楚辭章句王逸注及引「或曰」兩説，似早已傳有兩個不同的本子。但前説與禹治水不相關，後説則謂「禹治洪水時，有神龍以尾畫地，導水所注（二字章句本作「徑所」）當決者，因而治之也」；洪興祖補注所引山海經圖亦有此説。而且，以天問四句一節、每節一韻例之，則凡二句孤立成節者，則二句必自爲韻。從後説，則「畫」、「歷」二字相叶。應龍：即「鷹龍」之借字，指龍之有翼能飛者。二句問禹之治水，應龍爲何以尾畫地；河海爲何按其所畫而各有所歸。

〔一二〕營：營度、經營。成：完成、成功。二句總結「不任汩鴻」以下諸問，謂鯀、禹父子治水，誰經營，誰成功。屈原不贊同鯀堙禹導之説，認爲鯀、禹父子同科，故反覆問之。

〔一三〕康回：姦邪，此指共工。詛楚文謂楚懷王「康回無道，淫佚甚亂」，是「康回」即姦邪之意。字或作「姦回」（左傳宣公三年、襄公二十三年）。屈賦於此以德性代人名，與尚書堯典稱共工爲「庸違」，同例。馮怒：盛怒。墬：古「地」字。東南傾：向東南方傾斜。神話稱共工與顓頊爭帝不勝，怒而觸不周之山，天維絶，地柱折，於是天傾西北，地傾東南（參淮南子天文、原道）。　二句問共工盛怒，爲什麼就能使地的東南傾塌。

〔一四〕九州：禹治水奠高山大川，而分爲冀州、兗州、青州、徐州、揚州、荆州、豫州、梁州、雍州（見尚書禹貢）。　錯：即「措」，安置。　洿：深凹之水。　二句問九州是怎樣被安置的，川谷之地又爲什麼如此洿下。

〔一五〕溢：滿溢而出。　二句問江河東流入海，而海不溢滿，誰知這是什麼緣故。古有「東海之外有大壑」之説（參山海經大荒東經、列子湯問），實爲無底之谷的傳説。　莊子秋水亦有「天下之水，莫大於海，萬川歸之，不知何時止而不盈」之説。

〔一六〕修：長。　二句問大地横之東西、縱之南北，哪個距離更長些。

〔一七〕順墮：狹長。墮即「橢」。　衍：延。　古人推度地之東西、南北距離，管子地員與山海經海外東經等各有不同。此既言「南北順墮」，則所問者當爲東西短而南北長之説。　二句問如果地之南北狹而長，則所長出者究竟有多少。

〔一八〕崑崙：中國西部大山。　縣圃：傳説崑崙山上之高峯，參離騷「夕余至乎縣圃」注。

〔一九〕增城：崑崙山上的高峯。　九重：極言其高。　淮南子墜形：「中有增城九重，其高萬一千里八百一十四步二尺六寸。」此蓋答屈原之問所設之詞。

尻：即「居」，此指位置。

〔二〇〕四方之門：指崑崙山四方之門。　山海經海内西經言崑崙之虚「面有九門」（史記司馬相如列傳正義引張揖引此經作「旁有五門」，而淮南子墬形又云：崑崙「旁有四百四十門」。總之，崑崙四面都有門，故曰「四方之門」。）　從：經由，言出入。　二句問崑崙四方之門，是誰經由出入。

〔二一〕辟、啓：開。　氣：即「風」，見前「惠氣安在」注。　淮南子墬形云：崑崙「北門開以內不周之風」。　二句問崑崙西北之門開啓，什麼風通過這裏。

〔二二〕燭龍：神話傳説中照亮北方幽冥無日之國的神，見山海經海外北經、大荒北經、淮南子墬形等。楚辭大招：「北有寒山，逴龍豔只。」「逴」、「燭」聲同。案「燭龍」蓋北極光，古人神異之。　二句問豈有陽光不到之處，爲何還要燭龍高照。　案此二句自成一節，亦自爲韻。

〔二三〕羲和：神話中的日御，此指太陽。　揚：讀「暘」。説文日部：「暘，日出也。」　若華：若木之花。山海經大荒北經：若木在「九陰山」，郭注：「其華光赤，下照地。」古謂燭龍亦「燭九陰」，故屈原連及而問之。　二句亦自成節，「揚」、「光」爲韻。

〔二四〕二句問大地之上何處雖冬猶暖，何處雖夏猶寒。　此殆就淮南子墬形所謂「南方有不死之草，北方有不釋之冰」之類傳説而問之。

〔二五〕二句問哪裏有石林，何處有能言之獸。　此指二事，今未見古書中有相關之記載。

〔二六〕二句自成一節。　天問凡二句自成一節者，二句皆自爲韻，故此處「虬龍」當爲「龍虬」，「虬」與「遊」叶。　虬龍：傳説有角曰龍，無角曰虬。　負：馱。　二句問哪裏有龍虬馱負大熊遨遊。據陶齋吉金録甫人匜之蓋，又博古圖商鳳匜之蓋，皆有一有角有翼之龍負一似虎非虎之獸。蓋與龍負熊遊之古代傳説有關，故屈原問之。

〔二七〕雄虺：南方的一種毒蛇。儵忽：疾急貌。招魂：「南方不可以止些，……雄虺九首，往來儵忽，吞人以益其心些。」二句問九首之雄虺儵忽之間又去何處。

〔二八〕何所不死：問何處是所謂的不死之國。山海經海外南經有「不死民」，大荒南經有「不死之國」，蓋古代神話中早有其説，故屈原怪而問之。長人：招魂：「東方不可以託些，長人千仞，惟魂是索些。」守：守護、守衛。國語魯語下載孔子謂長人防風氏「守封、嵎之山」是也（據孔子説，防風氏高三丈），故屈原問其何守。

〔二九〕靡蓱：蔓生之蓱。九衢：即九歧，指蓱之枝莖交錯。山海經中山經有宣山之桑，其枝「四衢」；少室山之木，其枝「五衢」，郭注謂枝交互相重，即其類。枲：麻名。枲華，麻之花。或即山海經西山經載浮山所生之「麻葉」、「方莖」、「赤華」之「薰草」。二句問九歧之蓱、赤華之枲，究竟生在何處。

〔三〇〕「一蛇句」：山海經海内南經：「巴蛇食象，三歲而出其骨。」郭璞注引天問本句，「一蛇」作「有蛇」。藝文類聚卷九六引郭氏巴虵贊又云：「象實巨獸，有虵（即「蛇」字）吞之。越出其骨，三年爲期。厥大何如，屈生是疑。」是郭氏所見天問本作「有蛇」，後世蓋字壞而作「一蛇」。且二句乃問殊方異物之有無，非問事理之然否，故作「有蛇」者是。厥：其，指蛇。

〔三一〕黑水、三危：尚書禹貢：「導黑水，至于三危，入于南海。」玄趾：疑即「交阯」，「交」、「玄」形近易誤。交阯，今五嶺以南一帶。安在：上承三地而言。

〔三二〕二句問黑水、交阯、三危這些地方是否有延年不死之事。此亦問殊方異事之有無，非問不死之原因。穆天子傳：「黑水之阿，有木禾，食者得上壽。」又吕氏春秋求人：「南至交阯，……羽人裸民之處，不死之鄉。西至三危之國，巫山之下，飲露吸氣之民。」淮南子時則：「三危之國，石室金城，飲氣之民，不死之野。」此皆黑水、交阯、三危之人長壽不死之傳說，而爲屈原所疑。

〔三三〕鯪魚：魚名，以陸居而得名。王逸注：「鯪魚，鯪鯉也，有四足，出南方。」據山海經南山經：「有魚焉，其狀如牛，陵居，……其名曰鯥。」「陵居」即「陸居」；「其名曰鯥」即名「鯪」，因「陵居」而得名。因傳説中此魚不居於水而居於陸，故屈原問焉。所：洪興祖楚辭考異云一本作「居」，義勝。鬿堆：鳥類。山海經東山經：「有鳥焉，其狀如鷄而白首，鼠足而虎爪，其名曰鬿雀，亦食人。」因爲鳥類，故此經稱「鬿雀」。又廣韻灰收「鴭」字，從鳥自聲。自即「堆」之初文，則天問作「鬿堆」自有來歷。

〔三四〕羿：古之射日者。彃：射。烏：傳説日中有烏。解羽：古謂鳥死曰解羽。山海經海内西經：「大澤方百里，羣鳥所生及所解，在雁門北。」穆天子傳亦有「碩鳥解羽」之語。昔有十日並出而羿射九日留一日的神話（見淮南子本經），故二句問羿在何處射落九日，日中之烏又死於何處。

以上第二段。問地形、山川、方物諸事。因禹治水土、定山川、分九州，故以其事引起。

禹之力獻功，降省下土四方〔一〕。焉得彼嵞山女，而通之於台桑〔二〕？閔妃匹合，厥身是繼〔三〕。胡維嗜欲不同味，而快鼂飽〔四〕？啓代益作后，卒然離蠥〔五〕。何啓惟憂，而能拘是達〔六〕？皆歸䠶𥷚，而無害厥躬〔七〕。何后益作革，而禹播降〔八〕？啓棘賓商，九辯九歌〔九〕。何勤子屠母，而死分竟地〔一〇〕？帝降夷羿，革孽夏民〔一一〕。胡䠶夫河伯，而妻彼雒嬪〔一二〕？馮珧利決，封狶是䠶〔一三〕。何獻蒸肉之膏，而后帝不若〔一四〕？浞娶純狐，眩妻爰謀〔一五〕。何羿之䠶革，而交吞揆之〔一六〕？阻窮西征，巖何越焉〔一七〕？化爲黄熊，巫何活焉〔一八〕？咸播秬黍，莆雚是營〔一九〕。何由并投，而鮌疾脩盈〔二〇〕。白蜺嬰茀，胡爲此堂〔二一〕？安得夫良藥，不能固臧〔二二〕？天式從横，陽離爰死〔二三〕。大鳥何鳴，夫焉喪厥體〔二四〕？蓱號起雨，何以興之〔二五〕？撰體協脅，鹿何膺之〔二六〕？鼇戴山抃，何以安之〔二七〕？釋舟陵行，何以遷之〔二八〕？惟澆在户，何求于嫂〔二九〕？何少康逐犬，而顛隕厥首〔三〇〕。女歧縫裳，而館同爰止〔三一〕。何顛易厥首，而親以逢殆〔三二〕？湯謀易旅，何以厚之〔三三〕？覆舟斟尋，何道取之〔三四〕？桀伐蒙山，何所得焉〔三五〕？妺嬉何肆，湯何殛焉〔三六〕？舜閔在家，父何以鰥〔三七〕？堯不姚告，二女何親〔三八〕？厥萌在初，何所億焉〔三九〕？璜臺十成，誰所極焉〔四〇〕？登立爲帝，孰道尚之〔四一〕？女媧有體，孰制匠之〔四二〕？舜服厥弟，終然爲害〔四三〕。何肆犬體，而厥身不危敗〔四四〕？吴獲迄古，南嶽是止〔四五〕。孰期去斯，得兩男子〔四六〕？緣鵠飾玉，后帝是饗〔四七〕。何承謀夏桀，終以滅喪〔四八〕？帝乃降觀，下逢伊摯〔四九〕。何條放致罰，而黎服大説〔五〇〕？

〔一〕獻功：指平水土，制貢賦。説文貝部：「貢，獻功也。」　降省：外出巡視。　下土四方：當作「下土方」，此詩書成語（詩商頌長發），「四」字涉王逸注而衍。下土方，指九州之地。

〔二〕嵞山女：嵞，故書多寫作「塗」。　通：相愛。　台桑：地名。尚書益稷記禹「娶于塗山」，吕氏春秋音初詳載：「禹行功，見塗山之女。禹未之遇而巡省南土。塗山氏之女乃令其妾候禹于塗山之陽。女乃作歌，歌曰：『候人兮猗！』」　二句問禹治水，制九州貢賦，巡省天下，在哪裏遇到嵞山氏之女，並與之相愛於台桑。　以下問夏代之事，故從禹與嵞山女之事問起。

〔三〕閔妃匹合：即婚配匹合。此四同義單詞平列連用之聯疊修辭，屈賦多有其例。　閔，婚之同音借字。古人凡從「門」得聲之字，多與從「昏」得聲之字相通。　妃，「配」之本字。　匹合，亦婚配義。　厥身：指禹。　二句言禹與嵞山女之婚配，是爲了生育後代以繼其身。

〔四〕胡維：何爲，疑問詞。　嗜欲不同味：當從洪興祖考異引一本作「嗜欲同味」。　王逸注：「與衆人同嗜味」，是王逸本作「嗜味同味」。　快：用作動詞，以爲快。　鼂飽：「飽」與上文「繼」

不韻，疑當作「饑」。鼂，即「朝」。朝饑，形容男女相思之情。詩周南汝墳：「未見君子，惄如調饑。」「調饑」即「朝饑」（説文心部引詩正作「朝」），鄭箋：「未見君子之時，如朝饑之思食。」 二句問禹與嵞山氏女何爲嗜欲相同，而以此朝饑爲快。

〔五〕啓：禹子。 代：取代。 益：禹之臣，傳説佐禹治水有功，禹傳位於益。 后：君。 卒然：終然。 離蠥：遭禍。「離」通「罹」，遭也；「蠥」，字本當作「辥」，説文辛部：「辥，辠（罪）也。」 二句言啓欲取代益而自立，但終遭罪禍。

〔六〕惟憂：「惟」當作「罹」，遭遇。 拘：拘禁。 達：逃脱。 方言一三：「㒓，逃也。」「㒓」、「達」同。 二句問啓爲何遭遇憂患而又能逃脱拘禁。 以上四句涉及夏初史事：禹曾傳位於益，禹子啓攻殺益而奪取天子之位。 參見晉書束晳傳引紀年、戰國策燕策一以及孟子、韓非子諸書。而天問所記又較詳。 據天問所言，啓之代益作后，爭鬥非常激烈。 益曾拘禁了啓，後啓竟得逃脱，復攻益而取天下。

〔七〕皆：指諸益黨。 歸：歸順。 䠶𥷚：治罪。「䠶」疑當作「聅」。説文耳部：「聅，軍法以矢貫耳也。」又㚔部：「𥷚，窮治罪人也。」（用段玉裁校本）則「聅𥷚」即治罪之意。 厥躬：指啓。 二句言諸多益黨皆歸順並被治罪，而無害於啓。

〔八〕后益：禹曾讓天下於益，故稱「后益」。 作革：「作」通「祚」。 祚革，謂帝位被更易，此指益被啓殺。 播降：當爲「蕃隆」之同音借字，即興旺之意。 二句承上，問爲何益被啓所滅，而禹之後又興旺起來了。

〔九〕棘：讀若「亟」，猶汲汲。　賓商：當作「賓帝」，字形近而誤。賓帝，即山海經大荒西經所謂啓「上三嬪于天」。　九辯九歌：即大荒西經所謂「得九辯九歌以下」。

〔一〇〕勤子：指禹。因古謂「禹勤天下」，故稱。　屠母：淮南子修務：「禹生於石。」高注：「禹母修己，感石而生禹，拆胸而出。」即此所謂「屠母」。　竟：通「境」。境地，指國之境域。死分境地，言禹死後，啓康娛自縱，五觀作亂。　以上四句與離騷「啓九辯與九歌兮，夏康娛以自縱。不顧難以圖後兮，五子用夫家巷」互相表裏，可參前注。屈原蓋問：啓上三嬪於天，得九辯、九歌，從此康娛自縱。爲什麼禹生時拆母胸而出，死後又五子作亂，國土分裂。

〔一一〕帝：天帝。　降：降生。　夷羿：羿乃古代善射者之通名，此指有窮后羿，夏少康時人。　革：當爲「勤」之同音借字（銀雀山出土漢簡「唐勒」作「唐革」，是其例）。穆天子傳注：「勤，勞也。」　孽：禍害。革孽夏民，猶言勞害夏民。左傳襄公四年：「昔有夏之方衰也，后羿自鉏遷於窮石，因夏民以代夏政。恃其射也，不脩民事，而淫于原獸。」

〔一二〕胡：何。　河伯：神話中黄河水神。　雒嬪：神話中洛（雒之今字）水女神。　妻彼雒嬪：言羿娶河伯之妻雒嬪爲妻。羿射河伯事，王逸注與淮南子氾論同。古籍言羿事，史實與神話交錯，所處時代迴異，贊譽與貶抑不同。屈原隨事而問，今亦隨事釋之。

〔一三〕馮：本字作「弸」。說文弓部：「弸，弓彊貌。從弓，朋聲。」借「馮」作「弸」，猶古借「馮河」爲「淜河」。（論語述而、詩小雅小旻以無舟渡河曰「馮河」；而說文水部：「淜，無舟渡河也。」） 珧：弓以蜃蚌飾兩頭曰珧（爾雅釋器）。 馮珧：謂彊其弓。 決：骨製鈎弦射具。利決：利其決。凡便於用者皆曰利。 封豨：大豬。方言八：豬，「南楚謂之豨」。

〔一四〕蒸肉：祭天帝之肉。 蒸，洪興祖楚辭考異引一本作「烝」。古以牲體升於俎上以祭曰烝。 膏：脂。 后帝：天帝。 若：「諾」之借字。 二句問爲何羿以所射之豨獻祭，而天帝並不嘉諾他。 羿淫遊好獵，後被家臣所殺，離騷說他「固亂流其鮮終」是也。

〔一五〕浞：寒浞，羿之家臣，以爲相（左傳襄公四年）。 純狐：即下句之「眩妻」。 眩妻：即「玄妻」。左傳昭公二十八年：「昔有仍氏生女，黰黑而甚美，光可以鑑，名曰玄妻。樂正后夔取之，生伯封。實有豕心，貪惏無饜，忿纇無期，謂之封豕。有窮后羿滅之，夔是以不祀。」浞娶純狐：指羿滅封豕，玄妻爲羿所得，後又歸浞。左傳襄公四年所謂「浞因羿室，生澆及豷」是也。羿滅封豕與羿射封豨，以及純狐與玄妻，皆神話與歷史的重疊與演化。 爰謀：與之謀，指浞之殺羿曾與玄妻謀之，故屈原有此問。

〔一六〕䠶革：言羿勇力善射，矢能穿革。 交：私下交通密謀。 指浞與玄妻及羿之家臣暗中交通密謀殺羿。 吞揆：即「揆吞」。 揆，度也，策劃之意；吞，滅也。 據左傳襄公四年云：羿信浞，「使之以爲己相。浞行媚于內，而施賂于外，愚弄其民，而虞羿于田，樹之詐慝，以取其國家，外內咸服。羿猶不悛，將歸自田，家衆殺而亨之。」

〔一七〕阻窮：「阻」即「鉏」；「窮」即窮石，皆地名。　西征：自東向西遷徙。左傳襄公四年：「昔有夏之方衰也，后羿自鉏遷於窮石。」乃自東而西，故曰「西征」。　巖：險峯。山海經海内西經：「崑崙之虚在西北，……非仁羿（即夷羿）莫能上岡之巖。」　二句問后羿由鉏遷窮石，又西上崑崙，其險巖是怎樣越過的。

〔一八〕化爲黄熊：左傳昭公七年記子産曰：「昔堯殛鮌於羽山，其神化爲黄熊，以入于羽淵。」　巫何活焉：鮌化黄熊，屬於死而復生，此蓋傳爲神巫使其復活。　前二句問羿事，此二句又問鮌事，此乃天問文例，對於一代之事，往往用迴環往復法追問。下文屢見之。

〔一九〕咸：皆，指鮌與禹。　播：種。　秬黍：黑色黍。　莆雚：野草。　營：當爲「耘」之借字，猶「營魄」之爲「魂魄」。　耘，鋤草。　二句言鮌與禹皆率民治水，種植莊稼，鋤除野草。

〔二〇〕何由：什麽緣由。　并投：謂鮌成四凶之一，同被投諸四裔。投，棄置，即「遏在羽山」。　疾：罪過。　脩盈：猶罪過深重。脩，長；盈，滿。　二句承上，問鮌、禹既皆平治水土，堯又爲什麽將鮌投置羽山，説鮌罪惡深重。屈原憐鮌，故有此問。

〔二一〕白蜺：古人謂雌虹曰白蜺。　嬰：頸飾。　茀：首飾。　此句謂以白蜺作頭頸的裝飾，猶九歌東君所謂「青雲衣兮白霓（同蜺）裳」。　堂：猶堂堂，形容儀容之盛。　二句問嫦娥以白蜺爲飾，爲何有此盛妝。此蓋指嫦娥竊不死藥奔月時的容飾。

〔二二〕安：何處。　良藥：羿從西王母處所得不死之藥。　固臧：好好保藏。　臧即「藏」。

淮南子覽冥云：「羿請不死之藥於西王母，姮娥竊以奔月。」姮娥即嫦娥。　本段前問鮌、禹事，此又問羿藏藥不固事，皆屬夏代，故迴環反覆問之。

〔二一三〕天式：自然法則。　從横：即「縱横」，謂陰陽交錯。　陽：陽氣。　陽離爰死：古人謂人失陽氣則死。　二句承上文羿請不死之藥而言，蓋斥羿請不死藥之事。

〔二一四〕大鳥：指羿所射日中之烏。　喪厥體：指日烏被射落。　二句問日中烏爲何哀鳴，爲何被射落而死。言外之意是日烏猶死，人何能服藥而不死？

〔二一五〕蓱號：蓱當爲「蛢」之同音借字，參周禮秋官注。　説文虫部：「蛢，蟜蟥，以翼鳴者。從虫，并聲。」　蛢號起雨指蛢號鳴叫而有雨。　古人或「蛢」、「蟜」連讀，演爲雨師之名「屏翳」，王逸注本句曰「蓱，蓱翳，雨師名」是也。　伸延又謂水神爲「馮夷」。　據李淳風乙巳占引連山易：「有馮羿者，得不死之藥於西王母，姮娥竊之以奔月。」則又將「馮夷」與「后羿」連繫起來。　此皆神話由語言因素演化所致。　此問蓋因上文言羿事而連及。

〔二一六〕撰：通「纂」，聚集。　纂體，謂集衆物之形體於一身。　協：合。　脅：腋肋之間。協脅，猶左傳僖公二十三年所謂「駢脅」。　鹿：能致風的神鹿，當指飛廉風神。　漢書武帝紀載元封二年作「飛廉館」，應劭注：「飛廉，神禽，能致風氣者也。」晉灼注：「身似鹿，頭如爵，有角而蛇尾，文如豹文。」　前問蛢蟜起雨，故此問神鹿致風，連類而及。

〔二一七〕鼇：巨鼈。　戴：背負。　抃：舞。　安：安穩。　二句問鼇負山而舞，此山何以能安然放在鼇背上。鼇負山而舞之事，東漢人多言之。王逸注引列仙傳：「有巨靈之鼇，背負蓬萊之山而抃舞，戲滄海之中。」張衡思玄賦：「登蓬萊而容與兮，鼇雖抃而不傾。」以本事考之，此蓋承上文問羿、浞之事而連及「鼇載山抃」之神話，因寒浞之子澆（或作奡、傲）强圉多力，即離騷所謂「澆身被服强圉」，而「澆」與「鼇」同音，故多力之澆與戴山之鼇互相演化重疊，被屈原連類而及之。

〔二八〕釋：置。　陵：陸。　遷：移動。　二句亦問澆事。論語憲問：「羿善射，奡蕩舟，俱不得其死然。」孔注：「奡多力，能陸地行舟。」尚書益稷亦言傲有「罔水行舟」之事。　二句問澆置舟於陸地而行，又怎能移動。

〔二九〕惟：發語詞。　澆：寒浞之子。　户：家。　二句王逸注：「言澆無義，淫佚其嫂，往至其户，佯有所求，因與行淫亂也。」

〔三〇〕少康：夏后相之子。　厥：其，指澆。　二句問少康殺澆之事。據左傳哀公元年，澆滅夏后相，夏后相之妻后緡方娠，逃於有仍而生少康。後來少康殺澆而滅之。　逐犬：少康殺澆之細節。王逸注：「言夏少康因田獵放犬逐獸，遂襲殺澆而斷其頭。」或有所本。　又離騷：「澆身被服强圉兮，縱欲而不忍。日康娱以自忘兮，厥首用夫顛隕。」可參。

〔三一〕女歧：當爲「女艾」形近而誤。左傳哀公元年：少康「使女艾諜澆」。　諜，偵伺。館同爰止：即止於同館。此爲倒裝句，猶下文「南土爰底」。　二句爲女艾諜澆之細節，即女艾佯爲澆縫裳，舍於同館而偵伺之。

〔三二〕顛易：首身分離。　親：指女艾本身。　逢殆：遇害。　蓋女艾爲殺澆而偵伺其行動，結果澆雖被殺，女艾自己亦遇害。事件曲折複雜，故屈原問之。

〔三三〕湯：殷湯無伐斟尋與覆舟事，而澆有之。且此上下文皆言澆事，故或疑「湯」乃「澆」字之誤。　易旅：治軍。　厚之：指增强軍力。　二句問澆謀治軍以攻夏，他又是怎樣增强了軍事力量的。

〔三四〕覆舟斟尋：左傳襄公四年云澆「用師滅斟灌及斟尋氏」，哀公元年亦云澆「殺斟灌以伐斟尋，滅夏后相」。竹書紀年云帝相二十七年，「澆伐斟尋，大戰於濰，覆其舟，滅之。」是此言澆滅夏后相之事。　道：辦法。　取：取勝。　二句承上，問澆用什麽辦法取勝。

〔三五〕桀：夏末代之君。　伐蒙山：太平御覽卷一三五引竹書紀年載：「后桀伐岷山，岷山女于桀二人，曰琬、曰琰。」「岷山」，即韓非子難四「桀索䍧山之女」之「䍧山」，亦即此之「蒙山」。　得：指桀得蒙山二女。

〔三六〕妹嬉：桀伐有施所得之女（見國語晉語一）。　肆：棄。　漢書揚雄傳下「平不肆險」服虔曰：「肆，棄也。」竹書記桀得岷山二女之後，「而棄其元妃於洛，曰末喜氏。末喜氏以與伊尹交，遂以間夏」。「末喜」即「妹嬉」。「間夏」言伊尹從妹嬉處探得桀之消息，此事吕氏春秋慎大記之甚詳，可參。　殛：放逐。　王逸注：「湯放之南巢也。」

〔三七〕閔：即「婚」，參前「閔妃匹合」注。　父：本作「夫」，形近而誤。「夫何」連文，天問屢見。　鱞：即「鰥」，無妻曰鰥。　關於舜之婚配，古有二説：山海經海内北經：「舜妻登比氏。」禮記檀弓上：「舜葬於蒼梧之野，蓋三妃未之從也。」鄭注謂舜有「三妃」，即舜本有妻，又娶堯之二女。　此其一；二、尚書堯典：「師錫帝曰：『有鰥在下，曰虞舜。』」於是堯以二女妻之。　二句對此二説發問，故曰舜在家本有婚配，又何以説他是鰥夫。　從此二句至「孰期去斯，得兩男子」，皆問舜事。天問涉及古代歷史傳説，對夏、商、周三代皆上溯到堯舜時代。　因三代之始祖禹、契、稷皆活動於堯舜之時，故本段問夏代之事，又回溯堯舜。

〔三八〕不姚告：即「不告姚」。　姚，舜姓。　此代指舜之父母。　二女：堯之二女。　親：結婚。　二句問堯不告訴舜之父母，二女如何行成婚之禮。　關於堯不告姚，孟子萬章上記萬章問孟子曰：「舜之不告而娶，何也？」孟子曰：「告則不得娶。男女居室，人之大倫也。如告，則廢人之大倫，以懟父母，是以不告也。」萬章又問：「帝之妻舜而不告，何也？」孟子答曰：「帝亦知告焉則不得妻也。」屈原之問，即針對這類言論而發。

〔三九〕厥：其，指舜。　萌：即「民」，經傳多通用。　厥萌在初：指舜當初爲民。　億：猜想。　二句問舜當初爲民之時，怎麽想得到這些。

〔四〇〕璜臺：玉臺。　指舜登帝之臺。　十成：十層，言其高聳。　極：至。　屈賦多用「極」表「至」義。如九歌大司命「老冉冉兮既極」、九章惜誦「曰有志極而無旁」等。　二句問玉臺高聳，誰至其頂。此即言舜登位之事。

〔四一〕登立：登位。古「位」作「立」。 道：即「導」。 尚：上。 二句問舜登帝位，是由誰導而上至的。

〔四二〕女媧：當作「女婐」，指堯之二女。孟子盡心下云舜爲天子，「二女果」，趙注：「果，侍也。」而説文女部：「婐，妮也。一曰：女侍曰婐。讀若騧。……孟軻曰：舜爲天子，二女婐。」是許氏所見漢世孟子本作「女婐」。「女婐」即舜所妻堯之二女。古籍從「果」從「咼」之字多互通，故「女媧」即「女婐」之異文。女媧的傳説固早，然至秦漢之際，女媧爲帝的傳説尚未形成。山海經大荒西經之女媧非女帝；史記夏本紀的正義引帝繫、索隱引世本，並謂塗山氏女名女媧，亦非女帝。漢代始有女媧配伏羲、女媧補天、女媧化萬物、女媧摶黄土爲人等傳説。又，屈原天問，凡問三代事，上及堯舜而止，不及上古，故不會問及女媧登帝之事。 體：即「禮」，二字古通用。 女婐有禮，言二女能以禮事舜。 制匠：猶言培育教養。制訓「作」，匠訓「養」。（七諫哀命「念私門之正匠」王逸注：「匠，教也。」） 二句問二女能以禮事舜，是誰培育教養的。史記五帝本紀記二女甚有婦道；列女傳有虞二妃傳又記舜父瞽瞍與舜弟象共謀害舜，二女配合營救舜屢次脱險；孟子萬章上謂象欲妻二女而未得逞。此皆二女有禮之事。

〔四三〕服：依從。 厥弟：其弟，指象。 爲害：被象所加害。

〔四四〕肆：放縱。 犬體：洪興祖考異：一作「何肆犬豕」。王逸注：「象無道，肆其犬豕之心」，則王逸本作「犬豕」。據孟子萬章上，象不但屢害舜，而且欲占二嫂，此蓋犬豕之心也。厥身：指象。象雖害舜，而舜事之彌謹，且封之有庳（孟子萬章上），蓋「厥身不危敗」之意。

〔四五〕吴：當爲「虞」之同音借字，指虞舜。「吴」、「虞」古多通用，如詩周頌絲衣「不吴不敖」，史記孝武本紀「吴」作「虞」；左傳僖公五年「虞仲」，漢書地理志作「吴仲」。迄古：猶言「終古」，指舜終其天年而以壽考聞。南嶽是止：即止於南嶽，謂舜南巡狩，崩於蒼梧之野，葬於九嶷之事。參離騷「朝發軔於蒼梧」注。

〔四六〕期：預料。去：一本作「夫」，是。夫，於。斯：此，指南嶽。兩男子：指有虞氏之舜和舜子商均。山海經大荒南經記舜葬蒼梧之野，商均（經作「叔均」，即商均，説參郭注）亦葬焉。此二句承上，問誰預料在此並葬舜之父子。

〔四七〕緣：飾邊。鵠：治象牙之稱，見爾雅釋器。此以「緣鵠」「飾玉」對舉，則「鵠」指代象牙，此乃以加諸事物的動態代替事物名稱之借代用法。后帝：天帝。二句言伊尹用象牙和玉石所裝飾的俎豆祭饗天帝。

〔四八〕承謀：奉命圖謀。承謀夏桀，指伐桀之事。以上四句言伊尹事。據墨子尚賢中，伊尹本爲有莘氏女之私臣，爲庖人。又據吕氏春秋本味，湯得伊尹之後，伊尹説至味，以言天子聖王之道。知伊尹善俎豆之禮，更知天子之事，此即前二句所由來。又據前注「妹嬉何肆」二句已言伊尹用謀圖桀，爲「何承謀夏桀」二句所問。

〔四九〕帝：指湯。　降觀：下視。　伊摯：即伊尹。摯，伊尹之名。

〔五〇〕條放：湯敗桀於鳴條，因而流放之，故曰「條放」。　致罰：尚書湯誓序：「伊尹相湯伐桀。」又：「湯曰：『夏德若茲，今朕必往。爾尚輔予一人，致天之罰。』」　黎服：當作「黎民」。王逸注：「天下衆民大喜悦也」，是王逸本作「黎民」。服，古作「𠬝」（説文又部），與「民」形近易混。「民」誤作「𠬝」，又變爲「服」。　大説：大悦。　呂氏春秋慎大：「湯立爲天子，夏民大悦。」

以上四句言湯得伊尹及滅夏之事。

以上第三段。問夏代興亡之事。

簡狄在臺，嚳何宜〔一〕？玄鳥致貽，女何喜〔二〕？該秉季德，厥父是臧〔三〕。胡終弊于有扈，牧夫牛羊〔四〕？干協時舞，何以懷之〔五〕？平脅曼膚，何以肥之〔六〕？有扈牧豎，云何而逢〔七〕？擊牀先出，其命何從〔八〕？恒秉季德，焉得夫朴牛〔九〕？何往營班禄，不但還來〔一〇〕？昏微遵迹，有狄不寧〔一一〕。何繁鳥萃棘，負子肆情〔一二〕？眩弟並淫，危害厥兄〔一三〕。何變化以作詐，後嗣而逢長〔一四〕？成湯東巡，有莘爰極〔一五〕。何乞彼小臣，而吉妃是得〔一六〕？水濱之木，得彼小子〔一七〕。夫何惡之，媵有莘之婦〔一八〕？湯出重泉，夫何皐尤〔一九〕？不勝心伐帝，夫誰使挑之〔二〇〕？

〔一〕簡狄：有娀氏二女之一。　臺：猶離騷「望瑶臺之偃蹇兮」之「瑶臺」，參前注。　嚳：

帝嚳，高辛氏，商奉爲始祖。　宜：即「儀」，匹偶。詩大雅烝「我儀圖之」毛傳：「儀，宜也。」鄭箋：「儀，匹也。」二句問簡狄居瑶臺之上，帝嚳何以能與之匹偶婚配。　以下問商代之事，故從簡狄生契問起。

〔二〕玄鳥：燕。　致貽：送禮。貽，禮物。參離騷「鳳皇既受詒兮」注。　喜：當從洪興祖考異引一本作「嘉」（續漢志禮儀志注引正作「嘉」），與上文「宜」同在古韻歌部，作「喜」與古韻不合。嘉，生子，參離騷「肇錫余以嘉名」注。　二句問玄鳥遺卵，而簡狄爲何會生契。詩商頌玄鳥言「天命玄鳥，降而生商」，屈原蓋不信此説，故有此問。

〔三〕該：商之先公，即「亥」。　秉：秉承。　季：亥之父。　臧：善。　二句言亥能秉承父季之遺德，故爲所善。　王國維殷卜辭所見先公先王考論天問之「該」，即卜辭所祭之王亥。　卜辭又有季，王亥之父。

〔四〕胡：何。　弊：困厄。　有扈：當作「有易」，形近而誤（易，金文作[illegible]，右半似「户」；而扈本衹作「户」）。　牧夫牛羊：謂亥爲有易氏牧牛羊。　山海經大荒東經：「王亥託於有易河伯僕牛。」王亥本商室之先，而在有易僕牧，故屈原問之。

〔五〕干協：盾名。亦稱「脅盾」。　管子幼官有「脅（即協）盾」，注云：「盾或著之於脅，故曰脅盾。」干協之舞，或似所謂「萬舞」，有蠱惑淫事之作用（參左傳莊公二十八年楚令尹子元蠱文夫人事）。　懷：思。　指亥思有易之女。

〔六〕平脅曼膚：言有易女之美貌。　脅：脅骨。平脅謂肌肉豐滿不見脅骨。　曼膚：細嫩的皮膚。大招：「曼澤宜面，血氣盛只。」　肥：肥美。古人以肥碩爲美。　以上四句問亥常持盾而舞，爲何如此懷念有易之女；她豐滿柔嫩，又憑了什麽。

〔七〕有扈：亦當作「有易」。　牧豎：指亥。豎，賤稱。山海經海外東經稱「豎亥」。因其爲牧，故曰。　逢：遇。　二句問亥是有易氏牧牛的賤人，爲何竟與有易之女相逢而合好。

〔八〕擊牀：謂殺亥。　先出：指有易之女先出。　其命：指亥之命。　二句問亥被殺於牀，而有易氏之女先出而走，亥之命歸何處。　以上從「該秉季德」至此，皆問亥之事。據山海經大荒東經：「王亥託於有易河伯僕牛，有易殺王亥，取僕牛。」郭注引竹書：「殷侯子亥賓于有易而淫焉，有易之君緜臣殺而放之。是故殷上甲微假師于河伯以伐有易，滅之，遂殺其君緜臣也。」下文所謂「昏微遵迹，有狄（易）不寧」，亦指此事。

〔九〕恒：即王亘，卜辭中有「王亘」，王國維謂即天問之「恒」。恒，季之子、亥之弟。　朴牛：即「服牛」，可以駕車之牛。　山海經大荒東經作「僕牛」，呂氏春秋勿躬：「王冰作服牛」，世本：「胲作服牛」（初學記卷二九、太平御覽卷八九九引）。「胲」即「亥」，「冰」（金文作「仌」）與「亥」形近而混。「服牛」爲正字，「朴」、「僕」其借字。　二句問恒秉承父德，又從何獲得其兄之服牛。蓋亥死之前後，恒亦在有易。

〔一〇〕營：經營。　班禄：即封禄。指恒在有易有謀求封禄之事。　不但：或即「不旦」

之借字。　還來：歸來。指恒出謀封禄，未明而歸。

〔一一〕昏微：即上甲微，王亥之子。　遵迹：指上甲微遵循父之事業。　有狄：即「有易」。「狄」、「易」古多通用（如史記殷本紀「簡狄」，索隱引舊本作「簡易」）。　不寧：不得安寧。此指竹書所謂「上甲微假師于河伯以伐有易」，爲父復仇之事。

〔一二〕繁鳥萃棘：喻淫亂事。繁鳥即鷩鳥，鴞也（廣雅釋鳥）。此鳥宵飛晝伏。王逸謂此句是斥晉大夫解居父，失其本事。但王氏據列女傳言解居父欲淫佚婦人，婦人引詩「墓門有棘，有鴞萃止」（陳風墓門「棘」作「梅」，馬瑞辰校本作「棘」）以刺之，似能得「繁鳥萃棘」之隱義。　負子：婦、子。婦指有易之女，子指亥、恒兄弟。「負」、「婦」古多通用（如爾雅釋蟲「鼠負」之「負」，釋文謂一本作「婦」）。　肆情：放縱情欲。

〔一三〕眩弟：指亥與其弟恒。眩，疑爲「亥」之誤字。「亥」又寫作「胲」（世本），與「眩」形近。並淫：指亥與其弟恒並淫於有易之女。　厥兄：其兄，指恒之兄亥。　前注「擊牀先出」引山海經大荒東經及竹書言有易殺亥，據天問則知亥弟恒亦預其事，故屈原斥而問之。

〔一四〕變化作詐：斥有易之女與恒。蓋二人合謀作詐，加害於亥。　後嗣：指恒之子孫後代。　逢長：謂子孫繁衍。逢，大也；長，遠也。天問後有「既驚帝切激，何逢長之」，「逢長」意同。　二句問恒與有易女變化作詐，加害於亥，爲何恒之子孫後代繁衍昌盛。按殷之祖系繼統，多兄終弟及之制。亥、恒兄弟之事，或即弟繼殷宗之一例。然其間爭鬥傾軋之事，固遭屈原之揭露詰難也。

〔一五〕有莘：國名。　極：至。　有莘爰極：即至於有莘。

〔一六〕小臣：指伊尹。伊尹爲有莘氏女之私臣，故稱「小臣」。呂氏春秋尊師亦有「湯師小臣」的提法。　吉妃：賢妃，指有莘之女。　吉妃是得：呂氏春秋本味：「湯聞伊尹，使人請之，有侁（即莘）氏不可。伊尹亦欲歸湯，湯於是請娶婦爲婚。有侁氏喜，以伊尹媵女。」　二句問湯爲何爲了乞得伊尹而娶有莘之女。

〔一七〕木：桑木。　小子：指嬰兒時的伊尹。　得彼小子：呂氏春秋本味：「有侁氏女子采桑，得嬰兒于空桑之中，獻之其君。其君令烰人養之，察其所以然，曰：其母居伊水之上，孕，夢有神告之曰：臼出水而東走，毋顧。明日視臼出水，告其鄰；東走十里，而顧其邑盡爲水。身因化爲空桑。故命之曰伊尹。」

〔一八〕惡：厭惡。　媵：陪嫁。　二句問有莘氏爲何厭惡伊尹，將他作爲媵臣陪嫁出去。

〔一九〕重泉：地名。史記夏本紀記桀曾囚湯於夏臺。或謂太公金匱載桀囚湯於均臺，寘之重泉。後桀釋之，故曰「湯出重泉」。　辠：古「罪」字。　尤：過錯。　二句問桀囚湯於重泉，後又釋之，湯究竟犯了什麽罪過。

〔二〇〕勝心：指克服其心欲。淮南子詮言：「聖人勝心，衆人勝欲。」高注：「心者，欲之所主也。聖人止欲，故勝其心，而以百姓爲心也。」　伐帝：指湯伐桀。　使挑：唆使挑誘。　之：

代湯。據呂氏春秋本味，湯得伊尹，伊尹説之以至味。湯曰：「可得而爲乎？」伊尹曰：「君之國小，不足以具之。爲天子然後可具。」伊尹又談天下美味，最後强調「非先爲天子，不可得而具」，「天子成則至味具」。此正所謂伊尹挑誘湯伐桀也。二句問湯不能克服其心欲而伐桀，是誰以美味爲喻而挑誘的。

以上第四段。問殷代興亡之事。

會鼂爭盟，何踐吾期〔一〕？蒼鳥羣飛，孰使萃之〔二〕？到擊紂躬，叔旦不嘉〔三〕。何親揆發足，周之命以咨嗟〔四〕？授殷天下，其位安施〔五〕？反成乃亡，其罪伊何〔六〕？爭遣伐器，何以行之〔七〕？並驅擊翼，何以將之〔八〕？昭后成遊，南土爰底〔九〕。厥利惟何，逢彼白雉〔一〇〕？穆王巧梅，夫何爲周流〔一一〕？環理天下，夫何索求〔一二〕？妖夫曳衒，何號于市〔一三〕？周幽誰誅，焉得夫褒姒〔一四〕？天命反側，何罰何佑〔一五〕？齊桓九會，卒然身殺〔一六〕。彼王紂之躬，孰使亂惑〔一七〕？何惡輔弼，讒諂是服〔一八〕？比干何逆，而抑沈之〔一九〕？雷開阿順，而賜封之〔二〇〕。何聖人之一德，卒其異方〔二一〕？梅伯受醢，箕子詳狂〔二二〕。稷維元子，帝何竺之〔二三〕？投之於冰上，鳥何燠之〔二四〕？何馮弓挾矢，殊能將之〔二五〕？既驚帝切激，何逢長之〔二六〕？伯昌號衰，秉鞭作牧〔二七〕。何令徹彼岐社，命有殷國〔二八〕？遷藏就岐，何能依〔二九〕？殷有惑婦，何所譏〔三〇〕。受賜兹醢，西伯上告〔三一〕。何親就上帝罰，殷之命以不救〔三二〕？師望在肆，昌何識〔三三〕？鼓刀揚聲，后何喜〔三四〕？武發殺殷，何所悒〔三五〕？載尸集戰，何所急〔三六〕？伯林雉經，維其何故〔三七〕？何感天抑墜，夫誰畏懼〔三八〕？皇天集命，惟何戒之〔三九〕？受禮天下，又使至代之〔四〇〕？初湯臣摯，後茲承輔〔四一〕。何卒官湯，尊食宗緒〔四二〕？

〔一〕會鼂爭盟：指諸侯會合於甲子之朝，請盟誓而伐殷紂。詩大雅大明：「肆伐大商，會朝清明。」「鼂」即「朝」；「爭」當從洪興祖考異所引一本作「請」。詩之「清明」即「請盟」之借字。踐吾期：踐吾（指武王）之約期，指諸侯如期而至。史記周本紀載武王「十一年十二月戊午，師畢渡盟津，諸侯咸會」；「正月甲子昧爽，武王朝至於商郊牧野，乃誓」。即此事。

〔二〕蒼鳥：喻武王所率衆師。萃：聚集。詩大雅大明：「維師尚父，時維鷹揚。」傳云：「鷹揚，如鷹之飛揚也。」王逸注謂「蒼鳥，鷹也」，即據此爲說。惟詩指吕尚而言，此則指衆多諸侯而言。武王伐紂，不期而會者八百諸侯，故此言「孰使萃之」。二句問諸侯之師像蒼鳥一樣羣飛而至，是誰使他們聚集起來的。

〔三〕到擊：當從洪興祖考異引一本作「列擊」，斬殺之意。説文刀部：「列，分解也。」此句言武王伐紂，射紂屍體，又「以輕劍擊之，以黃鉞斬紂頭，懸大白之旗」（史記周本紀）。叔旦：周公姬旦，武王之弟。不嘉：指姬旦不贊成武王對紂射屍斬首。嘉，贊許。

〔四〕二句當從一本作「何親揆發，定周之命以咨嗟」。　親：親自，指周公。　揆：謀度。　發：即武王發。「揆發」猶言爲武王出謀劃策。　定周之命：猶言定周之天下。　咨嗟：嘆息。　二句問爲何周公親自輔佐武王，而定了周之天下還要嘆息。　因前言「叔旦不嘉」，故有此問。又論衡恢國：「君子惡不惡其身。紂屍赴於火中，所見悽愴，非徒色之觳觫，祖之暴形也。就斬以鉞，懸乎其首，何其忍哉！」是漢儒猶有微詞於姬發。

〔五〕施：當爲「移」之同音借字。詩周南葛覃「施于中谷」傳云：「施，移也。」是「施」與「移」音同義通。　二句問天既然授殷以天下，其帝位怎麽又移於周。

〔六〕反成乃亡：從王逸注「言殷王位已成，反覆亡之」語觀之，此句疑本作「及成乃亡」，「及」因形近而誤作「反」。而「乃」、「反」則古義通，故王逸以「反」釋之。　伊：因。　詩鄭風溱洧「伊其相謔」鄭箋：「伊，因也。」　二句問殷取天下既已成功，至紂反而覆亡，紂的罪過又是什麽。

〔七〕爭遣：爭相派遣。　伐器：攻伐之器。本指兵器，此代指參戰士卒，即會師伐紂的八百諸侯。　行：行軍，謂指揮軍隊行動。

〔八〕擊翼：攻擊敵之側翼。　將：率領。　以上四句問武王伐紂，各路諸侯爭相會師，這軍隊是如何指揮的；大軍驅擊敵軍側翼，又是如何統率的。

〔九〕昭后：周昭王，成王之孫。　成遊：盛大的巡遊。「成」即「盛」，二字典籍多通用。此指大規模伐楚。左傳僖公四年：「昭王南征不復。」史記周本紀：「昭王南巡狩不返。」即指此事。

南土爰底：即「至於南土」。南土，指荆楚。

〔一〇〕利：好處。　白雉：疑本作「兔雉」，作「白」，字之壞也。初學記卷七引古本竹書紀年云昭王「十九年，天大曀，雉兔皆震，喪六師于漢」。此曰「逢彼兔雉」，當指此事。　二句問昭王伐楚，除了碰到震恐的兔雉，又得到了什麽好處。此乃屈原對昭王伐楚之詰難與諷刺。

〔一一〕穆王：昭王之子。　巧梅：即「訏謀」之同音借字。詩大雅抑「訏謨定命」毛傳：「訏，大。謨，謀。」然則訏謨即弘大謀略之意。蓋「巧」從「丂」得聲，而說文丂部云丂「古文以爲『亏』字」，而「訏」從「亏」得聲，故通「巧」；「梅」從「每」得聲，而從「每」從「某」從「莫」得聲之字多同音相通，故「梅」得通「謨」、「謀」。此「巧梅」指穆王好大喜功，有弘大的謀略。　周流：即周遊，指穆王周遊天下，征伐楚、徐。

〔一二〕環理：即周行。竹書紀年沈約注：穆王「環履天下，億有九萬里」。左傳昭公十二年「昔穆王欲肆其心，周行天下。」「環理」、「環履」、「周行」同義。　索求：即「求索」，追求、索取。二句問穆王周行天下，所求的是什麽。屈原對穆王之索求無厭、以肆其心不滿，故有此問。

〔一三〕妖夫：妖夫與其婦。　曳衒：相曳而行賣。　號：呼喊叫賣。　二句問褒姒之事。據國語鄭語，宣王時有童謠曰：「檿弧箕服，實亡周國。」宣王聞之。適有夫婦鬻是器，王使執而戮之。夫婦懼奔褒，路見棄女，收養之，是爲褒姒，後爲周幽王后。

〔一四〕誅：伐。　褒姒：幽王后。　據國語鄭語、晉語，史記周本紀等載，褒氏有罪，周幽王伐褒欲誅之，褒以褒姒與幽王以贖罪。後褒姒誤國，犬戎入侵，殺幽王。二句問周幽王何所誅伐，他從哪裏得到了褒姒。

〔一五〕反側：反覆無常。何罰何佑：當作「何佑何罰」，「罰」與下文「殺」爲韻。王逸注：「天道神明，降與人之命反側無常，善者佑之，惡者罰之。」是王逸本如此。

〔一六〕齊桓：齊桓公，春秋五霸之首。九會：多次會合諸侯而爲盟主。卒然：終然。韓非子十過：「桓公之兵横行天下，爲五伯長。卒見弑於其臣，而滅高名。」此即所謂「卒然身殺」。以上四句言天命反覆無常，究竟何所佑又何所罰。齊桓公有九會諸侯之霸業，而又終於被殺身亡。此段問周代之事，使用了迴環敍述法。從「會鼂爭盟」至此，敍武王伐紂，昭、穆征伐，直到幽王被殺；又及齊桓之事，因齊桓霸而周名存實亡之故。此下「彼王紂之躬」至「箕子詳狂」，又追敍紂之荒淫爲周取天下之由；「稷維元子」至「又使至代之」追敍周之始祖后稷之興，文王被囚，直到武王伐紂爲止。三部分往而復始，反覆追問。讀天問者須知之。

〔一七〕亂惑：即昏亂。

〔一八〕惡：憎惡。輔弼：輔佐之臣。讒諂：指進讒獻諂的小人。服：任用。

〔一九〕比干：紂之父輩。逆：不忠。抑沈：壓抑。史載比干忠諫而被剖心，參見九章涉江「比干菹醢」注。

〔二〇〕雷開：紂之佞臣。阿順：洪興祖考異謂一作「何順」。天問此前句言「何逆」，則此句似當作「何順」。　賜封：「封」與上句「沈」爲韻。　二句問雷開有何忠順可言，而紂賜金封賞。

〔二二一〕聖人：指下文的梅伯、箕子。　一德：同德。　異方：不同的處境。

〔二二二〕梅伯：紂時諸侯。呂氏春秋行論：「昔者紂爲無道，殺梅伯而醢之。」　箕子：紂之父輩。　詳：章句本作「佯」，「詳」乃其借字。　佯：假裝。　據史記殷本紀，紂暴虐，箕子諫，不聽。於是箕子佯狂而爲奴，隱而鼓琴自悲。

〔二二三〕稷：姜嫄之子，周民族奉爲始祖。　元子：長子。　詩大雅生民説姜嫄履大人跡而有孕生稷。　帝：天帝。　竺：即「篤」，厚，此指厚愛。

〔二二四〕燠：暖。　據詩大雅生民，姜嫄生稷之後，棄之隘巷、平林、寒冰，而「誕置之寒冰，鳥覆翼之」。　據墨子魯問及節葬、後漢書南蠻列傳所記，原始民族有殺棄長子之俗。　后稷以長子而被棄，蓋其遺俗。但既棄而又有鳥燠之等事發生，故謂帝何厚愛於他。

〔二二五〕馮弓：强其弓。　參前「馮珧利決」注。　挾矢：帶着箭矢。　殊能將之：言甚能統率各方諸侯。　此指周文王之事。　據史記殷本紀載，崇侯虎譖西伯於殷紂王，紂怒，囚西伯於羑里。閎夭等以異物美女獻紂，紂赦西伯，並賜之弓矢斧鉞，使西伯得專征伐。　二句即指賜弓矢、專征伐。

〔二二六〕驚帝：使紂震怒。帝指紂王。　切激：怒之甚。　逢長：繁衍昌盛，與上文「後嗣而逢長」意同。　據史記殷本紀，紂王囚文王，是因爲紂殺九侯女而醢九侯，文王聞之竊歎，崇侯虎譖文王於紂，紂怒而囚文王。此蓋指所謂「驚帝切激」者。以上四句問爲何文王受賜弓矢，甚能得諸侯之心；紂王既如此震怒，爲何又封文王而使其繁衍昌盛。

〔二七〕伯昌：周文王姬昌。殷時爲西伯，故稱「伯昌」。號衰：發號令於殷之衰世，殆指得專征伐。秉鞭：執鞭。尚書舜典：「鞭作官刑」，則「秉鞭」謂任官執政。牧：治理一方之官。周禮天官大宰「牧以地得民」鄭注：「牧，州長也。」

〔二八〕徹：棄。岐社：社，古代有國有天下者必立社以祭土地。西伯之社立於岐地，故曰「岐社」。周得天下，廢岐社而立天子之太社，故云。命有殷國：墨子非攻下云文王時有「赤鳥銜珪降周之岐社，曰：天命周文王伐殷有國」，即此意。此乃神話預示周將代殷。

〔二九〕藏：寶藏。引申爲一切家藏財物。遷藏就岐：謂周太王因避狄人之侵，乃遷其財物，由邠至岐。依：歸依。二句問太王遷岐，人民爲何歸依於他。事詳史記周本紀。

〔三〇〕惑婦：指妲己，謂其以色惑紂。譏：譏刺。尚書牧誓記武王誓師，譴責紂「唯婦言是用」。

〔三一〕受：古史多稱紂爲受。茲醢：指梅伯之醢。上告：上告於天。呂氏春秋行論：「昔者紂爲無道，殺梅伯而醢之，殺鬼侯而脯之，以禮諸侯於廟。」即謂以醢分賜諸侯。故文王以此事上告於天，譴之也。

〔三二〕親：指紂。以上四句問紂分賜梅伯之醢於諸侯，文王乃上告於天；何以紂受到了天之處罰，使殷之命運不可挽救。

〔三三〕師望：即呂望，文王以其爲師，故古稱「師望」。　肆：市肆。　昌：文王名。

〔三四〕揚聲：高揚其聲以求售。晏子春秋内篇諫上：湯「兑上豐下，倨身而揚聲」；伊尹「豐上兑下，僂身而下聲」，是「揚聲」謂使聲音高揚宏亮。　后：指文王姬昌。　以上四句問呂望在市肆屠牛，文王怎會識而用之；呂望鼓其刀而高聲叫賣求售，文王又爲何會喜歡他。

〔三五〕武發：周武王姬發。　殺殷：即伐紂，指武王忿恨紂之無道，射屍斬首之事，參前「到擊紂躬」注。　悒：忿悒。

〔三六〕尸：文王之木主，即俗所謂神牌。　集戰：會戰。　史記周本紀：「武王東觀兵至于盟津，爲文王木主，載以車。」「武王自稱太子發，言奉文王以伐，不敢自專。」　以上四句問武王伐紂而射屍斬首，爲何如此忿悒；文王剛死，武王載其木主伐紂，爲何如此急忙。

〔三七〕伯：長。　林：君。（爾雅釋詁）此處長君指紂。　雉經：以繩縊死。　周禮地官封人：「置其絼」，先鄭注：「絼，著牛鼻繩所以牽牛者。今時謂之雉，與古者名同。」是「雉」此訓「繩」。又古凡以繩懸頸而死謂「經」。是以「雉經」連用謂縊死，如國語晉語二所謂「申生乃雉經于新城之廟」。紂死後，武王斬其首而懸之，亦曰「雉經」，史記周本紀所謂「懸大白之旗」是也。二句問紂爲武王之君長而被縊懸，這是什麽緣故。

〔三八〕感天抑墜：猶言觸天搶地。墜，古「地」字。　二句問紂之將死，爲何觸天搶地，又有誰畏懼他。

〔三九〕集命：降命。皇天集命：謂上帝降命於殷，使有天下。猶詩大雅大明所謂「天監在下，有命既集」。戒：警戒，此指使武王伐之。

〔四〇〕受：即紂。禮：與「履」通。履天下，謂踐天子之位。至：或係「周」之借字。亦猶「周」之訓「至」，詩「軒輊」士喪禮作「軒輖」。二句承上「何」字，問商殷既踐天子之位，爲何又使周取而代之。

〔四一〕初：當初。此因紂不用賢而亡，故追敘湯用賢臣而興之故事。此乃天問迴環追述之例。摯：即伊尹。承輔：承擔輔佐重任。

〔四二〕卒：終。官湯：即相湯，指伊尹任湯之相。尊食：即廟食，指受殷之祭饗。宗緒：世代相傳。吕氏春秋慎大：商王室「祖伊尹，世世饗商」。以上四句問當初湯以伊尹爲臣，後又要他承擔輔佐重任，爲什麽伊尹終於相湯，且廟祀世世不絕。

以上第五段。問周代興亡之事。

勳闔夢生，少離散亡〔一〕。何壯武厲，能流厥嚴〔二〕？彭鏗斟雉，帝何饗〔三〕？受壽永多，夫何久長〔四〕？中央共牧，后何怒〔五〕？蠭蛾微命，力何固〔六〕？驚女采薇，鹿何祐〔七〕？北至回水，萃何喜〔八〕？兄有噬犬，弟何欲〔九〕？易之以百兩，卒無禄〔一〇〕。薄暮雷電，歸何憂〔一〕？厥嚴不奉，帝何求〔二〕？伏匿穴處，爰何云〔三〕？荆勳作師，夫何長？悟過改更，我又何言？吴光爭國，久余是勝。何環穿自閭社丘陵，爰出子文？吾告堵敖以不長，何試上自予，忠名彌彰？

〔一〕勳闔：吴王闔廬。荀子王霸：闔閭「威動天下，强殆中國」，且與齊桓、晉文並舉。則「勳闔」或係當時慣稱。功績卓著曰「勳」。夢：壽夢。生：姓。古人言子孫曰子姓。闔廬乃壽夢之長孫（史記吴世家）。離：罹。散亡：指未得王位。據史記吴世家，闔廬少時，壽夢死，其父太子諸樊立；後諸樊卒，闔廬未得立，故曰「少離散亡」。

〔二〕壯：壯年。武厲：勇武厲烈。流：傳播。嚴：威力。或謂字本作「莊」，因避東漢明帝諱而改，以爲作「莊」始與上文「亡」字叶韻。實則屈賦用韻，陽部的字與陽聲諸部的字的合韻已多有其例，如陽蒸合韻、陽真合韻、陽元合韻等皆是。此是陽談合韻。西漢時古韻陽談二部通轉之字已多。如詩大雅桑柔「民人所瞻」，校官碑引「瞻」作「彰」；又詩魏風陟岵「瞻望父兮」，阜陽出土漢初竹簡作「章望」，是其例。以上四句問闔廬乃壽夢之長孫，少時未得王位，爲何壯年如此武厲，而能播其威力。

〔三〕彭鏗：彭祖，古傳長壽者，善養性，能調鼎，至殷末七百餘歲。參列仙傳。斟雉：調合雉羹，即指調鼎而言。帝：天帝。饗：食。

〔四〕受壽：指帝賜彭祖長壽。 長：當作「悵」，悵恨。「長」上朱熹本無「久」字，是。 王逸注：「彭祖至七百歲（七原誤作八，據莊子逍遥遊釋文引校改），猶自悔不壽，恨枕高而唾遠也。」則王逸本作「悵」。以上四句問彭鏗調合雉羹，上帝爲何要食用之；帝賜彭鏗長壽，他爲何還要悵恨。

〔五〕中央：中國，此指周王朝。 共牧：共同治理國家。據史記周本紀載，周厲王暴虐無道，國人襲之，王出奔彘。召公、周公二相行政，號曰「共和」，即此所謂「共牧」。 后何怒：后指厲王。據史記周本紀，厲王奔彘之後，國人欲殺厲王太子。召公匿太子，並對國人言：「……今殺王太子，王其以我爲讎而懟怒乎？」此殆所問之「后何怒」也。

〔六〕蠭蛾：喻百姓。 微命：命小而賤。 力何固：指國人齊心合力襲逐厲王。 以上四句就厲王事發問，言周之天下由召公、周公共治之，厲王有何懟怒可言；百姓雖蠭蛾微命，而其力何爲堅固若是。

〔七〕驚女采薇：即「采薇驚女」。采薇，謂孤竹國君之二子伯夷、叔齊不食周粟，隱於首陽山，采薇而食之（參見史記伯夷列傳）。驚女，驚動了婦女。據文選辨命論注引古史考，伯夷、叔齊「隱於首陽山，采薇而食之。野有婦人謂之曰：『子義不食周粟，此亦周之草木也。』於是餓死。」 鹿何祐：祐，保佑。據路史後記四注引類林，伯夷、叔齊不食薇，「有白鹿乳之」，或係古之遺説。

〔八〕回水：指黄河之曲。水經河水注云涑水「出河北縣之雷首山，縣北與蒲坂分，山有夷齊廟」。漢書王貢兩龔鮑傳顔注：「馬融云首陽山在河東蒲坂華山之北，河曲之中。」此「回水」即指首陽山在黄河之曲。　北至回水：莊子讓王：「伯夷、叔齊北至於首陽之山，遂餓而死焉。」　萃：集、止。指夷、齊兄弟同止於首陽山。　喜：或爲「饎」之借字。禮記郊特牲鄭注：「炊黍稷曰饎。」又詩豳風七月「田畯至喜」鄭箋：「古文以喜爲饎。」　以上四句問夷、齊采薇而食，驚動了婦女，但白鹿爲何又保佑他倆；　兄弟二人北至河曲，雖止於此又有何食物可用。　此蓋言夷、齊至於河曲而餓死。

〔九〕兄：指秦景公伯車。　噬犬：咬人猛犬。　弟：指秦公子鍼，景公之弟。

〔一〇〕易：交换。　百兩：百兩金。　無禄：喪失食邑。　春秋昭公元年：「夏，秦伯之弟鍼出奔晉。」傳記其事略云鍼有寵於父桓公，輕視其兄。後畏罪而奔晉。事又見國語晉語八。蓋鍼在秦時，曾想得到景公之犬，以百金交换而兄不與；　兄弟反目，鍼逃晉，喪失了所封之食邑。

〔一一〕薄暮：傍晚。　歸何憂：歸去又有何憂。　此指尚書金縢所謂周公畏讒居東，三年不歸，天大雷電以風，成王悟而迎歸，故曰。

〔一二〕嚴：指天降雷電以示其威。　不奉：猶言不從天譴。　帝何求：言天又何求於成王。　四句問傍晚時雷電大作，周公已歸，成王又有何憂；　如果連天譴都不遵從，天又何求於成王。　此雖問古事，但與屈原遭讒外放而不得歸相通，故以下至篇末，轉而問楚事。

〔一三〕自此以下至篇末，雖皆言楚事，但因有錯簡，故韻律不叶，文義難通。古今傳本，歧異甚大，前人注釋，異説亦多。今參校章句、補注諸本，以韻求之，以義探之，定原文如下：

荆勳作師，夫何長先？悟過改更，我又何言〔一〕？吴光爭國，久余是勝。何環閭穿社，以及丘陵〔二〕？伏匿穴處，爰何云？是淫是蕩，爰出子文〔三〕。吾告堵敖以不長，何試上自予，忠名彌彰〔四〕？

上述句次，只有一處更動，即「伏匿穴處，爰何云」移至「丘陵」句下；文字上只有一處改變，即從洪興祖考異作「是淫是蕩，爰出子文」，其餘均未輕易原文。今略釋其義如次：

〔一〕此四句問楚莊王事，諄、寒部通韻。荆勳作師：言楚勳業在治兵。長先：指楚莊王爲五霸之一，爲諸侯盟長。悟過改更：史載楚莊王即位之初，逸樂不問國事達三年之久。後因大臣進諫，始覺悟而改正錯誤，革新政治，終成霸業。事見吕氏春秋重言、史記楚世家等。我又何言：謂莊王前非而後是，我又有何話可説。此謂君有道，則可以霸諸侯也。

〔二〕此四句問吴王闔閭伐楚破郢之事，以蒸部爲韻。吴光：吴公子光，即吴王闔閭。爭國：謂吴公子光刺殺吴王僚而自立。久余是勝：余，我，指楚國。句謂吴强大後戰勝了楚國。環閭穿社：閭，即閭里；社，即立社以祭土神之處。此言吴師入郢，閭社皆遭破壞。丘陵：即陵墓，指吴軍掘楚平王墓。事見史記楚世家、吴世家。四句謂君無道則受敵國欺凌。

〔三〕此四句問楚賢相子文的出身用諄部韻。伏匿穴處：謂隱藏在洞穴中，此指鬬伯比與䢵公之女通於洞穴中。爰何云：猶「如何説」，難言也。出子文：出，即生。子文出身事，參左傳宣公四年。四句言鬬伯比與䢵公之女相通，這事又怎麽好説。事雖淫蕩，却生出了賢相子文。此言國之治亂在於有無賢臣。

〔四〕此三句問楚成王弑其君堵敖而自立之事，用陽部韻。堵敖：史記楚世家作「杜敖」。不長：指被弑。試上：言成王殺其君堵敖。「試」古與「弑」通，指弟以臣殺君。自予：自立爲君。彌彰：愈益顯赫。三句乃屈原將楚國史事與現實結合起來進行詰問。謂我早説堵敖的命運不會長久，但爲什麽弑君自立者反而忠名愈顯？此言懷王信讒，國運難保，但如子蘭等勸懷王入秦而不返，此與弑君何異？何以反而身登令尹之顯位？

以上第六段。問古今各國雜事而以楚事終之。

九章

【解題】

九章均爲屈原所作。楚頃襄王元年（前二九八年）屈原再度遭讒被放，流浪於陵陽、漢北、沅溆、湘水流域，飄泊輾轉，寫下橘頌、惜誦等篇。後人將其作於不同時地的這些篇章搜輯成帙，適得九篇，故命曰九章。依屈原流浪時地及作品内容，九篇之先後順序當爲：橘頌、惜誦、哀郢、抽思、思美人、涉江、悲回風、懷沙、惜往日。現僅依舊本次第釋之。

惜誦〔一〕

惜誦以致愍兮，發憤以杼情〔二〕。所作忠而言之兮，指蒼天以爲正〔三〕。令五帝以析中兮，戒六神與嚮服〔四〕。俾山川以備御兮，命咎繇使聽直〔五〕。竭忠誠以事君兮，反離羣而贅肬〔六〕。忘儇媚以背衆兮，待明君其知之〔七〕。言與行其可迹兮，情與貌其不變〔八〕。故相臣莫若君兮，所以證之不遠〔九〕。吾誼先君而後身兮，羌衆人之所仇〔一〇〕。專惟君而無他兮，又衆兆之所讎〔一一〕。壹心而不豫兮，羌不可保也〔一二〕。疾親君而無他兮，有招禍之道也〔一三〕。思君其莫我忠兮，忽忘身之賤貧〔一四〕。事君而不貳兮，迷不知寵之門〔一五〕。忠何罪以遇罰兮，亦非余心之所志〔一六〕。行不羣以巔越兮，又衆兆之所咍〔一七〕。紛逢尤以離謗兮，謇不可釋〔一八〕。情沈抑而不達兮，又蔽而莫之白〔一九〕。心鬱邑余侘傺兮，又莫察余之中情〔二〇〕。固煩言不可結詒兮，願陳志而無路〔二一〕。退靜默而莫余知兮，進號呼又莫吾聞〔二二〕。申侘傺之煩惑兮，中悶瞀之忳忳〔二三〕。

〔一〕此篇作于楚頃襄王元年遭讒流放準備啓程之時。以正文首二字爲題。

〔二〕惜：痛。　誦：通「訟」。謂爲爭訟是非而内心傷痛。　愍：病。　憤：憤懣。杼：同抒，發泄宣佈。　情：實情，指爭訟的真實情狀。　以下即屈原向天地神靈等的訴訟之辭。

〔三〕所作：一本作「所非」，是。所非，古人發誓常用語，意爲「如果不……」。　正：通「證」。

〔四〕五帝：傳説中五位聖明的帝王。諸典籍所指不一，約有少昊、顓頊、高辛、堯、舜、伏羲、黄帝等，屈原具體所指待考。　析中：當從一本作「折中」。古稱斷獄爲「折獄」，折中謂折其中而斷之，無所偏頗。此決獄常用之語。管子小匡：「決獄折中，不殺不辜，不誣無罪。」 戒：猶命令。 六神：王逸謂指「六宗之神」，即四時、寒暑、日、月、星、水旱等六神（見尚書舜典僞孔傳）。 嚮：對；服：事。「嚮服」謂對證事實。

〔五〕俾：使。 備御：以爲侍候。 咎繇：古代傳説中舜的司法大臣。 參書舜典、韓非子説疑等。 直：同值，當。「聽直」指聽訟斷獄，是非各得其當。 荀子修身：「是謂是，非謂非，曰直。」

〔六〕贅肬：多餘的腫瘤。 二句謂己盡忠事君，反與大衆不合而被視爲多餘之人。

〔七〕儇：巧慧。 媚：悦，討好。 二句謂己忘記儇媚隨俗而與衆人背道而馳，欲明君察其忠心。

〔八〕迹：考核。 二句謂己言行可相互考核，情實與外貌是一致的。

〔九〕相：觀察。「相臣莫若君」爲春秋戰國時恒語，參左傳僖公七年、昭公十一年及戰國策趙策等。 證：驗證。 二句謂臣在君前，言行情貌可隨時觀察驗證，勿須遠求。

〔一〇〕誼：通「義」，原則。 二句謂衆人因己堅持先君後己的原則，反而加以仇視。

〔一一〕惟：思，考慮。 兆：百萬曰兆。此亦指衆人。 讎：以言語相詆毀。 二句謂衆人因己一心事君，故皆以言語相詆毀。

〔一二〕豫：猶豫。 保：保全。不可保，謂自身無法保全。

〔一三〕疾親君：廣雅釋詁：「疾，急也。」謂急於親近君主，與前文「專惟君」同一結構。

〔一四〕忽忘：疏忽忘却。　賤貧：指身份低微卑下。　屈原本楚貴族後裔，但年代久遠，家道或已中衰，故云。　漢東方朔七諫：「平生於國兮，長於原野」，即指出屈原生於國都而長於原野。

〔一五〕迷：迷惑。　二句謂己專心事君，竟至迷惑而不懂爭寵之道。

〔一六〕志：訓「知」。　禮記緇衣：「爲下可述而志焉。」鄭玄注：「志，猶知也。」此謂不知何以忠反遇罰。

〔一七〕巔越：即顛隕。　咍：楚語，謂嘲笑。　二句言己行爲不合於俗，以致政治上失敗，又爲人所笑。

〔一八〕紛：亂貌，形容被怪罪之多。　尤：罪過。　離：遭受。　謗：誹謗。　謇：楚語語辭。　釋：解。

〔一九〕情：情實。　沈抑：謂遭壓制。　達：通。　句謂己之真實情狀不能上達於君。蔽：壅蔽。　白：表白。　句謂君爲奸邪所蔽而使自己不能表白。

〔二〇〕鬱邑：即鬱悒，憂愁困苦貌。　侘傺：楚語，謂失意悵然。

〔二一〕煩言：紛亂無緒之言。　結：結言，春秋戰國時習用語，指相約以取信之言。詒：遺，饋贈。　二句謂己内心之言紛亂無緒，確實不易結言相贈。此乃激憤之言。

〔一二〕靜默，沉默不語。

〔一三〕申：重。　煩惑：煩亂困惑。　中：內心。　悶瞀：心思煩悶。　忳忳：憂愁貌。

以上第一段。言請衆神對往事予以裁斷，故先追敍楚懷王時遭讒被疏的沉痛經歷。

昔余夢登天兮，魂中道而無杭〔一〕。吾使厲神占之兮，曰有志極而無旁〔二〕。終危獨以離異兮，曰君可思而不可恃〔三〕。故衆口其鑠金兮，初若是而逢殆〔四〕。懲於羹者而吹韲兮，何不變此志也〔五〕？欲釋階而登天兮，猶有曩之態也〔六〕。衆駭遽以離心兮，又何以爲此伴也〔七〕？同極而異路兮，又何以爲此援也〔八〕？晉申生之孝子兮，父信讒而不好〔九〕。行婞直而不豫兮，鮌功用而不就〔一〇〕。吾聞作忠以造怨兮，忽謂之過言〔一一〕。九折臂而成醫兮，吾至今而知其信然〔一二〕。矰弋機而在上兮，罻羅張而在下〔一三〕。設張辟以娛君兮，願側身而無所〔一四〕。欲儃佪以干傺兮，恐重患而離尤〔一五〕。欲高飛而遠集兮，君罔謂汝何之〔一六〕。欲橫奔而失路兮，堅志而不忍〔一七〕。背膺牉以交痛兮，心鬱結而紆軫〔一八〕。

〔一〕杭：一本作「航」，二字古通。

〔二〕厲神：古代傳説中主殺罰之神。參左傳成公十年、禮記祭法鄭玄注等。　占：占夢。

曰：以下爲厲神占夢之辭。　志極：目的。　旁：輔助。　句謂夢魂中道無航，正象徵夢主有政治目的，却無人相助。

〔三〕危：猶「獨」，「危獨」即孤獨。莊子繕性：「危然處其所。」成玄英疏：「危，猶獨也。」曰：此下亦厲神之語。　恃：依靠。　句謂君主僅可思念而不能依靠，意與上句「有志極而無旁」相通。

〔四〕故：因此。以上兩「曰」，前爲問卜之辭；後爲卜得之答案。與離騷同例。「故」字以下，則爲屈原聽完占辭後的思索。　爍：銷熔。　初：指懷王時。　殆：危難。　二句謂衆口進讒，即金亦可銷熔，當初自己即因此而蒙受危難，遭到疏遠。

〔五〕懲：受創而畏懼。　韲：細切之辣菜，乃冷食。句謂受過熱湯燙傷的人，見了韲菜也要吹而後食。此與「衆口爍金」皆當時俗語。　變此志：謂亦當如「吹韲」者，改變忠貞之志，以免再遭不測。

〔六〕釋：放棄。　階：梯。　曩：往昔，此指懷王之時。

〔七〕衆：指羣臣。　駭遽：驚恐慌張。　伴：伴侶。　二句謂羣臣見己堅持以往的操守，皆驚恐慌張，又怎能相交同伴。

〔八〕極：此指北極星，喻稱君王。「同極」謂同事一君。　援：幫助。　二句謂衆人與己皆同事一君，然而所取途徑却各自不同，又怎能引以爲援。

〔九〕申生：晉獻公太子。　好：愛。　晉獻公寵幸後妻驪姬，生子奚齊。驪姬欲立奚齊爲太子，因此設計讒害申生。申生既不願辯白於獻公，恐傷父之心；又不願逃奔他國，恐揚父之惡，遂自殺身亡。事見左傳僖公四年、國語晉語等。

〔一〇〕婞直：桀驁剛直。　豫：猶豫遲疑。「不豫」言其處事果斷。　用：因。　就：成就。　鮌事詳參離騷、天問注。　申生與鮌皆盡其臣、子本份和忠於職守者，然一則爲讒言所殺，一則因剛而遭禍，故屈原舉以自況。

〔一一〕作：爲。　造：製造。　忽：忽視。　過言：過份之言。

〔一二〕九：極言其多。此句亦春秋戰國俗語，或作「三折肱知爲良醫」。　信然：表示確信之辭。

〔一三〕矰弋：以繒爲繫的射鳥短箭。　機：本指發射機括，此指扣機待發，與下句「張」字皆用作動詞。　罻羅：捕鳥之網。

〔一四〕設：設置，安排。　張：説文弓部：「施弓弦也。」　辟：通「繴」，捕鳥的覆車（爾雅釋器）。　側：隱伏。淮南子原道：「處窮僻之鄉，側谿谷之間，隱於榛薄之中。」高注：「側，伏也。」　二句謂羣小張設機關加害於己而取悦於君，己欲隱伏却無藏匿之所。

〔一五〕儃佪：猶「徘徊」，此指因遲疑而逗留。　干傺：求仕於君而不去。　二句謂己欲滯留楚國，冀君起用，却恐再遭禍患。

〔一六〕集：止息。　罔：無，此猶言「得無」，揣測之詞。　二句謂己欲高飛而停留於遠方，君主會問你要去何方嗎。

〔一七〕横奔：猶狂奔。　失路：指不循正道。　二句謂己欲變易節操，不循正道，却又志向堅定而不忍爲。

〔一八〕膺：胸。　牉：通「判」，分剖。　紆軫：絞痛。　二句總結以上六句進退失據的痛苦，謂己側身無所，胸背交痛，猶如剖裂；内心憂悶，鬱結難解。

以上第二段，回到現實，敍述自己在頃襄王時仍故態復萌，如在懷王時一般忠君愛國，故仍然落得進退失據，痛苦不堪。

檮木蘭以矯蕙兮，鑿申椒以爲糧〔一〕。播江離與滋菊兮，願春日以爲糗芳〔二〕。恐情質之不信兮，故重著以自明〔三〕。矯兹媚以私處兮，願曾思而遠身〔四〕。

〔一〕檮：洪興祖楚辭補注：「檮，斷木也。」此用作動詞，猶折斷。　矯：揉。　鑿：舂米。申、椒：此指兩種芳香植物的籽實。

〔二〕播：種。　滋：栽。　糗芳：謂以蘭、蕙、申、椒、江離、菊等芳香作物爲乾糧，用作春日啓程的準備。糗，乾糧。

〔三〕情質：猶情實。單言稱「情」，復言稱「情質」。大戴禮衛將軍文子：「子貢以其質告」；

論語雍也：「質勝文則野」，「質」皆訓「實」。重著：重覆申述。二句謂恐己所訴真情不爲人信，故重覆申述之。

〔四〕矯：通「撟」，高舉。兹：此。媚：美好。私處：獨處。曾思：反覆考慮。二句謂反覆思慮，決意遠離時俗，堅守美好的節操而自甘獨處。

以上第三段，類亂辭。既申明志向，亦表明「吾將遠逝以自疏」的決定。

涉江〔一〕

余幼好此奇服兮，年既老而不衰〔二〕。帶長鋏之陸離兮，冠切雲之崔嵬〔三〕。被明月兮珮寶璐〔四〕，世溷濁而莫余知兮，吾方高馳而不顧〔五〕。駕青虬兮驂白螭，吾與重華遊兮瑶之圃〔六〕。登崑崙兮食玉英〔七〕，與天地兮同壽，與日月兮齊光〔八〕。

〔一〕涉江在舊本中編次第二，但按内容而言，在九章中當屬第六篇，主要敍述作者由漢水涉長江，又轉而西行，過洞庭口，溯沅水而到達溆浦的經歷。因多記輾轉江漢水系的流放生活，所以以楚國古代即流傳的樂曲涉江爲題。

〔二〕奇服：指楚國、楚民族有異於他國、他民族的奇異之服，即下文所謂「冠切雲」、「帶長鋏」，體現了屈原强烈的民族精神。衰：懈弛。

〔三〕長鋏：長劍。　陸離：光彩斑爛貌。　崔嵬：高聳貌。

〔四〕被：通「披」，披掛。　明月：寶珠名。　珮：即「佩」。　寶璐：寶玉。珠、玉皆自喻才德。

〔五〕方：將。　二句謂世俗既不知我之才德，則我將高馳不顧，即下文與聖賢同遊、與天地共存之意。

〔六〕重華：傳説中聖君舜的名字。　瑶之圃：即瑶圃，神話傳説中天帝所居園圃。山海經西山經：「槐江之山，上多琅玕金玉，實惟帝之平圃。」據郭璞注，「平圃」即在崑崙山上。

〔七〕崑崙：神話傳説中的神山。屈賦及先秦典籍皆多言及之。　玉英：玉花。

〔八〕齊光：一作「同光」。洪興祖楚辭考異：「一云同壽齊光。」是。

以上第一段，爲詩人對既往自身情操與志向的高度概括。

哀南夷之莫吾知兮，旦余濟乎江湘〔一〕。乘鄂渚而反顧兮，欸秋冬之緒風〔二〕。步余馬兮山臯，邸余車兮方林〔三〕。乘舲船余上沅兮，齊吴榜以擊汰〔四〕。船容與而不進兮，淹回水而疑滯〔五〕。朝發枉陼兮，夕宿辰陽〔六〕。苟余心其端直兮，雖僻遠之何傷〔七〕。入漵浦余儃佪兮，迷不知吾所如〔八〕。深林杳以冥冥兮，猨狖之所居〔九〕。山峻高以蔽日兮，下幽晦以多雨〔一〇〕。霰雪紛其無垠兮，雲霏霏而承宇〔一一〕。哀吾生之無樂兮，幽獨處乎山中〔一二〕。吾不能變心而從俗兮，固將愁苦而終窮〔一三〕。接輿髡首兮，桑扈臝行〔一四〕。忠必不用兮，賢不必以〔一五〕。伍子逢殃兮，比干菹醢〔一六〕。與前世而皆然兮，吾又何怨乎今之人〔一七〕。余將董道而不豫兮，固將重昏而終身〔一八〕。

〔一〕南夷：指屈原南下的目的地、少數民族聚居處，如下文所言「辰陽」、「溆浦」等。　旦余濟乎江湘：朱熹集注本作「旦余將濟乎江湘。」是。　濟：渡過。　江、湘：指長江、湘水。　濟江由漢水南入於江，濟湘則泝江而西過洞庭入江之口。因古稱洞庭爲湘，故云。　此謂「南夷」與己風俗殊異，思想隔膜，令人哀痛；但迫於情勢，明晨即將濟江湘而入其境。

〔二〕乘：登。　鄂渚：地名。在今湖北武昌。　反顧：回望。　欸：通「唉」，感歎之聲。此用作動詞，猶感歎。　緒風：餘風。　二句謂登上鄂渚回顧郢都，禁不住哀歎秋冬之寒風尚在。其中隱含對讒人得勢的感慨。

〔三〕邸：停息。　方林：廣闊的森林。

〔四〕舲船：有窗户的船。　沅：沅水。在今湖南西部。上沅，即逆沅水而上。　吴榜：大槳。　汰：即「汏」，水波。

〔五〕容與：猶豫遲緩貌。　淹：滯留。　回水：指江中旋渦。　疑滯：一本作「凝滯」，是。謂舟處水中停止不前。

〔六〕枉陼：地名。在今湖南常德。水經沅水注：「沅水又東歷小灣，謂之枉陼。」辰陽：地名。在今湖南辰溪。水經沅水注：「沅水又東徑辰陽縣南，東合辰水。」
〔七〕苟：誠，確實。二句謂如果自己確實心正意直，則雖被遷偏僻邊遠之地又有何傷。
〔八〕溆浦：地名。在今湖南溆浦。儃佪：即徘徊。如：往。
〔九〕冥冥：陰暗貌。狖：一種長尾猿。
〔一〇〕以上四句言所行環境險惡，非人所宜居。
〔一一〕霰雪：雪如小冰粒者。無垠：没有邊際。霏霏：雲霧散佈貌。承宇：與屋宇相連接。
〔一二〕幽：偏僻寂静。
〔一三〕固：本來。終窮：終身窘迫。
〔一四〕接輿：春秋時楚國隱士，佯狂避世。事參論語微子、莊子人間世、戰國策秦策等。髡首：剃髮，指接輿佯狂事。桑扈：傳説中的古代隱士。事參莊子大宗師。臝：即「裸」，赤身露體。二句謂己不能變心從俗，本來就應如接輿、桑扈等人。但「髡首」、「臝行」，又與其深入蠻荒有關。事見史記趙世家等。
〔一五〕以：猶「用」。變文以與下句「醢」叶韻，并求語詞錯落。
〔一六〕伍子：伍子胥，春秋時楚國人，後逃至吳國，忠心輔吳，屢建奇功，後遭讒被殺。事參國語吳語、史記伍子胥列傳等。　比干：殷紂王諸父，因忠心進諫被殺。事參論語、史記宋世家等。　菹醢：肉醬。指紂殺比干，將其剁成肉醬。與史載剖心說略異。

〔一七〕與：通「舉」，全，整個。七諫「與世皆然兮」王逸注：「與，舉也。」　二句總括伍子、比干事，謂前世賢臣皆有忠而見害者，我又何必怨恨於今之人。正語反說，激憤之至。

〔一八〕董道：正道。　豫：猶豫。　重昏：當即「重閔」。「昏」「閔」同音，古多通。閔，憂患。「重閔」與惜誦之「重患」義近，謂憂患衆多。　二句與前「吾不能變心而從俗兮，固將愁苦而終窮」句型、旨意相同，謂己正道直行，固將憂患終身。

以上第二段，記敍流亡辰、溆之經歷及思緒，並申明堅守節操。

亂曰：鸞鳥鳳皇，日以遠兮〔一〕。燕雀烏鵲，巢堂壇兮〔二〕。露申辛夷，死林薄兮〔三〕。腥臊並御，芳不得薄兮〔四〕。陰陽易位，時不當兮〔五〕。懷信侘傺，忽乎吾將行兮〔六〕。

〔一〕鸞鳥：鳳凰類鳥。鸞鳥、鳳皇，皆喻賢者。　遠：遠離君主、朝廷。

〔二〕燕雀、烏鵲：皆喻姦佞小人。　堂壇：猶言廟堂，此指朝廷。

〔三〕露申：一種芳香植物。　辛夷：即今之木筆。古或作「新雉」，同音異字。　林薄：叢生的草木。　露申、辛夷，皆喻賢俊之士。

〔四〕腥臊：臭氣，喻姦佞小人。　御：用。　芳：香氣，喻賢俊之士。　薄：靠近，謂近於君側。

〔五〕陰陽易位：喻世事黑白顛倒，是非混淆，忠姦不分。　時不當：即不逢其時，謂己生不逢時。

〔六〕信：誠信。　侘傺：楚方言，悵然住立之意。　忽：忘記。　二句謂己心懷誠信，不忘效忠於國，故時時悵然住立，竟忘了尚在流放途中。

以上第三段，總括前兩段，重申志向，抨擊「陰陽易位」的黑暗現實。

哀郢〔一〕

皇天之不純命兮，何百姓之震愆〔二〕。民離散而相失兮，方仲春而東遷〔三〕。去故鄉而就遠兮，遵江夏以流亡〔四〕。出國門而軫懷兮，甲之鼂吾以行〔五〕。發郢都而去閭兮，荒忽其焉極〔六〕？楫齊揚以容與兮，哀見君而不再得〔七〕。望長楸而太息兮，涕淫淫其若霰〔八〕。過夏首而西浮兮，顧龍門而不見〔九〕。心嬋媛而傷懷兮，眇不知其所蹠〔一〇〕。順風波以從流兮，焉洋洋而爲客〔一一〕。淩陽侯之氾濫兮，忽翺翔之焉薄〔一二〕。心絓結而不解兮，思蹇產而不釋〔一三〕。將運舟而下浮兮，上洞庭而下江〔一四〕。去終古之所居兮，今逍遥而來東〔一五〕。羌靈魂之欲歸兮，何須臾而忘反〔一六〕。背夏浦而西思兮，哀故都之日遠〔一七〕。登大墳以遠望兮，聊以舒吾憂心〔一八〕。哀州土之平樂兮，悲江介之遺風〔一九〕。當陵陽之焉至兮，淼南渡之焉如〔二〇〕。曾不知夏之爲丘兮，孰兩東門之可蕪〔二一〕。

〔一〕哀郢在舊本中編次第三，按内容亦當如此。這篇作品寫於屈原被流放至陵陽的第九年，其中亦包括對自己於頃襄王二年被流放時啓行的追憶。郢：楚國都，在今湖北江陵。因本篇主題是寫對故都的思念和痛惜，故以「哀郢」爲題。

〔二〕皇天：對天的敬稱。皇，大。純：終始如一。國語晉語「德不純」韋昭注：「純，一也。」命：天命。百姓：百官。震愆：震驚受罪。

〔三〕民：與上句「百姓」相對，指一般民衆。方：正當。仲春：二月。東遷：指沿長江而下，向東遷徙。以上四句追憶楚頃襄二年（前二九八），親眼目睹人民流離失所、逃離首都時的情景。據史記楚世家載，頃襄王元年，秦兵出武關攻楚，大敗楚軍，取析十五城而去。當時楚懷王被扣留於秦，頃襄初立，經此敗績，局勢緊張，故第二年春民衆多離散，屈原亦厠身其中，開始流亡生涯。

〔四〕去：離去。就遠：到遠方。遵：循。江夏：長江、夏水。夏水爲長江分流，又東會沔水（即今漢水）入江，故古多「江夏」合稱。水經夏水：「夏水出江，流於江陵縣東南。……又東至江夏雲杜縣入於沔。」此謂與楚都民衆一起經夏水進入長江，開始流亡。

〔五〕國：都城。「國門」謂國都之門。　軫：痛。　甲之鼂：指十干的甲日早晨。鼂，通「朝」。

〔六〕發：出發。　閭：古指人口聚居處，猶今之鄉里。古代貴族與平民分別集中而居，因此這裏的「閭」當指楚國貴族聚居之所，亦即「三閭」。　荒忽：即「恍惚」。洪興祖楚辭考異：「一本『荒』上有『怊』字。」怊，荒忽，失意悵惘貌。　極：至。　此謂失意恍惚，不知何往。

〔七〕楫：船槳。　齊揚：同舉。　容與：徘徊不進貌。

〔八〕長楸：高大的楸木。　太息：即「歎息」。　淫淫：涕淚長流貌。　霰：小冰粒狀的雪。

〔九〕夏首：指夏水自長江分流處。　西浮：向西漂浮。沿江夏向東流亡，而此云「西浮」，乃欲顧望郢都而暫回其舟，亦即上文所謂「容與」不進之意。　龍門：郢都東城門。

〔一〇〕嬋媛：內心牽掛縈繞。　眇：遠。　蹠：適，往。

〔一一〕焉：語詞，猶於是。　洋洋：無所歸宿貌。

〔一二〕淩：乘。　陽侯：大波。古傳淩陽國之侯溺死，其神爲大波。事參淮南子覽冥及注。　氾濫：橫流漫延。　忽：飄忽。　薄：止息。此句與「怊荒忽其焉極」、「眇不知其所蹠」

意同。

〔一三〕絓結：牽結纏繞。此喻心思煩亂難解。　蹇産：即曲折，或作「㠐嵼」，本指山形，此喻感情詰屈難伸。

〔一四〕運舟：行舟。　上洞庭而下江：此指行經洞庭入江處，如溯湖而上，則入湘江，故云「上洞庭」；如順江而下，則東至吴越，故云「下江」。當時似有南去與東下兩種選擇，故到底是上溯洞庭，還是順江而下，頗費考慮。

〔一五〕終古：永世。去終古之所居，即指前所謂「發郢都去閭」。　逍遥：此指漂泊流蕩。

東：指楚國東部瀘江、陵陽一帶。

〔一六〕羌：楚方言中的語氣辭，猶言「乃」。　反：即「返」。

〔一七〕夏浦：夏水之濱。此時東向而行，故言「背夏浦」。　西思：思念西方，此指郢都。

〔一八〕墳：水邊高地。　聊：暫且。

〔一九〕州土：國土。　平樂：和平安樂。　江介：江邊。此指長江沿岸。　遺風：先人留傳的習俗、風尚。　二句皆屈原流放途中所見所感。

〔二〇〕當：面對。　陵陽：地名。在今安徽青陽南。　淼：大水茫無邊際貌。　南渡：陵陽在長江南岸，故云。　如：至。　二句謂當來到陵陽，已無處可去。

〔二一〕曾：尚。　夏：即「廈」，大屋。此指楚國宮殿。　丘：廢墟。　孰：誰。　兩東門：指郢都東城門。　二句謂尚不知大廈可以變爲廢墟，以及誰又可以使郢城變得荒蕪。「不知」貫穿上下兩句，以設想之辭譴責頃襄王和秦的政治短見，并表示對楚國前途的憂慮。

以上第一段，全以追憶之筆寫出九年前被流放出郢都向東遷徙的所見所聞，徘徊留戀之意和哀傷擔憂之情宛然。

心不怡之長久兮，憂與愁其相接〔一〕。惟郢路之遼遠兮，江與夏之不可涉〔二〕。忽若不信兮，至今九年而不復〔三〕。慘鬱鬱而不通兮，蹇侘傺而含慼〔四〕。外承歡之汋約兮，諶荏弱而難持〔五〕。忠湛湛而願進兮，妒被離而鄣之〔六〕。堯舜之抗行兮，瞭杳杳而薄天〔七〕。衆讒人之嫉妒兮，被以不慈之僞名〔八〕。憎慍惀之脩美兮，好夫人之忼慨〔九〕。衆踥蹀而日進兮，美超遠而逾邁〔一〇〕。

〔一〕怡：樂。

〔二〕惟：思。　郢路：通向郢都的道路。　江與夏：長江與夏水。　涉：步行渡水。二句謂欲歸郢都，然無舟航以渡江夏之水。意與惜誦「魂中道而無杭」略同。

〔三〕忽：迅速。　若：似。　信：古稱住宿兩晚爲「信」。左傳莊公三年：「一宿爲舍，再宿爲信，過信曰次。」　復：歸。　二句謂時間倏忽，好像在外還不到兩夜，其實却已是九年未歸了。

〔四〕慘：悲。　鬱鬱：悲痛填胸。　蹇：乃。楚方言中的語氣辭。　侘傺：悵然住立貌。慼：憂愁。

〔五〕外：指對外，外交。　承歡：此指求取秦國的歡心。史記楚世家：頃襄王六年患秦將伐楚，「乃謀復與秦平」。又頃襄七年，「楚迎婦於秦，秦楚復平」。二事皆屈原流放後頃襄王對外承秦之歡的史實，故屈原譴責之。　汋約：即綽約，好貌。此指討好求和貌。　諶：誠，實在。荏弱：柔弱。　難持：難以自保。

〔六〕忠：指忠臣。　湛湛：忠厚貌。　進：謂接近君主。　妒：指讒人。　被離：即「披離」，散亂。　鄣：壅蔽，阻攔。　以上四句前兩句言對外失措，後兩句言對内失人。

〔七〕堯、舜：古代傳説中的兩個聖君。　抗行：即「亢行」，高尚的德行。　瞭杳杳：高遠貌。　薄：接近。

〔八〕被：加。　不慈：指堯、舜皆不傳天下於子。　僞名：不符合事實的稱呼。説見莊子盜跖、韓非子忠孝、史記五帝本紀張守節正義引竹書等。

〔九〕愠惀：温良謙恭貌。此用作名詞，指温良謙恭者，與下句「夫人」對舉。淮南子覽冥：「純温以淪」，「温淪」或即「愠惀」。　脩美：指品德美好。　夫人：那些人，指子蘭之流。　忼慨：即慷慨，激切貌。「忼慨」與前「愠惀」辭意正相反。此謂君王不知人，憎恨前者，喜愛後者。

〔一〇〕踥蹀：小步行走貌。　美：指美德之人，與上句「衆」字相對。　邁：説文辵部：

「遠行也。」逾邁：益遠。「逾」一本作「愈」。

以上第二段，由對初放的回憶回到現實，着重對頃襄時的内政、外交提出批評。

亂曰：曼余目以流觀兮，冀壹反之何時〔一〕。鳥飛反故鄉兮，狐死必首丘〔二〕。信非吾罪而棄逐兮，何日夜而忘之〔三〕。

〔一〕曼：展開。流觀：四處觀望。反：即「返」。

〔二〕首丘：頭向山丘。「鳥飛反鄉」、「狐死首丘」乃當時俗語，謂鳥雖遠飛終返故林，狐即將死頭也向着所出生的山丘。此喻人不忘本（參禮記檀弓）。根據近年地下考古發掘的材料，知楚民族在周朝時被封於丹陽，因此漢北乃楚先人陵墓所在，爲楚民族故鄉。屈原當時流放在外，返郢已不可能，故此處所謂「首丘」、「反鄉」，當指漢北而言。且由於秦國的侵略，漢北當時成了楚與秦對峙的前綫地區，正是屈原關心的地方。因此可以説，這兩句已透露出屈原將由陵陽轉徙漢北的消息。

〔三〕信：確實。忘之：忘記歸返故土。

以上第三段，乃全詩尾聲，抒寫流亡中思念故土的迫切心情。

抽思〔一〕

心鬱鬱之憂思兮，獨永歎乎增傷〔二〕。思蹇産之不釋兮，曼遭夜之方長〔三〕。悲秋風之動容兮，何回極之浮浮〔四〕。數惟蓀之多怒兮，傷余心之懮懮〔五〕。願搖起而橫奔兮，覽民尤以自鎮〔六〕。結微情以陳辭兮，矯以遺夫美人〔七〕。昔君與我誠言兮，曰黃昏以爲期〔八〕。羌中道而回畔兮，反既有此他志〔九〕。憍吾以其美好兮，覽余以其脩姱〔一〇〕。與余言而不信兮，蓋爲余而造怒〔一一〕。願承間而自察兮，心震悼而不敢〔一二〕。悲夷猶而冀進兮，心怛傷之憺憺〔一三〕。茲歷情以陳辭兮，蓀詳聾而不聞〔一四〕。固切人之不媚兮，衆果以我爲患〔一五〕。初吾所陳之耿著兮，豈至今其庸亡〔一六〕。何毒藥之謇謇兮，願蓀美之可完〔一七〕。望三五以爲像兮，指彭咸以爲儀〔一八〕。夫何極而不至兮，故遠聞而難虧〔一九〕。善不由外來兮，名不可以虛作〔二〇〕。孰無施而有報兮，孰不實而有穫〔二一〕。少歌曰：與美人抽怨兮，并日夜而無正〔二二〕。憍吾以其美好兮，敖朕辭而不聽〔二三〕。

〔一〕抽思在舊本中編次和按內容而言，均爲九章中的第四篇。這篇作品是屈原在陵陽居住九年後，溯長江西行，又轉而溯漢水北上，到達漢北的作品。其前半部份仍然是對懷王時期忠心事君反遭讒害的回憶，後半部份則主要表達在現實中孤苦無告和不忘君國的心緒。

〔二〕永歎：長歎。　乎：文選李善注引「乎」作「而」，與屈賦句例合。

〔三〕蹇產：委屈憂抑。　曼：即「漫漫」，久長。

〔四〕動容：即「動搈」。廣雅釋詁：「搈，動也。」動搈，動蕩。回極：極泛指北極星域，此言運轉隨時。浮浮：流動貌。二句寫長夜不眠所感之氣象變化。

〔五〕數惟：屢次想起。蓀：一種香草，此喻指懷王。慢慢：内心傷痛貌。

〔六〕摇起：突然而起。方言：「摇，疾也。」横奔：亂跑。尤：災禍。自鎮：自我鎮定。

〔七〕結：集結。微情：内心深處的隱秘之情。矯：即「撟」，舉。美人：指懷王。

〔八〕誠言：洪興祖楚辭考異：「誠，一作『成』。」作「成」是。成言，定言，約定之言。黄昏以爲期，古代婚俗以黄昏爲迎娶之時。此喻指當初與懷王君臣相約，共治楚國。

〔九〕回畔：即背叛。「畔」即「叛」之借字。既：已。

〔一〇〕憍：即「驕」。洪興祖楚辭考異：「憍，一作『驕』。」覽：展示。脩姱：美麗。此謂「美人」(懷王)驕傲地向我展示炫耀美麗。

〔一一〕蓋：即「盍」。洪興祖楚辭考異引一本正作「盍」。古「盇」與「何」通。造：成。禮記王制「造士」鄭玄注：「造，成也。」此句言爲何因我而成怒，即史記所謂「王怒而疏屈平」。

〔一二〕承間：待機會。自察：自明。即自我表白。震悼：畏懼。説文心部：「悼，懼也。陳楚之間謂懼曰悼。」

〔一三〕夷猶：即「猶豫」。冀進：希望進用。怛傷：痛傷。憺憺：恐懼貌。漢書李廣傳：「威稜憺乎鄰國。」師古注引蘇林：「陳留人語恐言憺之。」此謂内心傷悲恐懼，承上「震悼不敢」而來。

〔一四〕茲歷情：洪興祖楚辭考異：「一作『歷茲情』。」是。歷：經歷。茲情：此情，指上述「怛傷」、「震悼」之情。 陳辭：出謀獻策。 蓀：香草，此喻懷王。 詳：即「佯」之借字。詳聾，裝聾。

〔一五〕固：確實。 切人：懇切實在的人。 不媚：不會討好。 衆：指黨人。

〔一六〕初：當初。 所陳：指當初勸阻懷王入武關會秦王之語：「秦虎狼之國，不可信，不如毋行。」（史記屈原賈生列傳） 耿著：明白。 庸：即「用」。 用亡，指懷王死於秦。 二句謂當初若採納我所陳述的極明白的道理，又怎會有後來的死亡。

〔一七〕此二句洪氏考異謂一本作「何獨樂斯之謇謇兮，願蓀美之可光」，可從。 上句即離騷所謂「余固知謇謇之爲患兮，忍而不能舍也」；下句「光」字與上文「亡」字叶韻。 謇謇：忠言懇切貌。 此謂我何以獨樂此謇謇忠言，不過希望君主之美更爲光大。

〔一八〕三五：指三王五霸。 像：榜樣。 彭咸：傳説中的古代聖賢。 儀：標準。 上句是當時對懷王的希望；下句是當時對自己的要求。

〔一九〕極：目的。 故：即「固」，確實。 虧：損。 此謂只要取法於「三五」、「彭咸」，則什麼目的也能達到，聲譽肯定會遠聞而不虧損。

〔二〇〕虛作：憑空產生。

〔二一〕施：施捨。　報：報償。　實：結果實。　穫：收穫。　此承上文謂有施捨纔會有報償，結了果纔能有收穫。

〔二二〕少歌：即「小歌」。一本「少」作「小」。有小結前文的意思。　美人：指懷王。　抽怨：拔除怨尤。句謂懷王聞讒而怒屈原，故原欲通過解釋爲其除怨。　并日夜：即夜以繼日。無正：謂無以正是非。即惜誦「指蒼天以爲正」之「正」。

〔二三〕憍：即「驕」。　敖：即「傲」。　朕：屈原自稱。　史稱懷王驕慢自是，此其一端。

以上第一段，回憶己在懷王時忠心事君，反被輕視驕侮。此章有「少歌」、有「倡」、有「亂」，三者互相聯繫。但從意義上講，「少歌」明顯是對前段文字的小結，故仍將其歸屬第一段。

倡曰：有鳥自南兮，來集漢北〔一〕。好姱佳麗兮，牉獨處此異域〔二〕。既惸獨而不羣兮，又無良媒在其側〔三〕。道卓遠而日忘兮，願自申而不得〔四〕。望北山而流涕兮，臨流水而太息〔五〕。望孟夏之短夜兮，何晦明之若歲〔六〕。惟郢路之遼遠兮，魂一夕而九逝〔七〕。曾不知路之曲直兮，南指月與列星〔八〕。願徑逝而未得兮，魂識路之營營〔九〕。何靈魂之信直兮，人之心不與吾心同〔一〇〕。理弱而媒不通兮，尚不知余之從容〔一一〕。

〔一〕倡：即「唱」，本義爲發詞首唱。此下由回憶轉敍身在漢北的現實，故曰「倡」。　有鳥自南：自喻爲南來之鳥。「南」指郢都方向。　集：止。　漢北：漢水以北，約當今湖北襄樊及河南淅川一帶。這是屈原居陵陽九年後又向西北遷徙的地區。

〔二〕好姱佳麗：四個同義單詞平列連用，皆言其美。　牉：分離。

〔三〕惸：孤獨。　不羣：與衆不合。　良媒：喻指君主身邊舉賢推能者。

〔四〕道：指回歸郢都之道。　卓：一本作「逴」。逴遠，遥遠。　日忘：謂日復一日，漸爲君主所忘。　申：表白。

〔五〕北山：洪興祖楚辭考異：「一作『南山』」，是。因其與下文「南指」、「南行」相合，皆指郢都方向。　太息：即「歎息」。

〔六〕孟夏：夏曆四月。　晦明：從夜晚到天明。　歲：年。此言因心憂而覺夜長。

〔七〕惟：乃。　九：極言其多。　逝：往。指歸郢都。

〔八〕曾：竟然。　「南指」句：謂只是依靠月亮、星星指着向南的方向。

〔九〕徑逝：承上「南指」句，謂直歸郢都。　營營：行人往來貌。

〔一〇〕信直：忠誠正直。

〔一一〕理：「使」的同音借字，指使者。　屈原常以婚姻喻君臣關係，因又多以「理」、「媒」等喻能向帝王推薦人才者。　從容：行動舉止。

以上第二段，抒寫流亡漢北的現實，表明自己孤立的心緒和欲返郢都的渴望。

亂曰：長瀨湍流，泝江潭兮〔一〕。狂顧南行，聊以娛心兮〔二〕。軫石崴嵬，蹇吾願兮〔三〕。超回志度，行隱進兮〔四〕。低佪夷猶，宿北姑兮〔五〕。煩寃瞀容，實沛徂兮〔六〕。愁歎苦神，靈遥思兮〔七〕。路遠處幽，又無行媒兮〔八〕。道思作頌，聊以自救兮〔九〕。憂心不遂，斯言誰告兮〔一〇〕。

〔一〕瀨：淺流。湍流：急流。潭：楚方言稱淵爲「潭」。此句記流亡歷程由南而北，即前文「有鳥自南兮，來集漢北」之意。因漢水等流向由北而南，故稱「泝」。

〔二〕狂顧：一個勁地失神回望。形容憂心煩亂至極。南行：往南（郢都所在）行進。二句連上句謂本往漢北進發，却因思郢至極，不免失神回顧，終於轉身南行，聊慰渴思。

〔三〕軫石：方石。崴嵬：高聳貌。蹇：行走困難，此引申爲阻礙。二句言山高路遠，回郢之願難以實現。

〔四〕超回：或即「遲回」。志度：或即「跮踱」，猶「躑躅」，徬徨不進。隱進：進度遲緩。「隱」同「穩」，緩慢。

〔五〕低佪：即「徘徊」。夷猶：即「猶豫」。此句與「超回志度」相對。北姑，即「北岵」。岵，無草之山。

〔六〕煩冤：愁悶。　瞀容：迷亂。　沛：顛仆。　徂：即「沮」，沮喪。　二句謂愁悶迷亂，實在顛仆潦倒。

〔七〕神：心神。　靈：靈魂。　二句謂終日愁歎苦神，遥思郢都。

〔八〕處幽，謂處此僻遠之地。　行媒：作媒之人。　幽：僻遠。

〔九〕頌：即「誦」，吟詠。

〔一〇〕不遂：所願無法實現。　遂：順。

以上第三段，爲全文的總結。

懷　沙〔一〕

滔滔孟夏兮，草木莽莽〔二〕。傷懷永哀兮，汩徂南土〔三〕。眴兮杳杳，孔静幽默〔四〕。鬱結紆軫兮，離慜而長鞠〔五〕。

〔一〕懷沙在舊本中編次第五。按其内容，當爲九章中的第八篇。作品寫於楚頃襄王廿一、廿二年，楚屢敗於秦，丢失郢都及巫、黔中郡之後（參史記楚世家）。當時屈原不得不離開黔中，由溆浦折而向東北湘水流域進發。從詩的内容看，已「知死不可讓」，似死意已決。　「懷沙」即抱石之意，以此爲題，或係後人依據其抱石自沉的傳説所加。

〔二〕滔滔：「悠悠」之同音借字，漫長。史記屈原賈生列傳引作「陶陶」，亦「悠悠」之同音借字。孟夏：夏曆四月，已是「長夏」的開始。莽莽：草木茂盛貌。

〔三〕永：長久。汩：行走貌。徂：往。「汩徂南土」即流亡南楚，指前此之事，故言「永哀」。

〔四〕眴：與「洵」通，遠。詩擊鼓「于嗟洵兮」毛傳：「洵，遠。」此句與下文亂曰「修路幽蔽，道遠忽兮」，同一意境。杳杳：深暗貌。孔：甚，很。幽默：幽寂。二句言流亡荒僻之地，視之則深遠緲茫，聽之則寂靜無聞。

〔五〕鬱結：愁思積聚。紆軫：揪心的隱痛。離：遭。慜：史記屈原賈生列傳引作「愍」，傷痛。長鞠：長期困苦。

以上第一段，寫長期流亡南土的憂傷。

撫情効志兮，寃屈而自抑〔一〕。刓方以爲圜兮，常度未替〔二〕。易初本迪兮，君子所鄙〔三〕。章畫志墨兮，前圖未改〔四〕。内厚質正兮，大人所盛〔五〕。巧倕不斲兮，孰察其撥正〔六〕。玄文處幽兮，矇瞍謂之不章〔七〕。離婁微睇兮，瞽以爲無明〔八〕。變白以爲黑兮，倒上以爲下〔九〕。鳳皇在笯兮，雞鶩翔舞〔一〇〕。同糅玉石兮，一槩而相量〔一一〕。夫惟黨人鄙固兮，羌不知余之所臧〔一二〕。任重載盛兮，陷滯而不濟〔一三〕。懷瑾握瑜兮，窮不知所示〔一四〕。邑犬之羣吠兮，吠所怪也〔一五〕。非俊疑傑兮，固庸態也〔一六〕。文質疏内兮，衆不知余之異采〔一七〕。材朴委積兮，莫知余之所有〔一八〕。重仁襲義兮，謹厚以爲豐〔一九〕。重華不可逻兮，孰知余之從容〔二〇〕。古固有不並兮，豈知其何故〔二一〕。湯禹久遠兮，邈而不可慕〔二二〕。

〔一〕撫：猶循省，回顧。情：情實、情狀。效：猶考核。廣雅釋言：「效，考也。」「效」即「効」。自抑：自我抑制。二句領起，謂回顧前情，考核己志，皆無過錯，故只有强抑冤屈。

〔二〕刓：削。圜：即圓。常度：一貫所守之法度。替：廢。此前句指小人世俗所爲，後句明己情志。

〔三〕「易初」句：洪興祖楚辭考異、朱熹楚辭集注皆謂一本無「初」字。「易本迪」猶言改變本來的道路。二句自謂如因遭讒被放而改變道路，乃君子所恥而不爲。

〔四〕章：明。畫：規劃。志：記。墨：文字。前圖：以前所立的法度。管子君臣：「主畫之，相守之；相畫之，官守之。」則「章畫」指明其規劃。管子宙合：「明墨章書，道德有常。」「墨」指文字，則「志墨」謂著之文字。此皆指屈子執政時的憲令而言。二句亦即思美人所謂「廣遂前畫兮，未改此度也」。

〔五〕内厚質正：性格敦厚，品質端正。大人：指君子。盛：贊美。

〔六〕倕：傳説中堯時的能工巧匠。斲：砍。指製作器物。察：瞭解。撥：歪曲。正：端正。管子宙合：「夫繩扶撥以爲正」，即「撥」「正」對舉。此二句以倕不施工於木，怎知木之邪正。喻世無聖賢，誰能知事之曲直。其承上句「大人所盛」而言，與以下四句意思不一。

〔七〕玄文：黑紅色花紋。處幽：處於昏暗之中。矇瞍：盲人。不章：没有文彩。

〔八〕離婁：傳説中黄帝時視力超常的人。微睇：略睜其目斜視。瞽：盲人。無明：無視力。

〔九〕二句謂時俗顛倒是非，混淆黑白。

〔一〇〕笯：鳥籠。鶩：鴨。

〔一一〕同糅：混合。玉石：美玉與凡石。槩：古時用以平斗斛之木。此句猶言以一個標準來衡量。

〔一二〕鄙固：鄙陋。臧：善，此指品德美政。

〔一三〕盛：多。陷滯：陷没停滯。濟：度過。二句以車行重載爲喻，謂己責任重大，致有陷滯之事。意即惜往日所謂「雖過失猶弗治」。

〔一四〕瑾、瑜：皆指美玉。窮：窘困。示：告訴。言己雖有美德，而窘困之際，竟無所訴，皆由讒人間之所致，引起下文。

〔一五〕邑犬：邑里之犬。

〔一六〕非：同「誹」，即讒謗。　庸：庸人。

〔一七〕文：指人言行美好。　質：指人品性良善。　疏：通。謂人之美好，不僅見之於外，而且通之於内，即思美人所謂「滿内而外揚」之意。

〔一八〕材朴：未加工的木材，喻德義。　委積：積蓄。　有：富有，此指富於德義。

〔一九〕重：同「緟」，本指衣物絲絮層疊，此借指重積仁德。　襲：本指衣物重疊，此借指廣修禮義。　謹厚：謹慎忠厚。　豐：充實。

〔二〇〕重華：即舜。　遌：逢，遇。　從容：舉動，此指上文仁義謹厚之行。

〔二一〕不並：指明君賢臣不能相遇。

〔二二〕邈：遠。　慕：思念仰慕。

以上第二段，寫己有瑾瑜之德、俊傑之才，却不爲君王、世俗所理解。

懲連改忿兮，抑心而自强〔一〕。離慜而不遷兮，願志之有像〔二〕。進路北次兮，日昧昧其將暮〔三〕。舒憂娱哀兮，限之以大故〔四〕。

〔一〕懲：受損傷而知戒備。　連：史記屈原賈生列傳引作「違」，或即「愇」之借字，廣雅釋詁：「愇，恨也。」　忿：忿怒。「懲愇」「改忿」相對成文，皆指强抑忿恨。下句即承此而來。

〔二〕離：遭。　慜：憂傷。　不遷：不改變。　志：志向。　像：榜樣。言己雖遭憂患而志向不變。

〔三〕進路：行路。　次：停宿。　北次，指由溆浦一帶折向東北，橫跨資水朝湘江進發。　昧昧：昏暗不明貌。

〔四〕舒憂娛哀：排解憂愁，緩釋悲哀。　大故：指兵戎之事。　周禮膳夫注：「大故，寇戎之事」，又大祝注：「大故，兵寇也。」此指當時秦兵侵入黔中之事。因敵兵入侵，己雖欲努力排解憂愁悲哀而不可得，故曰「限」。

以上第三段，言己雖在流亡顛沛中，却絕不改變理想、忘懷國難。

亂曰：浩浩沅湘，分流汩兮〔一〕。脩路幽蔽，道遠忽兮〔二〕。懷質抱情，獨無匹兮〔三〕。伯樂既没，驥焉程兮〔四〕。萬民之生，各有所錯兮〔五〕。定心廣志，余何畏懼兮〔六〕。曾傷爰哀，永歎喟兮〔七〕。世溷濁莫吾知，人心不可謂兮〔八〕。知死不可讓，願勿愛兮〔九〕。明告君子，吾將以爲類兮〔一〇〕。

〔一〕沅湘：指沅水、湘水。　分流：分頭並進之意。　汩：水流疾貌。　當時屈子正從沅水流域向湘水流域進發，故言及沅湘分流。

〔二〕脩路：漫長的道路。　幽蔽：幽暗蔽塞。　忽：荒遠貌。　史記屈原賈生列傳此句下有「曾唫恒悲兮」四句，乃下文「曾傷爰哀」四句異文之誤羼於此者，當刪。

〔三〕懷質抱情：「情」、「質」説詳惜誦及注。　匹：當爲「正」字形似而誤，與下文「程」字叶韻。正猶證，即惜誦「指蒼天以爲正」之「正」，「無正」謂無人作證。

〔四〕伯樂：傳説中善相馬者。　程：衡量。「焉程」謂誰能衡量騏驥之力。

〔五〕生：同「性」。　錯：安置。　二句謂衆人之性，皆已各定。

〔六〕定心：堅定其心。　廣志：開闊其志。

〔七〕曾：一本作「增」，「增傷」言悲傷層疊。　爰：乃「咺」之同音借字，方言：「咺，痛也。凡哀泣不止曰咺。」史記屈原賈生列傳作「恒」，乃「咺」之誤字。　歎喟：猶嘆息。

〔八〕謂：説。不可謂，言不能向人解説。

〔九〕讓：推辭。　愛：愛惜。　此謂自知堅持忠信而死節，義不容辭。

〔一〇〕類：法，榜樣。　此謂明告賢人君子，自己將以死節之士爲榜樣。

以上第四段，重申己志，表明決意死節。

思美人〔一〕

思美人兮，擥涕而竚眙〔二〕。媒絶路阻兮，言不可結而詒〔三〕。蹇蹇之煩寃兮，陷滯而不發〔四〕。申旦以舒中情兮，志沈菀而莫達〔五〕。願寄言於浮雲兮，遇豐隆而不將〔六〕。因歸鳥而致辭兮，羌宿高而難當〔七〕。高辛之靈盛兮，遭玄鳥而致詒〔八〕。欲變節以從俗兮，媿易初而屈志〔九〕。獨歷年而離愍兮，羌馮心猶未化〔一〇〕。寧隱閔而壽考兮，何變易之可爲〔一一〕。知前轍之不遂兮，未改此度〔一二〕。車既覆而馬顛兮，蹇獨懷此異路〔一三〕。勒騏驥而更駕兮，造父爲我操之〔一四〕。遷逡次而勿驅兮，聊假日以須時〔一五〕。指嶓冢之西隈兮，與纁黃以爲期〔一六〕。

〔一〕思美人在舊本中編次第六，但就内容而言，當在九章中屬第五。這篇作品是屈原居漢北後又沿漢南下，赴辰陽、溆浦等地途中所作。其前半部分主要表明居漢北時對楚國政治的想法，後半部分則敍寫繼續流浪，不與黑暗現實同流合污的心志。取篇首三字爲題。

〔二〕美人：指頃襄王。　擥涕：揮拭臉上的淚水。　竚：久久站立。　眙：直視。　二句寫思念君王時的情狀。

〔三〕媒絶：喻指君王身邊已無薦人之臣。　路阻：道路遠隔。　詒：即「貽」，贈送。　二句謂與君王已不可能以結約之言相贈。

〔四〕蹇蹇：同「謇謇」，忠誠正直貌。　煩寃：愁悶。　發：通「撥」，拔。　此謂陷滯於煩寃而不能自拔。

〔五〕申旦：由夜達旦。　九辯：「獨申旦而不寐。」此引申爲日日夜夜。　沈菀：即「沈鬱」。 達：通。 此謂願日夜抒發内心的想法，但它們都鬱積於心而不能上通於君。

〔六〕寄：托。 豐隆：神話傳説中的雲神。 將：遵從命令。

〔七〕因：憑借。 歸鳥：此指歸返郢都之鳥。 羌：猶「乃」，楚方言中的語氣辭。 宿高：洪興祖楚辭考異引一本作「迅高」，又快又高。 當：值，相遇。

〔八〕高辛：即「帝嚳」，傳説中有神性的古代聖君。 靈盛：神性充沛。 玄鳥：黑色鳥，即燕。 致詒：即致贈，贈送聘禮。 此言高辛神性充沛，因此遇到燕子，並派它向神女簡狄贈送聘禮，以通婚姻之好。 言下慨歎命運乖礙，連「致辭」之鳥猶不可得。

〔九〕媿：即「愧」。 易初屈志：改變初衷，委屈求全。

〔一〇〕歷年：經歷歲月。 離：即「罹」，遭受。 愍：憂傷。 馮：即「憑」，憤懣。

化：變化。

〔一一〕隱閔：即「隱憂」，忍受憂傷。 壽考：猶言終此一生。 二句謂寧可忍受憂傷至死，也没有什麽可以改變的。

〔一二〕前轍：前車的印跡。 此喻懷王時自己的政治舉措和行事準則。 遂：成。 度：法度。「此度」指任左徒時的變法革新。

〔一三〕頗：顛仆。 蹇：發語詞。 懷：思念。 異路：與衆不同的政治路綫。

〔一四〕勒：本指馬絡頭銜口，此用作動詞，猶約束、控制。 騏驥：駿馬。 更：再、又。

造父：古代傳説中的善馭者。參荀子中的正論、儒效、王霸等篇。一説爲周穆王時善御者，參穆天子傳。操：駕馭。

〔一五〕遷逡次：行不進貌。「逡次」猶逡巡。聊：暫且。假日：借些日子。須時：等待時機。

〔一六〕嶓冢：山名。在今甘肅天水、禮縣之間，古代傳説爲漢水發源地（參尚書禹貢）。限：山彎曲處。纁黄：以天色纁黄指黄昏。嶓冢山在秦國腹地，此乃身處漢北，因泝漢水而遥指嶓冢，並以黄昏爲期，蓋有終必報秦之意。

以上第一段，表現了希望爲頃襄王所信任而與之共成楚國大業。特别是「知前轍之不遂」句以下，更以勒馬駕車爲喻，説明願以自己的一貫主張和原則與頃襄王合作，並非變節從俗，委屈求全。

開春發歲兮，白日出之悠悠〔一〕。吾將蕩志而愉樂兮，遵江夏以娱憂〔二〕。擥大薄之芳茝兮，搴長洲之宿莽〔三〕。惜吾不及古人兮，吾誰與玩此芳草〔四〕。解萹薄與雜菜兮，備以爲交佩〔五〕。佩繽紛以繚轉兮，遂萎絶而離異〔六〕。吾且儃佪以娱憂兮，觀南人之變態〔七〕。竊快在中心兮，揚厥憑而不竢〔八〕。芳與澤其雜糅兮，羌芳華自中出〔九〕。紛郁郁其遠承兮，滿内而外揚〔一〇〕。情與質信可保兮，羌居蔽而聞章〔一一〕。令薜荔以爲理兮，憚舉趾而緣木〔一二〕。因芙蓉而爲媒兮，憚蹇裳而濡足〔一三〕。登高吾不説兮，入下吾不能〔一四〕。固朕形之不服兮，然容與而狐疑〔一五〕。

〔一〕開、發：二字互文，均開始之意。　悠悠：日行遲遲貌。

〔二〕蕩志：滌蕩心懷。　遵：沿着。　江夏：長江、夏水。屈原此時又從漢北折而南行，故沿漢水、夏水至長江，掠過郢都東面，而去辰陽、溆浦等地。　娱憂：排除憂愁。

〔三〕擥：採摘。　大薄：大林。　茝：即芷，一種香草。　搴：拔。　洲：水中陸地。　宿莽：楚方言，指越冬不死之草。

〔四〕及：趕上。　古人：此指古代受君主信任的聖賢。　誰與：即「與誰」。　玩：欣賞。二句謂己採摘芳茝、宿莽等芳草，却無人共賞。　以上四句與遠遊「誰可與玩斯遺芳兮，晨向風而舒情。高陽邈以遠兮，余將焉所程」命意正同。

〔五〕解：採折。　萹薄：叢生的的萹蓄（一種野草）。　雜菜：各種野菜。　備：通「服」，佩戴。　交佩：混合佩戴。

〔六〕繽紛：紛繁衆多貌。　繚轉：即「繚亂」。　遂：終於。　萎絶：枯敗。　離異：分離、散亂。　此四句與前「擥大薄之芳茝」數句相對，亦即下文所謂「南人之變態」。其意與離騷「民好惡其不同兮，惟此黨人其獨異。户服艾以盈腰兮，謂幽蘭其不可佩」正同。

〔七〕儃佪：即「徘徊」。　南人：當指在朝之「黨人」。因漢北在郢都北面，故云。

〔八〕竊：暗中。　快：快慰。　中心：即心中。　揚：舒暢。　厥：其。　不竢：無所等待。　憑：憤懣。　此謂以己所持芳草與「南人」之佩「萹薄」、「雜菜」相較，則竊自欣慰，憤懣全消。此正與上文「蕩志愉樂」「儃佪」「娱憂」承接。

〔九〕芳：芳香。　澤：膏澤。　雜糅：糅合一起。　華：即「花」。　二句即所謂誠於中者形於外。

〔一〇〕紛郁郁：香氣濃郁四散。　承：一作「蒸」。「遠蒸」即遠播。

〔一一〕情、質：指内在的修養、志向等。　信：確實。　保：保持，守而不失。　居蔽：居處偏僻。　章：即「彰」，顯明。　二句謂情質確能保守不失，即使居處偏僻，名聲亦必遠聞。

〔一二〕薜荔：一種藤狀植物。　爲理：爲使者。　憚：畏難。　舉趾：舉足。　緣木：因薜荔多附木而生，故求之者必緣木。

〔一三〕因：憑借。　芙蓉：指荷花。　蹇裳：即「搴裳」，用手撩起下服。　濡足：沾濕雙脚。因荷生池中，故求之者必濡足。

〔一四〕登高：即指上文「舉趾緣木」。　説：即「悦」。　入下：即指上文「蹇裳濡足」。以上四句以「薜荔」、「芙蓉」喻君主身邊的權臣，謂己雖有忠君報國之志，却不願阿諛權貴以求通於君。

〔一五〕朕形：或當爲「朕性」。「形」與「性」因音近而誤。王逸注：「我性婞直，不曲撓也。」

似所據本作「朕性」。不服：不曲撓。然：於是。容與：即「猶豫」。狐疑：疑惑。二句謂「登高」、「入下」皆與己本性不合，因而長此處於徘徊觀望之中。

以上第二段，寫由漢北向辰、溆，路過郢都之側時的種種感想，其中流露出希望被君主啓用、却不願放棄一貫操守的矛盾心理。

廣遂前畫兮，未改此度也〔一〕。命則處幽吾將罷兮，願及白日之未暮〔二〕。獨煢煢而南行兮，思彭咸之故也〔三〕。

〔一〕廣遂：全面實施。前畫：以前的規劃。度：法度。「此度」即指「前畫」。此總結之辭，謂過去在實行「前畫」中，始終遵循着根本的法度。

〔二〕命：命運。處幽：身處幽暗，此指被流放。罷：疲憊。及：趁着。「暮」下一本有「也」，以上下句式律之，當從。

〔三〕煢煢：孤獨貌。

以上第三段，實爲亂辭，有總結全詩的作用。

惜往日〔一〕

惜往日之曾信兮，受命詔以昭詩〔二〕。奉先功以照下兮，明法度之嫌疑〔三〕。國富强而法立兮，屬貞臣而日娭〔四〕。秘密事之載心兮，雖過失猶弗治〔五〕。心純庬而不泄兮，遭讒人而嫉之〔六〕。君含怒而待臣兮，不清澂其然否〔七〕。蔽晦君之聰明兮，虚惑誤又以欺〔八〕。弗參驗以考實兮，遠遷臣而弗思〔九〕。信讒諛之溷濁兮，盛氣志而過之〔一〇〕。何貞臣之無辠兮，被離謗而見尤〔一一〕。慙光景之誠信兮，身幽隱而備之〔一二〕。

〔一〕惜往日在舊本中編次第七，按其内容，當爲九章的第九篇，是屈原絶筆之作，大約作於湘水流域。本來當時楚國首都郢都、巫郡、黔中郡等先後失守，形勢已十分危急。前此屈原雖已在懷沙中考慮到死的問題，但却未定下死志，而是回到祖國腹地，欲觀察國内動態，希望能有施展才能的機會。但是這一最後希望終至破滅，因爲當他行至汨羅時，深知國事已不可爲，即寫下這篇作品後投水自盡了。本篇以首三字爲題。

〔二〕惜：痛。往日：指爲懷王信任重用之時。曾信：曾被信任。昭詩：洪興祖楚辭考異：「詩，一作『時』。」「昭時」謂昭告於世。

〔三〕奉：繼承。先功：前代功業。照下：即照臨下民，使受其惠。法度：法令制度。嫌疑：疑難之處。二句謂繼承先王功業，制定憲法，去其疑難，使之明晰可行。

〔四〕屬：托付。貞臣：奉公守法、忠於職守之臣。娭：同「嬉」，遊樂休息。二句謂當時法制確立，國家富强，明君以國事托付貞臣，自己即可放心遊樂休息。此即先秦法家「君佚臣勞」思想的體現。

〔五〕秘密事：指屈原奉命爲懷王造爲憲令等工作。　載心：放在心上。　治：治罪。二句謂己將國家大事密藏於心，忠誠職守，深得君主信任，即偶有過失，亦不被追究。

〔六〕純庬：純樸、厚道。左傳成公十六年：「民生敦庬，和同以聽，莫不盡力，以從上命。」「敦庬」即「純庬」之異文。　不泄：不曾泄漏。　讒人：指上官大夫之流。此即史記屈原賈生列傳所載奪稿不與、上官大夫進讒之事。

〔七〕君含怒而待臣：當指史記屈原賈生列傳載上官大夫進讒，懷王怒而疏原一事。　清澂：察明。

〔八〕蔽晦：蔽塞。　虛惑誤：三字並列，用以强調讒臣的惡劣品質。　虛，僞詐；惑，瞀亂；誤，荒謬。

〔九〕參驗：比較驗證。　考實：考核實情。先秦名家講「循名責實」，考實、參驗，皆這種思想的反映。　遷：疏遠。

〔一〇〕氣志：猶言意氣。　過：責怪。「盛氣志而過之」，即盛氣凌人之意。

〔一一〕辠：即「罪」。　被：遭受。　離：洪興祖楚辭考異：「一作『讟』。」是。「讟謗」即誹謗。　尤：罪。

〔一二〕慙：愧。　光景：即光陰，此指日月運行。　誠信：指日月運行準確無誤。　備：

慎防。　二句謂已事君的誠信昭如日月，足使小人慚愧無地；　然事已至此，只能幽隱退避謹慎隄防。

以上第一段，追述懷王時君臣際會相得，終於因得罪讒諂而被疏。

臨沅湘之玄淵兮，遂自忍而沈流〔一〕。　卒没身而絶名兮，惜壅君之不昭〔二〕。　君無度而弗察兮，使芳草爲藪幽〔三〕。　焉舒情而抽信兮，恬死亡而不聊〔四〕。　獨鄣壅而蔽隱兮，使貞臣爲無由〔五〕。　聞百里之爲虜兮，伊尹烹於庖廚〔六〕。　吕望屠於朝歌兮，甯戚歌而飯牛〔七〕。　不逢湯武與桓繆兮，世孰云而知之〔八〕。　吴信讒而弗味兮，子胥死而後憂〔九〕。　介子忠而立枯兮，文君寤而追求〔一〇〕。　封介山而爲之禁兮，報大德之優游〔一一〕。　思久故之親身兮，因縞素而哭之〔一二〕。　或忠信而死節兮，或訑謾而不疑〔一三〕。　弗省察而按實兮，聽讒人之虚辭〔一四〕。　芳與澤其雜糅兮，孰申旦而別之〔一五〕。　何芳草之早殀兮，微霜降而下戒〔一六〕。　諒聰不明而蔽壅兮，使讒諛而日得〔一七〕。　自前世之嫉賢兮，謂蕙若其不可佩〔一八〕。　妒佳冶之芬芳兮，嫫母姣而自好〔一九〕。　雖有西施之美容兮，讒妒入以自代〔二〇〕。　願陳情以白行兮，得罪過之不意〔二一〕。　情冤見之日明兮，如列宿之錯置〔二二〕。

〔一〕玄淵：深淵。　遂：於是。

〔二〕卒：結果。没身：至死。絶名：無聞於世。壅君：被蒙蔽的君主。昭：明白。以上四句爲擬想之辭，謂己死不足惜，可惜受蒙蔽的君主永無清醒之日。故下文乃以史事曉其君。

〔三〕度：法度。藪：草澤曰藪。幽：從「山」得義，本指林草隱蔽之處。此謂己遭讒流放，如使芳草在山澤深處荒蕪。

〔四〕焉：於是。舒情：展示情實。抽信：抒寫誠信。恬：安。不聊：不苟且貪生。二句緊接前二句，謂表達了自己的實情誠信，即可安於死亡決不偷生。

〔五〕鄣壅：阻塞，言君視聽不明。蔽隱：言己流放荒野。無由：無因。言己欲舒情抽信而不可能。

〔六〕百里：即百里傒，春秋時秦繆公大夫。其經歷諸書所載不同，據史記晉世家、史記商君列傳等，其初爲虞國大夫，爲晉獻公所擒，作爲秦繆公夫人的陪嫁被送至秦國。後秦繆公知其賢而用之。虜：被擒之囚。伊尹：參離騷「摯咎繇而能調」句注。

〔七〕吕望：參離騷「吕望之鼓刀兮」句注。朝歌：殷國都，在今河南淇縣。甯戚：參離騷「甯戚之謳歌兮」句注。

〔八〕湯武：即殷之成湯與周之武王。桓繆：即春秋時齊桓公與秦繆公。

〔九〕吴：指春秋時吴國君主夫差。味：辨别。子胥：即伍子胥。春秋時楚國人，避害逃吴，先後爲吴王闔廬、夫差大臣，因屢諫夫差提防越國而遭讒被殺。子胥死後，吴即爲越所滅，故曰「後憂」。事參史記伍子胥列傳。

〔一〇〕介子：即介之推。春秋時晉國大臣，隨公子重耳在外流浪十九年，曾割股爲重耳解饑。重耳即位，遍賞從者而不及介之推，推乃避隱於緜上山中。重耳求之不出，放火燒山，推被燒死山中。事參左傳僖公二十四年、史記晉世家。因史稱其抱木燒死，故此曰「立枯」。文君：即晉文公重耳。寤：醒悟。

〔一一〕封介山：傳説介之推死後，晉文公環緜上山封以爲界，命爲介山，並使其民祭祀之。禁：指禁止在山上獵樵。大德：指介之推追隨晉文公流浪之功。優游：德行隆盛貌。

〔一二〕久故：往昔。親身：猶親近，形容關係密切。縞素：白色喪服。

〔一三〕或：有的。訑謾：欺騙。二句謂忠信者反遭死亡，而虚僞者反受信任。

〔一四〕按實：即「考實」，求證。二句皆指君主而言。

〔一五〕芳與澤：皆喻美德。申旦：詳思美人「申旦以舒中情兮」句注。別：識別。

〔一六〕殀：即「夭」，夭折。戒：警惕。「下戒」謂予人以警惕，指讒言初起時，故下文又言「讒諛日得」。

〔一七〕諒：確實。聰不明：即聽不明，古成語。易夬：「聞言不信，聰不明也。」又噬嗑：「何校滅耳，聰不明也。」「聰」皆訓「聽」。蔽壅：受蒙蔽。日得：日益得勢。

〔一八〕蕙若：蘭蕙與杜若，皆香草。

〔一九〕佳冶：指女性的美態，此代稱美女。　嫫母：傳說中著名的醜女。　自好：自以爲美好。「好」字與下句「代」字，爲幽、之二部合韻。

〔二〇〕西施：傳說中春秋時越國美女。　讒妒：指生性嫉妒、愛行讒諛的醜女，此喻佞臣。　自代：以己取代西施。

〔二一〕白行：表白行爲。　不意：意料不到。

〔二二〕情：情實。　寃：寃屈。　日明：一天天顯現出來。　列宿：星宿。　錯置：羅列散佈。

以上第二段，於面臨深淵之際，對頃襄王時代讒人得勢的黑暗現實，痛加控訴。

乘騏驥而馳騁兮，無轡銜而自載〔一〕。乘汜泭以下流兮，無舟楫而自備〔二〕。背法度而心治兮，辟與此其無異〔三〕。寧溘死而流亡兮，恐禍殃之有再〔四〕。不畢辭而赴淵兮，惜壅君之不識〔五〕。

〔一〕乘：或當作「棄」。「乘」古寫作「椉」，與「棄」形近易譌。王逸注：「如駕駑馬而長驅也。」即解釋「棄騏驥……」，是漢代古本不誤。因離騷本有「乘騏驥以馳騁兮」之句，故被淺人據以妄改。　轡：御馬繮繩。　銜：勒於馬口的嚼子。　自載：謂載重自馳。

〔二〕氾：即「泛」，猶浮。泭：編竹木以渡水者，今名筏。以其浮於水中，故名「氾泭」。下流：順流而下。備：「服」的同音借字。服之本義爲運舟，「自服」謂無人駕駛而自運行。

〔三〕心治：指依個人好惡、喜怒而施治，與「法治」相對而言。韓非子用人：「釋法術而用心治，堯不能正一國。」辟：即「譬」。

〔四〕溘死：參離騷「寧溘死以流亡兮」句注。

〔五〕識：知道。二句謂如不能盡情説出想説的話而死去，則被蒙蔽的君主將始終不明治道。

以上第三段，類全章之亂辭，謂頃襄王不分是非，不依法度，終將導致國家覆亡。

橘頌〔一〕

后皇嘉樹，橘徠服兮〔二〕。受命不遷，生南國兮〔三〕。深固難徙，更壹志兮〔四〕。緑葉素榮，紛其可喜兮〔五〕。曾枝剡棘，圜果摶兮〔六〕。青黄雜糅，文章爛兮〔七〕。精色内白，類可任兮〔八〕。紛緼宜脩，姱而不醜兮〔九〕。

〔一〕橘頌在舊本中編次第八，按其内容當爲九章中的第一篇。作品當寫於頃襄王元年屈原遭讒被流放而猶未啓行時。本篇採用四字句，以擬人化的手法寫成，表現了屈原深厚的愛國與民族熱情。由於通篇以橘爲歌頌對象，故題名「橘頌」。

〔二〕后皇：「后」當爲「侯」之同音借字，爲發語辭。詩正月「侯薪侯蒸」、四月「侯栗侯梅」，鄭箋皆云「侯，維也」，是此「后皇」即「侯皇」，亦即「維皇」之意。皇，盛大。　嘉樹：美樹。　徠：即「來」。　服：習慣。　二句贊歎橘樹高大盛美，適應南土。

〔三〕命：天命，此指自然稟性。　遷：移植。　南國：南土。　古有橘只生淮南而不生淮北的説法。參周禮考工記、晏子春秋内篇雜下等。

〔四〕深固：指橘樹之根。　徙：遷移。　壹志：專一的志向。

〔五〕素：白。　榮：花。　紛：花葉茂盛貌。

〔六〕曾：即「層」。　剡：尖利。　棘：刺。　摶：即「團」，圓貌。

〔七〕文章：文采。　爛：斑爛，此指橘初熟時青黄相間，色彩鮮麗。

〔八〕精色：純粹之色。　内白：指橘實純潔。　類可任：洪興祖楚辭考異：「一云『類任道兮』。」任，抱，此謂橘實精純，如君子抱道自守。文子下德：「任道而合人心。」

〔九〕紛緼：茂盛披離貌。　宜脩：脩飾得好。此「宜」猶山鬼「宜笑」之「宜」。　姱：美。二句總結以上數句，概而言之。

以上第一段，通過對橘樹、橘實的擬人化描寫，表現對橘樹風範的景仰。

嗟爾幼志，有以異兮〔一〕。獨立不遷，豈不可喜兮〔二〕。深固難徙，廓其無求兮〔三〕。蘇世獨立，橫而不流兮〔四〕。閉心自慎，不終失過兮〔五〕。秉德無私，參天地兮〔六〕。願歲并謝，與長友兮〔七〕。淑離不淫，梗其有理兮〔八〕。年歲雖少，可師長兮〔九〕。行比伯夷，置以爲像兮〔一〇〕。

〔一〕爾：指橘樹。　幼志：此指橘樹的天然稟性。　異：特異。

〔二〕不遷：謂其只生南國，不可移植。

〔三〕廓：曠達。

〔四〕蘇：即「疏」之借字，謂遠離世俗。　橫：説文：「橫，闌木也。」即闌杆，所以防閑内外。此喻立德矜持，深自約束，意與離騷「好脩姱以鞿羈兮」略同。　不流：不隨俗流。

〔五〕閉心：謂固守其心，不受外物影響。　自慎：自我謹飭。　不終：當從一本作「終不」。

〔六〕秉：持。　參天地：謂道德與天地相齊。

〔七〕歲：指歲月。　謝：逝去。　二句謂願與歲月同步，永遠相友。

〔八〕淑離：或即「陸離」，引申爲美好貌，指果實累累而言。　淫：邪。國語晉語「端而不淫」韋注：「淫，邪也。」　梗：强直。　理：指樹幹的紋理。

〔九〕年歲雖少：此指橘樹。

〔一〇〕行：指橘樹之品德。伯夷：殷末孤竹國君的長子，與弟叔齊互讓君位而雙雙逃隱首陽山。這在古代被視爲清高有操行的典範。像：榜樣。

以上第二段，通過歌頌橘樹的品德，表明效法橘樹、堅定操守的決心。

悲回風〔一〕

悲回風之搖蕙兮，心寃結而内傷〔二〕。物有微而隕性兮，聲有隱而先倡〔三〕。夫何彭咸之造思兮，暨志介而不忘〔四〕。萬變其情豈可蓋兮，孰虛僞之可長〔五〕。鳥獸鳴以號羣兮，草苴比而不芳〔六〕。魚葺鱗以自别兮，蛟龍隱其文章〔七〕。故荼薺不同畝兮，蘭茝幽而獨芳〔八〕。惟佳人之永都兮，更統世而自貺〔九〕。眇遠志之所及兮，憐浮雲之相羊〔一〇〕。介眇志之所惑兮，竊賦詩之所明〔一一〕。惟佳人之獨懷兮，折若椒以自處〔一二〕。曾歔欷之嗟嗟兮，獨隱伏而思慮〔一三〕。涕泣交而淒淒兮，思不眠以至曙〔一四〕。終長夜之曼曼兮，掩此哀而不去〔一五〕。

〔一〕悲回風在舊本中編次第九，但就内容而言，當是九章中的第七篇。作品是屈原到達漵浦後所作。其内容一方面是抒發自己不合時俗的志向，另一方面是描寫流放途中寂寞幽憤的思緒。取篇首三字爲題。

〔二〕回風：旋風，古籍中常用以象徵邪惡勢力。　蕙：一種香草。　冤結：洪興祖楚辭考異：「冤，一作『宛』。」「冤結」即「鬱結」。

〔三〕物：指「回風」。　隕：落。　性：同「生」，指生命。　隱：隱約。　先倡：先導。二句以回風雖起於微小却足以傷生，其聲雖起於隱約然足爲秋之先導，喻讒人微言中傷。

〔四〕彭咸：參離騷「吾將從彭咸之所居」句注。　造思：追思。　暨：與「及」通。　志介：志堅。「夫何」直貫二句，謂己爲何總是追思彭咸，不忘堅持志節？

〔五〕蓋：掩蓋。　二句與前「彭咸」二句相對，謂小人欲以虚僞掩蓋其情是不可能的。

〔六〕號羣：呼羣。　草苴：雜草。　比：密積，與下文「芳已歇而不比」之「比」同義。　此言雜草雖然密積而不芳香，小人結黨如鳥獸呼羣相從。

〔七〕葺：積累排次。　自别：自異於衆。　文章：光彩。　二句以魚喻小人，蛟龍喻己。

〔八〕荼：苦菜。　薺：薺菜，味甘。　幽：僻静。　以上六句皆喻君子立德，「介志不忘」，小人「萬變其情」而不可「蓋」。

〔九〕惟：發語詞。　佳人：屈原自喻。　都：美好。　更：經歷。　統世：終世。「更統世」猶言經歷久遠。　自貺：自與，即自許。　二句謂將永遠以美德自許。

〔一〇〕眇遠志：與下文「介眇志」同一修辭形式。「眇」爲渺然高遠之貌，作下面「及」的副詞。　及：至。　憐：愛惜。　相羊：徘徊。　二句謂己志向遠大渺然，有如浮雲之行九霄。

〔一一〕介眇志：「眇志」猶「遠志」；「介」猶隔閡，作下面「惑」的副詞。　惑：疑惑。　竊：私自。　賦詩：作詩。　二句謂己志遠大而介然有惑，故獨自賦詩予以表白。

〔一二〕惟：發語詞。　佳人：屈原自喻。　獨懷：獨自思念。　若：杜若，香草。　椒：香木。　二句喻修德自處。

〔一三〕曾：同「增」，一本作「增」，不停的。　歔欷：哀泣。　嗟嗟：嘆息。

〔一四〕淒淒：淒涼哀慼貌。　曙：天明。

〔一五〕曼曼：即漫漫，悠長。　掩：抑止。　此哀：指上文君子修德而不得志。　二句謂長夜漫漫，欲抑止哀傷，哀傷却滯留心中不去。

以上第一段，爲小人得勢、君子隱伏的自傷之詞。

寤從容以周流兮，聊逍遥以自恃〔一〕。傷太息之愍憐兮，氣於邑而不可止〔二〕。糺思心以爲纕兮，編愁苦以爲膺〔三〕。折若木以蔽光兮，隨飄風之所仍〔四〕。存髣髴而不見兮，心踊躍其若湯〔五〕。撫珮衽以案志兮，超惘惘而遂行〔六〕。歲曶曶其若頽兮，時亦冉冉而將至〔七〕。薠蘅槁而節離兮，芳以歇而不比〔八〕。憐思心之不可懲兮，證此言之不可聊〔九〕。寧逝死而流亡兮，不忍爲此之常愁〔一〇〕。孤子唫而抆淚兮，放子出而不還〔一一〕。孰能思而不隱兮，照彭咸之所聞〔一二〕。登石巒以遠望兮，路眇眇之默默〔一三〕。入景響之無應兮，聞省想而不可得〔一四〕。愁鬱鬱之無快兮，居戚戚而不可解〔一五〕。心鞿羈而不形兮，氣繚轉而自締〔一六〕。穆眇眇之無垠兮，莽芒芒之無儀〔一七〕。聲有隱而相感兮，物有純而不可爲〔一八〕。藐蔓蔓之不可量兮，縹緜緜之不可紆〔一九〕。愁悄悄之常悲兮，翩冥冥之不可娛〔二〇〕。淩大波而流風兮，託彭咸之所居〔二一〕。上高巖之峭岸兮，處雌蜺之標顛〔二二〕。據青冥而攄虹兮，遂儵忽而捫天〔二三〕。吸湛露之浮源兮，漱凝霜之雰雰〔二四〕。依風穴以自息兮，忽傾寤以嬋媛〔二五〕。馮崑崙以瞰霧兮，隱岷山以清江〔二六〕。憚涌湍之磕磕兮，聽波聲之洶洶〔二七〕。紛容容之無經兮，罔芒芒之無紀〔二八〕。軋洋洋之無從兮，馳委移之焉止〔二九〕。漂翻翻其上下兮，翼遥遥其左右〔三〇〕。氾潏潏其前後兮，伴張弛之信期〔三一〕。觀炎氣之相仍兮，窺煙液之所積〔三二〕。悲霜雪之俱下兮，聽潮水之相擊〔三三〕。借光景以往來兮，施黄棘之枉策〔三四〕。求介子之所存兮，見伯夷之放迹〔三五〕。心調度而弗去兮，刻著志之無適〔三六〕。

〔一〕寤：覺醒。　周流：周遊。　聊：暫且。　自恃：猶自持。

〔二〕太息：歎息。　愍憐：即憫憐。　於邑：即鬱悒。

〔三〕糺：即「糾」，糾結。纕：腰腹間的佩帶。膺：胸衣。二句喻滿腹愁思糾結如腰間佩帶，滿懷苦悶纏繞如胸間衣絡。

〔四〕若木：神話傳説中的樹木。蔽光：即離騷中的「拂日」，亦即以樹枝遮陽。仍：就，至。此言隨風所至，意即流亡無定所。

〔五〕存：存在，即現實。髣髴：即「仿佛」。踊躍：形容熱水沸騰貌。二句謂流亡荒僻之地，醜惡現實似若不見，但内心焦慮猶如熱水沸騰。

〔六〕案志：即離騷中「抑志」，謂壓抑内心的痛苦。超：同「怊」，悵恨。莊子天地：「怊乎若嬰兒之失其母。」惘惘：迷惘貌。

〔七〕曶曶：猶忽忽，言時光迅速流逝。穨：同「隤」，本指山石崩裂下墜，此喻光陰流逝速如山石崩裂下墜。時：年歲。冉冉：漸漸。至：盡。

〔八〕蘋：草名。多生江湖水濱。蘅：香草名。槁：枯。節離：枝節枯折。芳：香。以：同「已」。歇：消歇。比：茂密。

〔九〕思心：指忠貞之志。懲：抑制。此言：指以上「賦詩之所明」。聊：依賴。二句謂己前所言者，不足以釋解内心的憂愁。

〔一〇〕逝死：一本作「溘死」，忽然死去。流亡：謂隨水流逝。「不忍」句：猶言「不忍爲此而常愁」。屈賦「之」、「而」二字多通用。

〔一一〕孤子：即孤兒。　唫：即「吟」。　抆：擦拭。　放子：被父母棄逐的兒子。「孤子」、「放子」皆屈原自喻。

〔一二〕隱：指憂痛。　照：一本作「昭」，明白。　「彭咸」句：謂所聞知的彭咸之事。

〔一三〕眇眇：遼遠貌。　默默：寂寞。

〔一四〕入：進入，指進入荒野之地。　景響：人的身影、音響。　無應：没有反應，言其荒遠無人。　聞省想：三字並列，謂聽、看、思索都不可得，寂寞之至。

〔一五〕居：通常。　戚戚：憂慮貌。

〔一六〕鞿、羈：本皆爲繫馬工具，此喻心氣糾結不暢。　形：洪興祖楚辭考異云「一作『開』」，楚辭章句本亦作「開」。「形」乃「開」之殘缺，作「開」是。　繚轉：纏繞。　締：結。

〔一七〕穆眇眇：遼闊貌。　無垠：没有邊際。　莽芒芒：混茫貌。　無儀：没有形狀。二句極言孤立無助。

〔一八〕隱：隱微。　感：感應。　純：精純。　二句謂天地間有的聲音雖隱微，却能相互感應；有的東西雖精純，却用不上。喻指己雖有才德，却不能感君致用。

〔一九〕藐蔓蔓：一作「邈漫漫」，道路漫長貌。　縹緜緜：思緒紛亂貌。　紆：當爲「扜」之同音借字。廣韻虞：「扜，引也。」此謂引而理之。　二句謂道里漫長難計，思緒紛繁難理。

〔二〇〕悄悄：憂愁貌。　翩：飛翔。　冥冥：高遠。　二句謂常處悲愁，即高飛亦無法快樂。

〔二一〕淩：乘。流：跟隨。託：寄托。所居：所以自處之道。此謂將效法彭咸，追隨其行。

〔二二〕雌蜺：虹之白者。標：樹梢。顚：山頂。此指雌蜺高處。

〔二三〕據：憑依。青冥：指天宇。攄：舒展。此言彩虹當空，如己所展。儵忽：迅急貌。捫：摸。

〔二四〕湛露：濃重的露水。浮源：猶言「飛泉」。古人視露水爲「飛泉」或「浮源」。九懷通路「北飲兮飛泉」王逸云「吮嗽天液之浮源也」，是其義。漱：當爲「嗽」，吮吸。凝霜：凝結的霜。雰雰：霜雪散落貌。

〔二五〕風穴：傳説中風的起源地。宋玉風賦：「臣聞於師：枳句來巢，空穴來風。」傾寤：即「驚寤」，驚醒。嬋媛：一本作「撣援」，内心牽扯傷痛的感覺。以上謂憂不可解而忽然驚醒，心仍傷痛不止。

〔二六〕馮：即「憑」，據。崑崙：西部大山，傳説爲仙人所居。瞰：俯視。岷山：即「岷山」，在今四川。清江：指岷江。尚書有「岷山導江」之説，是古人以爲長江發源於岷山，故此以「岷山」與「清江」連舉。「以清江」即「與清江」，古人「以」「與」多通用。二句謂憑倚崑崙，俯視雲霧中隱見岷山與長江。以下數句即分寫俯視所見所感。

〔二七〕憚：恐懼。　涌湍：奔涌的急流。　礚礚：奔流擊石之聲。　洶洶：本指水勢，以「聽」言之，則由聽波聲而知水勢。

〔二八〕紛容容：混亂貌。　無經：没規律。　罔芒芒：模糊貌。　無紀：没頭緒。　方言卷十：「緤、末、紀，緒也。南楚皆曰緤，或曰端，或曰紀，或曰末，皆楚轉語也。」

〔二九〕軋洋洋：無所歸宿貌。　無從：無所適從。　馳：奔馳，此指江水。　委移：即「委蛇」，綿延曲折貌。

〔三〇〕漂翻翻：波濤上下翻動貌。　翼遥遥：水勢急速流動貌。

〔三一〕氾潏潏：水勢漫延洶湧貌。　伴：隨同。　張弛：指水勢漲落。　信期：指潮水消漲所遵循的時間。此指江水消漲與海潮相應，故曰「伴」。　以上十句均寫所見水勢，亦借以抒寫心緒煩亂、憂思無邊、不知所從的心理狀況。

〔三二〕炎氣：熱氣。　相仍：相繼出現。　煙液：指熱氣上騰積而爲雲、爲雨。　二句指炎夏。

〔三三〕相擊：潮水相互激蕩。　二句指嚴冬。

〔三四〕光景：指時間、歲月。　往來：即上文所謂「觀」、「窺」、「悲」、「聽」，往來於天地寒暑之間。　黄棘：楚國地名。在今河南新野東北。楚懷王二十五年，與秦昭王盟約於此，楚國外交從此走向被動。　枉策：錯誤的政策。　以上六句言己所以憑藉漫長的歲月，往來於天地寒暑之間，無所歸宿，其因皆源於國家誤施黄棘「枉策」。

〔三五〕介子：參惜往日「介子忠而立枯」句注。　所存：猶所守，指介子推忠貞而無求於世。　伯夷：參橘頌「行比伯夷」句注。　放迹：高逸放曠的行爲，此指伯夷棄國隱居，不食周粟而死。

〔三六〕調度：猶安排考慮，此指上文介子、伯夷所以自處之道。　弗去：不能放棄。　刻著志：猶銘記於心。　無適：猶不忘，指上文介子、伯夷之事。

以上第二段，寫流放途中所見所聞及所感。

曰：吾怨往昔之所冀兮，悼來者之悐悐〔一〕。浮江淮而入海兮，從子胥而自適〔二〕。望大河之洲渚兮，悲申徒之抗迹〔三〕。驟諫君而不聽兮，重任石之何益〔四〕。心絓結而不解兮，思蹇產而不釋〔五〕。

〔一〕曰：即「亂曰」之意。　冀：希望。　悼：傷痛。　悐悐：一本作「逖逖」，遥遠貌。　此言所冀於往日已告失敗，而理想於將來亦遥遥無期。

〔二〕江淮：長江、淮水。　從：追隨。　子胥：伍子胥。春秋時吴國大臣，因强諫爲吴王夫差所殺，死後被抛屍大江。　參涉江「伍子逢殃兮」句注。　適：往。

〔三〕大河：黄河。　洲渚：此指申徒狄投水自沈處。　申徒：即申徒狄。傳説中殷末賢臣，諫紂不聽，遂負石自沉於淵。事參莊子中的外物、刻意、盜跖、荀子不苟、淮南子説山等。

抗迹：高尚的行爲。

〔四〕驟：屢次。重任石：一本作「任重石」，即抱重石。

〔五〕二句又見哀郢。洪興祖楚辭考異：「一本無此二句」。今説者多認爲此二句乃錯簡而附於此。

以上第三段，寫己瞻前顧後，面臨生死兩難的艱苦抉擇。

遠遊

【解題】

屈原晚年政治失敗，復遭讒言，爲頃襄王所流放。其輔佐楚王推行改革的政治理想不能實現，流放在外，返國無望，故以黄老道家中神仙方士之説，抒發憤懣，排譴苦悶。正如詩中所説：「悲時俗之迫阨兮，願輕舉而遠遊。」但這種遠遊，實是一種神遊，即所謂「神倏忽而不返」。其遍遊「四荒」「六漠」，最後「超無爲以至清」、「與泰初而爲鄰」，都是這種境界。以精神遨遊來消釋現實的苦悶，開了後世遊仙詩的先河。

學術界關於遠遊的爭論頗多，集中談論的是它的真僞問題。清人已有指其僞者（參胡濬源楚辭新注、吴汝綸古文辭類纂評點），理由是遠遊中的道家出世思想與屈原的一貫思想不類，而詞句又與司馬相如大人賦相同等。

其實，屈原本楚之宗族，官爲左徒，博聞彊記，兩次出使齊國，正值稷下學風大盛之時。談天雕龍、迂怪機祥，尤其是黄老之術、精氣之説對屈原當有影響，故管子内業篇之説多與遠遊相表裏。在屈原的政治生涯中，初時爲王信任，草創憲令，表現了「來吾導夫先路」的强烈的政治改革願望。當政治失意之際，則又言「漢虛静以恬愉兮，澹無爲而自得」。這種前後思想的變化，在歷史人物中比比皆是。漢之張良、賈誼，都黄老、刑名備於一身，其積極用世與消極避世之思想，亦往往兼而有之。太史公著史記，合屈原、賈誼爲一傳，可謂明其淵源。至於大人賦詞句多同遠遊，此乃漢人鈔襲屈賦之風所致。所謂遠遊乃仿大人賦而作，實本末顛倒之論。

悲時俗之迫阨兮，願輕舉而遠遊〔一〕。質菲薄而無因兮，焉託乘而上浮〔二〕？遭沈濁而汙穢兮，獨鬱結其誰語〔三〕？夜耿耿而不寐兮，魂煢煢而至曙〔四〕。惟天地之無窮兮，哀人生之長勤〔五〕。往者余弗及兮，來者吾不聞〔六〕。步徙倚而遥思兮，怊惝怳而乖懷〔七〕。意荒忽而流蕩兮，心愁悽而增悲〔八〕。神儵忽而不反兮，形枯槁而獨留〔九〕。内惟省以端操兮，求正氣之所由〔一〇〕。

〔一〕迫阨：狹隘局促。此言因黨人嫉賢進讒，王壅蔽不悟，使己無容身之地。正如離騷所云：「世溷濁而嫉賢兮，好蔽美而稱惡。閨中既以邃遠兮，哲王又不寤。」

〔二〕質：氣質。　菲薄：鄙陋。　無因：無由，無所憑借。　焉：何。　託乘：乘載。此句言何所乘載而上游雲天。

〔三〕而：洪興祖、朱熹引一本作「之」，是。「遭沈濁」句猶言遭遇濁世之汙穢骯髒。　其：疑問助詞。

〔四〕耿耿：不安。詩邶風柏舟「耿耿不寐」毛傳：「猶儆儆也。」廣雅釋訓：「耿耿，警警，不安也。」「儆」、「警」皆與「耿」同音通用。　煢煢：同「惸惸」，孤獨無依貌。

〔五〕勤：辛勞。

〔六〕往者：指往古。　來者：指將來。

〔七〕徙倚：徘徊。　怊惝怳：惆悵失意貌。　乖懷：違離志意。

〔八〕荒忽：猶恍惚。

〔九〕儵忽：疾急貌。　反：同「返」。

〔一〇〕惟省：即思考。　端操：端正操行。　七諫沈江「正臣端其操行兮」王逸注：「言正直之臣，端其心志。」　正氣：與下文「精氣」之義通。

以上第一段，言己因時俗迫阨，孤獨無告，愁懷不釋，願輕舉神遊，思求天地正氣。

漠虛静以恬愉兮，澹無爲而自得〔一〕。聞赤松之清塵兮，願承風乎遺則〔二〕。貴真人之休德兮，美往世之登仙〔三〕。與化去而不見兮，名聲著而日延〔四〕。奇傅説之託辰星兮，羨韓衆之得一〔五〕。形穆穆而浸遠兮，離人羣而遁逸〔六〕。因氣變而遂曾舉兮，忽神奔而鬼怪〔七〕。時髣髴以遥見兮，精皎皎以往來〔八〕。絶氛埃而淑尤兮，終不反其故都〔九〕。免衆患而不懼兮，世莫知其所如〔一〇〕。恐天時之代序兮，耀靈曄而西征〔一一〕。

微霜降而下淪兮，悼芳草之先零〔一二〕。聊仿佯而逍遥兮，永歷年而無成。誰可與玩斯遺芳兮，晨向風而舒情〔一三〕。高陽邈以遠兮，余將焉所程〔一四〕。重曰：春秋忽其不淹兮，奚久留此故居〔一五〕？軒轅不可攀援兮，吾將從王喬而娛戲〔一六〕。餐六氣而飲沆瀣兮，漱正陽而含朝霞〔一七〕。保神明之清澄兮，精氣入而麤穢除。順凱風以從遊兮，至南巢而壹息〔一八〕。見王子而宿之兮，審壹氣之和德〔一九〕。曰道可受兮不可傳〔二〇〕，其小無内兮，其大無垠〔二一〕。無滑而魂兮，彼將自然〔二二〕。壹氣孔神兮，於中夜存〔二三〕。虚以待之兮，無爲之先〔二四〕。庶類以成兮，此德之門〔二五〕。

〔一〕虚静、無爲：不爲物擾曰「虚静」，順應自然曰「無爲」，皆道家學説。漠、澹：皆淡然之意。恬愉：言得道之愉悦。自得：言悟道而自足。

〔二〕赤松：傳説中的仙人，列仙傳以爲神農之雨師，韓詩外傳以爲帝嚳師。清塵：清静無爲之境。

〔三〕真人：道家稱得道者曰「真人」。莊子大宗師：「古之真人，不逆寡，不雄成，不謨士。」休德：善德。

〔四〕二句謂古之真人與造化同去而不得見，但名聲却永垂不朽。

〔五〕傳説：殷武丁的賢相。相傳傳説死後，精神上託辰星。辰星：王逸章句：「辰星，房星，東方之宿，蒼龍之體也。」 韓衆：古代仙人名，或作韓終。「終」、「衆」古通用。始皇時有韓衆，乃古時同術慕用之例。如秦有伯樂，晉亦有伯樂；軒轅時有扁鵲，春秋之秦越人亦號扁鵲，皆其證。 一：道家以「一」爲天地萬物之本，故老子云：「天得一以清，地得一以寧，神得一以靈，谷得一以盈，萬物得一以生，侯王得一以爲天下貞。」

〔六〕穆穆：杳冥貌。 浸遠：漸遠。 遁逸：猶遁去。

〔七〕氣變：即莊子逍遥遊所謂「御六氣之辯（變）」，以遊無窮」。 曾舉：「曾」通「層」；層舉猶高舉。 神奔：如神之奔。 鬼怪：如鬼之異。

〔八〕精：即下文「精氣」。管子内業：「精也者，氣之精者也。」又：「靈氣在心，一來一逝」、「一往一來，莫之能思」，皆指精靈之氣在修養過程中的狀態。 皎皎：明亮貌。

〔九〕絶氛埃：遠離塵世。 淑尤：猶言化凶爲吉。淑，善。尤，禍患。

〔一〇〕如：往。

〔一一〕代序：即代謝。 耀靈：指日。 曄：光明貌。 征：行。

〔一二〕下淪：言下界萬物被摧毁。淪，沉没。 零：落。

〔一三〕遺芳：指上文凋零的芳草。

〔一四〕高陽：參離騷「帝高陽之苗裔兮」句注。 程：品式。荀子致仕：「程者，物之準也。」 焉所程：猶言何所取法。

〔一五〕淹：滯留。

〔一六〕軒轅：黄帝名號。史記五帝本紀：「黄帝者，少典之子，姓公孫，名曰軒轅。」索隱引皇甫謐以爲因「居軒轅之丘」而得名。　王喬：傳説中的古時仙人。

〔一七〕六氣：據左傳昭公元年，指陰、陽、風、雨、晦、明之氣。　沆瀣：王逸引陵陽子明經：「北方夜半氣也。」　漱：「軟」之借字。説文欠部：「軟，吮也」，與「餐」、「飲」、「食」對文成義，故與「漱」爲蕩口之義迥别。　正陽：王逸引陵陽子明經：「日中氣也。」

〔一八〕凱風：南風。　南巢：地名。僞尚書仲虺之誥「成湯放桀於南巢」孔疏引鄭玄云：「巢，南方之國，以其國在南，故稱南。」

〔一九〕王子：即王喬。　宿：留止。　審：究問。　壹氣：指上文之「正氣」、「精氣」。　和德：道家修養的兩種境界。淮南子原道：「無爲言之而通乎德，恬愉無矜而得於和。」

〔二〇〕曰：指王喬所言。「道可受」句：「兮」下一本有「而」字，是。莊子大宗師作「可傳而不可受」。按「受」通「授」，「傳」與「授」古多互文見義。此作「道可受兮而不可傳」，以「傳」字與下句「垠」字通韻，故倒之。洪興祖云：「謂可受以心，不可傳以語言也。」

〔二一〕「其小」句：莊子天下篇：「至大無外，謂之大一；至小無内，謂之小一。」此言其道小至精微，大至無涯，包羅萬象。

〔二二〕滑：通「淈」，亂。　而：汝。　彼：指道。　此句謂不要擾亂精魂，則道即能歸於自然。

〔二三〕壹氣：指正氣，精氣。　孔：甚。此句言精氣是很神妙的。　中夜：夜半子時。漢書律曆志：「太極元氣行於十二時，始動於子。」則中夜子時，最得元氣之真，故云。

〔二四〕「虛以待之」句：「虛」即指上文「虛静」，此句謂當以虛静待萬物。　無爲之先：謂順應自然，不爲萬物之先。　此二句即道家「虛」「後」之說。

〔二五〕庶類：萬物，此句謂萬物得一以成。　此德之門：即謂此乃成道之根本途徑。老子「玄之又玄，衆妙之門。」

以上第二段，言天時代序，知己不遇，志向難成，衆患難免，故尋仙家之道、養氣之術，以爲遠遊之資。

聞至貴而遂徂兮，忽乎吾將行〔一〕。仍羽人於丹丘兮，留不死之舊鄉〔二〕。朝濯髮於湯谷兮，夕晞余身兮九陽〔三〕。吸飛泉之微液兮，懷琬琰之華英〔四〕。玉色頩以脕顏兮，精醇粹而始壯〔五〕。質銷鑠以汋約兮，神要眇以淫放〔六〕。嘉南州之炎德兮，麗桂樹之冬榮〔七〕。山蕭條而無獸兮，野寂寞其無人〔八〕。載營魄而登霞兮，掩浮雲而上征〔九〕。命天閽其開關兮，排閶闔而望予〔一〇〕。召豐隆使先導兮，問太微之所居〔一一〕。集重陽入帝宮兮，造旬始而觀清都〔一二〕。

〔一〕至貴：指最珍貴的語言，此承上而言。徂：往，指遠遊。

〔二〕仍：就。羽人：傳説中的飛仙。丹丘：神仙所居之地。留：居住。

〔三〕湯谷：參天問「出於湯谷」句注。晞：曝曬。九陽：日出入之所。洪興祖補注引仲長統「沆瀣當餐，九陽代燭」注云：「九陽，日也。陽谷上有扶木，九日居下枝，一日居上枝。九歌曰：『晞汝髮兮陽之阿。』」

〔四〕飛泉：飛瀑。琬琰：美玉。華英：猶精英，傑出者。

〔五〕頩：氣色上充。脕顔：指顔容美豔如玉。脕：光澤。精：指精氣。醇粹：純而不雜。二句謂精氣盛於内而形於外。

〔六〕質：形體。銷鑠：此指減損消瘦。汋約：同「綽約」，輕柔貌。神：指精神，與上文「質」爲形體對言。要眇：精微貌。淫放：縱遊。廣雅：「淫，遊也。」此言其遠遊乃神遊也。

〔七〕南州：南土，指楚國，遠遊的出發地。炎德：南方屬火，故曰炎德。麗：美麗，此作動詞，贊美。冬榮：指桂樹凌冬不凋。

〔八〕無人：正離騷「國無人莫我知」之意，言所以離南州而遠遊之故。

〔九〕載：運行。營魄：魂魄。老子：「載營魄抱一」河上公曰：「營魄，魂魄也。」登霞：古本或作「登遐」，遐，遠；「登遐」即遠遊。此句謂魂魄運行於空中，開始啓程遠遊。掩浮雲：言隱蔽於浮雲之内。　征：行。

〔一〇〕天閽：即帝閽，二句可參離騷「吾令帝閽開關兮」句注。　排：推開。　閶闔：天門。此謂守門者開門以待其來，與離騷所言拒之門外不同。

〔一一〕豐隆：傳説中的雷師。　太微：太微垣，星官名，傳爲天帝空中所居之城。

〔一二〕集：鳥之所止曰集，此指升空而止於天庭。　重陽：層天。古説積陽爲天，而天有九重，故曰重陽。　造：至。　旬始：星名。　清都：洪興祖引列子：「清都、紫微、鈞天、廣樂，帝之所居。」

以上第三段，言遠遊的準備與開始。

朝發軔於太儀兮，夕始臨乎於微閭〔一〕。屯余車之萬乘兮，紛溶與而並馳〔二〕。駕八龍之婉婉兮，載雲旗之逶蛇。建雄虹之采旄兮，五色雜而炫燿〔三〕。服偃蹇以低昂兮，驂連蜷以驕驁〔四〕。騎膠葛以雜亂兮，斑漫衍而方行〔五〕。撰余轡以正策兮，吾將過乎句芒〔六〕。歷太皓以右轉兮，前飛廉以啓路〔七〕。陽杲杲其未光兮，凌天地以徑度〔八〕。風伯爲余先驅兮，氛埃辟而清涼〔九〕。鳳皇翼其承旂兮，遇蓐收乎西皇〔一〇〕。擥彗星以爲旍兮，舉斗柄以爲麾〔一一〕。叛陸離其上下兮，遊驚霧之流波〔一二〕。時曖曃其曭莽兮，召玄武而奔屬〔一三〕。後文昌使掌行兮，選署衆神以並轂〔一四〕。路曼曼其脩遠兮，徐弭節而高厲〔一五〕。左雨師使徑侍兮，右雷公以爲衛〔一六〕。欲度世以忘歸兮，意恣睢以担撟〔一七〕。内欣欣而自美兮，聊媮娛以自樂。涉青雲以汎濫遊兮，忽臨睨夫舊鄉〔一八〕。僕夫懷余心悲兮，邊馬顧而不行。思舊故以想像兮，長太息而掩涕。氾容與而遐舉兮，聊抑志而自弭〔一九〕。指炎神而直馳兮，吾將往乎南疑〔二〇〕。覽方外之荒忽兮，沛罔象而自浮〔二一〕。祝融戒而還衡兮，騰告鸞鳥迎宓妃〔二二〕。張咸池奏承雲兮，二女御九韶歌〔二三〕。使湘靈鼓瑟兮，令海若舞馮夷〔二四〕。玄螭蟲象並出進兮，形蟉虬而逶蛇〔二五〕。雌蜺便娟以增撓兮，鸞鳥軒翥而翔飛〔二六〕。音樂博衍無終極兮，焉乃逝以徘徊〔二七〕。舒並節以馳騖兮，逴絶垠乎寒門〔二八〕。軼迅風於清源兮，從顓頊乎增冰〔二九〕。歷玄冥以邪徑兮，乘間維以反顧〔三〇〕。召黔嬴而見之兮，爲余先乎平路〔三一〕。

〔一〕發軔：見離騷「朝發軔於蒼梧兮」句注。　太儀：天帝宮庭。　於微閭：東方神山，産玉。王逸引爾雅：「東方之美者，有醫無閭之珣玗琪焉。」「醫無閭」作「於微閭」，乃語聲之轉。

〔二〕屯：聚集。　紛：指車馬之盛多。　溶與：即「容與」，行馳有節貌。

〔三〕雄虹：古指虹色鮮盛者。　旄：幢，旄旗的一種。　二句寫旄旗光彩豔麗。

〔四〕服、驂：古時車前駕四馬，旁邊兩匹名驂，居中兩馬稱服。　偃蹇：猶「夭矯」，馬躍馳自得貌。　低昂：行時高低起伏。　連蜷：九歌「靈連蜷兮既留」王逸注：「連蜷，巫迎神導引貌。」

是以「連蜷」爲牽引之意。此言服馬在衡外挽靷以行，與服馬負軛以行者不同。驕驁：縱馳貌。

〔五〕膠葛：衆馬縱横交錯。斑漫衍：猶離騷之「斑陸離」。漫衍，即「曼延」，言車儀綿延不絶；加「斑」字，言其繽紛雜亂。

〔六〕撰轡，見九歌東君「撰余轡兮高馳翔」句注。句芒：東方之神。此節言東方之行，故舉句芒、太皓。

〔七〕太皓：亦作太皞，東方之帝。右轉：指由東轉西。飛廉：傳説中的風神。

〔八〕杲杲：日初出之象。凌：超越。天地：世多疑爲「天池」之誤，但此句言在空中，由東而西，則所行之路爲天地之直徑，故云「徑度」。王逸注：「超越乾坤之形體也。」其説極是，且證漢代古本原作「天地」。徑度：直行。

〔九〕辟：除。

〔一〇〕旍：旌旗。此句又見離騷。蓐收：西方之神。西皇：西方之帝，即少昊。句謂遇蓐收於西帝之所。以上言其西遊。

〔一一〕擥：攀引。彗星：掃帚星。旍：古「旌」字。斗柄：北斗七星之柄。麾：軍中指揮進退之旗。

〔一二〕叛：同「斑」。參離騷「斑陸離其上下兮」句注。鶩霧：指上下浮動的雲霧。

〔一三〕時：日光。曖曃：昏暗不明。曭莽：朦朧貌。玄武：龜蛇之屬。後世以配二十八宿，北方爲玄武。　屬：隨從。
〔一四〕文昌：星名。晉書天文志：「文昌六星，在北斗魁前。」　掌行：掌領從行者。　選署：選擇安置。　並轂：謂相並而行。轂，車轂。
〔一五〕弭節、高厲：見離騷「抑志而弭節兮，神高馳之邈邈」句注。　此句即離騷二句之縮寫。
〔一六〕徑侍：直接侍奉。
〔一七〕度世：遠離塵世。　恣睢：自在無拘束貌。　担撟：當作「拮撟」或「揭撟」，高舉。洪興祖楚辭補注：「担，釋文云：『音丘列切』。」即讀「揭」音。文選射雉賦「眄箱籠以揭驕」徐爰注：「楚辭『揭驕』作『揭矯』。」李善注則引作「意恣睢以拮矯」。此句王逸注：「縱心肆志，所意願高也。」今本作「担」誤。
〔一八〕汎濫：此爲浮遊不定貌。
〔一九〕氾：同「汎」。氾容與：任意徘徊。　遐舉：高升。　抑志自弭：抑制情緒、自我調劑。　以上八句謂遠遊由西轉南之際，忽臨郢楚故鄉而悲傷。
〔二〇〕炎神：南方之帝。　南疑：九嶷，在楚國之南，故云。「疑」與「嶷」通。
〔二一〕方外：指世俗之外。　荒忽：荒遠渺茫。　罔象：釋文作「沕瀁」，即汪洋。「沛罔象」即浩渺無涯。
〔二二〕祝融：南方之神。　戒：同誡，告誡。　衡：車轅前橫木。「還衡」謂回旋其衡而別行。 騰告：傳告。 宓妃：見離騷「求宓妃之所在」句注。

〔二三〕張：陳設。 咸池：堯時樂名。 承雲：黃帝時樂名。 二女：此節上言南疑，下言湘靈，則二女當指堯之二女，即傳説中的娥皇、女英。 御：侍。 九韶：舜時樂名。

〔二四〕湘靈：泛指湘水之神。 海若：海神，見莊子秋水。 馮夷：水神。 「令海若」句謂使海若與馮夷共舞。

〔二五〕蟲象：「蟲」「虫」古互用，「虫」即「虺」，指大蛇，王逸訓「象」爲「罔象」，是。 螭龍之類見國語，並非兕象之象。 下句言螭與象之形狀爲「蟉虯」、「逶蛇」可證。 蟉虯：盤曲貌。 逶蛇：蜿蜒曲折。

〔二六〕雌蜺：古指虹色陰暗者。 便娟：或作「㛹娟」，輕麗貌。 增撓：或引作「曾橈」，即層撓。 説文：「撓，捄也。」即詩「有捄其角」之義，故禮記學記鄭注：「撓，曲屈也。」此指虹蜺高起彎曲。

〔二七〕博衍：指樂聲廣博悠長。 焉乃：猶於是。 逝以徘徊：言既欲遠逝而又徘徊。

以上言南遊。

〔二八〕舒並節：古人行車有一定節度，故古籍有「安節」、「弭節」、「舒節」之稱，如淮南子即有「縱志舒節」句。 此言「舒並節」，「並」即「駢」，凡一車駕二馬或四馬，皆可稱駢。 故句謂放開四馬的節度而奔馳。 逴：遠。 絶垠：絶遠之邊際。 寒門：淮南子地形：「北極之山曰寒門。」此句謂遠至絶域北極之寒門。

〔二九〕軼：後出超前。迅風：疾風。清源：古指八風所出之源。此句謂奔馳之速，超越疾風而至其源。顓頊：北方之帝。

〔三〇〕玄冥：北方之神。邪徑：猶言枉道、繞道，與上文「直馳」對言。間維：兩維之間。王逸注：「天紘，紘即維也。」指古人擬定的天之度數。洪興祖引淮南子：「兩維之間，九十一度。」

〔三一〕黔嬴：古稱造化神名。集注本作「黔嬴」，按史記作「含靁」，漢書作「黔靁」，則集注本是也。先：一本下有「道」字，即先導之意。平路：指通向至道之路。以上言北遊。

以上第四段，言東、西、南、北四方之遊，即下文所總結的「經營四荒」之意。

經營四荒兮，周流六漠〔一〕。上至列缺兮，降望大壑〔二〕。下崢嶸而無地兮，上寥廓而無天〔三〕。視儵忽而無見兮，聽惝怳而無聞〔四〕。超無爲以至清兮，與泰初而爲鄰〔五〕。

〔一〕四荒：指上述東、西、南、北四方荒遠之地。六漠：猶六合。古以東、西、南、北、上、下爲六合。

〔二〕列缺：即「裂缺」，指天之間隙。古人以爲閃電出自天的間隙，故用爲閃電的代稱。

大壑：即大海。山海經大荒東經：「東海之外大壑。」補注引此，「外」下增「有」字，非。

〔三〕崢嶸：深遠貌。　寥廓：空闊貌。　此上句言下入無底之壑，故曰「無地」；下句言上通天隙而出，故曰「無天」。

〔四〕儵忽：猶閃爍。　惝怳：猶恍惚。　此正言其神遊而臻道家虛無至道之境。

〔五〕超：猶上達。　至清：亦道家術語，指虛靜之境。　泰初：即太初。列子天瑞：「太初者，氣之始也。」又莊子：「泰初無有，無有無名。」即指道而言。　鄰：近。王逸注：「與道並也」，是其義。　以上言上、下之遊。

以上第五段，總結周遊四荒、六漠而臻虛無至道之境，以此忘懷世俗，脱落塵埃。

卜居

【解題】

卜居爲屈原所作。屈原被頃襄王流放已逾三年，對於楚國讒佞得意、忠賢遭禍的現實愈益憤懣，因而假設問答，將批評和贊頌的思想、行事並列提出，對自己的處世原則進行了重新的評估與審視。由於問答的對立面是占卜之官，因此取名「卜居」。

屈原既放三年，不得復見〔一〕。竭知盡忠，而蔽障於讒〔二〕。心煩慮亂，不知所從〔三〕。往見太卜鄭詹尹〔四〕，曰：「余有所疑，願因先生決之〔五〕。」詹尹端策拂龜〔六〕，曰：「君將何以教之〔七〕？」屈原曰：「吾寧悃悃款款，朴以忠乎〔八〕？將送往勞來，斯無窮乎〔九〕？寧誅除草茅，以力耕乎〔一〇〕？將游大人，以成名乎〔一一〕？寧正言不諱，以危身乎〔一二〕？將從俗富貴，以媮生乎〔一三〕？寧超然高舉，以保真乎〔一四〕？將哫訾栗斯，喔咿儒兒，以事婦人乎〔一五〕？寧廉潔正直，以自清乎〔一六〕？將突梯滑稽，如脂如韋，以潔楹乎〔一七〕？寧昂昂若千里之駒乎〔一八〕？將氾氾若水中之鳧，與波上下，偷以全吾軀乎〔一九〕？寧與騏驥亢軛乎〔二〇〕？將隨駑馬之迹乎〔二一〕？寧與黃鵠比翼乎〔二二〕？將與鷄鶩爭食乎〔二三〕？此孰吉孰凶，何去何從〔二四〕？世溷濁而不清：蟬翼爲重，千鈞爲輕〔二五〕。黃鐘毀棄，瓦釜雷鳴〔二六〕。讒人高張，賢士無名〔二七〕。吁嗟默默兮，誰知吾之廉貞〔二八〕。」

詹尹乃釋策而謝曰〔二九〕：「夫尺有所短，寸有所長；物有所不足，智有所不明；數有所不逮，神有所不通〔三〇〕。用君之心，行君之意，龜策誠不能知事〔三一〕。」

〔一〕三年：傳說古代大臣有罪被放，待於郊外三年，君有命則還，命不至則不得還。

〔二〕知：即「智」。　蔽障：被阻塞。

〔三〕從：去。

〔四〕太卜鄭詹尹：詹尹即「占尹」，楚國掌卜之官，猶「工尹」、「廐尹」之類。鄭爲該「詹尹」之姓。太卜乃北方諸國掌卜之官，於此恐爲後人不明「詹尹」之義而誤加。

〔五〕因：由。

〔六〕端：同「諯」，數。　策：占卜用蓍草。　拂：撣去灰塵。　龜：龜甲。

〔七〕教：自謙語。此謂有何請求。

〔八〕悃悃欵欵：誠懇樸實貌。

〔九〕勞：忙碌。　斯：如此。　無窮：永無停止。

〔一〇〕誅除：鏟除，此謂從事耕作。

〔一一〕游：遊説。　大人：王公貴族之類。　以上二句反對「游大人」，主張「力耕」，後一個側面反映了作者具有法家色彩的「勵耕」思想。

〔一二〕正言：直諫。　諱：避諱。

〔一三〕從：追隨。　媮：即「偷」，安樂。

〔一四〕超然高舉：謂不同流合污。　保真：保持純真的本性。

〔一五〕哫訾：本傳説中獸名，據説此獸「見人則呼」。　栗斯：「栗」當從一本作「粟」。粟斯，本傳説中鳥名，據説此鳥「見人則躍」。　喔咿：本傳説中獸名，據説此獸「善笑」。　儒兒：本傳説中獸名（吴都賦稱「猈子」），據説此獸「見人則笑」。　以上四者本皆名詞，（並見山海經北山經。惟經文作「足訾」、「竦斯」、「幽鴳」、「山猈」，與此所用字皆一聲之轉，或同音異形。）於此用作形容詞，用以表現曲意奉迎、諂笑獻媚的醜態。　婦人：當指南后、鄭袖之流。

〔一六〕清：高潔。

〔一七〕突梯、滑稽：本皆爲酒器。「突梯」即「鴟夷」，同聲異字，盛酒皮囊。　史記貨殖列傳：范蠡易名爲「鴟夷子」，索隱：「若盛酒之鴟夷也，用之則多所容納；不用則可卷而懷之，不忤於物也。」又史記樗里子甘茂列傳「樗里子滑稽多智」索隱：「滑稽，酒器，可轉注吐酒不已。　以言俳優之人，出口成章，辭不窮竭，如滑稽之吐酒不已也。」揚雄酒賦：「鴟夷滑稽，腹大如壺。」此以名詞用作形容詞，指隨俗流轉、多言善辯。　脂：油膏。　韋：柔軟的熟皮。此喻處世油滑柔順。　潔楹：疑當爲「挈盈」之同音借字。挈，提，即古書所謂「挈壺」「挈瓶」之「挈」。凡提盈水，必懼其溢，故此用以形容誤事貴人的小心恐懼。

〔一八〕昂昂：志氣高昂貌。

〔一九〕氾氾：隨水浮動貌。　鳧：野鴨。　偷：苟且。

〔二〇〕亢：即「抗」。　軛：車轅前端用以駕馬的曲木。「抗軛」猶并駕齊驅。

〔二一〕駑馬：劣馬。

〔二二〕黄鵠：天鵝之類的大鳥，傳説能一飛千里。

〔二三〕鶩：鴨。

〔二四〕此：指以上八類針鋒相對的行爲，前者爲贊成，後者爲反對。

〔二五〕鈞：古代計量單位，三十斤爲一鈞。

〔二六〕黄鐘：古樂十二律中聲音最宏亮者。　瓦釜：無腿瓦鍋，民間或用以擊節。

〔二七〕高張：謂得志。

〔二八〕默默：洪氏考異：「『默』一作『嘿』。」「嘿嘿」謂昏憒糊塗。新序節士：「屈原嫉闇王亂俗，汶汶嘿嘿，以是爲非，以清爲濁。」「汶汶嘿嘿」即「昏昏嘿嘿」，謂不明是非，故此句下接「誰知吾之廉貞」。

〔二九〕釋：放下。　謝：謝絶。

〔三〇〕數：本指卜筮時蓍草之數，此亦包括龜卜等用具在内。　逮：及，達到。　神：古者蓍筮、龜卜，皆用爲決疑於神。

〔三一〕用：以，依照。　誠：確實。　知事：洪氏考異：「一云『知此事』」，可從。此事，即指上文屈原所問之事。

漁父

【解題】

漁父爲屈原所作。作意大約與卜居相仿，也是假設問答，以申己志。由於作品中問答的一方爲以隱士自居的漁父，故取以爲題。值得注意的是，從旨意、作法等來看，本篇與卜居有相反相成、異曲同工之妙，因此其作時亦或相去不遠。

屈原既放，游於江潭，行吟澤畔，顏色憔悴，形容枯槁〔一〕。漁父見而問之曰：「子非三閭大夫與？何故至于斯〔二〕？」屈原曰：「舉世皆濁，我獨清；衆人皆醉，我獨醒，是以見放〔三〕。」漁父曰：「聖人不凝滯於物，而能與世推移。世人皆濁，何不淈其泥而揚其波〔四〕？衆人皆醉，何不餔其糟而歠其釃〔五〕？何故深思高舉，自令放爲〔六〕？」屈原曰：「吾聞之，新沐者必彈冠，新浴者必振衣〔七〕。安能以身之察察，受物之汶汶者乎〔八〕？寧赴湘流，葬於江魚之腹中。安能以皓皓之白，而蒙世俗之塵埃乎〔九〕？」漁父莞爾而笑，鼓枻而去〔一〇〕。歌曰：「滄浪之水清兮，可以濯吾纓〔一一〕。滄浪之水濁兮，可以濯吾足。」遂去，不復與言。

〔一〕憔悴：面色黃黑疲憊貌。

〔二〕子：古時尊稱。　三閭大夫：楚官職。王逸離騷序云：「三閭之職，掌王族三姓，曰昭、屈、景。屈原序其譜屬，率其賢良，以厲國士。入則與王圖議政事，決定嫌疑；出則監察羣下，應對諸侯。」　斯：此地。

〔三〕舉世：整個社會。　見放：被流放。

〔四〕凝滯：猶執著、拘泥。　推移：轉變。　淈：攪渾。「淈泥揚波」謂使水混濁。

〔五〕餔：食。　歠：同「啜」，飲。　釃：薄酒。

〔六〕深思高舉：謂憂國憂民，不合世俗。　爲：疑問語辭。

〔七〕沐：洗頭。　彈冠：撣去帽上的灰塵。　浴：洗澡。　振衣：抖落衣上的塵埃。

〔八〕察察：明審清晰貌。　汶汶：同「惛惛」，昏昧不明貌。老子：「俗人皆察察，我獨悶悶。」「悶悶」即「汶汶」。此爲屈子批駁道家之言。

〔九〕湘流：指湘江。　皓皓：潔白貌。　塵埃：與上「汶汶」叶韻，當爲「埃塵」之誤倒。史記作「温蠖」，爲「混污」之同音借字。以韻求之，亦當爲「污混」之誤倒。

〔一〇〕莞爾：微笑貌。　鼓枻：敲打船槳。枻即楫，船槳。

〔一一〕濯：洗。　纓：繫冠帶。此處「濯纓」、「濯足」即「與世推移」之意。

九辯

【解題】

九辯爲宋玉所作。宋玉，生平不詳。其事跡零星散見於史記屈原賈生列傳、韓詩外傳、新序雜事、楚辭章句、襄陽耆舊記、渚宮舊事、水經注等書。據諸書記載，宋玉乃屈原學生，爲楚頃襄王文學侍臣，多以辭賦微諷頃襄王，因而不被重用。九辯是他以代屈原立言的方式而寫的憫師之作，但其中亦不乏其自憐自悲的意思。此作在古本楚辭釋文中列離騷之後，位次第二。因此尊離騷爲「經」，而以己作爲「傳」附其後者，大約自宋玉始。九辯與九歌同爲古樂曲名，屈原離騷、天問中已指出爲夏代樂曲。「辯」或爲「變」之借字，凡樂曲換章易調謂「變」，則「九辯」殆即尚書所謂「九成」之義。此依王逸楚辭章句之舊，略分十段釋之。

悲哉，秋之爲氣也〔一〕！蕭瑟兮，草木摇落而變衰〔二〕。憭慄兮，若在遠行〔三〕。登山臨水兮，送將歸〔四〕。泬寥兮，天高而氣清〔五〕。宋㟳兮，收潦而水清〔六〕。憯悽增欷兮，薄寒之中人〔七〕。愴怳懭悢兮，去故而就新〔八〕。坎廩兮，貧士失職而志不平〔九〕。

廓落兮，羈旅而無友生〔一〇〕。惆悵兮而私自憐〔一一〕。燕翩翩其辭歸兮，蟬宋漠而無聲〔一二〕。鴈廱廱而南遊兮，鵾鷄啁哳而悲鳴〔一三〕。獨申旦而不寐兮，哀蟋蟀之宵征〔一四〕。時亹亹而過中兮，蹇淹留而無成〔一五〕。

〔一〕氣：氣候，氣氛，氣象。

〔二〕蕭瑟：深秋清寒的感覺。

〔三〕憭慄：悽愴哀涼。　衰：衰敗枯槁。

〔四〕將歸：指將要歸去的人。　以上「在遠行」與「送將歸」都是比喻說法，故以「若」字領起。以狀寫秋氣蕭瑟、一歲將終時人的心境。

〔五〕泬寥：空曠貌。　氣清：洪氏考異云清「古本作『瀞』」，是。說文訓瀞爲「無垢薉」，與下文「清」專指水清者有別。

〔六〕宋嵺：宋即寂。寂嵺義同「湫漻」，水平靜貌。　潦：大水。　此謂水勢收斂，水質清澈。

〔七〕憯悽：內心傷痛貌。　增：不斷地。　欷：歔欷，哀歎聲。　薄寒：指秋日的輕寒。　中人：襲人。

〔八〕愴怳、懭悢：均爲悲傷失意貌。　去故就新：指季節更換。

〔九〕坎廩：坷坎不平貌。　志：意。

〔一〇〕廓落：空曠寂寞貌。　羈旅：客寓在外。　友生：即朋友。

〔一一〕惆悵：失意貌。

〔一二〕辭歸：謂冬季將至，燕將辭去此地飛回南方。　宋漠：即寂寞。

〔一三〕廱廱：和諧的鳴聲。　鵾鷄：鳥名，形似鶴。　啁哳：細碎的鳴聲。

〔一四〕申旦：由黑夜到天明。　宵征：夜行。

〔一五〕亹亹：乃「昧昧」之音近借字，古音皆爲明紐字。在此謂晚暮之意。「時昧昧而過中」與離騷「時曖曖其將罷」同意。　蹇：語氣詞。　淹留：久滯。

以上第一章，寫秋氣降臨，萬物肅殺，人亦悲傷至極，更何況政治上的失敗與「無成」。

悲憂窮戚兮，獨處廓〔一〕。有美一人兮，心不繹〔二〕。去鄉離家兮，徠遠客〔三〕。超逍遥兮，今焉薄〔四〕。專思君兮，不可化〔五〕。君不知兮，可奈何〔六〕。蓄怨兮，積思〔七〕。心煩憺兮，忘食事〔八〕。願一見兮，道余意〔九〕。君之心兮，與余異〔一〇〕。車既駕兮，朅而歸〔一一〕。不得見兮，心傷悲〔一二〕。倚結軨兮，長太息〔一三〕。涕潺湲兮，下霑軾〔一四〕。忼慨絶兮，不得〔一五〕。中瞀亂兮，迷惑〔一六〕。私自憐兮，何極〔一七〕。心怦怦兮，諒直〔一八〕。

〔一〕窮：困窘。　戚：文選作「蹙」，迫促。　廓：此指空曠孤獨之境。

〔二〕有美一人：指賢士。　繹：當爲「懌」之借字。「不懌」，不愉快。

〔三〕徠：同「來」。「來遠客」謂來荒遠之地爲客，指流放而言。

〔四〕超：遥遠。　逍遥：逗留徘徊。　薄：至。「焉薄」即何所至。

〔五〕專：心意專一。　化：變化。　此謂思君之心不可變。

〔六〕君不知：謂君主不知臣下之忠心。

〔七〕蓄怨：心藏怨憤。　積思：堆積憂思。

〔八〕煩憺：心緒煩亂。　食事：指飲食之事。

〔九〕一見：謂見君主。　道：説明。

〔一〇〕異：謂君臣之心不一。

〔一一〕朅：去。「朅而歸」，謂既駕車去見君，又以不得見君而後歸。

〔一二〕不得見：指未能面見君主。

〔一三〕結軨：軨爲車廂木欄，因其縱横交錯，故云「結」。　太息：歎息。

〔一四〕潺湲：涕淚長流貌。　霑：即沾。　軾：車廂前横木，用于憑倚。

〔一五〕忼慨：即「慷慨」，謂志士因不得志而激憤不平。　絶：盡。　此句謂欲消除憤慨而不得。

〔一六〕中：内心。　瞀亂：昏亂。

〔一七〕極：窮盡。

〔一八〕怦怦：内心急切衝動貌。　諒直：忠誠正直。

以上第二章，寫流放之初，孤獨寂寞，四顧無人，而對君主始終懷着誠正之心。

皇天平分四時兮，竊獨悲此廩秋〔一〕。白露既下百草兮，奄離披此梧楸〔二〕。去白日之昭昭兮，襲長夜之悠悠〔三〕。離芳藹之方壯兮，余萎約而悲愁〔四〕。秋既先戒以白露兮，冬又申之以嚴霜〔五〕。收恢台之孟夏兮，然欿傺而沈藏〔六〕。葉菸邑而無色兮，枝煩挐而交横〔七〕。顔淫溢而將罷兮，柯彷彿而萎黄〔八〕。萷櫹椮之可哀兮，形銷鑠而瘀傷〔九〕。惟其紛糅而將落兮，恨其失時而無當〔一〇〕。擥騑轡而下節兮，聊逍遥以相佯〔一一〕。歲忽忽而遒盡兮，恐余壽之弗將〔一二〕。悼余生之不時兮，逢此世之俇攘〔一三〕。澹容與而獨倚兮，蟋蟀鳴此西堂〔一四〕。心怵惕而震蕩兮，何所憂之多方〔一五〕。卬明月而太息兮，步列星而極明〔一六〕。

〔一〕竊：自稱謙詞。　廩：洪興祖楚辭考異：「一作『凛』。」凛，寒冷。

〔二〕奄：忽，形容速度快。　離披：分散。此用作動詞，猶摧殘。　梧楸：説文艸部：「菩，草也……楚詞有菩蕭。」按今楚辭無「菩蕭」。蓋許所見九辯「梧楸」作「菩蕭」。菩、蕭正承上「百草」而言。「梧楸」與「菩蕭」音近（如菩梧皆從吾聲，爾雅釋草以「萩」訓「蕭」），故傳寫有誤，當從許本。

〔三〕去：離開。　昭昭：光明貌。　襲：進入。　悠悠：久長。　二句謂凜秋已至，明朗的白日去後，繼之而來的是悠悠長夜。

〔四〕芳藹：芳菲繁茂。　余：此爲宋玉代屈原立言，故當指屈原。　萎約：指身體疲病。

〔五〕戒：警戒。此謂秋天先降白露以爲警戒。　申：重。

〔六〕恢台：當與「恢拓」、「揮斥」音近義同，意即開拓發展，此指夏日生長發展的氣象。　孟夏：初夏。　然：即「乃」。　欿傺：又作「坎傺」，停止。　沈藏：潛伏。　此言秋日萬物陷入停頓潛藏之期。

〔七〕菸邑：又作「菸菖」，枝葉蔫萎貌。　煩挐：樹幹交錯紛亂貌。

〔八〕顏：指葉色。　淫溢：即「淫曀」，色彩陰暗貌。　罷：枯敗凋敝。　柯：樹幹。　彷彿：本義爲視不真切，此引伸爲暗淡不明。

〔九〕萷：與「梢」通，指木之末端。　櫹槮：葉落樹枯、枝幹竦立貌。或作「蕭蔘」，如史記司馬相如列傳「紛容蕭蔘」集解：「支竦擢也」，即其義。　形：此指樹形。　銷鑠：焦枯。　瘀傷：病傷。

〔一〇〕惟：思。　紛糅：雜亂貌。　落：凋零死亡。　恨：遺憾。　無當：未能恰逢其時。　以上自「白露既下百草兮」至此，以秋樹秋草之萎傷喻己生不逢時。

〔一一〕騑轡：騑指服馬兩旁的驂馬。騑轡，謂驂馬之轡。　下節：即「弭節」，按節、止鞭。相佯：即「相羊」、「徜徉」，徘徊。

〔一二〕忽忽：歲月匆匆流逝貌。　遒：迫近。「遒盡」謂迫近歲終。　將：長，見廣雅釋詁。

〔一三〕悼：哀痛。　不時：不逢其時。　俇攘：紛擾不寧貌。

〔一四〕容與：猶逍遥。「澹容與」謂安閑自得。　倚：有所倚而佇立。　西堂：西廂房。詩豳風七月：蟋蟀「八月在宇，九月在户」，指秋季來臨。

〔一五〕怵惕：驚懼。　多方：多端。

〔一六〕卬：仰望。　步列星：謂行觀衆星。　極明：直至天明。

以上第三章，以秋天草木比興，寫流放途中孤苦寂寞，歲月流逝。

竊悲夫蕙華之曾敷兮，紛旖旎乎都房〔一〕。何曾華之無實兮，從風雨而飛颺〔二〕。以爲君獨服此蕙兮，羌無以異於衆芳〔三〕。閔奇思之不通兮，將去君而高翔〔四〕。心閔憐之慘悽兮，願一見而有明〔五〕。重無怨而生離兮，中結軫而增傷〔六〕。豈不鬱陶而思君兮，君之門以九重〔七〕。猛犬狺狺而迎吠兮，關梁閉而不通〔八〕。皇天淫溢而秋霖兮，后土何時而得漧〔九〕。塊獨守此無澤兮，仰浮雲而永歎〔一〇〕。

〔一〕華：即「花」。　曾：即「層」，重疊。　敷：陳布。「曾敷」即重重開放。　旖旎：此指花葉繁盛隨風擺動貌。　都房：壯麗的宫殿。

〔二〕曾華：即層層花朵。　實：果實。　颺：飛揚。　以上四句謂蘭蕙花朵繁盛，然而却有花無實，隨風雨而飄落。其意與離騷「余以蘭爲可恃兮，羌無實而容長」略同，喻朝臣之無操守。

〔三〕服：佩帶。　此蕙：代指屈原。　衆芳：指衆臣。　二句謂初以爲君獨信任於己，詎料乃與衆臣等量齊觀。

〔四〕閔：傷感。　奇思：指自己治國主張。　不通：未能達於君前。　去：離去。

〔五〕有明：有所表白。

〔六〕重：難。謂以「無怨而生離」爲難。「無怨」指自己並無過失。　中：内心。　結軫：絞痛。

〔七〕鬱陶：憂思累積難解貌。　九重：極言君門深邃，難以抵達。　增傷：增加憂傷。

〔八〕猋猋：犬吠聲。　關梁：關門、橋樑，泛指水陸要隘。　此四句與離騷「吾令帝閽開關兮，倚閶闔而望予」同意。

〔九〕淫溢：均指過度。　霖：久雨不止。　漧：即「乾」。

〔一〇〕塊：孤獨失神貌。　無澤：「無」或「蕪」之借字。「蕪澤」指荒蕪的藪澤。　承上流放途中遇「秋霖」而言，亦與下嘆「浮雲」相應。

以上第四章，寫己才幹有異於衆，却不爲君信用，以至流放在外。

何時俗之工巧兮，背繩墨而改錯〔一〕。卻騏驥而不乘兮，策駑駘而取路〔二〕。當世豈無騏驥兮，誠莫之能善御〔三〕。見執轡者非其人兮，故駶跳而遠去〔四〕。鳧鴈皆唼夫粱藻兮，鳳愈飄翔而高舉〔五〕。圜鑿而方枘兮，吾固知其鉏鋙而難入〔六〕。衆鳥皆有所登棲兮，鳳獨遑遑而無所集〔七〕。願銜枚而無言兮，嘗被君之渥洽〔八〕。太公九十乃顯榮兮，誠未遇其匹合〔九〕。謂騏驥兮安歸，謂鳳皇兮安棲〔一〇〕。變古易俗兮，世衰〔一一〕。今之相者兮，舉肥〔一二〕。騏驥伏匿而不見兮，鳳皇高飛而不下〔一三〕。鳥獸猶知懷德兮，何云賢士之不處〔一四〕。驥不驟進而求服兮，鳳亦不貪餧而妄食〔一五〕。君棄遠而不察兮，雖願忠其焉得〔一六〕。欲寂漠而絶端兮，竊不敢忘初之厚德〔一七〕。獨悲愁其傷人兮，馮鬱鬱其何極〔一八〕。霜露慘悽而交下兮，心尚幸其弗濟〔一九〕。霰雪雰糅其增加兮，乃知遭命之將至〔二〇〕。願徼幸而有待兮，泊莽莽與壄草同死〔二一〕。願自往而徑遊兮，路壅絶而不通〔二二〕。欲循道而平驅兮，又未知其所從〔二三〕。然中路而迷惑兮，自壓桉而學誦〔二四〕。性愚陋以褊淺兮，信未達乎從容〔二五〕。

〔一〕錯：同「措」。

〔二〕卻：退。　策：鞭打。　駑：劣馬。　駘：本指脱銜之馬，此引伸爲行動遲緩之馬。

〔三〕誠：確實。

〔四〕駶跳：馬跳躍貌。　去：離開。

〔五〕唼：像聲詞，此用作動詞，指魚或鳧雁吃食。　粱：泛指稻穀之類。　藻：水草。　高舉：高飛。

〔六〕圜鑿、方枘：參離騷「何方圜之能周兮」、「不量鑿而正枘兮」二句注。　鉏鋙：參差不合。

〔七〕遑遑：匆遽不安貌。　集：棲息。

〔八〕銜枚：以木杆横含口中，古代用以制止人馬發聲。　嘗：曾經。　被：受。　渥洽：深厚的恩澤，此指深受君主信任。

〔九〕太公：即呂尚，參離騷「呂望之鼓刀兮，遭周文而得舉」句注。　顯榮：指被文王重用。　四合：指君臣相得。

〔一〇〕安歸：何所歸宿。　安棲：何所安身。

〔一一〕變古易俗：承上文，謂君主改變了古代任賢的風尚。

〔一二〕相者：指相馬者。　舉肥：舉，推舉。　此謂今之相馬者以馬肥爲好而不論其材，喻世人以貌取人，不以才德舉士。

〔一三〕二句喻賢者隱匿不出。

〔一四〕鳥獸：即指上文騏驥、鳳皇。　懷德：指上文「騏驥伏匿」「鳳皇高飛」，喻賢士非有德之君不歸。　不處：不留。　二句謂鳥獸尚知追慕德行，在此世風衰頹之際，怎能怪賢士不居留。

〔一五〕驟進：急進。　服：駕車。「求服」謂主動要求爲人拉車。　貪餧：謂貪人之飼養。「餧」乃「餵」之本字，飼養。　二句喻賢者不苟求被用。

〔一六〕棄遠：拋棄疏遠。　察：考核。

〔一七〕絶端：斷絶思緒。　方言：「緤末紀緒也。南楚或曰端。」　初之厚德：指屈原初事懷王深受信任之事。

〔一八〕馮：憤懣。　鬱鬱：愁悶填胸貌。　極：終結。

〔一九〕交下：俱下。　㚔：即「幸」，希望。　弗濟：謂不成災害。濟，成。

〔二〇〕霰：小雪粒。　雰糅：紛飛混雜。　遭命：禮記祭法唐孔穎達疏引孝經援神契：「命有三科：有受命以保慶；有遭命以謫暴；有隨命以督行。受命謂年壽也；遭命謂行善而遇凶也；隨命謂隨其善惡而報之。」莊子列禦寇：「達大命者隨，達小命者遭」，則「遭命」或古成語。

〔二一〕儌幸：即「僥幸」。　泊莽莽：荒野無際貌。　壄：古「野」字。　二句謂本望僥幸得免厄運，結果却只能與野草同朽，意指等待將遥遥無期。

〔二二〕遊：即「遊説」，卜居「遊大人」之「遊」。「徑遊」謂直接向楚王陳説治國之道。　路：指與君王交往的途徑。

〔二三〕平驅：平穩地驅馳。此謂四平八穩，不冒風險。　上六句句型語意與九章惜誦「欲儃佪以干傺兮」以下六句略同。

〔二四〕然：乃。　中路：路途之中。　迷惑：即指上文「願徼幸……」、「願自往……」、「欲循道……」三者皆走不通。　壓桉：洪興祖楚辭考異：「一作『壓塞』。」按古本當作「壓塞」，亦即「猒塞」，或「懕憠」。方言：「猒塞，安也。」又廣雅釋詁：「懕憠，安也。」此謂安定心志。　學誦：指學習吟詩作賦。屈賦「誦」與「頌」通，指詩賦言。抽思：「道思作頌，聊以自救兮。」謂作賦以抒情，與詩經「吉甫作誦」同義。又漢志：「不歌而誦謂之賦。」是「學誦」亦即「學賦」。

〔二五〕愚陋、褊淺：皆宋玉自傷之辭。　從容：本義訓「舉動」或「行動」。如懷沙「孰知余之從容」王逸注：「從容，舉動也。」此言「信未達乎從容」，謂秉性愚淺，實在不知如何行動。

以上第五章，謂世風衰頽，自己不欲同流合污，唯安定心志，賦詩抒情而已。

竊美申包胥之氣盛兮，恐時世之不固〔一〕。何時俗之工巧兮，滅規榘而改鑿〔二〕。獨耿介而不隨兮，願慕先聖之遺教〔三〕。處濁世而顯榮兮，非余心之所樂〔四〕。與其無義而有名兮，寧窮處而守高〔五〕。食不媮而爲飽兮，衣不苟而爲温〔六〕。竊慕詩人之遺風兮，願託志乎素餐〔七〕。蹇充倔而無端兮，泊莽莽而無垠〔八〕。無衣裘以御冬兮，恐溘死不得見乎陽春〔九〕。

〔一〕美：贊美。　申包胥：楚昭王時大夫，伍子胥友。　子胥父兄受害，逃吴前云必亡楚；包胥則云必興楚。後伍子胥果助吴王闔閭破楚。　申包胥奔秦求援，哀哭七日，秦終發兵救楚，實現興楚誓言。事參左傳定公四年、五年，又戰國策楚策、史記楚世家等。　不固：指不堅守誓約。　二句謂己贊美申包胥之能堅守誓約，而憂心如今不守誓約的世風。

〔二〕鑿：同「錯」，措。

〔三〕耿介：正直。　不隨：謂不從時俗。

〔四〕顯榮：富貴榮耀。　樂：喜好。

〔五〕守高：保持操守高尚。

〔六〕媮：投機取巧。　苟：苟且。　二句謂不以苟且的態度取得衣食温飽。

〔七〕詩人：指詩經的作者。　素餐：樸素節儉的飲食，引伸爲質樸的生活。　文選卷三七曹植求自試表李善注：「韓詩曰：何謂素餐？素者，質也。人但有質樸，而無治民之材，名曰素餐。」與毛詩訓「素，空也」不同。　宋玉在此謂己既無緣居位問政，則只有以儉樸自處，不求享受，故曰「托志」。

〔八〕蹇：乃。　充倔：同「裗䘿」。　方言：敝衣襤褸，「自關而西謂之裗䘿」。　此上言「衣不苟而爲温」，下言「無衣裘以御冬」，則作「裗褔」解方得其義。無端：無盡頭。連下句，謂己困頓窘迫之境無端涯。

〔九〕御：抵禦。　溘死：突然死亡。

以上第六章，自言願追慕先聖，寧處窮守高而不苟且温飽。

靚杪秋之遥夜兮，心繚悷而有哀〔一〕。春秋逴逴而日高兮，然惆悵而自悲〔二〕。四時遞來而卒歲兮，陰陽不可與儷偕〔三〕。白日晼晚其將入兮，明月銷鑠而減毁〔四〕。歲忽忽而遒盡兮，老冉冉而愈弛〔五〕。心摇悦而日幸兮，然怊悵而無冀〔六〕。中憯惻之悽愴兮，長太息而增欷〔七〕。年洋洋以日往兮，老嵺廓而無處〔八〕。事亹亹而覬進兮，蹇淹留而躊躇〔九〕。

〔一〕靚：同「静」。　杪：樹梢，此引伸爲末端。「杪秋」即末秋、暮秋。　遥夜：長夜。繚悷：纏繞。

〔二〕春秋：指年歲。　逴逴：遠去貌。

〔三〕卒歲：終歲。　儷偕：偕同。　此二句言陰陽更遞無窮，而人生壽命有限，兩者不可偕同。

〔四〕晼晚：遲暮。　銷鑠：減損，此指月虧。

〔五〕忽忽：謂歲月流逝之速。　遒：迫近。　弛：鬆弛。「愈弛」謂體力日見衰退。

〔六〕摇：通「繇」。爾雅釋詁：「繇，喜也。」則「摇悦」即喜悦。　㚔：即「幸」字，希望。　王逸注：「意中私喜，想用施也。」得其意。　怊悵：同「惆悵」。　無冀：没有希望。

〔七〕中：内心。　憯惻：悲傷。　之：洪氏考異：「一作『而』。」是。屈宋辭中二字通用。　太息：歎息。　欷：即欷歔，抽咽聲。

〔八〕洋洋：流逝貌。　嵺廓：同廖廓，空曠貌。　無處：無安身之地。

〔九〕亹亹：勤勉不倦貌。詩文王：「亹亹文王」，是。與「閔閔」音義皆通。左傳昭公三十二年：「閔閔然如農夫之望歲。」　覬：同「冀」，希望。　蹇：乃。　躊躇：進退不定貌。　此謂行事勤勉，希得進用，然結果却停留不前，陷於進退不定的困境。此或宋玉自傷之詞。

以上第七章，寫時光流逝，歲月倏忽，亟盼得用，爲國盡力。

何氾濫之浮雲兮，猋壅蔽此明月〔一〕。忠昭昭而願見兮，然霒曀而莫達〔二〕。願皓日之顯行兮，雲濛濛而蔽之〔三〕。竊不自聊而願忠兮，或黕點而汙之〔四〕。堯舜之抗行兮，瞭冥冥而薄天〔五〕。何險巇之嫉妒兮，被以不慈之僞名〔六〕。彼日月之照明兮，尚黯黮而有瑕〔七〕。何況一國之事兮，亦多端而膠加〔八〕。

〔一〕氾濫：此指雲團翻騰彌漫貌。　猋：本指犬疾走，此言迅速。

〔二〕昭昭：光明貌。　霠：本作「霒」，即「陰」。「霒曀」乃陰暗貌。　莫達：不得上通於君。

二句謂耿耿忠心欲表白于君前，但前途陰暗難於實現。

〔三〕皓日：白日，此喻君。　顯行：謂光明地運行。

〔四〕聊：洪氏考異：「一作『料』。」料，量。「不自料」猶言不自量。　或：有人。　黕點：小黑斑。　汙：即「污」字。

〔五〕抗：高。　瞭：考異：「一作『杳』。」「杳冥冥」，幽深高遠貌。　薄：迫近。

〔六〕險巇：本指山路險阻崎嶇，此喻邪惡陰險的小人。　不慈：參九章哀郢「被以不慈之僞名」句注。

〔七〕黯黮：黑色。　瑕：玉上不純淨的斑疵。

〔八〕多端：頭緒繁多。　膠加：紛拏糾纏貌。

以上第八章，申訴自己被讒妬、君主被壅蔽的冤屈。

被荷裯之晏晏兮，然潢洋而不可帶〔一〕。既驕美而伐武兮，負左右之耿介〔二〕。憎慍惀之脩美兮，好夫人之慷慨〔三〕。衆踥蹀而日進兮，美超遠而逾邁〔四〕。農夫輟耕而容與兮，恐田野之蕪穢〔五〕。事緜緜而多私兮，竊悼後之危敗〔六〕。世雷同而炫曜兮，何毀譽之昧昧〔七〕。今脩飾而窺鏡兮，後尚可以竄藏〔八〕。願寄言夫流星兮，羌儵忽而難當〔九〕。卒壅蔽此浮雲兮，下暗漠而無光〔一〇〕。堯舜皆有所舉任兮，故高枕而自適〔一一〕。諒無怨於天下兮，心焉取此怵惕〔一二〕。乘騏驥之瀏瀏兮，馭安用夫强策〔一三〕。諒城郭之不足恃兮，雖重介之何益〔一四〕。邅翼翼而無終兮，忳惛惛而愁約〔一五〕。生天地之若過兮，功不成而無效〔一六〕。願沈滯而不見兮，尚欲布名乎天下〔一七〕。然潢洋而不遇兮，直怐愗而自苦〔一八〕。莽洋洋而無極兮，忽翱翔之焉薄〔一九〕。國有驥而不知乘兮，焉皇皇而更索〔二〇〕。甯戚謳於車下兮，桓公聞而知之〔二一〕。無伯樂之善相兮，今誰使乎譽之〔二二〕。罔流涕以聊慮兮，惟著意而得之〔二三〕。紛純純之願忠兮，妒被離而鄣之〔二四〕。

〔一〕被：即「披」。　裯：短衣。荷裯，猶離騷「製芰荷以爲衣」。　晏晏：衣飾柔美貌。潢洋：松散不着體貌。　不可帶：古人衣必束帶，此謂不可束帶。　二句喻君主儀表雖好，却無德不自約束。

〔二〕驕美：爲己美驕傲。　伐武：以勇武誇耀。　負：背離。　左右：指大臣。　耿介：此指大臣光明磊落的忠心。句謂君王自以爲是，不納忠諫。

〔三〕二句又見九章哀郢，注可參。

〔四〕二句又見九章哀郢，注可參。

〔五〕容與：優遊自在貌。

〔六〕繇繇：連續不斷貌。 多私：謂聽信讒言，以私害公。 悼：傷痛。 以上四句，前二句起興，引起後二句，謂執事不以法而以私，則其後必危敗。

〔七〕雷同：雷聲發而萬物應之，故曰「雷同」。此指不問是非隨聲附和。 炫曜：驕傲自誇。 昧昧：昏暗貌。 二句謂世俗小人凡事隨聲附合互相誇矜，毀譽皆無是非標準。

〔八〕竄藏：逃匿。「可」在此當爲「何」之借字，古書多有此例。 二句謂小人如今自我修飾，窺鏡自賞，但以後將何以逃藏本來面目？

〔九〕儵忽：快速貌。 當：相值，相遇。 九章思美人：「願寄言於浮雲兮，……羌迅高而難當」。意相似。

〔一〇〕卒：終於。 二句承上謂流星爲浮雲所蔽，因此地上黑暗無光。

〔一一〕有所舉任：指堯、舜曾舉任皋陶、稷、契等賢臣。 高枕而自適：猶言高枕無憂，句意與九章惜往日「屬貞臣而日娭」略同。

〔一二〕諒：相信。 怵惕：驚慌恐懼。 二句謂如堯、舜之用人，即可無怨於天下，則何驚懼恐慌之有？此承上文「自適」而言。

〔一三〕椉：即「乘」字。 瀏瀏：行走奔馳無阻礙貌。 馭：古多與「御」通用，指駕駛車馬。 强策：强勁的馬鞭。

〔一四〕恃：依仗。 介：鎧甲。「重介」謂鎧甲重疊。此謂如不用賢，則城郭尚不足恃，鎧甲重重又有何益。　以上自「堯舜皆有所舉任」以下，言「騏驥」、「强策」、「城郭」、「重介」，多方設喻，强調人君任賢的至關緊要。

〔一五〕邅翼翼：恭謹貌。　無終：無盡頭。　忳惛惛：憂傷貌。　愁約：憂愁窮困。

〔一六〕若過：像是疾馳而過。　無效：没有業績。

〔一七〕沈滯：猶隱匿、埋没。　見：即「現」。　布：傳播。　二句寫進退之間自相矛盾的苦悶心情。

〔一八〕潢洋：無所依傍貌。　不遇：指未得明君賞識。　直：簡直是。　怐愗：愚昧貌。自苦：自尋苦惱。

〔一九〕莽洋洋：寬廣無邊貌。　「忽翱翔」句又見九章哀郢，可參。

〔二〇〕皇皇：即「遑遑」，匆忙貌。　更索：往別處尋求。

〔二一〕參見離騷「甯戚之謳歌兮，齊桓聞以該輔」句注。

〔二二〕伯樂：參見九章懷沙「伯樂既没」句注。　譽：稱贊。「譽」古韻在魚部，上句「知」古韻在支部，不通叶。洪氏考異：「譽一作『訾』」，則「訾」與「知」皆在支部。　補注：「訾，思也。」亦通。

〔二三〕罔：即「惘」，悵然失意貌。　聊慮：即「料慮」，謂惆悵失意，流涕思慮。　著意：猶明志，指自修。　二句謂流涕悵然而思，既不見知於君，惟自明志修德，才能得其正道。

招魂

【解題】

招魂乃屈原放逐途中，行至廬江陵陽一帶，轉而南下時作。時當頃襄王三年，懷王客死於秦，「秦歸其喪於楚，楚人皆憐之，如悲親戚」（史記楚世家），故屈原作此弔之。辭外陳四方之惡，內崇楚國之美，用以寄託詩人盼望懷王魂返故都的强烈願望。因而文中所敍宫室之壯麗、飲食之豐饒、歌舞之繁盛，皆非王者不能有。在亂辭中，屈原自敍其「汩吾南征」，「路貫廬江左長薄」，廬江在陵陽，則作招魂之地，殆即流放初期到達陵陽轉而南下之際。又據亂辭「獻歲發春，汩吾南征」推測，則其時當在頃襄王三年之春，亦即楚懷王客死於秦之日。

招魂一篇，王逸以爲宋玉所作，但司馬遷史記屈原賈生列傳曰：「余讀離騷、天問、招魂、哀郢，悲其志」，其明以招魂與離騷諸篇並列，知史遷以招魂爲屈原所作，今從之。梁沈炯魂歸賦也明述其事，云「古語稱收魂升極，周易有歸魂卦，屈原著招魂篇，故知魂之可歸，其日已久」（藝文類聚卷七十九）。

招魂之俗古代遍及大江南北，而招生魂或招死魂，則各有傳統，亦無南北之分。據上所述，屈得脱，其外曠宇些〔一五〕。赤蝗若象，玄蠭若壺些〔一六〕。五穀不生，藂菅是食些〔一七〕。其土爛人，求水無所得些〔一八〕。彷徉無所倚，廣大無所極些。歸來歸來，恐自遺賊些〔一九〕。魂兮歸來，北方不可以止些。增冰峨峨，飛雪千里些〔二〇〕。歸來歸來，不可以久些。魂兮歸來，君無上天些。虎豹九關，啄害下人些〔二一〕。一夫九首，拔木九千些〔二二〕。豺狼從目，往來侁侁些〔二三〕。懸人以娭，投之深淵些〔二四〕。致命於帝，然後得瞑些〔二五〕。歸來歸來，往恐危身些！魂兮歸來，君無下此幽都些〔二六〕。土伯九約，其角觺觺些〔二七〕。敦脄血拇，逐人駓駓些〔二八〕。參目虎首，其身若牛些〔二九〕。此皆甘人，歸來歸來，恐自遺災些〔三〇〕。

〔一〕焉乃：於是。

〔二〕去：脱離。　恒幹：軀體。　些：疑爲「此」字的重文複舉。即古人於「此」下作「=」，以爲重文複舉符號，後人誤合爲「些」字。今雲南苗族招魂咒語句尾，猶作「此此」二音。

〔三〕舍：即捨，棄去。　離：遭遇。　不祥：不善，此指險惡之處。

〔四〕託：寄居。

〔五〕長人：神話傳説中的東方巨人。　仞：七尺。「千仞」極言其高。　索：求。

〔六〕十日：參天問「羿焉彃日」句注。　代出：先後順次而出。按「代出」或爲「並出」之誤。

因「代出」不爲異，「並出」始成災。淮南子：「堯時，十日並出，草木焦枯。」流金鑠石：金石皆被熔化，極言酷熱。

〔七〕彼：指東方長人之類。習：習慣。釋：熔解。以上言東方險惡。

〔八〕止：停留。

〔九〕雕題：雕畫紋飾的額頭。題，額頭。此爲南方民族的習俗。禮記王制：「南方曰蠻，雕題交趾。」黑齒：山海經海外東經有「黑齒國」。祀：祭祀。醢：肉醬。

〔一〇〕蝮蛇：毒蛇名。蓁蓁：衆多貌。封狐：大狐。「封狐千里」與「長人千仞」皆夸張之詞。

〔一一〕雄虺九首：又見天問，注可參。儵忽：迅速貌。益其心：言食人肉以補益其心。

〔一二〕久淫：長期淹留。以上言南方之惡。

〔一三〕流沙：隨風流動之沙。

〔一四〕雷淵：神話地名。或謂即今新疆蒲昌海。于闐河至此，潛流入地，水旋之聲如雷，鳥飛其上，輒爲氣流捲入淵中。此云「旋入雷淵」，即謂人被旋入其中。參見水經注河水。靡散：碎爛。不可止：無法制止。

〔一五〕𡘋：即「幸」字。曠宇：廣闊的荒野。

〔三〕篝：釋文作「篝」，竹籠。秦人工製篝，故曰「秦篝」。古時招魂以竹籠裝着被招者的衣服，以爲魂魄的依附。參范成大桂海虞衡志（文獻通考四裔考引）。縷：絲綫。綿絡：絲絮。古人招魂或以牛尾爲綏，綴於竿頭，冀魂識而來歸。此言絲綫與絲絮，即以絲絮爲綏以招魂者。齊、鄭：皆産地。

〔四〕招具：招魂工具，即指上文篝縷綿絡之類。該備：俱備。永嘯呼：長聲呼喚。禮記士喪禮「北面而招以衣，曰皐某復」鄭注：「皐，長聲也。」

以上第三段，寫招魂之儀式與設備，並承上啓下，由四方之惡轉入楚國之美。

天地四方，多賊姦些〔一〕。像設君室，静閒安些〔二〕。高堂邃宇，檻層軒些〔三〕。層臺累榭，臨高山些〔四〕。網户朱綴，刻方連些〔五〕。冬有突廈，夏室寒些〔六〕。川谷徑復，流潺湲些〔七〕。光風轉蕙，氾崇蘭些〔八〕。經堂入奥，朱塵筵些〔九〕。砥室翠翹，挂曲瓊些〔一〇〕。翡翠珠被，爛齊光些〔一一〕。蒻阿拂壁，羅幬張些〔一二〕。纂組綺縞，結琦璜些〔一三〕。室中之觀，多珍怪些〔一四〕。蘭膏明燭，華容備些〔一五〕。二八侍宿，射遞代些〔一六〕。九侯淑女，多迅衆些〔一七〕。盛鬋不同制，實滿宫些〔一八〕。容態好比，順彌代些〔一九〕。弱顔固植，謇其有意些〔二〇〕。姱容修態，絙洞房些〔二一〕。蛾眉曼睩，目騰光些〔二二〕。靡顔膩理，遺視矊些〔二三〕。離榭修幕，侍君之閒些〔二四〕。翡帷翠帳，飾高堂些〔二五〕。紅壁沙版，玄玉梁些〔二六〕。仰觀刻桷，畫龍蛇些〔二七〕。坐堂伏檻，臨曲池些。芙蓉始發，雜芰荷些〔二八〕。紫莖屏風，文緣波些〔二九〕。文異豹飾，侍陂陁些〔三〇〕。軒輬既低，步騎羅些〔三一〕。蘭薄户樹，瓊木籬些〔三二〕。魂兮歸來！何遠爲些〔三三〕？

〔一〕賊姦：指上述四方上下之險惡。

〔二〕像：畫像，此言人死後設其形像於室祠之。　靜閒安：三字並列疊用，謂清靜、閒適、安樂。

〔三〕邃：深。　檻：欄杆。　層軒：古時車有藩蔽曰軒。此言堂宇間既有欄杆，又有層層藩蔽。

〔四〕層臺：重臺。　累榭：高榭。凡臺上有屋曰榭。

〔五〕網户：刻有綺文如網狀之門。　朱綴：户上飾以朱丹。綴，飾。大戴禮盛德「赤綴户也」注：「綴，飾也。」　方連：其狀當如◈形，故曰方連。此承上言門户上刻此方連。

〔六〕突廈：幽深的大屋，足以保暖御寒。突：即「穾」之俗體，深。

〔七〕徑：或「往」之誤。川谷往復，謂苑内溪流曲折往復。

〔八〕光風：晴日之風。　轉：旋動。　氾：飄動。　崇：即「叢」之同音借字。廣雅釋詁：「崇，聚也。」　二句寫晴日和風吹拂蘭蕙，光影浮動。

〔九〕經堂：洪氏考異云「『經』古本作『陞』」，當是。陞堂即升堂。　奧：屋之西南角。　此言屋之深處。　朱塵：紅色承塵（即展陳於地之幕）。　禮記檀弓「君於士有賜帟」鄭注：「帟，幕之小者，所以承塵。」又周禮幕人鄭注：「在上曰幕，幕或在地。」賈疏：「聘禮：又賓入境至館，皆展幕，是幕在地，展陳於上。」此言「經堂入奧」之路，皆鋪設朱幕，顯其華貴。　筵：古本作「延」，故王逸注引「或曰」，釋爲曼延連接。　句謂朱塵鋪路，由堂至奧，連接不斷。

〔一〇〕砥室：據王逸注引「或曰」，古本當作「僤室」，並釋云：「僤室，謂僤佪曲房也。」　翠翹：翠鳥之羽，所以飾屋室者。　曲瓊：以玉爲鈎，所以掛衣物者。

〔一一〕齊：同。此言以翠羽與珠璣飾衾被，交相映照，燦然齊明。

〔一二〕蒻阿：「蒻」與「弱」通。阿，細繒。「弱阿」謂柔軟細緻的繒帛。　拂：通作「茀」，蔽。茀壁，以繒帛掩飾四壁。　幬：帳子。　張：張設。

〔一三〕纂組：皆綬帶類。赤色曰纂，五色相雜曰組。　綺縞：皆繒帛類。花紋交錯曰綺，素色曰縞。　結：繫。　琦璜：琦，玉之美者。璜，半圓形玉璧。此皆以纂組綺縞結繫之，故曰「結琦璜」。

〔一四〕觀：指供觀賞之物。

〔一五〕蘭膏：將蘭香加入油脂製燭，氣息芬芳。　華容：此代指美人。　備：齊備。

〔一六〕二八：古樂舞八人爲一列，「二八」即「二列」共十六人，此指美女人數。　射：當爲

「夜」之借字。「射」「夜」古韻同爲喻紐鐸部。夜與夕音義皆通，故王逸章句又云：「或曰『夕遞代』。」古時君王嬪妃甚衆，侍宿者彼此更替。　遞代：更替。

〔一七〕九侯淑女：此言美女之衆。因其來自各諸侯國，故曰「九侯」。　多迅衆：三字乃同義單詞並列連用。説文扟從卂聲，「讀若莘」。「迅」從「卂」得聲，亦當「讀若莘」。莘古與駪、詵、侁同音同義，皆爲衆多貌。故「迅」與多、衆同義。

〔一八〕鬋：鬢髮。「盛鬋」言鬢髮盛美。　不同制：指鬢髮梳粧式樣各自不同。　實滿宫：言美女充滿後宫。

〔一九〕好比：好，言其容貌美好；比，言其對人親近。　順：或謂乃「洵」之同音借字，即信。　彌代：猶絶代。「順彌代」謂實在是絶代佳人。

〔二〇〕弱顔：柔嫩的容顔。　固植：一本「植」作「立」，義相近。「固立」指侍立不去。　謇：語詞。　有意：言情意深厚。

〔二一〕姱容：美好的容貌。　修態：修長的體態。「修」猶詩碩人「碩人其頎」之「頎」。毛傳：「頎，長貌。」　絙：義同「亘」。此引申爲連結不斷，形容美人絡繹於洞房。

〔二二〕睩：當從洪氏考異「一作『睇』」，「曼睇」即眄睇，一聲之轉。説文：「睇，小衺視也，南楚謂眄睇。」　騰光：言美人目光閃動，明亮有神。

〔二三〕靡顔：古以顔稱額部，泛言之則指顔面。「靡顔」謂顔部皮膚細密。　膩理：肌理柔

鬋，豔陸離些〔七〕。二八齊容，起鄭舞些〔八〕。衽若交竿，撫案下些〔九〕。竽瑟狂會，搷鳴鼓些〔一〇〕。宮庭震驚，發激楚些〔一一〕。吴歈蔡謳，奏大呂些〔一二〕。士女雜坐，亂而不分些。放敶組纓，班其相紛些〔一三〕。鄭衛妖玩，來雜陳些〔一四〕。激楚之結，獨秀先些〔一五〕。箟蔽象棊，有六簙些〔一六〕。分曹竝進，遒相迫些〔一七〕。成梟而牟，呼五白些〔一八〕。晉制犀比，費白日些〔一九〕。鏗鍾搖簴，揳梓瑟些〔二〇〕。娛酒不廢，沈日夜些〔二一〕。蘭膏明燭，華鐙錯些〔二二〕。結撰至思，蘭芳假些〔二三〕。人有所極，同心賦些〔二四〕。酎飲盡歡，樂先故些〔二五〕。魂兮歸來，反故居些〔二六〕。

〔一〕通：或疑原當作「徹」，避武帝諱而改。「未徹」指菜肴還未撤去。　肴：蒸肉之帶骨者。　羞：即「脩」之同音借字，指脯之長者。　羅：排列。

〔二〕敶：陳設。　按：與「安」通，安置，與「敶」對文見義。　造：製作。

〔三〕涉江、采菱、揚荷：皆楚歌曲名。屈子九章有涉江，即以舊曲作爲新歌。　發：歌唱。淮南子人間：「夫歌采菱，發陽阿」，「歌」與「發」對文見義，謂發聲歌唱。「陽阿」即「揚荷」，同聲異字。

〔四〕酡：酒後臉色發紅。

〔五〕娭：即「嬉」。　娭光：嬉戲的目光。　眇視：微睇。　曾波：曾，通「層」，言目光如水波層層，眼神明亮有情。此上下皆指歌伎舞女，與前言侍女不同。

〔六〕被文：被，與「披」通；文，指綺繡。　服纖：穿着細紋絲帛。　麗而不奇：言雖華麗却不妖異。

〔七〕曼鬋：光澤的兩鬢。　陸離：此指長髮飄逸秀美。

〔八〕齊容：容飾齊一。　鄭舞：鄭國女子美而善舞。

〔九〕衽：衣襟。　竿：「干」之借字，盾，字或作「楯」。荀子解蔽：「詩曰：鳳皇秋秋，其翼若干」，楊注：「干，楯也。」以干盾相交比喻鳳皇雙翼展舞之姿。此句正言舞者展其襟衽，如兩盾對舉之狀。　撫：循。　案：通「按」，言按歌節拍，舞者低伏其姿，故曰「下」。

〔一〇〕竽、瑟：兩種樂器。　狂會：會，指合奏。狂，形容演奏熱烈。　搷：猶填然，擊鼓聲。　鳴：擊。

〔一一〕發：發聲歌唱。　激楚：楚歌曲名。

〔一二〕吴歈：吴國歌曲。　蔡謳：蔡國謳謡。當時吴、蔡人善歌舞，故云。　大吕：六律之一。「奏大吕」言演奏大吕之調。

〔一三〕放敶：放置。　組纓：衣帽帶。　班：斑，色彩駁雜。此謂解散衣帽，胡亂放置。　紛：混亂。説苑載楚莊王賜宴羣臣，酒酣燭滅，有牽美人衣者，美人絶其纓以告王，王遂以絶纓歡飲爲令。據此可知招魂此四句所寫，乃楚宫庭宴樂之實況，並非誇張。

〔一四〕鄭、衛：國名。妖玩：此指鄭衛舞女所持之舞具，因其美妙可供玩賞，故曰「妖玩」。或謂指舞女，則與前文重複。

〔一五〕結：「髻」之借字，此專指歌舞激楚之曲者的特殊髮式，故曰「激楚之結」。秀先：秀美出衆也。

〔一六〕菎蔽：博弈之具，即竹製簙箸，形如箸，共六枚，投之以決行棋之法。因竹製，故字本從竹作「箟蔽」。其製剖竹爲之，一面稱青，一面稱白。象棊：以象牙所作的棋子。六簙：博弈之制，簙箸有六根；棋子則兩方各六粒，故俗稱「六簙」。「簙」乃簙弈之總稱。

〔一七〕分曹：曹即偶。對簙者分爲兩方，故曰「分曹」。竝進：二人相對行棋。古博經所謂「博法，二人相對，坐向局。……二人互擲采行碁」，即「分曹竝進」之義。遒相迫：遒，急。此言二人行棋，緊相逼迫以求勝。

〔一八〕成梟：梟即「驍」之借字。博弈中棋先到達目的地者稱「驍棋」，即所謂「成梟」。古博經：「二人互擲采行碁，碁到處即竪之，各爲驍碁。」牟：「侔」之借字，相等。此言兩方對立，各竪「梟棋」，勢均力敵，不相上下。呼五白：在勢力對等情況下，擲簙箸而得「五白」者，即先行棋而得勝。「五白」指在所投六枚簙箸中，有五枚爲竹白上呈。

〔一九〕晉制：晉，進；制，箝制。此言行棋進攻，箝制對方。犀比：犀當爲「遲」之借字或壞體，指行進緩慢。比，較量。「遲比」指對棋進度緩慢，互相較量。費白日：耗費時光。

〔二〇〕鏗：撞擊。　簴：懸掛鐘磬樂器的木架。因擊鐘則簴架動摇，故云「摇簴」。　揳：彈奏。　梓瑟：梓木所製之瑟。

〔二一〕廢：當從王逸注或作「發」，古用稱酒醒。如晏子春秋内篇諫上：「景公飲酒，三日不發」，是其證。　沈日夜：謂晝夜沈湎於酒。

〔二二〕鐙：承上句，當指燭臺，如豆狀，故從「登」。因刻有紋飾，故曰「華鐙」。　錯：謂雕錯成文。

〔二三〕結撰：構思寫作。　至思：盡其所思。　蘭芳：喻美文。　假：至。　言能盡所思，則佳句自至。

〔二四〕極：極至，此謂人人各盡其才。　同心賦：言其所賦皆心意相通、情志相同。

〔二五〕酎飲：酌飲。一本正作「酌飲」。　先故：故舊。

〔二六〕從「乃下招曰」至此，皆巫陽招魂之詞。

以上第六段，寫歌舞伎藝之樂。

亂曰：獻歲發春兮，汨吾南征〔一〕。菉蘋齊葉兮，白芷生〔二〕。路貫廬江兮，左長薄〔三〕。倚沼畦瀛兮，遥望博〔四〕。青驪結駟兮齊千乘〔五〕，懸火延起兮玄顔烝〔六〕。步及驟處兮誘騁先〔七〕，抑騖若通兮引車右還〔八〕。與王趨夢兮課後先〔九〕，君王親發兮憚青兕〔一〇〕。朱明承夜兮時不可以淹〔一一〕，臯蘭被徑兮斯路漸〔一二〕。湛湛江水兮上有楓〔一三〕，目極千里兮傷春心〔一四〕。魂兮歸來哀江南〔一五〕。

〔一〕獻：進。「獻歲」猶進入歲首。　發春：謂春天開始。　汩：水疾流貌，在此形容行路之速。　南征：南行。　時頃襄王三年春，屈原已東達廬江陵陽一帶，故又轉而南行。　哀郢有云「當陵陽之焉至兮，淼南渡之焉如」，則欲由陵陽轉而南行，早已有此意。

〔二〕菉：或作「緑」。　如日本文選集注卷六十六引陸善經本作「緑」。與下文「白芷」對舉，或原本作「緑」。　齊葉：指葉長齊了。

〔三〕貫：通過。　廬江：漢書地理志：「廬江出陵陽東南」，則此爲陵陽之廬江無疑。　長薄：即長林。乃通稱，非專名。此言路經廬江左方一片長林。

〔四〕倚：猶「傍」，王逸釋爲「循江而行」，亦此義。惟所傍者爲下文沼畦瀛。　博：博大廣闊。「遥望博」謂眼界開闊。

〔五〕青驪：青黑色駿馬。　結駟：古一車四馬謂駟。「結駟」言車乘相連。　齊千乘：言千乘齊發。王逸注：「言屈原嘗與君俱獵於此。」但下文明言「趨夢」，則非獵於陵陽可知。此蓋因陵陽湖廣博，有如雲夢景象，故屈子回憶當年被懷王信任時獵雲夢的舊事。此乃屈賦超越時空的「化入」手法，他篇亦多用之。

〔六〕懸火：指當時獵前焚林懸火於樹。　延起：即漫延。　玄顏：黑色，指煙氣濃重。

烝：火氣上騰。

〔七〕步及驟處：四字平列，乃同類詞聯疊例。步，謂有步行者；及，謂有追逐者；驟，謂有奔馳者；處，謂有處止者，皆爲圍獵時衆人各司其守之形。　誘騁先：引導者馳騁先行，此指畋獵時的向導。

〔八〕抑：語詞，猶「於是」，與詩大叔于田「抑磬控忌，抑縱送忌」之「抑」同意。　鶩若通：謂急速馳騁，如行通途，即俗所謂如入無人之境。　還：旋，或本亦作「旋」。　二句承上「誘騁先」而言，指獵時引路先行之向導。

〔九〕夢：楚人稱夢，指雲夢澤。「趨夢」謂奔馳雲夢之中。　課：考較、比試。此言羣臣與懷王同獵雲夢，各以先後論功。

〔一〇〕君王：指懷王。　親發：親自發箭。　憚：「殫」之借字。殫，殺死。　青兕：青色兕牛。古籍多載楚王獵於雲夢及射兕之事。　此蓋楚國校獵於雲夢之舊習，懷王亦常與屈原同獵，故此節所述與王射獵，乃回憶之辭。

〔一一〕朱明：太陽。　承：繼續。「承夜」指太陽繼昏夜而復出，即所謂日以繼夜。　淹：停留。

〔一二〕臯：水澤之岸。「臯蘭」即澤邊之蘭。　被：覆蓋。　徑：道路。　斯路：此路，指此時流亡之路。　漸：淹没。　此謂時過境遷，往事難追，現在只有長途跋涉的放逐之憂。

〔一三〕湛湛：水清貌。

〔一四〕傷春心：王逸引舊説：「或曰蕩春心」，謂感于時變，而内心振蕩不寧。按作「蕩春心」是。左傳莊公四年：楚武王將伐隨，告夫人曰：「余心蕩」，則「蕩心」當爲楚恒語。

〔一五〕哀江南：此時屈原已由陵陽轉而「南征」，其地正在大江之南。屈原於此遥招懷王之魂，故言「哀江南」。

以上第七段，爲亂詞，既寫流放途中的時地景象，又追憶當年隨王游獵舊事，以此寄託無限憂傷之情。

大招

【解題】

大招的作者，王逸以爲或曰屈原，或曰景差，「疑不能明」。然較之招魂，形似而實異。其語尾用「只」，招魂用「些」，顯係模仿招魂者之口吻。但「些」字乃從南楚苗族招魂咒語而來，「只」字則從中原詩經的語尾而來（如柏舟「母也天只，不諒人只」），可見招魂更接近南音，而大招或係北人擬作。又觀文稱「荆楚」，似非屈、景口吻，其中美政所述典章，「三圭重侯」、「三公」、「九卿」之稱，考之典籍，斷非楚制，乃秦、漢之時所立。其國之四至，實乃秦漢之世，四海爲一、天下一統的盛世版輿，並非楚國之實況。故疑大招乃秦漢之際人摹擬招魂的弔屈之作，與漢人九懷、九嘆、九思之仿九章者，殆屬同類作品，故結構一致，語意亦多重複。

其名爲大招，人多以爲與招魂相比，多言美政君王之事，故命爲「大」。但此或以「大」字區别於招魂，並無深義，正如詩經既有叔於田，又有大叔於田。

全篇言四方之惡，而招以飲食、歌舞、美女、宫室遊觀之盛，不過是借悼屈之形式，以表達一種對聖君賢王治世的向往，崇尚三王之德，實行任賢之政，四海一統，苛暴禁絶，民阜國昌，以建禮義之邦。其中「禁苛暴」、「德澤章」等語，尤類經過暴秦之後，漢人的「過秦」之語。

青春受謝，白日昭只〔一〕。春氣奮發，萬物遽只〔二〕。冥淩浹行，魂無逃只〔三〕。魂魄歸徠，無遠遥只〔四〕。

〔一〕青春：春季。古人以春配東方，其色青，故云「青春」。受：承受。謝：同「謝」，序。顧炎武：「大招『青春受謝』，注以謝爲去，未明。按古人讀謝爲序。」「謂四時之序，終則有始，而春受之爾。」此謂春天承季節順序而來。白日：光明的太陽。昭：燦爛貌。只：語氣詞。參詩鄘風柏舟。

〔二〕遽：謂萬物蠢然競起。莊子謂「蘧然覺」，以「蘧」爲之。吴楚諺語以爲卧物之蠕動曰遽。遽與昭、逃、遥爲魚宵合韻。

〔三〕冥：幽暗。淩：猶升。文選東京賦「淩天池」薛注：「淩，升也。」「冥淩」謂於幽暗中升空而去。浹：周遍。「浹行」謂遍地遊蕩。「冥淩」與「浹行」對舉，皆指魂靈離身而去，上天下地，無所不到。故下句承之以「魂無逃只」。

〔四〕徠：同來。遠遥：飄摇遠去。

以上第一段，以春日萬物萌生領起全篇。

魂乎歸徠！無東無西，無南無北只。東有大海，溺水浟浟只〔一〕。螭龍竝流，上下悠悠只〔二〕。霧雨淫淫，白皓膠只〔三〕。魂乎無東，湯谷宋只〔四〕。魂乎無南，南有炎火千里，蝮蛇蜒只。山林險隘，虎豹蜿只〔五〕。鰅鱅短狐，王虺騫只〔六〕。魂乎無南，蜮傷躬只〔七〕。魂乎無西，西方流沙，漭洋洋只〔八〕。豕首縱目，被髮鬤只〔九〕。長爪踞牙，誒笑狂只〔一〇〕。魂乎無西，多害傷只。魂乎無北，北有寒山，逴龍赩只〔一一〕。代水不可涉，深不可測只〔一二〕。天白顥顥，寒凝凝只〔一三〕。魂乎無往，盈北極只〔一四〕。魂乎歸徠，閒以靜只。

〔一〕溺水：漩急的流水，易於沉没物體，故曰「溺水」。　浟浟：水流湍急貌。

〔二〕螭龍：傳説中有角曰龍，無角曰螭。　竝：同「並」，謂螭與龍同時隨流而行。　悠悠：長體蜿蜒之狀，古或作「儵儵」。

〔三〕淫淫：久雨不止貌。　白皓：此指霧雨瀰漫。　膠：或當爲「皋」之同音借字，白貌。説文：「皋，氣皋白之進也。」

〔四〕湯谷：神話中太陽升起之處。　宋：同「寂」，但與上「悠」、「膠」等字不叶，故以南、西、北三處句例推之，此當從考異「一本『宋』下有『寥』字」。

〔五〕蜿：虎豹行走貌。

〔六〕鰅鱅：傳説中的怪魚。山海經東山經：「食水出焉，而東北流，注於海。其中多鱅鱅之魚，其狀如犂牛，其音如彘鳴。」「鱅鱅」即「鰅鱅」，一音之轉，或作「禺禺」。　短狐：即鬼蜮，一種生長在水中的動物，能含沙射影以傷人，似鼈而有三足。　王虺：大蟒蛇。　古凡言物之大者，多以「王」表之。　蹇：仰首昂頭貌。

〔七〕躬：當爲「身」字之誤。　與上文「蜒」、「蜿」、「騫」爲寒、真二部合韻。

〔八〕漭洋洋：浩渺無涯貌。

〔九〕豕首：謂怪獸之頭似猪。　縱目：竪眼。　被：同「披」。　鬤：毛髮散亂貌。

〔一〇〕踞：借爲「鋸」。「鋸牙」形容齒牙鋒利如鋸。　誒笑：嬉笑。

〔一一〕逴龍：或謂即神話傳説中之燭龍。　據山海經海外北經云，「鍾山之神，名曰燭陰」，「視爲晝，瞑爲夜」，「人面蛇身，赤色」。而大荒北經又云：「章尾山有神，人面蛇身而赤」，「其瞑乃晦，其視乃明」，「是燭九陰，是謂燭龍」。從特徵觀之，「燭龍」與「燭陰」似爲一物。因其「視爲晝」，故皆以「燭」爲名；因其爲「蛇身」，故又有「龍」之名。又或因「身長千里」，故又有「逴龍」之稱。蓋「逴」有「長遠」之義，與「燭」字通韻，是「燭龍」轉化爲「逴龍」，亦與語言因素有關。　赩：赤色。

〔一二〕代：古國名。戰國時爲趙襄子所滅。國在今河北蔚縣，後泛指河北、山西一帶。代水：水經注灅水：「魏土地記曰：代城西九十里有平舒城，西南五里，代水所出，東北流。」

〔一三〕顥顥：此指白雪茫茫貌。　凝凝：冰雪凍結貌。

〔一四〕盈：滿。　句言冰雪嚴寒，遍及北極。

以上第二段，謂春氣奮發，萬物競生，四方險惡，不可漂泊。

自恣荆楚，安以定只〔一〕。逞志究欲，心意安只〔二〕。窮身永樂，年壽延只〔三〕。魂乎歸徠，樂不可言只。五穀六仞，設菰粱只〔四〕。鼎臑盈望，和致芳只〔五〕。内鶬鴿鵠，味豺羹只〔六〕。魂乎歸徠，恣所嘗只。鮮蠵甘鷄，和楚酪只〔七〕。醢豚苦狗，膾苴蓴只〔八〕。吴酸蒿蔞，不沾薄只〔九〕。魂乎歸徠，恣所擇只〔一〇〕。炙鴰烝鳧，煔鶉敶只〔一一〕。煎鰿臛雀，遽爽存只〔一二〕。魂乎歸徠，麗以先只〔一三〕。四酎并孰，不澀嗌只〔一四〕。清馨凍歆，不歠役只〔一五〕。吴醴白蘖，和楚瀝只〔一六〕。魂乎歸徠，不遽惕只〔一七〕。

〔一〕恣：隨意，肆情。　荆楚：即楚國。　安以定：居之安定而無危殆。

〔二〕逞志：稱心快意。　究欲：盡其所欲。

〔三〕窮身：終身。　延：長久。

〔四〕五穀：泛指糧食。　仞：七尺。「六仞」指倉廩穀物堆積之高。　設：具備。　菰粱：胡米。菰實如米，可以作飯，故曰「菰粱」。

〔五〕鼎臑：鼎食。臑，指煮熟之羹肴。　盈望：猶滿眼。此言菜肴豐盛，猶孟子所謂「食前方丈」。　和致芳：調和之使其芬芳。

〔六〕内：或謂「肭」之借字，肥也。「内鵠」即肥鵠。　味豺羹：謂以豺作羹，調和其味。豺：似狗，狼屬。

〔七〕蠵：大海龜。　甘鷄：肥美之鷄。　酪：酸乳漿，王逸注爲「酢截」，即指此。

〔八〕醢豚：以肉醬烝猪。　苦狗：以苦荼包狗製之。禮記内則「濡豚，包苦實蓼」鄭注：「苦，苦荼也，以包豚，殺其氣。」　膾：細切。　苴蓴：王逸謂即蘘荷，根似姜芽，可作蔬菜，今湖南多有之。此言細切蘘荷以爲菜肴。

〔九〕蒿：香蒿，嫩時可食。　蔞：蔞蒿，生食香而脆，江東用以羹魚。　沾：汁濃。　薄：味淡。此言其味不濃不淡，甘美適口。

〔一〇〕恣所擇：任意選用。

〔一一〕鴰：俗稱灰鶴。　鳧：野鴨。　煔：爚，以沸湯瀹之。　鶉：鵪鶉。

〔一二〕鰿：鯽魚。　𦞦：與「臛」同。　雀：黄雀。　遽：與「劇」通，强烈。「遽爽」謂其味極其爽口。　存：長留不去，言耐人回味。

〔一三〕麗以先：麗，古與「離」通，當訓陳列。此言將上述佳肴陳列在前。

〔一四〕四酎：古代酒有「重釀」之法，此指經過四次纔釀成的醇酒。　孰：同「熟」字。　釀酒久而味美，故言「并孰」。　歰：即「澀」字，苦澀。　嗌：同「噎」，窒喉。此謂醇酒甘美，飲之暢快，不苦澀窒喉。

〔一五〕清馨：清香。　凍歙：冷飲，「歙」即「飲」字。　歠：或當爲「輟」之同音借字，本義爲缺少，引伸爲停止。　役：使用。　不歠役：常用不缺，言其多。

〔一六〕醴：一宿熟之酒，即今之甜酒。　蘖：釀酒之麯。「白蘖」或指麯酒。　瀝：清酒。

〔一七〕遽愓：遽，惶恐；愓，戒懼。此謂飲食豐盛，儘可安心享受。

以上第三段，言楚國飲食豐盛，魂若歸來，可以恣意滿足食欲。

代秦鄭魏，鳴竽張只〔一〕。伏戲駕辯，楚勞商只〔二〕。謳和揚阿，趙簫倡只〔三〕。魂乎歸徠，定空桑只〔四〕。二八接舞，投詩賦只〔五〕。叩鍾調磬，娛人亂只〔六〕。四上競氣，極聲變只〔七〕。魂乎歸徠，聽歌譔只〔八〕。朱脣皓齒，嫭以姱只〔九〕。比德好閒，習以都只〔一〇〕。豐肉微骨，調以娛只〔一一〕。魂乎歸徠，安以舒只。嫮目宜笑，娥眉曼只〔一二〕。容則秀雅，穉朱顔只〔一三〕。魂乎歸徠，靜以安只。姱脩滂浩，麗以佳只〔一四〕。曾頰倚耳，曲眉規只〔一五〕。滂心綽態，姣麗施只〔一六〕。小腰秀頸，若鮮卑只〔一七〕。魂兮歸徠，思怨移只〔一八〕。易中利心，以動作只〔一九〕。粉白黛黑，施芳澤只〔二〇〕。長袂拂面，善留客只〔二一〕。魂乎歸徠，以娱昔只〔二二〕。青色直眉，美目媔只〔二三〕。靨輔奇牙，宜笑嘕只〔二四〕。豐肉微骨，體便娟只〔二五〕。魂乎歸徠，恣所便只〔二六〕。

〔一〕代、秦、鄭、魏：此指四國之樂。　竽：樂器名。　張：此謂樂舞開始演奏。

〔二〕伏戲：即伏羲，傳説中遠古聖王。「戲」與「羲」音近通用。　駕辯：古曲名，相傳爲伏羲所造。　勞商：楚曲名。

〔三〕謳：徒歌。　和：以聲歌相應。　揚阿：曲名，即陽阿，見招魂「發揚荷些」句注。　趙：國名。　簫：樂器名。　倡：此指先奏。

〔四〕定：定音調弦。　空桑：瑟名，周官所謂古者絃空桑而爲瑟。

〔五〕二八：見招魂「二八齊容」句注。　接：聯。　投：配合。　二句謂二八之舞，與詩賦相配合。

〔六〕叩：敲擊。　鍾：與「鐘」通。　調：調和，此指演奏。　娱人：使人娱樂。　亂：樂曲末章。此言最使人娱樂的，是樂曲最後的高潮。

〔七〕四上：或謂古樂演奏有四個環節，即初升歌，二笙入，三間歌，四合歌（詳見儀禮鄉飲酒禮）。四個環節依次而進，故曰「四上」。　競氣：爭相演奏，各盡其力。　極聲變：窮盡音樂的各種變化。

〔八〕譔：陳述。「聽歌譔」謂欣賞體會歌曲所表達的含意。

〔九〕朱唇皓齒：代指美女。　皓：潔白明亮。　嫭：美好。　姱：與「嫭」同意。「嫭以姱」猶言既美且好。以下「麗以佳只」等，句型皆類此。

〔一〇〕比德：皆有品德。　好閒：喜愛閒静。　習：指熟諳禮節。　都：美麗。

〔一一〕豐肉：肌膚豐腴。　微骨：骨骼纖秀。　調：心志諧調。　娭：善於娛樂。此皆言美人性格。以下「魂乎歸徠，安以舒只」中的「安」「舒」，即指歸魂的生活享受，後同句例皆然。

〔一二〕嫮目：美目。　宜笑：見九歌山鬼。　曼：長也。

〔一三〕容則：容態舉止。　秀雅：秀美嫺雅。　穉：幼穉。「穉朱顔」，猶言容顔嬌嫩。

〔一四〕姱脩：與離騷之「脩姱」同，美好之意。　滂浩：洪氏考異謂一本作「婉心」，當是。王逸釋云「又性婉順善心腸也」，是王氏亦見此本，故兩處訓詁不同，章句往往如此。

〔一五〕曾：同「層」，重疊。　頰：面頰。「層頰」言美人面龐豐滿。　倚：緊靠。「倚耳」謂耳向後貼，不外張。　規：言眉曲形如半規。

〔一六〕滂心：指情感豐富充沛。　綽態：形態綽約多姿。　施：展示，言顯示姣媚。

〔一七〕小腰：細腰。　秀頸：秀長的脖子。　鮮卑：本爲大帶之名。其字或作「犀毗」，漢書匈奴傳「黄金犀毗」孟康注：「要（腰）中大帶也。」是其義。古代少數民族女子多以大帶束腰見細，其民族因得「鮮卑」之名。此上言「小腰秀頸」，故此謂「若鮮卑只」。「鮮卑」之名，見於典籍甚早，如國語晉語：「昔成王盟諸侯於岐陽，楚與鮮卑爭燎，故不與盟。」是其證。

〔一八〕移：去。此言美女可以令人忘懮去怨。洪氏考異謂古本正作「怨思移只」。

〔一九〕易中：意志平易。　利心：心靈慧敏。　以：用。此言美女的動作顯現了内心的平易與伶俐。

〔二〇〕黛：青黑色顏料，女子用以畫眉。　芳澤：香膏。此言美女妝飾，粉以傅面，黛以畫眉，又施以香膏，容貌顯得光彩照人。

〔二一〕長袂：長袖。　拂面：指美女起舞時長袖拂面而過。　留客：使客爲之留戀不去。

〔二二〕昔：古通「夕」，夜。一本正作「夕」，是。此言可以終夜娛樂。

〔二三〕直：同「值」，相當，對等。此句言其眉色正好爲青，不需施黛而黑。　媔：眼波靈慧貌。

〔二四〕靨：臉頰上的微陷，俗稱酒渦。　輔：「酺」之借字。洪氏考異「一本作『酺』」，是。「酺」即面頰。　奇牙：特別美好的牙齒。淮南子脩務「奇牙出，𩈁酺搖」高誘注：「將笑，故好齒出。詩云『齒如瓠犀』，是也。」　嘕：笑貌。言其笑時靨現齒露，十分優美。

〔二五〕便娟：輕盈美麗貌。此言美人體態既豐滿又窈窕。

〔二六〕便：適宜。此言任其選擇，隨其所宜。

以上第四段，寫女樂美盛，足以娛人，魂宜歸來。

夏屋廣大，沙堂秀只〔一〕。南房小壇，觀絶霤只〔二〕。曲屋步壛，宜擾畜只〔三〕。騰駕步遊，獵春囿只〔四〕。瓊轂錯衡，英華假只〔五〕。茝蘭桂樹，鬱彌路只〔六〕。魂乎歸徠，恣志慮只〔七〕。孔雀盈園，畜鸞皇只。鶤鴻羣晨，雜鶖鶬只〔八〕。鴻鵠代遊，曼鷫鷞只〔九〕。魂乎歸徠，鳳皇翔只。曼澤怡面，血氣盛只〔一〇〕。永宜厥身，保壽命只〔一一〕。室家盈廷，爵祿盛只〔一二〕。魂乎歸徠，居室定只〔一三〕。

〔一〕夏屋：高大的房屋。「夏」乃「廈」之借字。　沙堂：以丹砂塗飾的堂壁。　秀：秀雅。

〔二〕房：堂左右之側室。　壇：房前平臺。　觀：可供觀望的樓臺。　絶霤：霤，屋檐流水處。「絶霤」指置有承水之物，使水不能直下。

〔三〕曲屋：圍繞正屋的房子。　步壛：長廊。　擾：馴養。「宜擾畜」謂此適宜馴養禽獸。

〔四〕騰駕：馳車而行。　步遊：徒步漫遊。　囿：古代帝王畜養禽獸的園林。「獵春囿」謂春日行獵於園囿。

〔五〕瓊轂：轂，車輪内圍持輻者。此言以玉飾車轂。　錯衡：以金銀裝飾車轅前横木。　英華假：假，大，至。「英華假」猶言華美之極。

〔六〕鬱：茂盛貌。「鬱彌路」言蘭桂茂盛，延路而生，連綿不斷。　彌：滿。

〔七〕慮：洪氏考異：「一作『處』」，是。　恣志慮：隨意擇其所處，指上文所述臺觀園囿而言。

〔八〕鶤：鶤鷄。　鴻：大雁。　羣晨：清晨成羣飛翔。　鶖：水鳥。　鶬：鶴類。

〔九〕鴻鵠：天鵝。　代遊：此起彼落地飛翔。代，更替。　曼：連綿延續。此指羣鳥飛翔接連不斷。　鶬鶊：鳥名，長頸緑身，形似雁。

〔一〇〕曼澤：細膩光澤。　怡面：容顔和悦。　血氣盛：氣血充盛，身體强健。

〔一一〕宜：善、利，與「宜子孫」、「宜王侯」之「宜」同義。「宜厥身」謂有利於其身。

〔一二〕室家：同一宗族者。　盈廷：充滿朝廷。　爵禄：官爵俸禄。此謂同宗之人在朝爲官者多，官爵既高，俸禄亦厚。

〔一三〕屋室定：指居家能永獲安定。

以上第五段，以宫室遊觀之盛，足以頤養天年招魂來歸。

接徑千里，出若雲只〔一〕。三圭重侯，聽類神只〔二〕。察篤夭隱，孤寡存只〔三〕。魂乎歸徠，正始昆只〔四〕。田邑千畛，人阜昌只〔五〕。美冒衆流，德澤章只〔六〕。先威後文，善美明只〔七〕。魂乎歸徠，賞罰當只〔八〕。名聲若日，照四海只〔九〕。德譽配天，萬民理只〔一〇〕。北至幽陵，南交阯只〔一一〕。西薄羊腸，東窮海只〔一二〕。魂乎歸徠，尚賢士只〔一三〕。發政獻行，禁苛暴只〔一四〕。舉傑壓陛，誅譏罷只〔一五〕。直贏在位，近禹麾只〔一六〕。豪傑執政，流澤施只〔一七〕。魂乎歸徠，國家爲只〔一八〕。雄雄赫赫，天德明只〔一九〕。三公穆穆，登降堂只〔二〇〕。諸侯畢極，立九卿只〔二一〕。昭質既設，大侯張只〔二二〕。執弓挾矢，揖辭讓只〔二三〕。魂乎歸徠，尚三王只〔二四〕。

〔一〕徑：路。「接徑」指路徑交接相通。　千里：泛言領域之廣。　出若雲：言出行時侍從衆多，如雲之聚。

〔二〕圭：玉製禮器，以大小表示爵位與等級高低。「三圭」即桓圭、信圭、躬圭三種，分別代表公、侯、伯三種爵位。周官考工記：「命圭九寸，謂之桓圭，公守之；命圭七寸，謂之信圭，侯守之；命圭七寸，謂之躬圭，（鄭注：「或云命圭五寸，謂之躬圭。」）伯守之。」　重侯：公侯伯子男，雖皆爲諸侯，但執三圭之公侯伯，較子男爲尊，故曰「重侯」。　聽：聽訟斷事。　類神：此言公侯明於知人，能別善惡，昭然若神。

〔三〕察篤：訪察。「篤」同「督」，亦察之義。　夭隱：猶言死亡病痛。　孤：幼而無父者。寡：老而無夫者。　存：存恤救濟。

〔四〕正始昆：即正其先後。昆，後。此謂治國施政有先後之別，應先施仁政於窮民之無告者。

〔五〕田：野。　邑：都邑。　畛：田間道路。「千畛」言田野、都邑疆域遼闊。　人阜昌：人口繁密。

〔六〕冒：覆。　衆流：各類人。　德澤：恩惠。　章：與「彰」同，明。此言君有美政，普施羣庶，恩德顯明。

〔七〕威：武。此言楚國爲政，先以武力定國，後以文德撫民。　善美明：言德政既善且美又明。

〔八〕當：公正恰當。

〔九〕四海：四方極遠之地。爾雅釋地：「九夷、八狄、七戎、六蠻，謂之四海。」

〔一〇〕德譽：施行德政的美名。　配天：與天相媲。　理：治理。

〔一一〕幽陵：史記五帝本紀「北至於幽陵」正義：「幽州也。」　交阯：南方之國，或曰即今之越南。禮記王制：「南方曰蠻，雕題交趾。」「阯」與「趾」通。

〔一二〕薄：逼近。　羊腸：趙國險塞名，山形屈辟，狀如羊腸。或曰以方位言，此羊腸當在今之隴西一帶。　窮：窮極。　此上四至皆言四極荒遠之地，與上文「照四海」相應。

〔一三〕尚：與「上」通，尊崇、舉用。

〔一四〕發政：發布政令，此君王之事。　獻行：致力行事，此百官之職。　苛暴：苛刻暴虐。

〔一五〕舉傑：舉用賢能之士。　壓陛：壓居其上。　陛，殿堂臺階，此指朝廷。　此句謂舉用賢能使之居朝廷之上。　誅：責而退之。　譏：察而禁之。　罷：止息。　此言能任賢臣，則誅譏之事可以不用。

〔一六〕直贏：贏即直。晏子春秋内篇雜上曾子將行章：「晏子曰：今夫車輪，山之直木也。

良匠揉之，其圓中規，雖有槁暴，不復贏矣。」又荀子勸學篇：「木直中繩，輮以爲輪，其曲中規，雖有槁暴，不復挺者，輮使之然也。」是「贏」與「挺」聲相近，義相通。「直贏在位」即正直之士在位。

近：近似。禹麾：夏禹所建之旗。周禮春官巾車：「建大麾，以田以封蕃國。」「近禹麾」謂接近大禹所闢之疆。

〔一七〕施：施行。此句言朝廷恩澤施行於民。

〔一八〕爲：治理。此言國家得到大治。

〔一九〕雄雄赫赫：形容威勢盛大。天德：古以爲王者德足配天，故曰。

〔二〇〕三公：輔佐天子掌握軍政大權最高的三個官位。在周朝以太師、太傅、太保爲三公，西漢則以大司馬、大司徒、大司空爲三公。後世三公之職屢有變化。穆穆：和美貌。堂：朝堂，指國君處理政務所在。此謂三公得升降於朝堂。

〔二一〕諸侯：古代中央政權分封的各國國君。畢：盡。極：至。此言諸侯皆來朝見天子。立：設立。九卿：朝廷所設九個主管部門的高級長官。先秦之制説者不一，或謂即上述三公外加周禮之六部。

〔二二〕昭質：或謂「昭」讀爲「招」。「招質」謂射埻的。吕氏春秋本生「萬人操弓共射一招」高誘注：「招，埻的也。」詩賓之初筵「發彼有的」毛傳：「的，質也。」則「招」「質」同義，即箭靶。大侯：天子大射時所射布靶，上畫各種野獸。周禮天官司裘：「王大射，則供虎侯、熊侯、豹侯。」

張：張掛。此即詩賓之初筵所謂「大侯既抗，弓矢斯張」。

〔二一三〕執弓挾矢：手執弓箭，此言行射禮。　揖：拱手之禮。　讓：謙讓。此言行射禮時，拱手辭讓，進退有秩。

〔二一四〕尚：尊崇，效法。　三王：通稱夏禹、商湯、周文王。

以上第六段，言用崇三王之德，行任賢之政，建禮義之邦，四海一統，國昌民阜，招魂歸來。

惜　誓

【解題】

本篇作者，據王逸楚辭章句引别家説乃賈誼，歷代注家多從之。賈誼當漢文帝之世，始頗得志，後爲舊臣元老妒害，文帝疏之，出爲長沙王太傅，作弔屈原賦和鵩鳥賦以自喻。事見史記、漢書本傳。從内容觀之，本篇當賈誼適長沙時所作，在弔屈原賦與鵩鳥賦之前。

本篇題旨，王逸以爲悼屈之辭。但細尋文意，亦實自傷不遇。惜，訓爲痛惜；誓，或「逝」之借字。言己傷惜年衰無成，故欲登天高舉，遠逝求仙，澹然自娱。然因繫念故鄉，故返回世間。但又目睹亂世種種邪惡，忠賢被害，姦佞得意，傷惜之情愈烈。故在辭中以「非重軀以慮難兮，惜傷身之無功」揭示「惜逝」的宗旨。其篇名「惜逝」，既得之首四句，亦概括全篇之意。

賈誼辭賦直承屈原，古樸而能爲屈子之儔（摯虞文章流别論有論，可參）。本篇即兼得屈賦之體用，學離騷而得其神髓；效遠遊而又翻出新意，抒其惜逝之情。雖爲短製，實漢代騷體賦之翹楚。

惜余年老而日衰兮，歲忽忽而不反〔一〕。登蒼天而高舉兮，歷衆山而日遠〔二〕。觀江河之紆曲兮，離四海之霑濡〔三〕。攀北極而一息兮，吸沆瀣以充虛〔四〕。飛朱鳥使先驅兮，駕太一之象輿〔五〕。蒼龍蚴虬於左驂兮，白虎騁而爲右騑〔六〕。建日月以爲蓋兮，載玉女於後車〔七〕。馳騖於杳冥之中兮，休息乎崑崙之墟〔八〕。樂窮極而不厭兮，願從容乎神明〔九〕。涉丹水而駝騁兮，右大夏之遺風〔一〇〕。黄鵠之一舉兮，知山川之紆曲；再舉兮，睹天地之圜方〔一一〕。臨中國之衆人兮，託回飇乎尚羊〔一二〕。乃至少原之壄兮，赤松王喬皆在旁〔一三〕。二子擁瑟而調均兮，余因稱乎清商〔一四〕。澹然而自樂兮，吸衆氣而翺翔〔一五〕。念我長生而久仙兮，不如反余之故鄉〔一六〕。

〔一〕惜：傷痛。　日衰：一天天衰老。　忽忽：時日易逝貌。屈、宋賦多用之。或作「曶曶」，如九章悲回風有「歲曶曶其若頹兮，時亦冉冉而將至」之句。　不反：即「不返」，言時不再來。

〔二〕高舉：上升。此有遠去塵世、高標獨舉之意。卜居：「超然高舉以保真。」

〔三〕紆曲：猶彎曲。　離：離開，擺脱。　霑濡：霑猶濡，皆打溼之意。王逸注謂「四海之風波，衣爲濡溼」，甚是。

〔四〕北極：北極星。　沆瀣：北方之氣，參遠遊「餐六氣而飲沆瀣」句注。　充虛：猶言充空虛，療飢渴。

〔五〕朱鳥：二十八宿中南方七宿（井、鬼、柳、星、張、翼、軫）之總名。史記天官書：「南宮朱鳥。」又稱「朱雀」。　太一：星名，在紫微宮，亦見史記天官書。　象輿：象牙裝飾之車。離騷「雜瑤象以爲車」王逸注：「象，象牙也。」

〔六〕蒼龍：東方七宿（角、亢、氐、房、心、尾、箕）之合稱。史記天官書：「東宮蒼龍。」又稱「青龍」。　蚴虯：蜿蜒盤曲貌。九歎遠遊：「佩蒼龍之蚴虯兮，帶隱虹之逶虵。」　於左驂：即「爲左驂」（古籍「於」多訓「爲」），與下句「爲右騑」義同。左驂，車駕左傍馬。　白虎：西方七宿（奎、婁、胃、昴、畢、觜、參）之合稱。史記天官書「西宮咸池」索隱引文耀鉤：「西宮白帝，其精白虎。」　右騑：車駕右傍馬。古人「驂」、「騑」可互稱。以上四句言使朱鳥先驅，又以蒼龍、白虎爲驂騑，乃奇幻想象之辭。漢代典籍中多有此用法，如禮記曲禮：「行前朱鳥而後玄武（北方七宿總稱），左青龍而右白虎。」淮南子兵略亦有「所謂天數者，左青龍，右白虎，前朱雀，後玄武」之語。但宋玉九辯末章言「左朱雀」、「右蒼龍」，則戰國時期其方位尚未形成固定體系。

〔七〕建：設立。　日月以爲蓋：言以日月爲車蓋。　玉女：神女，其美如玉，故稱。洪興祖楚辭補注引張揖曰：「玉女，青要、乘弋等也。」（大人賦有「載玉女而與之歸」句，張揖注如是說，見漢書司馬相如傳）「青要」本山海經中山經中山名，因「是山也，宜女子」，因以爲美女之名。淮南子天文有「青女」，即出於此。

〔八〕崑崙之墟：山海經海内西經作「崑崙之虚」。「虚」本訓「大丘」，則「崑崙之墟」猶言「崑崙之山」。

〔九〕窮極：窮猶極。「樂窮極」言己之樂達到極點。從容：本義爲行動，引伸爲放逸自得。莊子秋水「儵魚出遊從容」釋文：「從容，放逸之貌。」此作動詞，有遊戲之意，故王逸注：「願復與神明俱遊戲也。」神明，即下文之「赤松」、「王喬」。

〔一〇〕丹水：即「赤水」，山海經海内西經：「海内崑崙之虚，……赤水出東南隅，以行其東北。」（淮南子墬形同）駝騁：即「馳騁」。右：古人尚右，故以右示尊。淮南子氾論「兼愛尚賢右鬼非命」高誘注：「右，猶尊也。」大夏：古地名，在西北方。淮南子墬形：「九州之外乃有八殥，……西北方曰大夏。」

〔一一〕黄鵠：即鴻鵠，「黄」、「鴻」雙聲。洪興祖考異：「『黄』一作『鴻』。」章句本即作「鴻」。四句王逸注：「言黄鵠養其羽翼，一飛（章句本作「舉」）則見山川之屈曲，再舉則知天地之圜方。居身（章句本作「身居」）益高，所睹逾遠也。以言賢者亦宜高望遠慮，以知君之賢愚也。」可參。

〔一二〕臨：臨視。回飈：回旋而上之疾風。乎：而。尚羊：逍遥游蕩。離騷作「相羊」，同。洪興祖考異：「一云：『託回風乎倘佯。』」

〔一三〕少原之壄：壄即「野」。王逸注：「少原之壄，仙人所居。」赤松、王喬：古代傳説中的仙人。參遠遊「聞赤松之清塵兮」、「吾將從王喬而娛戲」句注。

〔一四〕二子：即赤松、王喬。　瑟：古弦樂器名。　均：今字作「韻」，音律。　稱：贊美。　商：古代五音之一，因商聲高半音，故曰「清商」。

〔一五〕澹然：恬澹自得貌。此用遠遊「澹無爲而自得」之意。　吸衆氣：即遠遊「餐六氣而飲沆瀣」之意。

〔一六〕念：思。

以上第一段。言己哀惜年老日衰，時不我待，故欲登天求仙，澹然自樂。但心繫故鄉，故又願返回人間。

黄鵠後時而寄處兮，鴟梟羣而制之〔一〕。神龍失水而陸居兮，爲螻蟻之所裁〔二〕。夫黄鵠神龍猶如此兮，況賢者之逢亂世哉〔三〕！壽冉冉而日衰兮，固儃回而不息〔四〕。俗流從而不止兮，衆枉聚而矯直〔五〕。或偷合而苟進兮，或隱居而深藏〔六〕。苦稱量之不審兮，同權概而就衡〔七〕。或推迻而苟容兮，或直言之諤諤〔八〕。傷誠是之不察兮，並紉茅絲以爲索〔九〕。方世俗之幽昏兮，眩白黑之美惡〔一〇〕。放山淵之龜玉兮，相與貴夫礫石〔一一〕。梅伯數諫而至醢兮，來革順志而用國〔一二〕。悲仁人之盡節兮，反爲小人之所賊〔一三〕。比干忠諫而剖心兮，箕子被髮而佯狂〔一四〕。水背流而源竭兮，木去根而不長〔一五〕。非重軀以慮難兮，惜傷身之無功〔一六〕。

〔一〕後時：猶晚遲。　寄處：寄居下地。　鴟梟：即鴟鴞，貓頭鷹，此喻惡人。　羣而制之：羣起而欺陵之。　二句言黄鵠如不及時高飛，勢必爲貓頭鷹欺陵。

〔二〕裁：猶「制」，義同上。　管子形勢：「蛟龍得水而神可立也。」解曰：「蛟龍，水蟲之神者也，乘於水則神立，失於水則神廢。」此言「神龍失水而陸居」，義近。　又賈生弔屈原賦末有「横江湖之鱣鱏兮，固將制於蟻螻」之句，亦與此義同。　莊子庚桑楚、戰國策齊策一亦有類似設喻，以言暗主不容忠賢之士，而爲讒賊小人所害。

〔三〕亂世：指賢愚不分、忠佞不辨、政治混亂的局面。　賈生治安策等對文帝時政治有尖鋭批評，此當有所影射。

〔四〕冉冉：漸進貌。　儃回：徘徊。　此處指歲月流逝，年復一年而不會停止。

〔五〕俗：世俗之人。　流從：當作「從流」，此用離騷「固時俗之從流」句意。　衆枉：許多邪曲之人。　矯直：把直的弄成曲的。　此言邪曲者聚而成黨，欲使直者變曲。

〔六〕偷合：苟且迎合。　荀子臣道：「不卹君之榮辱，不卹國之臧否，偷合苟容，以持禄養交而已耳，謂之國賊。」　苟進：以不正當手段求取重用。　二句言卑鄙小人迎奉君主，得其所欲；而忠賢之士不被君知，只得隱居深藏。

〔七〕稱量：測定物的輕重、多少。　不審：不精確。　權：秤錘。　概：量粟麥時刮平斗斛的器具。衡：平衡。二句言苦於人們量度不精，混同權概輕重使其平衡。比喻國君不辨善惡賢愚。九章懷沙：「同糅玉石兮，一槩而相量。」爲其所本。

〔八〕推迻：即推移，言隨順國君，委曲相從。洪興祖考異：「『迻』一作『移』。」漁父「聖人不凝滯於物，而能與世推移」王逸注：「隨俗方圓。」　苟容：苟且取悦於君。戰國策秦策三記應侯言吴起事楚悼王，「使私不害公，讒不蔽忠，言不取苟合，行不取苟容」，可參。　諤諤：直言貌。史記商君列傳：「千羊之皮，不如一狐之掖；千人之諾諾，不如一士之諤諤。」

〔九〕誠是：即「誠實」。「是」即「寔」，亦即「實」。此指誠信忠直之人，即上言「直言」之士。　並紉：將兩縷捻成一股。　索：粗繩。　茅、絲異類，此言並紉爲索，喻指國君不辨苟合與忠直，混淆是非。

〔一〇〕方：時逢。　眩：惑亂不分。　「眩白黑」句：言不分白黑、美惡。

〔一一〕放：棄。　礫石：小石。

〔一二〕梅伯：傳説中殷紂王臣，因屢諫被殺，參天問「梅伯受醢」句注。　來革：殷紂王佞臣惡來，名革（參史記殷本紀、説苑雜言、漢書東方朔傳等），後被周武王所殺。　順志：指順從紂王之意。　用國：受國家重用。

〔一三〕賊：讒害。

〔一四〕比干：殷紂王諸父，因直諫而被剖心。參天問「比干何逆」、九章涉江「比干菹醢」句注。箕子：殷紂王諸父，諫而不聽，乃披髮佯狂爲奴，爲紂王所囚。參天問「箕子詳狂」句注。

〔一五〕「水背流」句：或當爲「水背源而流竭」之誤，今本「源」、「流」互倒，義有不通。王逸注：「言水横流，背其源泉則枯竭」，似所據之本正作「水背源而流竭」。且作「水背源」與下句「木去根」正對。

〔一六〕重軀：珍愛自己的身軀。慮難：擔心遭逢禍難。

以上第二段。言己返回世間，所見仍爲忠佞不分、賢者被害之亂世。

已矣哉〔一〕！獨不見夫鸞鳳之高翔兮，乃集大皇之壄〔二〕。循四極而回周兮，見盛德而後下〔三〕。彼聖人之神德兮，遠濁世而自藏〔四〕。使麒麟可得羈而係兮，又何以異乎犬羊〔五〕？

〔一〕已矣哉：歎息之詞，猶「算了吧」。

〔二〕大皇之壄：洪興祖考異：「『大』一作『太』。」大皇，指天。淮南子精神「登太皇，馮太一，玩天地于掌握之中」高誘注：「大皇，天也。」壄，即「野」，此指星宿所當之區域，故與「大皇」連文。

〔三〕循：巡行。四極：四方極遠之地，泛指四方。參離騷「覽相觀於四極兮」句注。回周：回旋、周流。盛德：指有大德的聖君明主。下：指鸞鳳下集於地。

〔四〕神德：非凡的德行。二句又見史記、漢書賈誼本傳的弔屈原賦，字稍異。

〔五〕麒麟：傳説中的仁獸。　係：同「繫」。弔屈原賦：「使騏驥可得係羈兮，豈云異夫犬羊？」（用史記文），與此略同。

以上第三段。有似亂辭，爲全篇之總結，仍立脚於高舉遠逝之後返回現實，哀傷賢者不遇。

招隱士

【解題】

本篇作者，王逸楚辭章句題爲「淮南小山」。「小山」當指劉安賓客中的「小山之徒」（曾參加淮南子的撰寫，參高誘淮南子敍），後人因習稱「淮南小山」。

本篇旨在「招隱士」。朱熹朱文公文集招隱操序：「淮南小山作招隱，極道山中窮苦之狀，以風切遁世之士。」此與王逸招屈之説不同，亦異於朱氏後來楚辭集注的説法，但與淮南王劉安當時招致賓客、起用隱士的史實相符。王夫之楚辭通釋亦云：「今按此篇，義盡於招隱，爲淮南召致山谷潛伏之士。」因此昭明文選題此篇爲劉安所作，不爲無據。此亦或小山之徒代劉安立言，或小山之徒著其文，而劉安尸其名，猶淮南鴻烈之例。

從文辭觀之，本篇疊用奇字，氣象雄奥，風骨稜嶒；且音節瀏灕，有奇崛之境。既紹屈、宋之餘韻，又顯漢賦鋪彩摛文之特點，實乃創新光大之傑作。

桂樹叢生兮山之幽，偃蹇連蜷兮枝相繚〔一〕。山氣巃嵸兮石嵯峨，谿谷嶄巖兮水曾波〔二〕。猨狖羣嘯兮虎豹嘷，攀援桂枝兮聊淹留〔三〕。王孫遊兮不歸，春草生兮萋萋〔四〕。歲暮兮不自聊，蟪蛄鳴兮啾啾〔五〕。坱兮軋，山曲岪，心淹留兮恫慌忽〔六〕。罔兮沕，憭兮栗，虎豹穴，叢薄深林兮人上慄〔七〕。嶔岑碕礒兮碅磳磈硊，樹輪相糾兮林木茷骫〔八〕。青莎雜樹兮薠草靃靡，白鹿麏麚兮或騰或倚〔九〕。狀皃崟崟兮峨峨，淒淒兮漇漇〔一〇〕。獮猴兮熊羆，慕類兮以悲〔一一〕。攀援桂枝兮聊淹留。虎豹鬥兮熊羆咆，禽獸駭兮亡其曹〔一二〕。王孫兮歸來，山中兮不可以久留！

〔一〕桂樹：江南佳木（參說文木部），色澤芳潔而冬夏常青。遠遊：「嘉南州之炎德兮，麗桂樹之冬榮。」本篇兩言「攀援桂枝兮聊淹留」，即因其有佳姿美質，故能留人。　幽：隱僻處。　偃蹇：高聳貌。離騷言瑤臺「偃蹇」，義同。　連蜷：屈曲貌。　繚：糾纏。

〔二〕巃嵸：雲氣滃鬱貌。　嵯峨：高峻貌。　谿谷：山溪澗谷。　嶄巖：險峻貌。　曾波：即「增波」（洪興祖考異：「『曾』一作『增』」），王逸注：「踴躍灃沛，流迅疾也。」上言谿谷峻陡，故水波踴躍。王注得之。

〔三〕猨狖：猿猴。　嘷：咆哮。　淹留：滯留。

〔四〕王孫：對隱士的尊稱。史記淮陰侯列傳「吾哀王孫而進食」，集解引蘇林曰：「如言公子也。」索隱引劉德曰：「秦末多失國，言王孫、公子，尊之也。」王夫之楚辭通釋：「王孫，隱士也。

秦漢以上，士皆王侯之裔，故稱王孫。」　萋萋：草盛貌。

〔五〕不自聊：「聊」即「料」之同音借字，思量。「不自聊」謂無以自慰，故王逸云：「中心煩亂，常含憂也。」　蟪蛄：蟋蟀類昆蟲，秋鳴。此承上文「歲暮」而言。　啾啾：蟪蛄鳴聲。

〔六〕坱兮軋：即「坱軋」中加語氣詞。坱軋，山氣彌漫貌。史記屈原賈生列傳録鵩鳥賦有「大鈞播物，坱軋無垠」之句（漢書賈誼傳作「坱圠」，同），集解引應劭曰：「其氣坱軋，非有限齊也。」皆言大氣瀰漫貌。　曲岪：曲折貌。　恫：恐懼。章句、文選各本作「洞」，音同之借字。　慌忽：神志不清貌。

〔七〕罔兮沕：即「惘惚」，迷惘貌。　憭兮栗：即「憭栗」，淒涼貌。「栗」章句、文選各本作「慄」。九辯：「憭慄兮若在遠行。」　穴：洞穴。　叢薄：草木叢生處。　人上慄：人登之而戰慄。淮南子齊俗：「高山險阻，深林叢薄，虎豹之所樂也，人入之而畏；……深谿峭岸，峻木尋枝，猨狖之所樂也，人上之而慄。」其意境與造詞，皆可與招隱士互證。

〔八〕嶔岑：高險貌。　硱磳：山石高危貌。　磈硊：山石高險貌，義與「硱磳」同。　硱磳磈硊：文選李善注本、六臣本作「硱磈磳硊」，以雙聲疊韻求之，皆誤；唯五臣本與楚辭同，不誤。　樹輪相糾：輪，屈曲。單言「輪」，複言「輪囷」，如文選吳都賦「輪囷虯蟠」李善注：「輪囷，謂屈曲貌。」此言樹幹屈曲，互相糾繞。　茷骫：枝葉繁盛盤紆貌。「骫」，章句、文選各本作「骪」，補注本作「骩」，皆誤。案字本作「骫」。説文骨部：「骫，骨耑骫奊也。」指骨端圓轉處，引伸爲盤轉貌。

字音委，與上句「硊」字爲韻，與「茷」結合爲疊韻聯綿詞。

〔九〕青莎：青色莎草。　蘋草：草名，似莎而大。淮南子覽冥、子虛賦等並「莎」、「蘋」連用。　靃靡：草柔弱貌。　麏、麚：皆鹿類。麏，獐（即麞）；麚，牡鹿。　騰：奔躍。　倚：駐足。

〔一〇〕狀皃：形貌。　「皃」，「貌」之本字。　崟崟、峨峨：皆言鹿角高竦貌。　淒淒、漇漇：皆毛色濡潤貌。

〔一一〕獼猴：又名沐猴（獼、沐一聲之轉）。　熊羆：熊與羆，皆猛獸。　慕類：羨慕同類，喜歡羣聚。　悲：爲追求同類而悲鳴。

〔一二〕駭：懼。　亡：失。　曹：同類。

七諫

【解題】

七諫乃東方朔所作。東方朔，字曼倩，平原厭次（今山東惠民）人。武帝時爲太中大夫，詼諧多智，漢書本傳稱爲「滑稽之雄」。生平所作文辭，本傳只及十二篇，並云「凡劉向所録朔書具是」，然其中無七諫，故此辭之作者頗引後人疑議。考文選文賦李善注：「謝靈運山居賦曰：『楚客放而防露作。』注曰：『楚人放逐，東方朔感江潭而作七諫。』然靈運有七諫有防露之言，遂以七諫爲防露也。」據此，是七諫篇名，古人有據其内容而改稱防露者。七諫有云：「便娟之修竹兮，寄生乎江潭，上葳蕤而防露兮，下泠泠而來風」，故謝靈運即以防露名之。今謂七諫曾不止一次提到楚卞和獻玉遭刖事，如「悲楚人之和氏兮」一段、「和抱璞而泣血兮」一段。因此頗疑本傳中所舉十二篇中的責和氏璧一篇，或即七諫之别名。古人之書聚散無常，劉向所録未必得其全。如漢志載「枚臯賦百二十篇」，而本傳云「凡可讀者百二十篇，其尤嫚戲不可讀者尚數十篇」。而東方朔之書，漢志雜家雖列二十篇，而詩賦略竟缺載；又漢書本傳贊引誡子一詩，亦不爲劉向所及。

七諫之義，王逸所謂「三諫不足而增爲七」及「天子有爭臣七人」等説，不爲後人所取。李善、洪興祖皆以爲乃枚乘七發之類。然究其主旨、體制，皆不同。考七諫本詩，有初放等七章，與王褒、劉向諸人名九懷、九嘆無異，其言「諫」者，或乃第七爲謬諫，即申詩人主文而譎諫，托詩以諷之義。

七諫之作，王逸以爲「東方朔追憫屈原，故作此辭，以述其志，所以昭忠信、矯曲朝也」。從七諫首句以「平生於國兮」引起，則王説可信。但觀其亂辭云「自古而固然兮，吾又何怨乎今之人」，則悼屈之中亦或寓自傷之意焉。

初放

平生於國兮，長於原壄〔一〕。言語訥譅兮，又無彊輔〔二〕。淺智褊能兮，聞見又寡〔三〕。數言便事兮，見怨門下〔四〕。王不察其長利兮，卒見棄乎原壄〔五〕。伏念思過兮，無可改者〔六〕。羣衆成朋兮，上浸以惑〔七〕。巧佞在前兮，賢者滅息〔八〕。堯舜聖已没兮，孰爲忠直〔九〕？高山崔巍兮，水流湯湯〔一〇〕。死日將至兮，與麋鹿同坑〔一一〕。塊兮鞠，當道宿〔一二〕。舉世皆然兮，余將誰告？斥逐鴻鵠兮，近習鴟梟〔一三〕。斬伐橘柚兮，列樹苦桃〔一四〕。便娟之脩竹兮，寄生乎江潭〔一五〕。上葳蕤而防露兮，下泠泠而來風〔一六〕。孰知其不合兮，若竹柏之異心〔一七〕。往者不可及兮，來者不可待〔一八〕。悠悠蒼天兮，莫我振理〔一九〕。竊怨君之不寤兮，吾獨死而後已〔二〇〕。

〔一〕平：指屈原。史記屈原賈生列傳：「屈原者，名平。」國：都城。壄：即「野」字。「原壄」即郊野。此謂屈原出生在都城，後因故遷居原野。惜誦：「思君其莫我忠兮，忽忘身之賤貧」，可證屈氏至屈原，家已式微。

〔二〕訥謬：説話遲鈍艱難。當時史記尚未問世，東方朔此言，蓋因誤讀懷沙「文質疏内」而來，故與史記「嫺於辭令」之説不合。彊輔：指强有力的政治支柱。

〔三〕淺智：知識淺薄。褊：狹窄。「褊能」言其能力有限。此與史記所言平「博聞彊識」亦不符，蓋因誤解宋玉九辯而來。九辯憫師中亦寓自傷之意，故又有「性愚陋以褊淺兮」之語，東方朔因以之描述屈原。

〔四〕數：多次。便事：即「便宜事」，指適宜有利而應辦之事，特指對國家有利之事。史記鼂錯傳：「太常遣錯受尚書伏生所。還，因上便宜事，以書稱説。」門下：門庭之下，此代指親近者。二句謂屈原屢次進宮，陳述有利國家之事，却遭君王親近小人的怨恨。

〔五〕長利：指長治久安之道。

〔六〕伏念：私下獨自考慮。思過：省察自己的過失。無可改者：即懷沙所謂「前圖未改」、思美人所謂「未改此度」。

〔七〕羣衆成朋：小人相與爲羣，結爲朋黨。上：指君王。浸：浸淫，逐漸。二句謂讒人結爲朋黨，君王漸受迷惑。意即惜誦所謂「惜壅君之不識」。

〔八〕巧佞：花言巧語的諂諛小人。 滅息：消除，此指疏遠乃至放逐。

〔九〕「堯舜」句：洪氏考異：「一無『聖』字」，是。此蓋涉沈江「堯舜聖而慈仁」句誤衍。 二句謂堯舜已没，誰爲忠直，無人辨識。

〔一〇〕崔巍：高峻貌。 湯湯：大水流淌貌。此四句爲下句「與麋鹿同坑」渲染環境與氣氛。

〔一一〕坑：「坑」之俗體，陷阱。王逸注：「與麋鹿同坑，鳥獸爲伍，將墜陷坑穽，不復久也。」

〔一二〕塊：獨處貌。 鞠：窮促之意。此謂塊然獨處不得伸其志。 當道宿：言處境艱苦，棲宿無地。

〔一三〕斥逐：呵斥驅逐。 鴻鵠：天鵝，喻志向遠大的賢能智士。 近習：親近。 鴟梟：惡鳥，喻奸邪惡人。

〔一四〕橘柚：美木，喻堅貞持節之士。參橘頌。 列樹：成排種植。 苦桃：惡木，喻讒言構陷的小人。

〔一五〕便娟：秀美輕盈，此以竹之脩美喻人。

〔一六〕葳蕤：當作葳蕤，枝葉茂盛貌。 泠泠：清涼貌。

〔一七〕竹柏之異心：竹心空，喻通達，柏心實，喻壅塞，故言「異心」。此承上文，以竹自喻，言君臣不合。

〔一八〕及：趕上。　待：期望。　參遠遊：「往者余弗及兮，來者吾不聞」，謂時運不遇，不得施展其志。

〔一九〕悠悠：遥遠無窮貌。　詩鴇羽：「悠悠蒼天，曷其有極。」　振理：救治，拯救。

〔二〇〕寤：覺醒。

此章述屈原的身世遭遇，由於君王不察，小人當朝，賢者見棄，心生哀怨。

沈江

惟往古之得失兮，覽私微之所傷〔一〕。堯舜聖而慈仁兮，後世稱而弗忘〔二〕。齊桓失於專任兮，夷吾忠而名彰〔三〕。晉獻惑於孋姬兮，申生孝而被殃〔四〕。偃王行其仁義兮，荆文寤而徐亡〔五〕。紂暴虐以失位兮，周得佐乎吕望〔六〕。修往古以行恩兮，封比干之丘壟〔七〕。賢俊慕而自附兮，日浸淫而合同〔八〕。明法令而修理兮，蘭芷幽而有芳〔九〕。苦衆人之妒予兮，箕子寤而佯狂〔一〇〕。不顧地以貪名兮，心怫鬱而内傷〔一一〕。聯蕙芷以爲佩兮，過鮑肆而失香〔一二〕。正臣端其操行兮，反離謗而見攘〔一三〕。世俗更而變化兮，伯夷餓於首陽〔一四〕。獨廉潔而不容兮，叔齊久而逾明〔一五〕。浮雲陳而蔽晦兮，使日月乎無光。忠臣貞而欲諫兮，讒諛毀而在旁。秋草榮其將實兮，微霜下而夜降。商風肅而害生兮，百草育而不長〔一六〕。衆竝諧以妒賢兮，孤聖特而易傷〔一七〕。懷計謀而不見用兮，巖穴處而隱藏。成功隳而不卒兮，子胥死而不葬〔一八〕。世從俗而變化兮，隨風靡而成行〔一九〕。信直退而毀敗兮，虛僞進而得當〔二〇〕。追悔過之無及兮，豈盡忠而有功〔二一〕。廢制度而不用兮，務行私而去公。終不變而死節兮，惜年齒之未央〔二二〕。將方舟而下流兮，冀幸君之發矇〔二三〕。痛忠言之逆耳兮，恨申子之沈江〔二四〕。願悉心之所聞兮，遭值君之不聰〔二五〕。不開寤而難道兮，不别横之與縱〔二六〕。聽姦臣之浮説兮，絶國家之久長〔二七〕。滅規榘而不用兮，背繩墨之正方〔二八〕。離憂患而乃寤兮，若縱火於秋蓬〔二九〕。業失之而不救兮，尚何論乎禍凶〔三〇〕？彼離畔而朋黨兮，獨行之士其何望〔三一〕？日漸染而不自知兮，秋毫微哉而變容〔三二〕。衆輕積而折軸兮，原咎雜而累重〔三三〕。赴湘沅之流澌兮，恐逐波而復東〔三四〕。懷沙礫而自沈兮，不忍見君之蔽壅〔三五〕。

〔一〕惟：思。　私微：指内心深處。

〔二〕稱：稱頌。

〔三〕齊桓：齊桓公，參離騷「齊桓聞以該輔」句注。　專任：即信賴。史記齊太公世家：管仲死，而桓公不用管仲言，重用易牙、開方、豎刀。三子專權，樹黨爭立，宫廷大亂，故曰「失於專任」。　夷吾：管仲名。

〔四〕晉獻：晉獻公。　參九章惜誦「晉申生之孝子兮，父信讒而不好」句注。

〔五〕「偃王」二句：王逸注：「徐偃王修行仁義，諸侯朝之三十餘國，而無武備。楚文王（即「荆文」）見諸侯朝徐者衆，心中覺悟，恐爲所並，因興兵擊之，而滅徐也。」然史記秦本紀又謂周穆王時造父爲御，長驅滅徐偃王。按穆王、造父之事，古多小説家言，秦本紀所言或此類，故下距楚文王年代相去甚遠，前人已多疑之。至後漢書又合二説爲一，益謬。又春秋經昭公三十年：「冬，十有二月，吴滅徐，徐子章羽奔楚」，則亡徐者吴，又非楚。蓋楚文王滅之，又復其國以爲附庸，至是始滅於吴。傳聞異辭不可詳考。

〔六〕紂：參離騷「后辛之菹醢兮」句注。　乎：同「於」。　吕望：參離騷「吕望之鼓刀兮」句注。

〔七〕修：古多作「脩」，此或當爲「循」之形近而誤，遵循。此謂遵從往古之道以行恩。　封：培土爲封。　比干：參天問「比干何逆，而抑沈之」句注。　丘壟：陵墓。此謂修建陵墓，表彰比干德行。

〔八〕賢俊：才能傑出者。　自附：自來依附。　浸淫：逐漸。　合同：志合道同。

〔九〕修理：美善而有條理。　漢書薛宣傳谷永上疏：「崇教養善，威德並行，衆職修理，姦軌絶息。」正與「明法令」相成。　蘭芷：香草，喻賢能之士。

〔一〇〕予：我。　箕子：參天問「箕子佯狂」句注。

〔一一〕顧地：從離騷「忽臨睨夫舊鄉」、「蜷局顧而不行」二句化出。王逸注：「言己欲效箕子佯狂而去，不顧楚國之地，不貪忠直之名。」　怫：憤懣。　内傷：内心痛苦。

〔一二〕鮑肆：出售鮑魚的貨攤。　鮑魚即鹽漬魚，其氣腥臭，故喻惡穢之行。　二句謂美德善行之人，遭佞臣小人之讒，並爲其所誣。

〔一三〕正臣：正直之臣。　端：正。　端其操行，言修養善德，使品行端正。　離謗：遭誹謗。　見攘：被排斥。

〔一四〕更：變更。　伯夷：參橘頌「行比伯夷」句注。

〔一五〕不容：不見容於世。　叔齊：伯夷弟，與伯夷德行相同，守其廉潔之行，不食周粟，終餓死於首陽。　逾：考異：「一作『愈』」，是。　久而愈明，謂年代愈久，其品德愈爲人所知。

〔一六〕商風：西風，秋風。　商，五音之一，按五行説屬金，屬秋，亦屬西，故稱。　肅：寒。　淮南子本經「是故春肅秋榮，冬雷夏霜，皆賊氣之所生」許慎注：「肅，寒也。」　育：生。

〔一七〕竝：即「並」。　諧：同。　孤聖特：洪氏考異：一作「聖孤特」，是。　與上句「衆並諧」相對成文，言聖明者反孤立無援。

〔一八〕隳：毁壞。　不卒：謂不得壽考而終。　下句即證此意。　子胥：參九章涉江「伍子逢殃兮」句注。

〔一九〕靡：披靡，倒伏。言若草之隨風披靡。成行：言其衆多，而且動態一致。
〔二〇〕信直：此指忠誠正直之士。退：遭斥逐。虚僞：指虚僞者。進：爲君進用。得當：猶言得其所，居顯要之職。
〔二一〕「追悔」二句：「言退君子而用小人，則國將傾危，追悔莫及，那時忠臣盡力亦難有功。
〔二二〕死節：爲堅持操守而死。年齒未央：謂年歲尚少。
〔二三〕將：駕駛。方舟：古兩舟相併曰方舟，此泛指舟船。下流：順流而下。冀幸：期望。發矇：開啓蒙昧，此指君王覺悟，不爲姦佞迷惑。
〔二四〕痛：痛心。恨：遺憾。申子：參悲回風「悲申徒之抗迹」句注。
〔二五〕悉心：盡心。此謂願竭忠盡誠，以其所知所識盡心王事。不聽：指君王壅蔽，不納善言。
〔二六〕開寤：即覺悟。道：引導，開導。洪氏考異：「一作『導』」。别：辨别。
〔二七〕浮説：無根之言，虚言。
横、縱：戰國時六國聯合抗秦之策稱「縱」，秦遠交近攻以破六國聯合之策稱「横」。此或指楚懷王絶齊和秦之事。
〔二八〕二句參離騷「固時俗之工巧兮，偭規矩而改錯，背繩墨以追曲兮，競周容以爲度」句注。

〔二九〕離：遭受。　秋蓬：秋天的蓬蒿，遇火即燃。　此句比喻國家亂亡不可救治。

〔三〇〕業：指國家的基業。　孟子梁惠王：「君子創業垂統」注：「業，基業也。」　二句謂國家基業已失，又何論個人吉凶。

〔三一〕彼：指小人。　離畔：即背叛，此指叛國。　朋黨：結爲同黨。　獨行：志節高尚，不隨流俗。

〔三二〕秋毫：秋天鳥獸更生之細毛，喻指極其細微的事物。　二句謂君王聽信讒諛，漸染而不自知，初如秋毫之微，終於釀成大禍。

〔三三〕衆輕折軸：輕微之物積多了，也會壓斷車軸。「原咎」句：原，當指屈原。原咎，屈原的過錯。　雜而累重，謂讒口衆雜，積而彌重。　此承前三句揭出屈原被讒遭禍之因，引起下文「懷沙自沈」。

〔三四〕流澌：參九歌河伯「流澌紛紛兮將來下」句注。　復東：歸入東海，永離楚國。　以此暗指自沈而必「懷沙」，原因是不使其逐波而東。　按此乃漢人對懷沙自沈的理解。　實則悲回風云「浮江淮而入海兮，從子胥而自適」，則屈子本人似未必有此意。

〔三五〕懷：懷藏。　礫：小石。　蔽壅：爲讒人所蒙蔽。

此章陳述遠賢近佞的得失，抒寫了對屈原沈江而死，不忍見因君王壅蔽而使家國滅亡的痛惜之情。

怨世

世沈淖而難論兮，俗岭峨而嵾嵯〔一〕。清泠泠而殲滅兮，溷湛湛而日多〔二〕。梟鴞既以成羣兮，玄鶴弭翼而屏移〔三〕。蓬艾親入御於牀笫兮，馬蘭踸踔而日加〔四〕。棄捐葯芷與杜衡兮，余奈世之不知芳何〔五〕？何周道之平易兮，然蕪穢而險巇〔六〕。高陽無故而委塵兮，唐虞點灼而毀議〔七〕。誰使正其真是兮，雖有八師其不可爲〔八〕。皇天保其高兮，后土持其久。服清白以逍遥兮，偏與乎玄英異色〔九〕。西施媞媞而不得見兮，嫫母勃屑而日侍〔一〇〕。桂蠹不知所淹留兮，蓼蟲不知徙乎葵菜〔一一〕。處湣湣之濁世兮，今安所達乎吾志〔一二〕。意有所載而遠逝兮，固非衆人之所識〔一三〕。驥躊躇於弊輂兮，遇孫陽而得代〔一四〕。呂望窮困而不聊生兮，遭周文而舒志。甯戚飯牛而商歌兮，桓公聞而弗置〔一五〕。路室女之方桑兮，孔子過之以自侍〔一六〕。吾獨乖剌而無當兮，心悼怵而耄思〔一七〕。思比干之恲恲兮，哀子胥之慎事〔一八〕。悲楚人之和氏兮，獻寶玉以爲石〔一九〕。遇厲武之不察兮，羌兩足以畢斮〔二〇〕。小人之居勢兮，視忠正之何若〔二一〕？改前聖之法度兮，喜囁嚅而妄作〔二二〕。親讒諛而疏賢聖兮，訟謂閭娵爲醜惡〔二三〕。愉近習而蔽遠兮，孰知察其黑白〔二四〕。卒不得效其心容兮，安眇眇而無所歸薄〔二五〕。專精爽以自明兮，晦冥冥而壅蔽〔二六〕。年既已過太半兮，然埳軻而留滯〔二七〕。欲高飛而遠集兮，恐離罔而滅敗〔二八〕。獨寃抑而無極兮，傷精神而壽夭〔二九〕。皇天既不純命兮，余生終無所依〔三〇〕。願自沈於江流兮，絶橫流而徑逝〔三一〕。寧爲江海之泥塗兮，安能久見此濁世？

〔一〕沈淖：即沈溺。此謂世道黑暗混亂。　岭峨：高下不平貌。　嵾嵯：參差不齊貌。

〔二〕清泠泠：喻指操守潔白。　殲滅：消滅。　溷湛湛：混濁，喻貪濁之人。

〔三〕梟鴞：貓頭鷹，俗傳梟生而食母，故喻貪殘凶惡之輩。　玄鶴：純黑色鶴，見山海經。此喻有德之士。　弭翼：收斂翅膀。　屏移：隱退。

〔四〕蓬艾：即蓬蒿，與下「馬蘭」同爲惡草，喻佞諛邪僞之徒。　親入御：洪氏考異：「一無『入』字」，是。親御謂見用。　牀笫：牀，簀，竹編牀藉。　御用於牀簀之間，言其親也。　踸踔：跳躍而行，説文：「行無常貌。」此謂小人得志，踴躍欣喜。　日加：即與日俱增，謂其欣喜之至。

〔五〕葯芷、杜衡：皆香草名，參離騷「雜杜衡與芳芷」句注。　洪氏考異：「『葯』一作『蘭』」。「余奈」句：言己對世之不識芳香無可奈何。

〔六〕周道：大道。　平易：平坦開闊。　蕪穢：雜草叢生。　險戲：即「險巇」，傾危。　此謂爲何平坦的大道，竟變得如此蕪穢危傾。　後漢書孝桓紀：「風俗凋薄，大路險巇。」正是此義。

〔七〕高陽：參離騷「帝高陽之苗裔兮」句注。　委塵：言被棄於塵土。　唐、虞：即堯、舜。

點灼：點，汙；灼，炙。喻遭受誣蔑之痕甚明。　毁議：毁謗。此言聖人道德雖廣，尚爲人挑

剔毁謗（如謂堯不慈、舜不孝之類）。

〔八〕正：猶證。　真是：真實。　八師：王逸注謂指禹、稷、卨（契）、皐陶、伯夷、倕、益和

夔，堯、舜時的八個賢臣。　不可爲：猶言「没有用」。

〔九〕服：被服。　逍遥：安閒自得貌。　玄英：王逸注：「純黑也，以喻貪濁。」此與上句

「清白」相對而言。

〔一〇〕西施：參九章惜往日「雖有西施之美容兮」句注。　媞媞：美好貌。　嫫母：參九

章惜往日「嫫母姣而自好」句注。　勃屑：蹣跚而行貌。此以美女西施喻君子，醜女嫫母喻小人。

〔一一〕桂蠹：寄生於桂樹的蛀蟲。　淹留：留止。　蓼蟲：寄生於蓼草的昆蟲。　葵

菜：即露葵，味甘美。此以桂蠹不知淹留喻食禄重臣不安於位，以蓼蟲不知徙葵喻庸人安於現狀

無所追求。

〔一二〕涽涽：昏暗貌。

〔一三〕載：猶寄托。

〔一四〕躊躇：徘徊不前貌。　弊輂：破車。洪氏考異：「『輂』一作『轝』」，即今「輿」字，駕

馬之大車。　孫陽：即伯樂，古善相馬者。　代：替换。此言良驥不當駕破車，因孫陽識其才而

展其能。

〔一五〕「吕望」四句：參離騷「吕望之鼓刀兮，遭周文而得舉，寧戚之謳歌兮，齊桓聞以該輔」句注。　舒志：展其大志。　弗置：不被棄置。

〔一六〕路：路遇。　室女：處女。　方：正當。　桑：采桑。　過：路過。　自侍：「侍」疑爲「軾」之同音借字。軾指車前横木。古人乘車，凡遇可敬之人，必俯倚車軾，以示敬意。古籍中「軾」或作「式」，意同。此謂孔子見桑女之勤敏，故憑車軾以示敬。此與前二句所言周文識吕望、齊桓舉寧戚略同。

〔一七〕乖剌：違逆無合。　悼怵：悲傷。　耄思：思想耄亂。

〔一八〕怦怦：忠直貌。　慎事：謹慎從事。

〔一九〕和氏：即卞和。韓非子和氏：「楚人和氏得玉璞楚山中，奉而獻之厲王。厲王使玉人相之。玉人曰：『石也。』王以和爲誑，而刖其左足。及厲王薨，武王即位，和又奉其璞而獻之武王。武王使玉人相之，又曰：『石也』。王又以和爲誑，而刖其右足。武王薨，文王即位，和乃抱其璞而哭於楚山之下。三日三夜，泣盡而繼之以血。王聞之，使人問其故。曰：『天下之刖者多矣，子奚哭之悲也？』和曰：『吾非悲刖也，悲夫寶玉而題之以石，貞士而名之以誑，此吾所以悲也』。」

〔二〇〕厲、武：即楚厲王、楚武王。史記楚世家不見厲王，淮南子注無「厲王」，和氏所獻分别爲武、文和成三王。　羌：猶「乃」，語助辭。　斷：指刖足。「畢斷」謂二足皆刖。

〔二一〕居勢：居於權勢之位。

〔二二〕囁嚅：低語謀私貌。

〔二三〕訟：讙譁爭辯。閭娵：傳爲梁王魏瞿之美女。參荀子賦篇「閭娵子奢」注。

〔二四〕愉：樂。近習：親幸之人。蔽遠：隔離其遠者。此謂君王近讒諛而遠賢能。

〔二五〕卒：終。效：奉獻。心容：指忠誠之心。安：屈賦或作「焉」，語辭，猶「乃」。眇眇：渺遠。歸薄：即歸附。

〔二六〕專：專一。精爽：精明。此即所謂專心致志。自明：自我表白。晦冥冥：昏暗不明貌。壅蔽：指爲小人蒙蔽。

〔二七〕埳軻：即「坎坷」，崎嶇不平。留滯：停止不前。

〔二八〕離罔：觸入網羅。「罔」今作「網」。

〔二九〕寃抑：寃曲壓抑。無極：没有終止。夭：短命而亡。

〔三〇〕「皇天」句：參哀郢「皇天之不純命兮」句注。洪興祖考異：「一本無上四句。」或以爲「夭」、「依」二字無韻，疑非本篇之文。

〔三一〕絶：渡。徑逝：直往而無反顧。

此章抒寫對世道沉濁的怨憤，揭露小人得勢蔽賢、美醜顛倒、是非不辨的醜惡現實，並展示了不與世俗同流合污的高尚節操。

怨思

賢士窮而隱處兮，廉方正而不容〔一〕。子胥諫而靡軀兮，比干忠而剖心〔二〕。子推自割而飤君兮，德日忘而怨深〔三〕。行明白而日黑兮，荆棘聚而成林〔四〕。江離棄於窮巷兮，蒺藜蔓乎東廂〔五〕。賢者蔽而不見兮，讒諛進而相朋。梟鴞並進而俱鳴兮，鳳皇飛而高翔〔六〕。願壹往而徑逝兮，道壅絶而不通。

〔一〕廉：廉潔之士，與上句「賢士」相對成文。　方正：正直而有氣節。　不容：不爲世俗所容。

〔二〕靡軀：亡身。　靡，無，引申爲亡。　子胥、比干：事參九章涉江「伍子逢殃兮，比干菹醢」句注。

〔三〕飤：以食與人。　子推事參九章惜往日「介子忠而立枯兮」句注。

〔四〕荆棘：有刺的叢生灌木，此喻好進讒言的朋黨。

〔五〕江離：參離騷「扈江離與辟芷兮」句注。　此喻賢能之士。　蒺藜：草名。　多刺蔓生。蔓：蔓延滋長。　東廂：廂，正房兩側之屋。「東廂」即東側之屋。　此以蒺藜喻讒諛之輩，蔓乎東廂，謂其居君主左右。

〔六〕梟、鴞：皆鳥名，喻姦惡。據說文，梟爲「不孝鳥」，鴞爲「鴟鴞」，此謂「並進」、「俱鳴」，則漢人尚未混爲一物。鳳皇：喻賢能有德之士。

此章寫賢士窮途隱處，而讒諛並進的哀怨。

自悲

居愁懃其誰告兮，獨永思而憂悲〔一〕。內自省而不慙兮，操愈堅而不衰。隱三年而無決兮，歲忽忽其若頹〔二〕。憐余身不足以卒意兮，冀一見而復歸〔三〕。哀人事之不幸兮，屬天命而委之咸池〔四〕。身被疾而不閒兮，心沸熱其若湯〔五〕。冰炭不可以相並兮，吾固知乎命之不長〔六〕。哀獨苦死之無樂兮，惜予年之未央。悲不反余之所居兮，恨離予之故鄉〔七〕。鳥獸驚而失羣兮，猶高飛而哀鳴。狐死必首丘兮，夫人孰能不反其真情〔八〕？故人疏而日忘兮，新人近而俞好〔九〕。莫能行於杳冥兮，孰能施於無報〔一〇〕？苦衆人之皆然兮，乘回風而遠遊〔一一〕。淩恒山其若陋兮，聊愉娛以忘憂〔一二〕。悲虛言之無實兮，苦衆口之鑠金〔一三〕。過故鄉而一顧兮，泣歔欷而霑衿〔一四〕。厭白玉以爲面兮，懷琬琰以爲心〔一五〕。邪氣入而感內兮，施玉色而外淫〔一六〕。何青雲之流瀾兮，微霜降之蒙蒙〔一七〕？徐風至而徘徊兮，疾風過之湯湯〔一八〕。聞南藩樂而欲往兮，至會稽而且止〔一九〕。見韓衆而宿之兮，問天道之所在〔二〇〕？借浮雲以送予兮，載雌霓而爲旌。駕青龍以馳騖兮，班衍衍之冥冥〔二一〕。忽容容其安之兮，超慌忽其焉如〔二二〕。苦衆人之難信兮，願離羣而遠舉。登巒山而遠望兮，好桂樹之冬榮。觀天火之炎煬兮，聽大壑之波聲。引八維以自道兮，含沆瀣以長生〔二三〕。居不樂以時思兮，食草木之秋實。飲菌若之朝露兮，構桂木而爲室〔二四〕。雜橘柚以爲囿兮，列新夷與椒楨〔二五〕。鵾鶴孤而夜號兮，哀居者之誠貞〔二六〕。

〔一〕懃：洪興祖考異：「一作『苦』。」　永思：長思。

〔二〕隱：隱居。「隱三年」謂古者人臣三諫不從，待放三年。　無決：無君命之前，不能決絶而去。「歲忽忽」句：又見悲回風，注可參。

〔三〕憐：惜。　卒意：盡意，達其志意。　復歸：指回歸朝廷。　二句承上「隱三年」，言已還有話没説完，望能返朝一見君王。

〔四〕屬：歸屬。　委：付託。　咸池：王逸注：「天神也。」此謂自哀不能修人事以見愛於君，事屬天命，只能委之神明而已。

〔五〕被疾：生病。　閒：病已曰閒。「不閒」謂病不愈。

〔六〕冰炭句：喻賢能與姦佞勢不兩立。

〔七〕反：同「返」。

〔八〕「狐死」句：又見哀郢，注可參。　反：回復。　真情：本性。

〔九〕故人：舊故。　疏：疏遠。　近：親近。　俞：同「愈」。洪氏考異：「一作『愈』。」

〔一〇〕杳冥：昏暗不明。「行於杳冥」謂行德於冥冥之中，不求人知。　報：報答。「施於無報」謂施德於人而不求回報。「莫能」、「孰能」，皆謂今無其人。

〔一一〕回風：見悲回風注。

〔一二〕凌：越過。　恒山：北嶽，主峯在今河北曲陽縣西北。　陋：小。

〔一三〕鑠金：參九章惜誦「故衆口其鑠金兮」句注。

〔一四〕衿：即襟，古指衣的交領，後指衣的前幅。「霑衿」謂淚濕衣衫。

〔一五〕厭：同「靨」，本指頰輔上微渦，此作動詞，言施着於臉頰。王逸注：「厭，著也。」琬琰：玉名，參遠遊「懷琬琰之華英」句注。此以「白玉」、「琬琰」象徵堅貞高潔的品德。

〔一六〕淫：潤澤。此言雖讒邪入而感内，己仍玉色潤澤，堅貞其行。

〔一七〕流瀾：散布貌。　蒙蒙：盛貌。此喻讒佞興盛，四散分布。

〔一八〕湯湯：洪氏考異：「『湯』一作『蕩』。」尚書堯典：「蕩蕩懷山襄陵。」蕩蕩，奔突滌除。此謂疾風過而萬物被摧。

〔一九〕南藩：南方屏藩，指諸侯之國。　會稽：山名，在今浙江紹興東南。

〔二〇〕韓衆：參遠遊「羨韓衆之一得」句注。　宿：留止。　天道：此指仙家長生之道。

〔二一〕馳騖：急速奔馳。　班衍衍：猶「斑漫衍」，參遠遊「斑漫衍而方行」句注。　之：同「而」。　冥冥：隱約不明。

〔二二〕忽容容：迷離不清貌。　安之：何去。「超慌忽」句：參哀郢「荒忽其焉極」句注。洪興祖考異：「一本『荒』上有『怊』字。」「超慌忽」即怊荒忽。　如：往。　此謂迷離恍惚，不知所往。

〔二三〕引：導引。　八維：古人持蓋天説，認爲天圓如傘蓋，四方八面有繩維繫。　自道：洪興祖考異：「『道』一作『導』。」此即仙家導引之術，言以身體配合四方八面之氣，呼吸吐納，煉養長生。 沆瀣：參遠遊「餐六氣而飲沆瀣」句注。

〔二四〕菌若：菌，紫芝。　若，杜若。　構：架。

〔二五〕新夷：即辛夷。　椒楨：椒，芳椒。　楨，女貞。

〔二六〕鶡：鶡鷄。　鶴：鶬鶴。　二句言賢者雖忠貞，却獨居不遇。

此章述賢士既不見用，又流離而不得歸，故思遠遊、尋天道，以排解苦悶。

哀命

哀時命之不合兮，傷楚國之多憂。内懷情之潔白兮，遭亂世而離尤〔一〕。惡耿介之直行兮，世溷濁而不知〔二〕。何君臣之相失兮，上沅湘而分離〔三〕。測汨羅之湘水兮，知時固而不反〔四〕。傷離散之交亂兮，遂側身而既遠〔五〕。處玄舍之幽門兮，穴巖石而窟伏〔六〕。從水蛟而爲徒兮，與神龍乎休息〔七〕。何山石之嶄巖兮，靈魂屈而偃蹇〔八〕？含素水而蒙深兮，日眇眇而既遠〔九〕。哀形體之離解兮，神罔兩而無舍〔一〇〕。惟椒蘭之不反兮，魂迷惑而不知路〔一一〕。願無過之設行兮，雖滅没之自樂〔一二〕。痛楚國之流亡兮，哀靈脩之過到〔一三〕。固時俗之溷濁兮，志瞀迷而不知路〔一四〕。念私門之正匠兮，遥涉江而遠去〔一五〕。念女嬃之嬋媛兮，涕泣流乎於悒〔一六〕。我決死而不生兮，雖重追吾何及？戲疾瀨之素水兮，望高山之蹇産〔一七〕。哀高丘之赤岸兮，遂没身而不反〔一八〕。

〔一〕離尤：陷於罪過。

〔二〕惡：憎惡。耿介：指光明正直之士。

〔三〕相失：失於相知，故不合。上沅湘：放逐於沅湘。泝流而行曰「上」。

〔四〕汨羅：水名。因汨水流經古羅城，故稱。水經注湘水曰「汨羅淵」，乃屈原自沈處。汨羅下注湘水，故云「測汨羅之湘水」。在今湖南湘陰北。「知時固」句：「固」或「故」之同音借字。此謂知時不可爲，故一去不返。

〔五〕交亂：交相混亂，言離散疊至。　側身：言戒慎恐懼。無以安身。

〔六〕玄舍、幽門：指隱者所居。玄、幽，皆深邃之意。　穴：穴居。王逸注：「言己修德不用，欲伏巖穴之中，以自隱藏也。」

〔七〕徒：同「類」。　休息：此謂與神龍同潛，示不得志。

〔八〕嶃巖：即「巉巖」，險峻貌。嶃，「巉」之借字。　偃蹇：屈曲貌。

〔九〕素水：王逸注：「白波揚起之水也。」按下文云「戲疾瀨之素水」，蓋水流疾則白波起，故曰。「含素水」指守清白之節，離溷濁之世。　蒙深：洪氏考異：「一作『濛濛』。」形容白波揚起之狀。

〔一〇〕日：日復一日。言其與君日遠。

〔一一〕離解：指精神與肉體分離。　罔兩：恍惚無據貌。罔，同「罔」。　無舍：無所歸宿。

〔一二〕椒蘭：楚國大夫子椒和令尹子蘭。參離騷「余以蘭爲可恃兮」、「椒專佞以慢慆兮」句注。　不反：不許歸還。

〔一三〕設行：即施行。　滅没：死亡。　二句言願己無罪而理想實施，則雖死猶樂。

〔一三〕靈脩：參離騷「夫唯靈脩之故也」句注。　過到：「到」即「倒」，二字古多通用。「過到」謂懷王有過不改。管子君臣：「君有過而不改謂之倒。」此即用其意。

〔一四〕瞀迷：昏亂迷惑。

〔一五〕私門：家臣之門。左傳昭公三年叔向曰「政在家門」注：「大夫專政。」正匠：正，政也；匠，王逸注：「教也」。政教出於權臣之門，此指上官、靳尚之流。

〔一六〕「女嬃」句：參離騷「女嬃之嬋媛兮」句注。於悒：悲哀氣塞貌。

〔一七〕重追：重新追還。戲：樂。疾瀨：湍流。望：仰望。蹇産：山高貌。王逸注：「言己履清白，其志如水，雖遇棄放，猶志仰高遠而不懈也。」

〔一八〕赤岸：紅色險峻的巖岸。猶「素水」之類。

此章哀嘆時命不遇，楚國多憂，以及決心没身自沈的絶望心情。

謬諫

怨靈脩之浩蕩兮，夫何執操之不固〔一〕？悲太山之爲隍兮，孰江河之可涸〔二〕？願承間而效志兮，恐犯忌而干諱〔三〕。卒撫情以寂寞兮，然怊悵而自悲〔四〕。玉與石其同匱兮，貫魚眼與珠璣〔五〕。駑駿雜而不分兮，服罷牛而驂驥〔六〕。年滔滔而自遠兮，壽冉冉而愈衰〔七〕。心悇憛而煩冤兮，蹇超摇而無冀〔八〕。固時俗之工巧兮，滅規榘而改錯〔九〕。卻騏驥而不乘兮，策駑駘而取路〔一〇〕。當世豈無騏驥兮，誠無王良之善馭〔一一〕。見執轡者非其人兮，故駒跳而遠去〔一二〕。不量鑿而正枘兮，恐榘矱之不同〔一三〕。不論世而高擧兮，恐操行之不調〔一四〕。弧弓弛而不張兮，孰云知其所至〔一五〕？無傾危之患難兮，焉知賢士之所死？俗推佞而進富兮，節行張而不著〔一六〕。賢良蔽而不羣兮，朋曹比而黨譽〔一七〕。邪説飾而多曲兮，正法弧而不公〔一八〕。直士隱而避匿兮，讒諛登乎明堂〔一九〕。棄彭咸之娛樂兮，滅巧倕之繩墨〔二〇〕。菎蕗雜於廢蒸兮，機蓬矢以射革〔二一〕。駕蹇驢而無策兮，又何路之能極〔二二〕？以直鍼而爲釣兮，又何魚之能得？伯牙之絶弦兮，無鍾子期而聽之〔二三〕。和抱璞而泣血兮，安得良工而剖之〔二四〕？同音者相和兮，同類者相似。飛鳥號其羣兮，鹿鳴求其友。故叩宮而宮應兮，彈角而角動〔二五〕。虎嘯而谷風至兮，龍擧而景雲往〔二六〕。音聲之相和兮，言物類之相感也。夫方圜之異形兮，勢不可以相錯〔二七〕。列子隱身而窮處兮，世莫可以寄託〔二八〕。衆鳥皆有行列兮，鳳獨翔翔而無所薄〔二九〕。經濁世而不得志兮，願側身巖穴而自託。欲闔口而無言兮，嘗被君之厚德〔三〇〕。獨便悁而懷毒兮，愁鬱鬱之焉極〔三一〕。念三年之積思兮，願壹見而陳詞。不及君而騁説兮，世孰可爲明之？身寢疾而日愁兮，情沈抑而不揚〔三二〕。衆人莫可與論道兮，悲精神之不通〔三三〕。

〔一〕「靈脩」句：參離騷「怨靈脩之浩蕩兮」句注。執操：猶言守志。固：堅定不動搖。

〔二〕太山：大山。　隍：城下池。　王逸注：「言大山將頽爲池，以喻君且失其位。」　孰何。　涸：水竭。　此以江河水竭喻國祚將盡。

〔三〕承間：參抽思「願承間而自察兮」句注。　效志：參懷沙「撫情效志兮」句注。　犯：冒犯。　干：抵觸。　忌、諱：王逸注：「所畏爲忌，所隱爲諱。」

〔四〕卒：終。　撫情：參懷沙「撫情效志兮」句注。　寂寞：此謂默默無聲。　怊悵：惆悵。

〔五〕匵：即櫝櫝。　貫：串連。　此以玉石不分、魚目混珠喻不辨賢愚。

〔六〕駑：劣馬。　駿：良馬。　服、驂：車前駕轅爲服，服之兩旁爲驂。　罷牛：即疲牛。以罷牛與騏驥並爲驂服，喻良莠不分。

〔七〕滔滔：流逝貌。　自遠：言光陰一去不返。

〔八〕悇憛：憂愁貌。　蹇：語辭。　超摇：不安。　無冀：無所期望。

〔九〕「固時俗」二句：又見離騷，注可參。

〔一〇〕卻：退。　策：揚鞭擊馬。　駘：劣馬。

〔一一〕王良：相傳春秋晉國之善馭者。　孟子滕文公下：「昔者趙簡子使王良與嬖奚乘，終日而不獲。」左傳哀公二年「郵無恤御簡子」杜注：「郵無恤，王良也。」

〔一二〕駒跳：即騊跳，參九辯「故騊跳而遠去」句注。

〔一三〕「不量鑿」句：又見離騷，注可參。同：當從洪氏考異作「周」，與下句「調」字叶韻。

〔一四〕論世：分辨世之治亂。

〔一五〕弛張：開弓爲張，解弓爲弛。　至：此指矢之所至。　二句言賢士不得用世，孰能知其忠貞。

〔一六〕推佞：推舉巧言之人。　進富：進用多財之人。　張而不著：言雖得用世而功德不著。

〔一七〕不羣：孤立無援。　朋曹：結黨營私之輩。　比：勾結。　黨譽：相互應和，彼此吹捧。

〔一八〕弧：曲戾。　二句言邪説巧飾多曲，反以正法爲曲戾不公。

〔一九〕明堂：古時天子宣明政教處。其制可參阮元明堂論、王國維明堂寢廟通考。　此指朝廷。

〔二〇〕彭咸：參離騷「願依彭咸之遺則」句注。　巧倕：參懷沙「巧倕不斲兮」句注。　此言彭咸所樂爲清廉正直，却被時人棄之；巧倕以繩墨爲法則，但時人滅而不守。

〔二一〕菎蕗：即箟簬，竹名。洪興祖云：「箟與箘同，箘簬也。」以其堅勁而爲造箭之美材。戰國策趙策一：「其堅則箘簬之勁不能過。」此喻忠直之士。　黀蒸：麻桿。説文麻部：「黀，麻藍也。」此喻平庸之輩。　機：説文木部：「主發謂之機。」此作動詞，猶發射。　蓬矢：以蓬蒿作箭。王逸注：「以蓬蒿之箭，以射犀革之盾，必摧折而無所能入也。言使愚巧任政，必致荒亂，無所能成也。」

〔二二〕蹇驢：跛足驢。　極：終極之地。此謂達到目的地。

〔二三〕伯牙：楚之善鼓琴者，與鍾子期爲知音。　吕氏春秋本味：「伯牙鼓琴，鍾子期聽之。方鼓琴而志在太山，鍾子期曰：『善哉乎鼓琴，巍巍乎若太山！』少選之間，而志在流水。鍾子期又曰：『善哉乎鼓琴，湯湯乎若流水！』鍾子期死，伯牙破琴絶弦，終身不復鼓琴。」高誘注：「伯姓牙名，或作雅。鍾氏期名，子皆通稱，悉楚人也。」

〔二四〕和：卞和，事參怨世「悲楚人之和氏」句注。

〔二五〕叩：敲擊。　彈：彈撥。　宫、角：五音中的二音。　二句謂同聲相應。

〔二六〕谷風：東風。　景雲：大雲而有光者。　二句謂物類相感。

〔二七〕錯：「措」之借字，處置。　二句言方圓異形，勢不可同處。

〔二八〕列子：即列禦寇，相傳爲戰國時鄭國人。　莊子逍遥遊「夫列子御風而行」成玄英疏：「列禦寇，鄭人，與鄭繻公同時。」　窮處：處於窮困之中。　寄託：指安身之地。

〔二九〕「衆鳥」二句：參九辯「衆鳥皆有所登棲兮，鳳獨遑遑而無所集」句注。

〔三〇〕闔口：閉口。

〔三一〕便悁：憂忿。　懷毒：心存煩怨。　莊忌哀時命作「獨便悁而煩毒兮」。

〔三二〕寑疾：卧病。　沈抑：沈鬱抑悶。

〔三三〕通：疏暢。

謬諫，即譎諫。説文言部：「譎，權詐也，梁、益曰謬。」方言卷九：「膠、譎，詐也。涼州西南曰膠，自關而東西，或曰譎，或曰膠。」則「膠」亦「謬」之借字。取其委婉陳辭、託詩以諷之意。毛詩序鄭箋：「譎諫，詠歌依違不直諫。」本意言己處濁世不得志，「直士隱而避匿」，「讒諛登乎明堂」，但君德難忘，故委婉勸諫君王善察賢愚，選賢用能，並借以抒其沈抑難通的情懷。

亂曰：鸞皇孔鳳日以遠兮，畜鳧駕鵝〔一〕。鷄鶩滿堂壇兮，鼃黽游乎華池〔二〕。要裹奔亡兮，騰駕橐駝〔三〕。鉛刀進御兮，遥棄太阿〔四〕。拔搴玄芝兮，列樹芋荷〔五〕。橘柚萎枯兮，苦李旖旎〔六〕。甂甌登於明堂兮，周鼎潛乎深淵〔七〕。自古而固然兮，吾又何怨乎今之人？

〔一〕孔鳳：孔雀與鳳皇。　畜：馴養。　駕鵝：即説文鳥部「鴚」字，漢人多作「駕」。

〔二〕鷄鶩：參懷沙「鷄鶩翔舞」句注。　鼃黽：蛙。兩者皆喻目光短淺的佞諛之人。

〔三〕要裹：古之駿馬，吕氏春秋離俗覽：「飛兔、要裹，古之駿馬也。」洪興祖引應劭作「腰裹」，曰：「古之駿馬，赤喙玄身，日行五千里。」　橐駝：駱駝。此以要裹喻賢，橐駝比愚。

〔四〕鉛刀：鉛製之刀，言其鈍。　太阿：利劍。戰國策韓策蘇秦爲楚合從説韓王曰：「……

太阿，皆陸斷馬牛，水擊鵠雁，當敵即斬堅。」

〔五〕玄芝：黑靈芝，如菌而大。本草云芝「有青、赤、黄、白、黑、紫六色」。　芋荷：芋頭。説文艸部：「芋，大葉實根。」按芋頭葉似荷，故曰芋荷。

〔六〕苦李：李之一種，味苦澀。世説新語雅量王戎云：「樹在道邊而多子，此必苦李。」此喻才拙之人。　旖旎：盛貌。

〔七〕甂甌：瓦器。甂爲闊口食盆。甌，説文瓦部：「小盆也。」喻淺陋之人，孔子家語致思：「瓦甂，陋器也；煮食，薄膳也。」　周鼎：相傳夏禹所鑄之鼎，後遷於周。左傳宣公三年王孫滿曰：「昔夏之方有德也，遠方圖物，貢金九牧，鑄鼎象物，百物而爲之備，使民知神姦。」「桀有昏德，鼎遷於商」，「商紂暴虐，鼎遷於周」。　後世鼎没於泗水。

亂辭綜理全篇，揭示自古及今多爲小人得志、賢士退隱之旨。

哀時命

【解題】

本篇作者，據王逸楚辭章句哀時命敍稱，乃西漢文、景時的莊忌，時人又尊稱爲「莊夫子」。因避漢明帝諱，故或稱嚴忌、嚴夫子。據史記鄒陽列傳、司馬相如列傳，漢書地理志等，莊忌始與鄒陽、枚乘等遊於吴王劉濞，後遊於梁孝王劉武，以辭賦顯名。漢書藝文志著録其賦二十四篇，今僅存本篇。

本篇主旨，在於抒發賢者不遇於時的感傷憤懣之情。漢人認爲是傷悼屈原之作，故編入楚辭專書之中。然與七諫等篇相較，悼屈之跡並不顯著。如「子胥死而成義兮，屈原沉于汨羅」乃列舉古賢，似非專弔屈原。

本篇頗爲後人見重，不視爲「無病呻吟」之作。其體制上承屈賦，古樸雅正；但多襲屈、宋賦成句辭藻，實蹈漢世擬作因襲之風。

哀時命之不及古人兮，夫何予生之不遘時〔一〕？往者不可扳援兮，倈者不可與期〔二〕。志憾恨而不逞兮，杼中情而屬詩〔三〕。夜炯炯而不寐兮，懷隱憂而歷茲〔四〕。心鬱鬱而無告兮，衆孰可與深謀〔五〕？欿愁悴而委惰兮，老冉冉而逮之〔六〕。居處愁以隱約兮，志沈抑而不揚〔七〕。道壅塞而不通兮，江河廣而無梁〔八〕。願至崑崙之懸圃兮，采鍾山之玉英〔九〕。擥瑶木之橝枝兮，望閬風之板桐〔一〇〕。弱水汩其爲難兮，路中斷而不通〔一一〕。勢不能凌波以徑度兮，又無羽翼而高翔〔一二〕。然隱憫而不達兮，獨徙倚而彷徉〔一三〕。悵惝罔以永思兮，心紆軫而增傷〔一四〕。倚躊躇以淹留兮，日飢饉而絶糧〔一五〕。廓抱景而獨倚兮，超永思乎故鄉〔一六〕。廓落寂而無友兮，誰可與玩此遺芳〔一七〕？白日晼晚其將入兮，哀余壽之弗將〔一八〕。車既弊而馬罷兮，蹇邅徊而不能行〔一九〕。身既不容於濁世兮，不知進退之宜當〔二〇〕。

〔一〕時命：生時命運。　遘時：逢時。

〔二〕扳援：即「攀援」，洪興祖考異：「『扳』一作『攀』。」（二字通用，如莊子馬蹄「可攀援而窺」，釋文云：「攀，本又作『扳』。」）「不可扳援」猶言不可及。　倈：同「來」，洪興祖考異：「一作『來』。」　期：期待。　二句仿遠遊「往者余弗及兮，來者吾不聞」。

〔三〕憾恨：不滿、怨恨。　逞：通，達到目的。　大招「逞志究欲」、本篇後「身至死而不得逞」，「逞」皆同義。　杼：即「抒」之同音借字，抒發（洪興祖考異：「杼，一作『抒』。」）　屬詩：

作詩。

〔四〕炯炯：即「耿耿」，煩憂不寐貌。詩邶風柏舟：「耿耿不寐，如有隱憂。」遠遊：「夜耿耿而不寐兮，魂煢煢而至曙。」隱憂：詩邶風柏舟「如有隱憂」，韓詩作「殷憂」。殷，大也。王逸注：「如遭大憂，常懷戚戚」，是王逸本或原作「殷憂」，從三家詩。洪興祖考異：「『隱』一作『殷』」，是宋時猶傳作「殷憂」之舊本。歷兹：直到現在。離騷云「喟憑心而歷兹」、「委厥美而歷兹」，皆其例。

〔五〕鬱鬱：憂思貌。

〔六〕欿：不滿足。愁悴：憂愁憔悴。委惰：懈倦。逮：及、至。離騷「老冉冉其將至」，九歌大司命「老冉冉兮既極」（極亦至也），蓋其所仿。

〔七〕隱約：隱居，窮困。論語里仁：「不仁者不可以久處約，不可以長處樂。」此句即從「處約」展延引申而來。沈抑：壓抑。揚：伸展。「志沈抑」句襲用九章惜誦「情沈抑而不達」；後東方朔七諫謬諫「情沈抑而不揚」、劉向九歎怨思「思沈抑而不揚」，則又襲用莊忌。

〔八〕梁：橋梁。二句設喻以「言己欲竭忠謀，讒邪壅塞而不得達，若臨江河無橋梁以濟也」（王逸注）。

〔九〕崑崙、懸圃：崑崙，古傳説中西方神山，其上有懸圃，參離騷「夕余至乎縣圃」、天問「崑崙縣圃」句注。「懸」、「縣」同。鍾山：古神山名。山海經西山經：「黄帝乃取峚山之玉榮而投之鍾山之陽。瑾瑜之玉爲良，堅粟精密，濁澤有而光。五色發作，以和柔剛。天地鬼神，是食是饗；君子服之，以禦不祥。」玉英：玉色英華，故曰玉英，亦即西山經所言之「玉榮」。

〔一〇〕擥：同「攬」，攬取。瑶木：玉樹。淮南子墬形：「掘崑崙墟以下地，中有增城九重，……碧瑶樹在其北。」即此「瑶木」。欂枝：長枝。欂或作「撢」（洪興祖考異）。欂（撢）之訓長，猶「覃」之訓長（說文謂「長味」）。以音讀之，則同「樳」，高大之樹（山海經海外北經有「尋木」）。閬風：山名，在崑崙山上，參離騷「登閬風而緤馬」句注。板桐：山名，在崑崙之上，王逸注謂「在閬風之上」。淮南子墬形：「縣圃、涼風、樊桐，在崑崙閶闔之中。」「板」、「樊」同讀脣音，故水經注河水引崑崙說曰：「崑崙之山三級，下曰樊桐，一名板桐。」閬風之板桐：猶言「閬風與板桐」（「之」之用作並列連詞，古籍多有其例）。

〔一一〕弱水：古西方水名，流經崑崙山下。山海經大荒西經云：有大山名曰崑崙之丘，「其下有弱水之淵環之」。汩：水急流貌。弱水難渡，古來有其說。如郭璞山海經圖讚：「弱出崑山，鴻毛是沈。」（藝文類聚卷八引）史記大宛列傳索隱引輿地圖：「崑崙弱水，非乘龍不至。」二句即用其意。

〔一二〕凌波：凌駕波浪，指涉水而渡。徑度：直接渡過。「度」一作「渡」（洪興祖考異）。

〔一三〕然：這樣、因此。此承前而言。隱憫：隱痛、憫傷。徙倚、彷徉：猶徘徊。參遠遊「步徙倚而遥思」、「聊仿佯而逍遥」句注。

〔一四〕悵：失意。惝罔：同「惝怳」，失意貌。參遠遊「怊惝怳而乖懷」句注。紆軫：委曲隱憂。「軫」乃「軫」之俗體，章句本正作「軫」。參九章惜誦「心鬱結而紆軫」、懷沙「鬱結紆軫」句注。

〔一五〕倚：王逸注：「言己欲躊躇久留，……」疑即釋「倚躊躇」句，故「倚」字本作「欲」，此因涉下句「獨倚」而誤。躊躇：猶豫徘徊。淹留：滯留不前。「倚躊躇」句：襲用九辯「蹇淹留而躊躇」，參前注。飢饉：饑餓。

〔一六〕廓：空。抱景：守其形影。「景」乃「影」之本字。獨倚：獨立。超：通「怊」，悵然失意。莊子天地：「怊乎若嬰兒之失其母」，釋文：「怊音超。字林：悵也。」九章悲回風「超惘惘而遂行」、七諫自諫「超慌忽其焉如」，「超」義同。永思：長思。

〔一七〕廓落：空寂孤獨。廓落寂而無友，襲九辯「廓落兮羈旅而無友生」。遺芳：喻前賢留下的忠信之言。遠遊「誰可與玩斯遺芳兮」王逸注：「世莫足與議忠貞也。」可參。

〔一八〕晼晚：日將暮貌。九辯：「白日晼晚其將入兮。」弗將：不長久。詩商頌烈祖：「我受命溥將」，「將」亦長久之意。本句王逸注：「將，猶長也。」九辯：「歲忽忽而遒盡兮，恐余壽之弗將。」王逸注下句云：「懼我性命之不長也。」

〔一九〕弊：破爛。罷：通「疲」。九章思美人：「車既覆而馬顛兮」，爲此所仿。蹇：難行。邅徊：徘徊不進。

〔二〇〕宜當：恰當。「不知」句謂在進退之間，不知以何者爲宜。

以上第一段。言己哀生不逢時，孤寂無友，壯志難酬，立身立命，倍感艱難。

冠崔嵬而切雲兮，劍淋離而從橫〔一〕。衣攝葉以儲與兮，左袪挂於榑桑〔二〕。右衽拂於不周兮，六合不足以肆行〔三〕。上同鑿枘於伏戲兮，下合矩矱於虞唐〔四〕。願尊節而式高兮，志猶卑夫禹湯〔五〕。雖知困其不改操兮，終不以邪枉害方〔六〕。世並舉而好朋兮，壹斗斛而相量〔七〕。衆比周以肩迫兮，賢者遠而隱藏〔八〕。爲鳳皇作鶉籠兮，雖翕翅其不容〔九〕。靈皇其不寤知兮，焉陳詞而効忠〔一〇〕？俗嫉妒而蔽賢兮，孰知余之從容〔一一〕？願舒志而抽馮兮，庸詎知其吉凶〔一二〕？璋珪雜於甑窐兮，隴廉與孟娵同宮〔一三〕。舉世以爲恒俗兮，固將愁苦而終窮〔一四〕。幽獨轉而不寐兮，惟煩懣而盈匈〔一五〕。魂眇眇而馳騁兮，心煩寃之𢥞𢥞〔一六〕。志欿憾而不憺兮，路幽昧而甚難〔一七〕。塊獨守此曲隅兮，然欿切而永歎〔一八〕。

〔一〕冠：帽子。　崔嵬：高聳貌。　切雲：刻有雲形的花紋。參九章涉江「冠切雲之崔嵬」句注。　淋離：即「陸離」，裝飾華美貌。　離騷「長余佩之陸離」、九章涉江「帶長鋏之陸離」，可參。　從橫：劍佩擺動狀。

〔二〕攝葉：衣寬博貌。　儲與：衣長大貌。　二詞與上兩句言冠之崔嵬、劍之淋離相承爲義，且參下句與「右衽」二句可知其義。　左袪：左袖。　榑桑：即「扶桑」，神話中東方神樹，日出其下，參離騷「總余轡乎扶桑」句注。

〔三〕右衽：右袖。　不周：不周山，神話中山名，在崑崙北，參離騷「路不周以左轉」句注。六合：天地四方。　肆行：隨意行走。　以上四句極言己道德盛大，而不得伸展，如衣袖掛於扶桑，拂於不周，天地雖大，不足以肆意行走。

〔四〕鑿枘：鑿，榫卯；枘，榫頭。同鑿枘，喻契合。離騷有「量鑿正枘」之語，淮南子俶真有萬民「求鑿枘於世」之説，並可參。　伏戲：即「伏羲」（洪興祖考異：「『戲』一作『羲』。」），古代傳説中的帝王，參大招「伏戲駕辯」句注。　矩矱：規矩、法度。　離騷：「求榘矱之所同（案「同」本當作「周」，參前該句注）」，洪興祖考異：「『榘』一作『矩』。」（文選即作「矩」）　虞唐：虞舜、唐堯。

〔五〕尊節：尊重節操。　式高：取法高賢。　卑：低下。

〔六〕困：困厄、不得志。　邪枉：邪惡。　方：公正、正直。

〔七〕並舉：即「並與」，猶互相勾結。屈賦「與」、「舉」多互借，如九章涉江「與前世而皆然」，即「舉前世而皆然」。　好朋：喜結朋黨。　離騷有此句，爲其襲用。　壹：使相同。　斗、斛：皆量器。古代十斗爲一斛。斗、斛大小不同，今則等同之，喻賢不肖不分。九章懷沙「一概而相量」，即其所仿。

〔八〕比周：合同。管子立政：「羣徒比周之説勝，則賢不肖不分。」肩迫：迫，比近。「肩迫」猶言並肩，指羣小勾結緊密。

〔九〕鶉籠：馴養鵪鶉之籠。翕翅：收斂羽翼。二句言羣小制服賢者，猶爲鳳皇作鵪鶉之籠；鳳皇即使收斂其翅，仍不能容身其中。

〔一〇〕靈皇：指君王。語從離騷「靈修」、「哲王又不寤」化來。寤知：覺悟。

〔一一〕俗：世俗之人。從容：舉動、行爲。離騷：「世溷濁而不分兮，好蔽美而嫉妒。」九章懷沙：「重華不可遻兮，孰知余之從容？」皆爲其所仿。

〔一二〕舒志：舒洩志意。抽馮：排遣憤懣。馮，憤懣。洪興祖考異：「一作『憑』，一作『懣』，一作『愁』。」按作「憑」、「懣」，得其義；作「愁」乃字誤。九章抽思有「抽思」、「抽怨」之詞，義近。庸詎：何以、何故。

〔一三〕璋、珪：皆古代極貴重之玉製禮器。此喻美德。甂、窐：皆瓦器。隴廉：古醜婦名。孟娵：古美女名。二句喻君闇惑，不別賢愚。

〔一四〕恒俗：常俗。終窮：始終窮困不達。九章涉江有「固將愁苦而終窮」句，爲其襲用。

〔一五〕獨轉：獨自展轉。幽獨轉：九章涉江有「幽獨處」用法。惟：思緒。煩懣：煩悶憤懣。匈：即「胸」。

〔一六〕眇眇：高遠貌。 煩冤：煩悶冤屈。 㦇㦇：憂心貌。

〔一七〕欿憾：不得滿足。 憺：安。「路幽昧」句：從離騷「路幽昧以險隘」句化出。

〔一八〕塊：孤獨貌。 欿切：悲痛。 二句仿九辯「塊獨守此無澤兮，仰浮雲而永歎」句意。

以上第二段。言己志向高潔，守節不變，然爲朋黨羣小所不容；君又不別賢愚，故欿憾悲痛，爲之永歎。

愁脩夜而宛轉兮，氣涫鬻其若波〔一〕。 握剞劂而不用兮，操規榘而無所施〔二〕。 騁騏驥於中庭兮，焉能極夫遠道〔三〕？ 置猨狖於欞檻兮，夫何以責其捷巧〔四〕？ 駟跛鼈而上山兮，吾固知其不能陞〔五〕。 釋管晏而任臧獲兮，何權衡之能稱〔六〕？ 箟簬雜於黀蒸兮，機蓬矢以䠶革〔七〕。 負檐荷以丈尺兮，欲伸要而不可得〔八〕。 外迫脅於機臂兮，上牽聯於矰隿〔九〕。 肩傾側而不容兮，固陿腹而不得息〔一〇〕。 務光自投於深淵兮，不獲世之塵垢〔一一〕。 孰魁摧之可久兮，願退身而窮處〔一二〕。 鑿山楹而爲室兮，下被衣於水渚〔一三〕。 霧露濛濛其晨降兮，雲依斐而承宇〔一四〕。 虹霓紛其朝霞兮，夕淫淫而淋雨〔一五〕。 怊茫茫而無歸兮，悵遠望此曠野〔一六〕。 下垂釣於谿谷兮，上要求於僊者〔一七〕。 與赤松而結友兮，比王僑而爲耦〔一八〕。 使梟楊先導兮，白虎爲之前後〔一九〕。 浮雲霧而入冥兮，騎白鹿而容與〔二〇〕。

〔一〕倏夜：長夜。　宛轉：展轉。　涫鬻：沸騰。鬻，同「沸」。

〔二〕剞劂：雕刻用的曲刀。劂亦作「剧」，參說文刀部。　規榘：規矩法度。　施：用。

〔三〕騏驥：良馬。莊子秋水言其一日而馳千里。　中庭：庭院之中。　極：至。　二句喻賢者不得展其志。

〔四〕檽檻：籠檻。　捷巧：敏捷靈巧。

〔五〕駟：古者一車駕四馬。此用作動詞，猶駕馭。　跛鼈：瘸腿之鼈。　陞：登。　二句喻愚者不才，不能爲君立功。

〔六〕釋：捨棄不用。　管、晏：管仲、晏嬰。管仲相齊桓公，晏嬰相齊景公，二人善治國，名顯諸侯，事參史記管晏列傳。　臧獲：奴婢（參方言三）。　稱：測定輕重。　此喻治國。

〔七〕箟簬：竹名，質美。　廢蒸：去皮的麻桿。　七諫謬諫亦有此句，參前注。　機：弩機，弓上發箭的裝置。此用作動詞，猶言發射。　蓬矢：以蓬蒿所作之箭。　䠶：即「射」。（洪興祖考異：「一作『射』。」）　革：此指革製甲冑。　二句喻國君不辯賢愚，以庸才治國，無所作爲。

〔八〕負檐荷：即負、擔、荷三動詞連用（洪興祖考異：「『檐』一作『擔』。」）。背曰負，肩挑曰擔，肩扛曰荷。國語齊語有「負任擔荷」語。　丈尺：用作動詞，猶言丈量。　要：同「腰」。　二句言肩負重擔以丈量土地，其困難可知，故欲伸腰而不得，喻賢者處世艱難。

〔九〕迫脅：威迫。荀子臣道：「迫脅於亂世，窮居於暴國。」 機臂：弩身。「臂」亦作「辟」（洪興祖考異）。 牽聯：聯繫，此指將被矰弋射中。 矰弋：繫有生絲的射鳥短矢。「弋」一作「弋」（洪興祖考異）。 九章惜誦：「矰弋機而在上」，淮南子俶真襲其文，本句即用其意。

〔一〇〕傾側：偏側，此言不敢正身而立。 陿：通「狹」，狹窄。「陿腹」謂縮小其腹。息：呼吸。 二句言己欲側身而立，但仍不見容；縮小胸腹，而不得盡心呼吸。喻己即使小心行事，仍不見納於君。

〔一一〕務光：殷時隱士。湯欲將天下讓給卞隨、務光，二人不受。務光自投水而死。事參戰國策秦策五、莊子讓王、史記伯夷列傳等。 獲：蒙受。 塵垢：塵土、污垢。此指塵世間卑污之事。 劉安離騷傳論屈原「不獲世之滋垢」，語義同，蓋漢世之通語。

〔一二〕魁摧：即「虺隤」（見詩周南卷耳），疲病。

〔一三〕山楹：山石之柱。 渚：水涯。

〔一四〕濛濛：霧露迷濛貌。 依斐：雲層濃密貌。 承宇：謂山高雲低，雲在屋宇之下。句仿九章涉江「雲霏霏而承宇」。

〔一五〕淫淫：雨濕貌。 大招：「霧雨淫淫。」「虹霓」句：即詩鄘風蝃蝀所謂「朝隮于西，崇朝其雨」之義，言虹霓朝昇於西，與東方朝霞相映，乃雨兆，故又謂「夕淫淫而淋雨」。

〔一六〕怊：失意。

〔一七〕要求：洪興祖考異：「『求』一作『結』。」王逸注：「上則要結僊人，從之受道也。」作「結」是。要結：邀約、結交。

〔一八〕赤松、王僑：古僊人。參前遠遊、惜誓有關句注。耦：雙數。「爲耦」猶爲朋。

〔一九〕梟楊：獸名，即狒狒，古稱山神（王逸注）、山精（淮南子氾論）。白虎：參惜誓「白虎騁而爲右騑」句注。

〔二〇〕入冥：進入深遠幽緲之境界。九章悲回風有「青冥」，又九懷昭世：「馳六蛟兮上征，竦余駕兮入冥。」白鹿：白色鹿，古傳隱者喜騎。容與：安閑自得貌。

以上第三段。言己不被用，且姦佞當塗，備受迫害，只得退身隱處，以求自適。

魂眐眐以寄獨兮，汨徂往而不歸〔一〕。處卓卓而日遠兮，志浩蕩而傷懷〔二〕。鸞鳳翔於蒼雲兮，故矰繳而不能加〔三〕。蛟龍潛於旋淵兮，身不挂於罔羅〔四〕。知貪餌而近死兮，不如下游乎清波〔五〕。寧幽隱以遠禍兮，孰侵辱之可爲〔六〕？子胥死而成義兮，屈原沈於汨羅〔七〕。雖體解其不變兮，豈忠信之可化〔八〕？志怦怦而內直兮，履繩墨而不頗〔九〕。執權衡而無私兮，稱輕重而不差〔一〇〕。摡塵垢之枉攘兮，除穢累而反真〔一一〕。形體白而質素兮，中皎潔而淑清〔一二〕。時猒飫而不用兮，且隱伏而遠身〔一三〕。聊竄端而匿迹兮，嘆寂默而無聲〔一四〕。獨便悁而煩毒兮，焉發憤而抒情〔一五〕。時曖曖其將罷兮，遂悶歎而無名〔一六〕。伯夷死於首陽兮，卒夭隱而不榮〔一七〕。太公不遇文王兮，身至死而不得逞〔一八〕。懷瑶象而佩瓊兮，願陳列而無正〔一九〕。生天墜之若過兮，忽爛漫而無成〔二〇〕。邪氣襲余之形體兮，疾憯怛而萌生〔二一〕。願壹見陽春之白日兮，恐不終乎永年〔二二〕。

〔一〕眐眐：王逸注：「獨行貌也。」汩：迅疾貌。徂：行。九章懷沙：「汩徂南土。」

〔二〕卓卓：遠貌。卓，洪興祖考異云一作「逴」，是。九章抽思：「道卓遠而日忘兮」，九思逢尤：「世既卓兮遠眇眇」，「卓」皆遠義。浩蕩：心無所主貌。

〔三〕矰繳：射鳥的短箭，同「矰隿」，參前。繳，繫矢之絲繩。加：施害。

〔四〕旋淵：水勢回旋的深淵。洪興祖考異：「『旋』一作『深』。」罔羅：網羅。

〔五〕貪餌：貪食香餌。

〔六〕幽隱：幽居隱處。侵辱：侵凌誣辱。

〔七〕子胥：伍子胥。參九章惜往日「子胥死而後憂」句注。

〔八〕「雖體解」句：離騷「雖體解吾猶未變。」化：改變。

〔九〕怦怦：忠直貌。九辯：「心怦怦兮諒直」，爲其所仿。字又作「恲恲」，七諫怨世「思比干之恲恲兮」王逸注：「恲恲，忠直之貌。」　履：循行。　句仿離騷「循繩墨而不頗」。

〔一〇〕權衡：喻法度準繩。　差：失誤。

〔一一〕摡：通「溉」，洗滌。　枉攘：紛亂貌。與九辯之「侹攘」同。　穢累：污濁。　反真：返回真純忠正。七諫自悲：「夫人孰能不反其真情。」

〔一二〕白：清白。　素：純潔。　皎：同「皎」。　淑清：善良、高潔。

〔一三〕猒飫：飲食飽足，此引伸爲自足而不外求。　不用：不被君信用。　遠身：遠害全身。

〔一四〕竄端、匿迹：謂匿藏其蹤迹。淮南子人間亦有「竄端匿跡」之語（跡、迹同）。　嗼：同「寞」，静寞。洪興祖考異云一作「漠」，音同之借字。　寂默：無聲息。同遠遊、九辯之「寂漠」。

〔一五〕便悁：憂愁。　參七諫謬諫「獨便悁而懷毒」句注。　「焉發憤」句：襲用九章惜誦「發憤以杼情」。

〔一六〕曖曖：昏暗貌。　離騷：「時曖曖其將罷兮。」　悶歎：煩悶傷歎。

〔一七〕伯夷：參九章橘頌「行比伯夷」句注。　夭隱：即幽隱。夭、幽一聲之轉。　大招「察篤夭隱」，即言察篤幽隱之士。　榮：聲名顯榮。

〔一八〕太公：指姜太公吕尚，參離騷「吕望之鼓刀兮，遭周文而得舉」句注。　逞：得志。

〔一一九〕瑶象：美玉、象牙。此句喻懷賢德。　陳列：施展才能，列在職位。論語季氏有「陳力就列」之語。

〔一二〇〕墬：即「地」字。　正：平正是非。　若過：恍若過客。　爛漫：散亂。莊子在宥：「性命爛漫。」

〔一二一〕憯怛：憂痛。

〔一二二〕陽春：温暖的春天，此喻盛世。此仿九辯「恐溘死不得見乎陽春」句。　永年：長壽。

以上第四段。言己守志不渝，唯有隱身遠害，以待明主；又歎人生有限，恐無成也。此哀時命所由作也。

九懷

【解題】

九懷，西漢王襃所作。王襃，字子淵，蜀州資中（今四川資陽）人，宣帝時爲諫議大夫。王逸以爲「襃讀屈原之文，嘉其文雅，藻采敷衍，執握金玉，委之污瀆，遭世溷濁，莫之能識，追而愍之，故作九懷，以裨其詞」。然考九懷，似非專爲憫屈，乃是讀屈賦而「赴曲相和」，以表個人愴愴自憐之情。

王襃志在諷諫，故第一章匡機似取「正槩機」之意，强調「修近理内」，亂辭更是疾呼聖賢之君。正如作者的聖主得賢臣頌所謂：「故世必有聖知之君，而後有賢明之臣。」

匡機〔一〕

極運兮不中，來將屈兮困窮〔二〕。深愍兮慘怛，願一列兮無從〔三〕。乘日月兮上征，顧遊心兮鄗酆〔四〕。彌覽兮九隅，彷徨兮蘭宫〔五〕。芷閭兮葯房，奮摇兮衆芳〔六〕。

菌閣兮蕙樓，觀道兮從横〔七〕。寶金兮委積，美玉兮盈堂。桂水兮潺湲，揚流水兮洋洋。蓍蔡兮踴躍，孔鶴兮迴翔〔八〕。撫檻兮遠望，念君兮不忘。怫鬱兮莫陳，永懷兮内傷〔九〕。

〔一〕匡：正。　機：當謂槩機，即止門之橛。説文：「槩，門梱也。」又：「梱，門槩也。」廣雅釋宫稱「槩機」。

〔二〕極：北極星，或稱北辰。古以北極喻人君，故後漢書五行志注引馬融曰：「大中之道，在天爲北辰，在地爲人君。」　中：正「極運」句。謂君道不得其正，故下言使屈原處於困窮之境。

〔三〕愍：即「憫」，憂。　慘怛：痛心貌。　列：鋪陳。　無從：無門徑可入，謂君臣隔塞。

〔四〕征：行。　顧：回視。　遊心：追念。　鄗：即鎬，周武王之都，在今陝西西安西南。酆：亦作「豐」，周文王之都，在今陝西户縣東。此代指理想中的帝王。

〔五〕彌覽：遍觀。　九隅：指九州。　蘭宫：代指王宫。宋玉風賦：「楚襄王遊於蘭臺之宫。」下以「芷」、「葯」、「菌」、「蕙」均香草名，其分飾「閭」、「房」、「閣」、「樓」，言其居香潔高雅。

〔六〕奮摇：蓬勃生長。

〔七〕觀道：樓觀間的道路。　從横：從，「縱」之借字，南北曰縱，東西曰横。此謂道路縱横交錯。

〔八〕蓍蔡：即「耆蔡」，壽龜。蓍，「耆」之借字。蔡，代大龜。淮南子說山「大蔡神龜，出於溝壑」高注：「大蔡，元龜之所出地名，因名其龜爲大蔡。」孔鶴：孔雀與鶴。

〔九〕怫鬱：憤懣不暢。莫陳：無處陳述。

以上第一章。詠蘭宮蕙樓，金玉之堂，謂王者之化，當自内始，故以匡機爲名。正如劉向説苑政理所云：「修近理内，正槩機之禮，壹妃匹之際，則下莫不慕義禮之榮，而惡貪亂之恥，其所由致者，化使之然也。」

通路

天門兮墜户，孰由兮賢者〔一〕？無正兮溷廁，懷德兮何覩〔二〕？假寐兮愍斯，誰可與兮寤語〔三〕？痛鳳兮遠逝，畜鴳兮近處〔四〕。鯨鱏兮幽潛，從蝦兮遊陼〔五〕。乘虯兮登陽，載象兮上行〔六〕。朝發兮葱嶺，夕至兮明光〔七〕。北飲兮飛泉，南采兮芝英〔八〕。宣遊兮列宿，順極兮彷徉〔九〕。紅采兮騂衣，翠縹兮爲裳〔一〇〕。舒佩兮綝纚，竦余劍兮干將〔一一〕。騰蛇兮後從，飛駏兮步旁〔一二〕。微觀兮玄圃，覽察兮瑶光〔一三〕。啓匱兮探筴，悲命兮相當〔一四〕。紉蕙兮永辭，將離兮所思〔一五〕。浮雲兮容與，道余兮何之〔一六〕？遠望兮仟眠，聞雷兮闐闐〔一七〕。陰憂兮感余，惆悵兮自憐。

〔一〕天門、墜户：此泛指君王之居。墜，即「地」字。　孰由句：謂賢者怎能由此出入。

〔二〕無正：奸邪之人。　溷厠：混雜。　懷德：有德之士。　覩：同「睹」。　二句言姦邪者混雜天門地户之間，有德之士則無可得見。

〔三〕假寐：不脱冠帶就寢。　愍斯：謂憂此賢士失路之世。　寤語：即詩經陳風之「晤語」，毛傳：「晤，對也。」是「晤語」即對語。「誰可」句洪氏考異云：「一無『與』字」，是。因九懷全篇句法擬九歌，「兮」字在句中可代介詞、連詞等，此句中「兮」字即代「與」字，後人不解，故誤增「與」字。

〔四〕此句喻養佞而親附。鴳，釋文作「鷃」。

〔五〕鯨：生活在海洋中，此因其巨而喻大賢。　鱓：魚名。　從：猶「從從」，衆也。　蝦：喻指小人。　陼：即「渚」，水中小洲。

〔六〕登陽：登雲升天。淮南子天文：「清陽者薄靡而爲天，重濁者凝滯而爲地。」故登陽即登天。

〔七〕蔥嶺：山名，即今帕米爾高原之山。漢書西域傳注引西河舊事：「蔥嶺其山高大，上悉生蔥，故以名焉。」　明光：遠遊「仍羽人於丹丘」王逸注：「九懷曰：『夕宿乎明光。』明光，即丹丘也。」

〔八〕飛泉：見遠遊「吸飛泉之微液」句注。　芝英：芝草。此以食氣銜芝喻遠遊。

〔九〕宣遊：遍遊。　列宿：衆星。　極：北極。此句謂環繞北極星而遊。
〔一〇〕騂：赤色。　縹：青白色絲織物。
〔一一〕紲纚：即「陸離」之轉音，繁盛貌。文選思玄賦「珮紲纚以輝煌」注：「紲纚，盛貌。」干將：寶劍名。吴越春秋：「干將，吴人；莫耶，干將之妻。干將作劍，莫耶斷髮剪爪，投於爐中，金鐵乃濡，遂以成劍，陽曰干將，陰曰莫耶。」
〔一二〕騰蛇：即螣蛇。爾雅釋魚郭注：「龍類也。能興雲霧而遊其中。」　駏：即「駏驉」，或作「距虚」。穆天子傳：「距虚日走五百里。」因其行走迅速，故曰「飛駏」。
〔一三〕玄圃：即懸圃，見離騷「夕余至乎懸圃」句注。　瑶光：北斗第七星。
〔一四〕啓匱：開啓櫃匣。　筴：同「策」，卜筮所用之蓍。開櫃取策謂求之卜筮以斷吉凶。相當：洪氏考異：「『相』一作『所』」是。此句言卜筮結果説明己命所值不吉。
〔一五〕紉蕙：見離騷「豈維紉夫蕙茝」句注。　所思：指君王。
〔一六〕道：「導」之借字。　之：往。此句謂徬徨不知何往。
〔一七〕仟眠：闇而不明貌。　靁：即「雷」字。　闐闐：雷聲。
此章悲嘆賢者進無所由，行無所往，惆悵彷徨。所謂「通路」，殆即指此。

危俊

林不容兮鳴蜩，余何留兮中州〔一〕？陶嘉月兮總駕，搴玉英兮自脩〔二〕。結榮茝兮逶逝，將去烝兮遠遊〔三〕。徑岱土兮魏闕，歷九曲兮牽牛〔四〕。聊假日兮相佯，遺光燿兮周流〔五〕。望太一兮淹息，紆余轡兮自休〔六〕。晞白日兮皎皎，彌遠路兮悠悠〔七〕。顧列孛兮縹縹，觀幽雲兮陳浮〔八〕。鉅寶遷兮砏磤，雉咸雊兮相求〔九〕。泱莽莽兮究志，懼吾心兮憍憍〔一〇〕。步余馬兮飛柱，覽可與兮匹儔〔一一〕。卒莫有兮纖介，永余思兮怞怞〔一二〕。

〔一〕不容：不見容。　兮：代「於」字。　鳴蜩：鳴蟬。此以鳴蜩不見容於林，喻賢者無法立身於朝，致使英俊孤危。　中州：此代指中國。參漢書司馬相如傳所録大人賦注。句謂將離國遠去。

〔二〕陶：樂。　嘉月：泛言美好季節。　總駕：猶總轡，言駕車出行。　搴：採取。　玉英：即瓊華，代指堅貞香潔。　自脩：自我脩飾，培養情操。

〔三〕結：編結。　榮茝：繁盛的茝草。　逶逝：逶迤而去。　烝：君。見爾雅釋詁。離君遠遊，正應上「余何留兮中州」。

〔四〕徑：循道而行。　岱土：洪興祖補注：「注云北荒（指王逸注），疑『岱』本『代』字。」魏闕：高大的門樓。魏，本作「巍」。淮南子俶真注：「巍巍高大，故曰魏闕。」按此或指山勢，如「伊闕、龍門」之比。　九曲：王逸注：「九天際也。」極言其遠。　牽牛：星名。

〔五〕假日：借延歲月。　相佯：逍遥娱樂。　遺光燿：垂顯榮耀。燿，同「耀」。　周流：遍流天下。

〔六〕太一：見九歌東皇太一注。　淹息：止息。　紆：舒緩。

〔七〕晞：天始明。　白日：燦爛的太陽。　皎皎：光輝貌。　彌：甚。　悠悠：遥遠無盡。

〔八〕顧：環顧。　列孛：列布空中的彗星。孛，彗星。晉書天文志：「偏指曰彗，芒氣四出曰孛。孛者，孛孛然。」　縹縹：光閃閃貌。　陳浮：飄布空中。

〔九〕鉅寶：大寶，即「陳寶」。據漢書郊祀志，秦文公獲若石於陳倉，祠之，名曰「陳寶」。其神來時，光若流星，其聲砰隱，野鷄皆應之而鳴。　砏磤：即漢書郊祀志所謂「砰隱」之異文，形容聲音之大。　二句謂陳寶來時，其聲砰隱，野鷄皆應之而鳴。此乃遊覽天宇時所見奇觀。

〔一〇〕泱莽莽：廣大無際。　究志：終極其志。　懤懤：與下句「怞怞」音義相犯，疑當爲「滔滔」之借字，大水漫漫之貌。

〔一一〕飛柱：王逸注爲神山。　匹儔：求與相配。　二句謂步馬休息，尋求志同道合、可與爲偶者。

〔一二〕卒：終。　纖介：細微。此極言所求竟一無所得。　怞怞：憂愁貌。

此章言賢俊孤危，不見容於朝，故被迫遠逝，又無志同道合者爲伍，故名「危俊」。

昭世

世溷兮冥昏，違君兮歸真〔一〕。乘龍兮偃蹇，高回翔兮上臻〔二〕。襲英衣兮緹䌟，披華裳兮芳芬〔三〕。登羊角兮扶輿，浮雲漠兮自娛〔四〕。握神精兮雍容，與神人兮相胥〔五〕。流星墜兮成雨，進瞵盼兮上丘墟〔六〕。覽舊邦兮滃鬱，余安能兮久居〔七〕？志懷逝兮心懰慄，紆余轡兮躊躇〔八〕。聞素女兮微歌，聽王后兮吹竽〔九〕。魂悽愴兮感哀，腸回回兮盤紆〔一〇〕。撫余佩兮繽紛，高太息兮自憐〔一一〕。使祝融兮先行，令昭明兮開門〔一二〕。馳六蛟兮上征，竦余駕兮入冥〔一三〕。歷九州兮索合，誰可與兮終生〔一四〕？忽反顧兮西囿，覩軫丘兮崎傾〔一五〕。橫垂涕兮泫流，悲余后兮失靈〔一六〕。

〔一〕冥昏：昏暗不明。　違君：去君。　歸真：即卜居所謂「超然高舉以保真」，回歸自然本性。

〔二〕偃蹇：高舉貌。　臻：至。　二句寫乘龍高翔，遨遊天宇。

〔三〕襲：穿。　英衣：華麗的服飾。　緹䌟：此指衣衫鮮美，與下「芳芬」相對成義。　緹，丹黃色帛。　䌟，衣之緣邊。

〔四〕登：乘。　羊角：旋風。　莊子逍遥遊「摶扶摇羊角而上者九萬里」成玄英疏：「旋風曲戾，猶如羊角。」扶輿：或即「扶搖」之異文，盤旋而上之貌。雲漢：王逸引或作「雲漢」，指天河。

〔五〕握：握持。神精：神明精爽。雍容：温和貌。胥：等待。此言其得精神之要，與神人相通。

〔六〕進：洪氏考異：「一本作『集』。」是。瞵盼：望視。「集瞵盼」謂凝目而視。丘墟：即「高丘」，或指崑崙之墟等仙境。

〔七〕滃鬱：雲烟瀰漫，此謂舊邦闇昧不明。

〔八〕懷逝：思欲遠去。懰慄：憂懼貌。紆：緩。躊躇：徘徊不前。

〔九〕素女：傳説中的神女。史記封禪書：「太帝使素女鼓五十弦琴，悲，帝禁不止。」王后：王逸注云「伏妃」。古文苑載揚雄太玄賦：「聽素女之清聲兮，觀宓妃之妙曲。」「伏」與「宓」一聲之轉，亦上古傳説中的神女。

〔一〇〕回回：紆曲貌，言其心情混亂。盤紆：盤回紆曲，言其心思複雜曲折。

〔一一〕太息：嘆息。自憐：獨抱遺憾。

〔一二〕祝融：見遠遊「祝融戒而還衡兮」句注。昭明：星名。史記天官書：「昭明星，大而白，無角，乍上乍下。所出國，起兵多變。」

〔一三〕六蛟：六龍，古者天子駕六馬，故此指乘車上征。竦：高馳而上。入冥：高入寥廓渺冥之境。

〔一四〕索合：即離騷所謂求合，尋求志同道合之君。

〔一五〕西囿：王逸注：「見彼隴蜀」，殊無義，疑或指漢代上林苑。文選東京賦「歲維仲冬，大閱西園」注：「西園，上林苑也。」此殆王褒諷君之語。　軫丘：猶九章抽思之「軫石」，此指崴嵬之山。　崎傾：傾側貌。

〔一六〕泫：流涕貌。　后：指君。　失靈：壅蔽不明。

此章之名昭世，蓋因世之不明。其首句即言「世溷兮冥昏」，末句又云「悲余后兮失靈」，雖覽舊邦滃鬱，然上下求合，終無所得，亦只好自悲自憐而已。

尊嘉

季春兮陽陽，列草兮成行〔一〕。余悲兮蘭生，委積兮從橫〔二〕。江離兮遺捐，辛夷兮擠臧〔三〕。伊思兮往古，亦多兮遭殃〔四〕。伍胥兮浮江，屈子兮沈湘〔五〕。運余兮念兹，心内兮懷傷〔六〕。望淮兮沛沛，濱流兮則逝〔七〕。榜舫兮下流，東注兮磕磕〔八〕。蛟龍兮導引，文魚兮上瀨〔九〕。抽蒲兮陳坐，援芙蕖兮爲蓋〔一〇〕。水躍兮余旌，繼以兮微蔡〔一一〕。雲旗兮電鶩，倏忽兮容裔〔一二〕。河伯兮開門，迎余兮歡欣〔一三〕。顧念兮舊都，懷恨兮艱難。竊哀兮浮萍，汎淫兮無根〔一四〕。

〔一〕季春：三月。陽陽：清明和暖貌。列草：百草。

〔二〕蘭生：洪氏考異：「生，一作『悴』。」憔悴。委積：堆積一旁。從横：零亂不整貌。

〔三〕江離、辛夷：皆香草名，喻忠正仁智之士。遺捐：丢棄。擠臧：壓抑沉没。臧，同「藏」，隱匿不顯。

〔四〕伊：語辭。

〔五〕伍胥：伍子胥，事參涉江「伍子逢殃」句注。屈子：屈原。沈湘：參七諫哀命「測汨羅之湘水」句注。

〔六〕「運余」句：仿屈賦「汨吾南征」等句型，將副詞提在主語之前，此「運」訓「轉」，爲「念」之副詞，故王逸注云「轉思念此」，省主語而釋其意。

〔七〕淮：水名。洪氏考異謂「一作『淵』」，當是。「望淵」兼承上「浮江」、「沈湘」而言。沛沛：水流貌。濆流：即臨水。逝：往，此謂隨水流逝。

〔八〕榜：船槳，此用作動詞。舫：船。下流：順流而下。東注：向東流。磕磕：急流聲。

〔九〕文魚：色彩斑斕的魚。瀨：湍急之水。洪氏考異：「『文』一作『大』」，知古本原作「大」。王逸注「巨鱗扶已渡涌湍也」，正以「巨」釋「大」。

〔一〇〕蒲：草名，即香蒲，葉可編席，故此云「陳坐」。援：引取。芙蕖：指荷葉。

〔一一〕躍：風波躍動。微蔡：未詳。王逸云：「續以草芥入已船也。」洪興祖補曰：「蔡，草也。」蓋指水藻之類。二句謂旌影落水，與水藻相接。

〔一二〕電鶩：電光奔馳。儵忽：迅疾貌。容裔：起伏貌。文選東京賦「紛焱悠以容裔」注：「容裔，高低之貌。」二句形容雲旗飄動。

〔一三〕河伯：水神。見九歌河伯注。

〔一四〕浮萍：水草名。汎淫：隨水漂浮。二句自喻生活飄泊不定。

此章悲嘆嘉善之士命運多乖，逢殃遭棄，難全其身。

蓄英

秋風兮蕭蕭，舒芳兮振條〔一〕。微霜兮眄眇，病殀兮鳴蜩〔二〕。玄鳥兮辭歸，飛翔兮靈丘〔三〕。望谿兮滃鬱，熊羆兮呴嘷〔四〕。唐虞兮不存，何故兮久留？臨淵兮汪洋，顧林兮忽荒〔五〕。修余兮袿衣，騎霓兮南上〔六〕。乘雲兮回回，亹亹兮自强〔七〕。將息兮蘭臯，失志兮悠悠〔八〕。蒶藴兮黴黧，思君兮無聊〔九〕。身去兮意存，愴恨兮懷愁。

〔一〕舒芳：吹散百草的芳香。振條：動摇萬木的枝條。二者皆上承秋風而言。

〔二〕眄眇：同「渺渺」，此指初霜微薄之狀。　病殀：病亡。

〔三〕玄鳥：燕子。燕子爲候鳥，秋來南飛，故曰「辭歸」。　靈丘：神山。

〔四〕滃鬱：雲氣迷漫。　呴嘷：嚎叫，「呴」通「吼」。

〔五〕汪洋：水勢浩渺無極。　忽荒：浩茫不清貌。賈誼鵩鳥賦「寥廓忽荒」注：「元氣未分貌。」

〔六〕袿衣：長襦。

〔七〕桒：同「乘」。　回回：雲光瀰漫貌。　亹亹：勤勉不倦貌。

〔八〕蘭皐：蘭草叢生之澤。此喻歸宿於芳美之地。　悠悠：憂不盡貌。

〔九〕葐蘊：即「紛蘊」，鬱積。　黴黧：垢黑。此指愁思鬱積，面目黧黑。

此章詠唐虞不存，賢人失志，然身去意存，不忘君國，猶自爲修飾，故名「蓄英」。

思忠

登九靈兮遊神，静女歌兮微晨〔一〕。悲皇丘兮積葛，衆體錯兮交紛〔二〕。貞枝抑兮枯槁，枉車登兮慶雲〔三〕。感余志兮慘慄，心愴愴兮自憐〔四〕。駕玄螭兮北征，曏吾路兮葱嶺〔五〕。連五宿兮建旄，揚氛氣兮爲旌〔六〕。歷廣漠兮馳騖，覽中國兮冥冥〔七〕。

玄武步兮水母，與吾期兮南榮〔八〕。登華蓋兮乘陽，聊逍遥兮播光〔九〕。抽庫婁兮酌醴，援瓟瓜兮接糧〔一〇〕。畢休息兮遠逝，發玉軔兮西行〔一一〕。惟時俗兮疾正，弗可久兮此方〔一二〕。寤辟摽兮永思，心怫鬱兮内傷〔一三〕。

〔一〕九靈：王逸注爲「九天」。　遊神：即神遊。　静女：王逸以爲「神女」。　微晨：晨光微露的黎明。

〔二〕皇丘：大丘。　葛：多年生蔓草，盤根錯節，故下云「衆體錯兮交紛」。此喻小人雜居朝廷。

〔三〕貞枝：直枝，喻忠貞之士。　抑：抑制。　枯槁：喻受冷落見棄。　枉車：車行曲道，言邪惡之徒阿諛奉迎。　慶雲：五色雲。「登慶雲」喻得居尊顯。

〔四〕慘慄：悲痛貌。

〔五〕玄螭：黑色無角龍。此寫「北征」而言「玄」，因其爲北方之色。　鄉：同「向」。　蔥嶺：見前通路「朝發兮蔥嶺」句注。

〔六〕五宿：金、木、水、火、土五星。「連五宿」即五星同時並見於一方，古人以爲祥瑞。此謂連續列星以作旗旄，與下句皆言車駕之盛。　氛氣：雲氣。

〔七〕廣漠：遼闊空曠之地。　中國：指諸夏。　冥冥：晦闇不明貌。

〔八〕玄武：北方大神，見遠遊「召玄武而奔屬」句注。 步：行，此指自北而西。 水母：金爲水母，此代指西方，與上「北征」而又言「蔥嶺」正應。 南榮：即南方。 王逸注：「南方冬温，草木常茂，故曰南榮。」此言所行由北轉西而至南。

〔九〕華蓋：星名。 晉書天文志：「大帝上九星，曰華蓋，所以覆蔽大帝之坐也。」 乘陽：即登陽，參通路「乘虬兮登陽」句注。 播光：當爲「瑶光」之誤，指北斗第七星。 王逸注以「布文采」，似古本已誤。此句蓋謂聊逍遥於北斗之間耳。

〔一〇〕抽：引持。 庫婁：星名。 晉書天文志：「庫樓十星，六大星爲庫，南四星爲樓。」此「婁」即「樓」之異文。「庫樓」形似酌酒之器，故云「酌醴」。 醴：甜酒。 援：取。 瓟瓜：星名。 洪氏補注：「大象賦云：瓟瓜薦果於震闈。 注云：五星在離珠北，天子之果園。」「瓟瓜」可食，故曰「接糧」。 二句以星宿之象言遠遊生活。

〔一一〕玉軔：以玉著軔，示其車駕之貴。 軔，止車木。

〔一二〕疾正：指憎惡正直者。 弗：不。

〔一三〕寤辟摽：用詩柏舟「寤辟有摽」語。 寤，睡而覺。 辟，或作「擗」，拊心。 摽，拊心貌。

此章謂皇丘積葛，貞枝枯槁，時俗疾正，惟有「遠逝」避之；然猶思盡忠事君，故内傷而長悲。

陶壅

覽杳杳兮世惟，余惆悵兮何歸〔一〕？傷時俗兮溷亂，將奮翼兮高飛。駕八龍兮連蜷，建虹旌兮威夷〔二〕。觀中宇兮浩浩，紛翼翼兮上躋〔三〕。浮溺水兮舒光，淹低佪兮京沶〔四〕。屯余車兮索友，覩皇公兮閔師〔五〕。道莫貴兮歸真，羡余術兮可夷〔六〕。吾乃逝兮南娭，道幽路兮九疑〔七〕。越炎火兮萬里，過萬首兮嶷嶷〔八〕。濟江海兮蟬蜕，絶北梁兮永辭〔九〕。浮雲鬱兮晝昏，霾土忽兮塺塺〔一〇〕。息陽城兮廣夏，衰色罔兮中怠〔一一〕。意曉陽兮燎寤，乃自訴兮在兹〔一二〕。思堯舜兮襲興，幸咎繇兮獲謀〔一三〕。悲九州兮靡君，撫軾歎兮作詩〔一四〕。

〔一〕世惟：洪氏考異：「惟，一作『維』」，是。「世維」猶世綱，管子禁藏：「法令爲維綱。」

〔二〕八龍：見離騷「駕八龍之婉婉」句注。　連蜷：卷曲貌。　威夷：通「委蛇」，見離騷「載雲旗之委蛇」句注。

杳杳：昏暗貌。

〔三〕中宇：即宇中，指天下。　浩浩：廣大貌。　紛翼翼：振迅高飛貌。　躋：上升。

〔四〕溺水：即「弱水」，見哀時命「弱水汩其爲難兮」句注。　淹低佪：滯留徘徊。　京沶：京，高丘。沶，即「沚」，小渚。

〔五〕屯：參離騷「屯余車」注。　索友：求友。　皇公：古稱天帝爲皇，「皇公」即天公。問師：問其可師法之秘要。

〔六〕歸真：見昭世「違君兮歸真」句注。　夷：喜。

〔七〕南娭：即南方。因其地可娛，故稱。猶上文思忠稱南方爲「南榮」。史記司馬相如列傳載大人賦「吾欲往乎南嬉」，「嬉」與「娭」同。　道：經過。　九疑：即九嶷。

〔八〕萬首：洪氏考異：「一注云，萬首，海中山名。」當是。　嶷嶷：同「嶷嶷」，高峻貌。

〔九〕濟：渡過。　蟬蜕：蟬脱殼，常喻解脱。　絶：超越。　北梁：地名，高陵爲梁，故曰超越。　永辭：長訣而去。

〔一〇〕霾土：風塵彌漫之地。　塺塺：塵土迷蒙貌。

〔一一〕息：止息。　陽城：楚地名。　文選登徒子好色賦「嫣然一笑，惑陽城，迷下蔡」注：「陽城、下蔡，二縣名。蓋楚介公子所封。」此代指豪華之都。　廣夏：高大的房屋。　衰色：容顔衰老。　罔：同「惘」，失意貌。　中怠：精神懈倦。

〔一二〕意：意識。　曉陽：曉暢。　佩文韻府引作「曉暢」。　燎瘄：即覺悟。　訡：「診」之俗體，省視、察看。

〔一三〕襲興：相繼而興。　幸：有幸。　咎繇：即皋陶，參離騷「摯咎繇而能調」句注。　謀：相與計議。

〔一四〕靡：無。「靡君」謂不遇聖君。

此章陶壅，「陶」即鬱陶，憂慮。蓋憂其君壅蔽不通，賢君又不可得，故惆悵無歸，作詩自歎。

株昭

悲哉于嗟兮，心内切磋〔一〕。款冬而生兮，彫彼葉柯〔二〕。瓦礫進寶兮，捐棄隨和〔三〕。鉛刀厲御兮，頓棄太阿〔四〕。驥垂兩耳兮，中坂蹉跎〔五〕。蹇驢服駕兮，無用日多〔六〕。修潔處幽兮，貴寵沙劘〔七〕。鳳皇不翔兮，鶉鴳飛揚〔八〕。乘虹驂蜺兮，載雲變化〔九〕。鷦鵬開路兮，後屬青蛇〔一〇〕。步驟桂林兮，超驤卷阿〔一一〕。丘陵翔儛兮，谿谷悲歌〔一二〕。神章靈篇兮，赴曲相和〔一三〕。余私娛兹兮，孰哉復加？還顧世俗兮，壞敗罔羅〔一四〕。卷佩將逝兮，涕流滂沲〔一五〕。

〔一〕于嗟：即吁嗟。　切磋：猶被割磨，言心痛惻。

〔二〕款冬：草名，因凌冬而生，故名。又作「款東」，爾雅釋草作「顆凍」。此或借款冬所生之時冰寒霜凍，喻指酷寒，故下云「彫彼葉柯」。

〔三〕瓦礫：細碎瓦石，喻愚戇者。　進寶：用以爲寶。　隨和：指隨侯珠、和氏璧，喻貞良之士。

〔四〕鉛刀：鈍刀，喻頑嚚之徒。　厲御：指用居高位。厲，高；御，用。　頓棄：捨棄。　太阿：利劍，喻明智之士。

〔五〕驥：良馬。　中坂：半山坡。　蹉跎：虚度時光。　此正賈誼弔屈原賦「驥垂兩耳兮服鹽車」之意，以駿馬駕服鹽車，是賢能之士不得其所也。
〔六〕蹇驢：跛脚驢，喻無能者。　服駕：用以駕車。
〔七〕修潔：志行美潔之人。　處幽：退隱。　沙劘：或即俗語「摩挲」，此爲玩弄權勢之意。
〔八〕鶉鴳：叢間小雀，喻小人。　飛揚：喻作威作福。
〔九〕「乘虹」句以下，言已遠逝去俗。　載：乘。　以虹霓爲驂乘，升雲變化而遠去。
〔一〇〕鷦鵬：鳳。　屬：從。
〔一一〕步驟：泛言驅馳。　桂林：桂樹之林，喻正道香潔之地。　超驤：騰越高舉。　卷阿：曲阜。
〔一二〕僊：同「舞」。
〔一三〕神章靈篇：指歌舞之妙，承上山丘翔舞，谿谷悲歌而言。　赴曲相和：謂就其曲而相應和。
〔一四〕罔：同「網」，「網羅」指綱紀法令。
〔一五〕卷佩：猶言束裝，故王逸釋爲「袪衣束帶」。　滂沲：同「滂沱」，形容淚多。
此章悲歎君子失勢，小人顯達。「株昭」之義不詳。　史記平準書注引文穎曰：「凡鬥鷄勝者爲株，傳云：陽溝之鷄，三歲爲株。」「昭」，顯明，則此或有諷刺小人顯達之意，故「亂」辭云「株穢除兮蘭芷覩」，此謂卷佩遠逝，灑淚滂沱。

亂曰：皇門開兮照下土〔一〕，株穢除兮蘭芷覩〔二〕。四佞放兮後得禹〔三〕，聖舜攝兮昭堯緒〔四〕，孰能若兮願爲輔〔五〕。

〔一〕皇門：此指君王之門。

〔二〕株穢：腐朽的根株，喻姦佞小人。　蘭芷：喻脩潔之士。　覩：出現。

〔三〕四佞：指傳説中驩兜、共工、三苗、鯀四個亂臣。　放：流放。　事參史記五帝本紀。　得禹：指舜使禹治水土。

〔四〕攝：攝政，主管政事。　昭：發揚光大。　堯緒：堯的事業。

〔五〕若：若此。

末章渴望聖君能驅除姦佞，任用賢人，己願輔之。

九歎

【解題】

九歎爲劉向所作。劉向，本名更生，字子政，西漢楚元王劉交四世孫。歷任諫大夫、宗正等，終中壘校尉。劉向在整理古代文化典籍方面功績卓著，今所傳先秦典籍多經其手。楚辭一書經宋玉而至西漢劉安，規模本已略具。劉向更在原書基礎上增加招魂、九懷、七諫三篇，又附以己作九歎，擴大了楚辭一書的規模。九歎係模擬屈賦九章而作，仍如九辯及其他漢人擬作慣例，採用代其立言的敍述方式。由於劉向是楚辭纂輯者之一，他在九歎中的許多意見，在漢代楚辭學史上頗有代表性。

逢紛

伊伯庸之末胄兮，諒皇直之屈原〔一〕。云余肇祖于高陽兮，惟楚懷之嬋連〔二〕。原生受命于貞節兮，鴻永路有嘉名〔三〕。齊名字於天地兮，竝光明於列星〔四〕。吸精粹而吐氛濁兮，横邪世而不取容〔五〕。行叩誠而不阿兮，遂見排而逢讒〔六〕。后聽虚而黜實兮，不吾理而順情〔七〕。腸憒悁而含怒兮，志遷蹇而左傾〔八〕。心懭慌其不我與兮，躬速速其不吾親〔九〕。辭靈脩而隕志兮，吟澤畔之江濱〔一〇〕。椒桂羅以顛覆兮，有竭信而歸誠〔一一〕。讒夫藹藹而漫著兮，曷其不舒予情〔一二〕。

〔一〕伊：是。　伯庸：參離騷「朕皇考曰伯庸」句注。　末胄：後代。　諒：確實。　皇：美大。　直：忠直。　句謂確有此皇美忠直之屈原。

〔二〕余：以引語方式代屈原自指。　肇：始。　高陽：參離騷「帝高陽之苗裔兮」句注。　楚懷：楚懷王。　嬋連：牽連，此指有親族關係。

〔三〕受命：稟受天命。　貞節：即「正節」，指節令之正。　屈原生於歲星十二年一個「恒星周期」的第一年正月一日，古人認爲是難得的吉日，因有此説。　鴻：大。　此用作動詞，猶重視。　永路：永恒的道路。此指上文歲星節令而言。　嘉名：即離騷所謂「名余曰正則兮，字余曰靈均」。　此二句謂，原稟天之命而生於節令之正，由於重視天地運行的永恒之道而取得了自己的美名。

〔四〕竝：即「並」。　此所謂「天地」、「列星」，即指己生於歲星十二年一個「恒星周期」的第一年「正月」。二句可參九章涉江「與天地兮同壽，與日月兮齊光」。

〔五〕精粹：精粹之氣。　氛濁：污濁之氣。參遠遊「絶氛埃而淑尤兮」句注。　横：即橘頌「横而不流」之「横」，見該注。「横邪世」猶言抗拒邪世。　不取容：不求苟容於世。

〔六〕叩誠：即「款誠」、「慤誠」。　阿：曲。　見排：被排斥。　讒：韻入談部，上句「容」在東部，漢人多通叶。

〔七〕后：君主。　聽虚：聽信虚妄之言。　黜實：排除忠實之言。　不吾理：即「不理我」。　順情：順從世情。

〔八〕憤悁：忿怒。　遷蹇：洪氏考異一作「徙倚」，即遷移不定。　左傾：偏離正道。此與上下二句皆指君王而言。

〔九〕儻慌：缺乏思慮貌。　與：讚許。「不我與」即不讚許我。　躬：身體。　速速：疏遠不相親近貌。　以上六句寫君主對己之態度。

〔一〇〕靈脩：指楚懷王。　隕：墜落。「隕志」即失志。

〔一一〕椒桂：芳香之物，喻賢臣。　羅：陳列。　顛覆：跌仆在地。此言賢臣雖列居朝位，而終於覆敗見黜。句謂雖失敗而事君之志不變。

〔一二〕讒夫：指讒諛之臣。　藹藹：衆多貌。　漫著：污漫遍佈。　曷：何。　舒：發。　情：情實。　此句謂爲何使我不得舒發情實，表白是非。

以上第一段，敍述自己出身高貴、行爲端直，然而爲讒人陷害，故不得表白於君王之前。

始結言於廟堂兮，信中塗而叛之〔一〕。懷蘭蕙與衡芷兮，行中壄而散之〔二〕。聲哀哀而懷高丘兮，心愁愁而思舊邦〔三〕。願承閒而自恃兮，徑淫曀而道壅〔四〕。顔黴黧以沮敗兮，精越裂而衰耄〔五〕。裳襜襜而含風兮，衣納納而掩露〔六〕。赴江湘之湍流兮，順波湊而下降〔七〕。徐徘徊於山阿兮，飄風來之洶洶〔八〕。馳余車兮玄石，步余馬兮洞庭〔九〕。平明發兮蒼梧，夕投宿兮石城〔一〇〕。芙蓉蓋而蔆華車兮，紫貝闕而玉堂〔一一〕。薜荔飾而陸離薦兮，魚鱗衣而白蜺裳〔一二〕。登逢龍而下隕兮，違故都之漫漫〔一三〕。思南郢之舊俗兮，腸一夕而九運〔一四〕。揚流波之潢潢兮，體溶溶而東回〔一五〕。心怊悵以永思兮，意晻晻而日頹〔一六〕。白露紛以塗塗兮，秋風瀏以蕭蕭〔一七〕。身永流而不還兮，魂長逝而常愁〔一八〕。

〔一〕結言：指雙方以語言約束並取信於對方。　廟堂：指朝廷。　信：確實。　塗：即「途」。「中塗」即離騷「羌中道而改路」之「中道」。

〔二〕壄：即「野」，「中野」謂荒野之中。　二句謂己雖懷才德，却被君中途散棄。

〔三〕高丘：楚地名。楚民族傳説中的發祥地。

〔四〕承閒：乘機。　自恃：自信以爲有效忠之可能。　徑：小路。　淫曀：昏暗貌。壅：阻塞。　二句謂本想乘機圖報，但近君之路却昏暗阻塞。

〔五〕黴黧：面色垢黑貌。　沮敗：即沮喪。　精：精神。　越裂：指精神敗散。　耄：老。
〔六〕襜襜：衣隨風飄動貌。　納納：衣爲露浸濕貌。　掩：藏。
〔七〕湊：聚合。　下降：順流而下。
〔八〕飄風：旋風。
〔九〕玄石：楚地山名。具體不詳所在。　洞庭：此泛指洞庭地區。
〔一〇〕平明：天剛亮時。　蒼梧：山名。在今湖南寧遠，傳説舜葬於此。　石城：山名。
〔一一〕芙蓉：荷花。　菱華：即「菱花」。　紫貝：江海中的一種貝殼，殼質白，有紫斑。　闕：城樓。
〔一二〕薜荔：一種香草。　陸離：此疑指女蘿、江蘺一類植物。　薦：卧蓆。　魚鱗衣：以魚鱗爲衣。　白蜺裳：以白霓爲裳。
〔一三〕逢龍：山名。　下隕：下落，謂下山。　違：離開。　漫漫：遠貌。
〔一四〕運：轉。
〔一五〕潢潢：水深廣貌。　體：身體，指自己。　溶溶：波浪湧起貌。　東回：指順流東下。
〔一六〕怊悵：同「惆悵」。　永思：長思。　晻晻：本指日光暗淡，此指内心壓抑。　日頹：謂意志一天天消沉。

〔一七〕紛：紛紛。　塗塗：濃厚貌。　瀏：風疾吹貌。　蕭蕭：風寒冷貌。

〔一八〕永：長。

以上第二段，敍己初與君相契，後遇讒害，身遭流放而心懷故土。

歎曰〔一〕：譬彼流水，紛揚礚兮〔二〕。波逢洶湧，濆滂沛兮〔三〕。揄揚滌蕩，漂流隕往，觸崟石兮〔四〕。龍邛脟圈，繚戾宛轉，阻相薄兮〔五〕。遭紛逢凶，蹇離尤兮〔六〕。垂文揚采，遺將來兮〔七〕。

〔一〕以下實本章結語，猶屈賦之「亂辭」。

〔二〕礚：水擊石聲。

〔三〕濆：湧起。　滂沛：水盛大貌。　二句謂水波洶湧而起，聲勢浩大。

〔四〕揄揚：激揚。　崟石：利石。　三句寫風吹激揚，水流散落，與鋭石相撞。

〔五〕龍邛：水來回激蕩聲。　脟圈：即「連蜷」之同音異文，指水相連不斷。　繚戾宛轉：指水曲折回環。　薄：迫。「相薄」謂相激。　三句謂風激水勢，水石風相互激蕩，興起下文「遭紛逢凶」之意。

〔六〕遭紛：遭遇紛亂之世。　逢凶：碰上險惡之事。本篇題曰「逢紛」，即本此義。　蹇：

語辭。離尤：即「罹尤」，犯罪。

〔七〕垂文：留傳文字。文，此指詩賦。

以上第三段，爲全章亂辭。

離世

靈懷其不吾知兮，靈懷其不吾聞〔一〕。就靈懷之皇祖兮，愬靈懷之鬼神〔二〕。靈懷曾不吾與兮，即聽夫人之諛辭〔三〕。余辭上參於天墜兮，旁引之於四時〔四〕。指日月使延照兮，撫招搖以質正〔五〕。立師曠俾端詞兮，命咎繇使竝聽〔六〕。兆出名曰正則兮，卦發字曰靈均〔七〕。余幼既有此鴻節兮，長愈固而彌純〔八〕。不從俗而詖行兮，直躬指而信志〔九〕。不枉繩以追曲兮，屈情素以從事〔一〇〕。端余行其如玉兮，述皇輿之踵跡〔一一〕。羣阿容以晦光兮，皇輿覆以幽辟〔一二〕。輿中塗以回畔兮，駟馬驚而橫犇〔一三〕。執組者不能制兮，必折軛而摧轅〔一四〕。斷鑣銜以馳騖兮，暮去次而敢止〔一五〕。路蕩蕩其無人兮，遂不禦乎千里〔一六〕。

〔一〕靈懷：指楚懷王。屈原離騷稱君爲「靈修」，故此以「靈懷」稱懷王。又，本篇題目，洪興祖考異謂一作「靈懷」，殆取首句二字爲目。

〔二〕就：走近。　皇祖：祖先。　愬：即「訴」，告狀。　鬼神：猶魂魄。

〔三〕曾：竟然。　與：相親附。　夫人：那些人。

〔四〕參：齊。　墬：即「地」。　引：延及。　二句謂己所陳之辭其義高遠。

〔五〕延照：猶普照。　招摇：星宿名。　質正：猶言佐證。　二句言己所陳可宣布於日月，證驗於星宿。

〔六〕師曠：傳説春秋晉平公時人，善聽。　端詞：正其詞之是非。　咎繇：傳説中舜的司法大臣，善斷獄。　參書舜典、韓非子説疑等。　竝聽：謂並聽兩造之言。　竝，即「並」。　以上一段類九章惜誦，可參看。

〔七〕此下即所陳之辭。　兆：以龜兆問吉凶。　卦：用卦爻占吉凶。　二句謂屈原名、字皆由兆、卦所定。　由父命名而以龜筮定吉凶，參離騷首段。

〔八〕鴻節：大節，指名字與天地列星相齊。　彌：更加。

〔九〕詖行：所行偏頗不正。　指：當同「恉」，意旨。「直躬指」謂直行其意旨。　信志：即「伸志」。

〔一〇〕枉繩：曲其繩墨。　情素：内心。　此「不」字貫連二句。

〔一一〕皇輿：指君主與國家。　二句謂己所行端正純潔；所述盡先君之道。　踵跡：與離騷所謂「踵武」同義。

〔一二〕阿：曲從。「阿容」謂迎合君主臉色。　晦：蔽晦。「晦光」謂掩蔽君主之明。　皇輿：與前「皇輿」相對，指現在的君國。　覆：顛傾。　幽辟：黑暗。

〔一三〕輿：即「皇輿」。　塗：即「途」。　畔：即「叛」。「回畔」謂反悔。　駟馬：喻臣下。犇：即「奔」。「橫犇」即狂奔。

〔一四〕執組者：執轡御馬者。詩大叔于田：「執轡如組。」此喻指駕馭「皇輿」者。　軛：轅前衡木。

〔一五〕鑣銜：置於馬口以制馭馬的器具。　去：洪興祖考異：「一作『者』。」　暮去：猶暮時。　次：舍。　句謂車覆馬奔，不能制約，至暮方停。

〔一六〕蕩蕩：空曠貌。　禦：制止。　二句承上，謂馬受驚狂奔，以至遠去千里。

以上第一段，擬屈原九章惜誦，可視作代屈原向諸神的訴訟。

身衡陷而下沈兮，不可獲而復登〔一〕。不顧身之卑賤兮，惜皇輿之不興〔二〕。出國門而端指兮，冀壹寤而錫還〔三〕。哀僕夫之坎毒兮，屢離憂而逢患〔四〕。九年之中不吾反兮，思彭咸之水遊〔五〕。惜師延之浮渚兮，赴汨羅之長流〔六〕。遵江曲之逶移兮，觸石碕而衡遊〔七〕。波澧澧而揚澆兮，順長瀨之濁流〔八〕。淩黃沱而下低兮，思還流而復反〔九〕。玄輿馳而竝集兮，身容與而日遠〔一〇〕。櫂舟杭以横濿兮，湓湘流而南極〔一一〕。立江界而長吟兮，愁哀哀而累息〔一二〕。情慌忽以忘歸兮，神浮遊以高厲〔一三〕。心蛩蛩而懷顧兮，魂眷眷而獨逝〔一四〕。

〔一〕衡：同「横」。「横陷」謂意外陷落。登：用。

〔二〕惜：痛。興：興盛。二句謂己身卑賤，雖遭禍亦不足惜，惟哀君國沉淪。

〔三〕國門：即都門。端：正。「端指」謂正向前方。此句謂被流放出都門亦正道直行。

冀：希望。寤：醒悟。此指君王。錫：賜。「錫還」猶召還。

〔四〕僕夫：借以自指。坎毒：憤恨不平。離：即「罹」，遭遇。

〔五〕九年：語出九章哀郢，可參。反：即「返」。彭咸：傳説中的賢臣，古代長壽者。水遊：未知何指。屈原現存作品中凡提及彭咸處并未言及投水事。但離騷有「吾將從彭咸之所居」之意，後屈原又投水而死，故後人遂附會彭咸亦投水死，實無典籍依據。

〔六〕惜：痛。師延：傳説中殷紂王樂師，紂失天下，抱琴投水而死。事參韓非子十過等。渚：水邊。汨羅：江名，在今湖南東北部。屈原即投水於此。

〔七〕遵：順。逶移：即「逶迤」，長曲貌。石碕：河岸的大石。衡：同「横」。「横遊」謂隨意而流。

〔八〕澧澧：波浪聲。揚澆：波浪來回激蕩貌。瀨：湍流。

〔九〕淩：越。沱：江的别流。反：即「返」。「還流」、「復返」謂返回郢都。

〔一〇〕玄輿：黑車。水屬黑，故此以水喻車。容與：緩慢貌。

〔一一〕櫂：船槳，此用作動詞。杭：即「航」。濿：渡河。履石而渡曰厲，本字作「砅」。⿰氵亝：「濟」之異體，渡。湘流：即湘江，在今湖南。極：至。

〔一二〕界：同「介」，岸。累息：長歎。

〔一三〕慌忽：即「恍惚」。忘歸：王逸注：「言己心愁，情志慌忽，思歸故鄉，則精神浮遊高厲而遠行也。」如此則「忘歸」似當作「思歸」，或「忘」、「思」二字形近而誤。從下句看，心「懷顧」而不願去，魂則「獨逝」而去，正與此情思歸、神高厲相一致。這種「情」與「神」、「心」與「魂」的相互矛盾，正是以下「余思舊邦，心依違兮」的具體表現。高厲：高飛。

〔一四〕蛩蛩：心憂慮貌。懷：想念。顧：眷戀。眷眷：依戀貌。

以上第二段，敍己爲讒人所害，爲君主猜忌而遭流放，心中則眷眷不忘故土國君。

歎曰：余思舊邦，心依違兮〔一〕。日暮黃昏，羌幽悲兮〔二〕。去郢東遷，余誰慕兮〔三〕。讒夫黨旅，其以兹故兮〔四〕。河水淫淫，情所願兮〔五〕。顧瞻郢路，終不返兮。

〔一〕依違：遲疑不決貌。

〔二〕幽悲：幽怨悲愁。

〔三〕去：離開。　慕：嚮往。　二句謂己之離郢實不得已，並非另有嚮往。

〔四〕黨旅：結成朋黨。　茲故：此故。　二句謂己「去郢東遷」，即因「讒夫黨旅」之故。

〔五〕淫淫：水流不斷貌。

以上第三段，直抒思念故都的情懷。

怨思

惟鬱鬱之憂毒兮，志坎壈而不違〔一〕。身憔悴而考旦兮，日黄昏而長悲〔二〕。閔空宇之孤子兮，哀枯楊之冤鶵〔三〕。孤雌吟於高墉兮，鳴鳩棲於桑榆〔四〕。玄猨失於潛林兮，獨偏棄而遠放〔五〕。征夫勞於周行兮，處婦憤而長望〔六〕。申誠信而罔違兮，情素潔於紐帛〔七〕。光明齊於日月兮，文采燿於玉石〔八〕。傷壓次而不發兮，思沈抑而不揚〔九〕。芳懿懿而終敗兮，名靡散而不彰〔一〇〕。

〔一〕鬱鬱：憂愁内積貌。　憂毒：愁病。　坎壈：不得志貌。　違：背離。　二句謂雖遭遇坎坷，内心憂病，然而志向決不背離正道。

〔二〕考：至。　旦：明。「考旦」猶言從夜至明。下句又言從朝至暮。

〔三〕閔：即「憫」。　空宇：屋内空無一物。　孤：無父曰孤。　寃鶵：失去哺育的初生小鳥，寃抑而無以爲生。

〔四〕孤雌：失偶的雌鳥。　高墉：高牆。　桑榆：謂鳴鳩棲於桑榆之上而得其所，喻指讒人得志。王逸之説近是。此用詩召南鵲巢「維鵲有巢，維鳩居之」及「鳲鳩在桑，其子七兮」之義。喻被流放者孤寂無援而讒人得志。

〔五〕玄猨：黑猿。　濳林：深密幽暗的樹林。　偏：指僻遠之地。

〔六〕征夫：旅行者。　周行：大路。　處婦：居家的婦女。

〔七〕申：重。　罔：不。　紐帛：束帛。

〔八〕燿：同「耀」。　以上四句謂儘管困厄於流放途中，己之志向秉性仍未變。

〔九〕傷：憂傷。　壓次：即鬱積。　此句謂己内心壓抑鬱悶，不得舒展。

〔一〇〕懿懿：芳美貌。　靡散：消滅。　彰：顯明。

以上第一段，述己雖孤苦無告，却仍素潔自處。

背玉門以犇鶩兮，蹇離尤而干詬〔一〕。若龍逄之沈首兮，王子比干之逢醢〔二〕。念社稷之幾危兮，反爲讎而見怨〔三〕。思國家之離沮兮，躬獲愆而結難〔四〕。若青蠅之僞質兮，晉驪姬之反情〔五〕。恐登階之逢殆兮，故退伏於末庭〔六〕。孽臣之號咷兮，本朝蕪而不治〔七〕。犯顔色而觸諫兮，反蒙辜而被疑〔八〕。菀蘼蕪與菌若兮，漸藁本於洿瀆〔九〕。淹芳芷於腐井兮，棄雞駭於筐簏〔一〇〕。執棠谿以刜蓬兮，秉干將以割肉〔一一〕。筐澤瀉以豹鞹兮，破荆和以繼築〔一二〕。時溷濁猶未清兮，世殽亂猶未察〔一三〕。欲容與以竢時兮，懼年歲之既晏〔一四〕。顧屈節以從流兮，心鞏鞏而不夷〔一五〕。寧浮沅而馳騁兮，下江湘以邅迴〔一六〕。

〔一〕玉門：宫門。　犇：即「奔」。「奔騖」即奔馳。　蹇：語辭。　離尤：陷於罪過。干詬：觸犯詬辱。

〔二〕龍逢：即關龍逢。傳説中夏代賢臣，爲夏桀所殺。事參莊子人間世、荀子解蔽、吕氏春秋必己等。　沈首：猶隕首。　比干：殷紂王諸父，諫紂不聽，爲紂所殺。事參論語等。　醢：肉醬。

〔三〕社稷：指國家。　幾危：危險。　見：被。

〔四〕離沮：遭到毁壞。　躬：身體。　獲愆：得過。　結難：受難。

〔五〕僞質：僞詐成性。此句謂讒人如青蠅使物由白變黑。　驪姬：春秋時晉獻公寵姬，誣陷太子申生。事參左傳莊公二十八年、國語晉語等。　反情：悖逆。　以上六句謂心願君國安定强大，却因讒人陷害而遭難。

〔六〕殆：危險。　末庭：廳堂邊沿。

〔七〕孽臣：罪臣，此爲被讒得罪之臣自稱。　號咷：哭聲。易：「先號咷而後笑。」此指忠臣爲國事而哭。　蕪：荒穢。

〔八〕顏色：此指君主臉色。　觸諫：直諫。　辜：罪。　被：蒙受。

〔九〕菀：同「鬱」，鬱積。　蘼蕪、菌若：皆香草名。　漸：浸。　藁本：香草名。　洿瀆：污水溝。

〔一〇〕腐井：臭穢之井。　鷄駭：傳説中一種名貴犀角，上有紋路，鷄見而怕之，又稱駭鷄犀。　筐簏：竹製箱籠。　以上四句謂委積香草，並將其淹浸於污溝臭井中，又棄寶物於陋器，皆喻賢臣不得進用。以下數句亦同。

〔一一〕棠谿：利劍。　剸：砍。　蓬：草名。　秉：持。　干將：利劍。

〔一二〕筐：裝。　澤瀉：惡草名。　豹鞹：豹皮所製皮囊。　荆：楚國別稱。「荆和」指楚國的和氏璧，春秋時有名的寶玉。　築：用於築墻的杵棒。　此句謂破毀和氏寶玉以代築杵之用。

〔一三〕察：明。

〔一四〕容與：從容不迫貌。　竢：等待。　晏：晚。

〔一五〕顧：語辭，此猶「只是」。　從流：隨俗流。　鞏鞏：憂慮害怕貌。　夷：平。「不夷」猶不安。

〔一六〕沅：江名，在今湖南。 邅迴：猶「徘徊」。

以上第二段，指斥賢臣被棄、奸邪當道的社會現實，表示寧可流亡、亦絶不同流合污的決心。

歎曰：山中檻檻，余傷懷兮〔一〕。征夫皇皇，其孰依兮〔二〕。經營原野，杳冥冥兮〔三〕。乘騏騁驥，舒吾情兮〔四〕。歸骸舊邦，莫誰語兮〔五〕。長辭遠逝，乘湘去兮〔六〕。

〔一〕檻檻：車行聲。

〔二〕皇皇：即「惶惶」，匆遽不安貌。

〔三〕經營：南北東西，周旋往來。 杳冥冥：昏暗貌。

〔四〕舒：即「抒」。

〔五〕骸：尸骨。 「歸骸」謂死後尸歸故鄉。此爲設想之辭，故謂不可告人。

〔六〕長辭：永遠辭别故都。

以上第三段，爲全篇亂辭，述流放離去之情。

遠逝

志隱隱而鬱佛兮，愁獨哀而冤結〔一〕。腸紛紜以繚轉兮，涕漸漸其若屑〔二〕。情慨慨而長懷兮，信上皇而質正〔三〕。合五嶽與八靈兮，訊九鬿與六神〔四〕。指列宿以白情兮，訴五帝以置詞〔五〕。北斗爲我折中兮，太一爲余聽之〔六〕。云服陰陽之正道兮，御后土之中和〔七〕。佩蒼龍之蚴虬兮，帶隱虹之逶虵〔八〕。曳彗星之皓旰兮，撫朱爵與鵕鸃〔九〕。遊清靈之颯戾兮，服雲衣之披披〔一〇〕。杖玉華與朱旗兮，垂明月之玄珠〔一一〕。舉霓旌之墆翳兮，建黃纁之總旄〔一二〕。

〔一〕隱隱：憂慮貌。　鬱怫：又作「怫鬱」，憤懣不平。

〔二〕紛紜：紛亂貌。　繚轉：纏繞。　澌澌：涕淚交下貌。　若屑：像下落的細屑。

〔三〕慨慨：感歎貌。　信：同「伸」，申訴。　上皇：指上帝。　質正：評説是非。　此即屈原九章惜誦「指蒼天以爲正」之意。

〔四〕合：聚會。　五嶽：即東嶽泰山、西嶽華山、南嶽衡山、北嶽恒山、中嶽嵩山。　此指五山之神。　八靈：八方之神。　訊：問。　九鬿：王逸注：「北斗九星。」洪氏補注謂北斗七星外，輔一星及招摇一星，故稱九星。　六神：參九章惜誦「戒六神與向服」句注。

〔五〕列宿：指二十八宿。　白情：述説衷情。　五帝：此指五方之帝，參九章惜誦「令五帝以枏中兮」句注。　置詞：即陳詞。

〔六〕折中：古稱斷獄爲「折獄」。「折中」謂折其中而斷之，即判定是非之意。　太一：

星名。

〔七〕云：説。以下即上言「白情」、「置詞」、「聽之」的具體内容，故以「云」領起。　服：履行。　陰陽：此代指宇宙。　御：用。　后土：指大地。　中和：不偏不倚之道，與上「正道」意近。

〔八〕蒼龍：東方七宿名。　蚴虯：蜿蜒曲折貌。　帶：纏繞。　隱：同「殷」，深紅色。「隱虹」即彩虹。　逶虵：蜿蜒長遠貌。

〔九〕曳：牽引。　皓旰：光芒四射貌。　朱爵：即「朱雀」，南方七宿名。　鵕鸃：本爲傳説中的神鳥，此因「朱雀」連類而及。

〔一〇〕清靈：此指太空。　颯戾：清涼貌。　服：穿。　披披：脩長貌。

〔一一〕杖：扶持。　華：即「花」。「玉華」猶九章涉江之「玉英」。　垂：佩戴。　玄珠：黑珠。

〔一二〕霓旌：以霓虹爲旌旗。　墆翳：隱蔽貌。　建：樹立。　黄纁：黄紅色。　總旄：竿頂以旄牛尾爲飾之旗。　上自「服陰陽」至此，皆以天象爲言，以明己生天地間，得其正氣而服其正道。

以上第一段，言己志行美好，服飾鮮麗，合乎天道，此情可由天地四時衆神證之。

躬純粹而罔愆兮，承皇考之妙儀〔一〕。惜往事之不合兮，横汨羅而下濿〔二〕。棄隆波而南渡兮，逐江湘之順流〔三〕。赴陽侯之潢洋兮，下石瀨而登洲〔四〕。陵魁堆以蔽視兮，雲冥冥而闇前〔五〕。山峻高以無垠兮，遂曾閎而迫身〔六〕。雪雰雰而薄木兮，雲霏霏而隕集〔七〕。阜隘狹而幽險兮，石嵾嵯以翳日〔八〕。悲故鄉而發忿兮，去余邦之彌久〔九〕。背龍門而入河兮，登大墳而望夏首〔一〇〕。横舟航而淦湘兮，耳聊啾而戃慌〔一一〕。波淫淫而周流兮，鴻溶溢而滔蕩〔一二〕。路曼曼其無端兮，周容容而無識〔一三〕。引日月以指極兮，少須臾而釋思〔一四〕。水波遠以冥冥兮，眇不睹其東西〔一五〕。順風波以南北兮，霧宵晦以紛紛〔一六〕。日杳杳以西頹兮，路長遠而窘迫〔一七〕。欲酌醴以娛憂兮，蹇騷騷而不釋〔一八〕。

〔一〕躬：身體。　純粹：純正無瑕。　罔愆：無過。　承：繼承。　皇考：遠祖。　妙儀：美好的榜樣。

〔二〕惜：痛。　濿：渡。

〔三〕椉：即「乘」。　隆波：大波。

〔四〕陽侯：神話傳説中的波浪之神。　潢洋：水深廣貌。　石瀨：石間湍流。

〔五〕陵：高原。　魁堆：高大貌。　蔽：遮擋。　冥冥：昏暗貌。　闇：同「暗」。

〔六〕垠：限。　曾閎：高大貌。

〔七〕雰雰：雪紛下貌。　薄：迫。「薄木」，謂雪落於林木。　霏霏：雲霧湧起貌。　隕：降下。　集：會聚。

〔八〕阜：土山。　嵾嵯：錯落不齊貌。　翳日：遮蔽無日。

〔九〕忿：憤懣。　邦：此指故國。　彌久：甚久。

〔一〇〕龍門：楚郢都東門。　河：泛指大水。　大墳：高丘。　夏首：夏水分長江之口，故道在今湖北江陵（即楚郢都）附近。

〔一一〕泲：即「濟」之異體，渡過。　聊啾：耳鳴聲。　儻慌：憂愁。　二句謂己滿懷憂愁橫渡湘江，孤寂至極，惟覺耳鳴相隨。

〔一二〕淫淫：水流貌。　鴻：大水。　溶溢：盈滿。　滔蕩：水浩大貌。

〔一三〕曼曼：漫長貌。　端：盡頭。　周：周流反復。　容容：紛亂貌。　識：志。「無識」謂無復記憶遠近。

〔一四〕極：北極星。　少：猶「稍稍」。　須臾：片刻。　釋思：解除憂思。　以上六句謂水波廣大，路途無限，不知身在何處，惟賴日月北斗上照於天，可以稍釋己憂。

〔一五〕眇：同「渺」，廣大貌。

〔一六〕宵：夜。　此謂昏夜間大霧紛下。

〔一七〕杳杳：幽暗貌。　頹：下落。　窘迫：謂憂心困擾。

〔一八〕蹇：語辭。此猶「乃」。　騷騷：憂心忡忡貌。　釋：解。　二句謂己欲以酒解憂仍不能解。

以上第二段，敘流放途中憂心迷離、不知所往的心境。

歎曰：飄風蓬龍，埃坲坲兮〔一〕。屮木摇落，時槁悴兮〔二〕。遭傾遇禍，不可救兮〔三〕。長吟永欷，涕究究兮〔四〕。舒情敶詩，冀以自免兮〔五〕。頹流下隕，身日遠兮〔六〕。

〔一〕飄風：旋風。　蓬龍：風回旋貌。　埃：灰塵。　坲坲：灰塵飛揚貌。

〔二〕屮：即「草」。「屮」與「艸」古多通用。　時槁悴：枯萎憔悴的季節。

〔三〕傾：傾危。

〔四〕永：長。　欷：抽泣。　究究：不停貌。

〔五〕敶：即「陳」。「陳詩」即賦詩。　冀：希望。　免：避免。　此句謂擺脱憂愁的困擾，意與屈原九章抽思「道思作頌，聊以自救兮」略同。

〔六〕頹流：謂順勢而下之水。

以上第三段，爲全篇亂辭。「遠逝」概括篇内流亡遠去之意。洪氏考異謂一作「遠遊」，非。

惜賢

覽屈氏之離騷兮，心哀哀而怫鬱〔一〕。聲嗷嗷以寂寥兮，顧僕夫之憔悴〔二〕。撥諂諛而匡邪兮，切溷涊之流俗〔三〕。蕩渨涹之姦咎兮，夷蠢蠢之溷濁〔四〕。懷芬香而挾蕙兮，佩江蘺之萋萋〔五〕。握申椒與杜若兮，冠浮雲之峨峨〔六〕。登長陵而四望兮，覽芷圃之蠡蠡〔七〕。遊蘭皋與蕙林兮，睨玉石之嵾嵯〔八〕。揚精華以眩燿兮，芳鬱渥而純美〔九〕。結桂樹之旖旎兮，紉荃蕙與辛夷〔一〇〕。芳若兹而不御兮，捐林薄而菀死〔一一〕。

〔一〕怫鬱：憤憤不平貌。

〔二〕嗷嗷：呼叫聲。　寂寥：空寂而無人響應。　僕夫：即概括離騷「僕夫悲」句意。此章多言讀騷感想，故以「覽屈氏之離騷」引起。

〔三〕撥：治理。　匡：糾正。　切：猶斬除。　溷涊：污濁。

〔四〕蕩：洗滌。　渨涹：污穢。　姦咎：即姦宄。宄、咎二字音近義通。説文：「宄，姦也。」　夷：消滅。　蠢蠢：無禮義貌。

〔五〕挾：持。　江蘺：一種香草。　萋萋：即「菲菲」，盛多貌。

〔六〕申椒、杜若：皆芳香植物。　浮雲：即涉江「冠切雲之崔嵬」的「切雲」，指冠上的雲飾。

峨峨：高聳貌。

〔七〕長陵：高大的山陵。　芷圃：栽植芳草的園圃。　蠡蠡：猶「歷歷」，行列分明貌。

〔八〕皐：水旁高地。　睨：觀看。

〔九〕精華：此指玉石珠寶。　昡燿：光芒四射貌。　鬱渥：盛多濃厚貌。

〔一〇〕旖旎：繁盛貌。　紉：以繩索連結。　荃蕙、辛夷：皆芳香植物。

〔一一〕兹：此，指以上所言。　御：用。　捐：丢棄。　林薄：叢林。　菀死：鬱積而死。

以上第一段，謂屈原内脩外美而不得用，竟被捐棄而死。

驅子僑之犇走兮，申徒狄之赴淵〔一〕。若由夷之純美兮，介子推之隱山〔二〕。晉申生之離殃兮，荆和氏之泣血〔三〕。吴申胥之抉眼兮，王子比干之横廢〔四〕。欲卑身而下體兮，心隱惻而不置〔五〕。方圜殊而不合兮，鉤繩用而異態〔六〕。欲竢時於須臾兮，日陰曀其將暮〔七〕。時遲遲其日進兮，年忽忽而日度〔八〕。妄周容而入世兮，内距閉而不開〔九〕。竢時風之清激兮，愈氛霧其如壓〔一〇〕。進雄鳩之耿耿兮，讒介介而蔽之〔一一〕。默順風以偃仰兮，尚由由而進之〔一二〕。心懭悢以冤結兮，情舛錯以曼憂〔一三〕。搴薜荔於山野兮，采撚支於中洲〔一四〕。望高丘而歎涕兮，悲吸吸而長懷〔一五〕。孰契契而委棟兮，日晻晻而下頹〔一六〕。

〔一〕驅：驅馳。　子僑：周晉王太子，傳説後得道成仙。參遠遊「吾將從王僑而娛戲」句注。　之：通「而」。　犇：同「奔」。　申徒狄：傳説中殷末人，因不忍見紂亂，負石投河而死。參悲回風「悲申徒之抗迹」句注。

〔二〕由：許由。傳説中堯時隱士，堯欲讓天下而不受。事參莊子逍遥遊等。　夷：伯夷。殷末時孤竹君長子，因反對周武王以暴易暴，不食周粟而死。參橘頌「行比伯夷」句注。　介之推：春秋時晉人，參惜往日「介子忠而立枯兮」句注。　以上四句謂己有諸賢之美德。

〔三〕申生：晉獻公太子。　參惜誦「晉申生之孝子兮」句注。　荆：楚別名。　和氏：即卞和，春秋時楚人。事參七諫怨世「悲楚人之和氏兮」句注。

〔四〕吴：春秋時吴國。　申胥：即伍子胥。事參悲回風「從子胥而自適」句注。　抉眼：伍子胥自殺前要求抉己之眼懸於東門，謂當見越軍由此門入而滅吴。　比干：殷紂王諸父，因累諫紂而被殺。　横廢：猶横死，指意外而死。　以上幾句分言己雖孝、誠、忠、直，却仍不免被禍。

〔五〕卑身、下體：謂屈己求容。　隱惻：内心痛楚貌。　置：放棄。　二句謂不能放棄高尚的品性。

〔六〕殊：不同。　鉤：言其曲。　繩：言其直。　二句謂忠佞不同。

〔七〕竢：等待。　須臾：片刻。　陰曀：昏暗。

〔八〕遲遲：行進貌。　日進：一天天過去。下「日度」同。　忽忽：時光飛逝貌。

〔九〕周容：逢迎諂諛貌。　距閉：封閉。　二句謂己本欲迎合世俗，無奈心意閉塞而不能如此。

〔一〇〕竢：等待。　清激：清澈。　方言：「激，清也。」　塺：灰塵。　二句謂甚盼時風澄清，結果氛霧愈重如塵之揚。

〔一一〕耿耿：誠信不二貌。「雄鳩之耿耿」謂微不足道的誠信。　讒：讒人。　介介：離間貌。　蔽：壅塞。

〔一二〕順風：指順從風俗。　偃仰：俯仰。　由由：猶豫貌。　進：王逸注：「然尚猶豫不肯進也。」是正文「進」當作「退」，此或涉王逸注而誤。

〔一三〕憒恨：失意貌。　冤結：即「鬱結」。　舛錯：心情迷亂貌。　曼憂：悠長的憂愁。

〔一四〕撚支：即「燕支」，香草。

〔一五〕高丘：楚地名。　吸吸：氣息不接貌。

〔一六〕契契：憂急貌。　委棟：疑當爲「委惰」，音近而誤。　哀時命：「欿愁悴而委惰兮，老冉冉而逮之。」皆歎時光流失。　晻晻：日光暗淡貌。　下頽：下墜。

以上第二段，歷舉古代賢者以自況，深歎國中無人可委以重任。

歎曰：江湘油油，長流汩兮〔一〕。挑揄揚汰，蕩迅疾兮〔二〕。憂心展轉，愁怫鬱兮〔三〕。寃結未舒，長隱忿兮〔四〕。丁時逢殃，可奈何兮〔五〕。勞心悁悁，涕滂沲兮〔六〕。

〔一〕油油：即「悠悠」，江水長流貌。　汩：水流迅急貌。

〔二〕挑：廣雅釋詁：「高也。」　揄：通「踰」，躍。（見漢書司馬相如傳集注引郭璞説）「高躍」乃形容「揚汰」之狀。

〔三〕展轉：反復翻身不能入寐。　揚汰：揚起波浪。　二句謂波浪激揚，水流迅疾。

〔四〕寃結：即「鬱結」。　隱忿：痛忿。　怫鬱：憂愁憤懣貌。

〔五〕丁：正當。「丁時」謂正當亂世。

〔六〕勞心：憂心。　悁悁：憂心貌。　滂沲：形容涕淚俱下、紛亂不止。

以上爲全章的亂辭。

憂苦

悲余心之悁悁兮，哀故邦之逢殃〔一〕。辭九年而不復兮，獨煢煢而南行〔二〕。思余俗之流風兮，心紛錯而不受〔三〕。遵壄莽以呼風兮，步從容於山廋〔四〕。巡陸夷之曲衍兮，幽空虛以寂寞〔五〕。倚石巖以流涕兮，憂憔悴而無樂〔六〕。登巑岏以長企兮，望南郢而闚之〔七〕。山脩遠其遼遼兮，塗漫漫其無時〔八〕。聽玄鶴之晨鳴兮，于高崗之峨峨〔九〕。獨憤積而哀娱兮，翔江洲而安歌〔一○〕。三鳥飛以自南兮，覽其志而欲北〔一一〕。願寄言於三鳥兮，去飄疾而不可得〔一二〕。

〔一〕悁悁：憂心難釋貌。故邦逢殃：指哀郢所謂「百姓震衍」、「民離散相失」而言。

〔二〕辭：辭别。九年：語出九章哀郢，指已被放已九年。煢煢：獨自行走貌。

〔三〕余俗：指楚國的風俗。流風：流行的風氣。紛錯：內心煩亂。不受：不能承受。

〔四〕壄：即「野」。莽：草。呼風：迎風呼喚。廋：同「藪」，山彎曲處。

〔五〕巡：遍行。陸夷：高平之地。曲衍：曲澤。

〔六〕倚：身靠。

〔七〕巑岏：鋭利的山峯。企：翹足而望。「長企」猶久望。闚：即「窺」，看。

〔八〕遼遼：遥遠貌。塗：即「途」，道路。漫漫：悠長貌。無時：指無到達之時。

〔九〕玄鶴：黑色鶴，傳説中的吉祥鳥。峨峨：山高峻貌。

〔一○〕哀娱：當爲「娱哀」之誤倒，謂舒解悲哀，即懷沙所謂「舒憂娱哀」。以上四句以玄鶴自喻。

〔一一〕三鳥：本指神話傳説中西王母使者三青鳥，此代指信使。

〔一二〕寄言：猶托言，謂托言三鳥傳語於君。

以上第一段，謂流放途中，尚眷眷不忘君國故土。

欲還志而改操兮，心紛結其未離〔一〕。外彷徨而遊覽兮，內惻隱而含哀〔二〕。聊須臾以時忘兮，心漸漸其煩錯〔三〕。願假簧以舒憂兮，志紆鬱其難釋〔四〕。歎離騷以揚意兮，猶未殫於九章〔五〕。長噓吸以於悒兮，涕橫集而成行〔六〕。傷明珠之赴泥兮，魚眼璣之堅藏〔七〕。同駑贏與乘駔兮，雜班駮與闒茸〔八〕。葛藟虆於桂樹兮，鴟鴞集於木蘭〔九〕。偓促談於廊廟兮，律魁放乎山閒〔一〇〕。惡虞氏之簫韶兮，好遺風之激楚〔一一〕。潛周鼎於江淮兮，爨土鬵於中宇〔一二〕。且人心之持舊兮，而不可保長〔一三〕。邅彼南道兮，征夫宵行〔一四〕。思念郢路兮，還顧睠睠〔一五〕。涕流交集兮，泣下漣漣〔一六〕。

〔一〕操：操守，行爲。　紛結：糾結。　離：指背離忠信。

〔二〕惻隱：內心哀痛貌。

〔三〕時忘：洪氏考異：「一作『忘時』。」謂忘却一時之憂。　煩錯：錯亂。

〔四〕假：憑借。　簧：笙中靠氣流振動發聲的金屬薄片，此代指笙一類樂器。　紆鬱：幽曲的愁緒。　釋：解。

〔五〕未殫：未完。　二句謂可歎欲以離騷來表達己志，而在九章中仍意猶未盡。

〔六〕噓吸：涕泣。　於悒：抽泣貌。　橫集：交錯。

〔七〕赴泥：抛棄於泥濘。　璣：不圓之珠。　堅藏：祕藏。
〔八〕同：同等對待。　駑羸：劣騾。　椉駔：即「乘駔」，良馬。　班駮：即「斑駮」，身有斑紋之馬。按文意，當亦指良馬。　闒茸，指駑頓之馬。
〔九〕葛藟：一種藤蔓類野草。　虆：纏繞。　鴟鴞：即鸋鴂，古代被認爲貪婪之鳥。集：棲止。
〔一〇〕偓促：狹隘、局促貌，此指小人。　律魁：高大貌，此指賢明才士。
〔一一〕惡：厭惡。　虞氏：指舜。　簫韶：傳説中舜所作用簫吹奏的樂曲。　激楚：楚國地方樂曲。
〔一二〕潛：沉没。　周鼎：周朝的傳國寶器。　爨：煮飯。　土鬵：古代土製之釜。此謂以土釜炊飯於堂宇。　以上十二句皆言良莠混雜，好壞不分，黑白顛倒，賢與不肖易位。
〔一三〕持舊：謂不忘舊。　不可保長：指舊事轉瞬即逝，往往不可久長。
〔一四〕邅：轉。　征夫：旅行者。　宵行：夜行。
〔一五〕還顧：回望。　睠睠：依戀不捨貌。
〔一六〕漣漣：淚流不止貌。

以上第二段，敍流放途中對混亂世風的抨擊和對故鄉的思念。

歎曰：登山長望，中心悲兮〔一〕。菀彼青青，泣如頽兮〔二〕。留思北顧，涕漸漸兮〔三〕。折鋭摧矜，凝氾濫兮〔四〕。念我煢煢，魂誰求兮〔五〕。僕夫慌悴，散若流兮〔六〕。

〔一〕中心：内心。

〔二〕菀：同「鬱」。青青：謂草木茂盛。頽：涕淚俱下貌。此句謂見草木繁茂，而哀自身孤獨憔悴。

〔三〕北顧：謂回頭北望郢都。漸漸：眼淚下流貌。

〔四〕折：斷折。摧：挫毁。鋭、矜：本皆指武器鋭利，此喻己之意志與理想。凝：成。二句謂己之意志與理想已被摧毁，而國事氾濫，不可收拾。

〔五〕煢煢：孤苦貌。

〔六〕慌悴：即愁瘁。散若流：謂僕夫散去，若水之流而不返。

以上爲全章的亂辭。

愍命

昔皇考之嘉志兮，喜登能而亮賢〔一〕。情純潔而罔薉兮，姿盛質而無愆〔二〕。放佞人與諂諛兮，斥讒夫與便嬖〔三〕。親忠正之悃誠兮，招貞良與明智〔四〕。心溶溶其不可量兮，情澹澹其若淵〔五〕。回邪辟而不能入兮，誠願藏而不可遷〔六〕。逐下袟於後堂兮，迎宓妃於伊雒〔七〕。剃讒賊於中霤兮，選吕管於榛薄〔八〕。叢林之下無怨士兮，江河之畔無隱夫〔九〕。三苗之徒以放逐兮，伊皋之倫以充廬〔一〇〕。

〔一〕皇考：祖先。　嘉志：美志。　登能：舉用才能之士。　亮賢：表彰賢德之人。

〔二〕罔薉：没有蕪穢雜質。　情：指内在品性。　姿：指外在行爲。　盛質：承「姿」而言，謂德行盛於外。懷沙「内厚質正兮」以「質」與「内」對舉，「懷質抱情」又以「質」與「情」對舉，皆内外兼及。　愆：過失。

〔三〕放：流放。　佞人：巧言獻媚者。　諂諛：善逢迎者。　讒夫：曲辭害人者。　便嬖：以阿諛得寵者。

〔四〕悃誠：厚道誠懇。　招：招致。

〔五〕溶溶：廣大貌。　澹澹：安閒恬静貌。

〔六〕回邪：指小人。　辟：排除。　入：謂入宫。　誠願：指淳樸賢人。　藏：謂納而用之。

〔七〕下袟：指後宫中一般姬妾宫人。　後堂：猶後宫。　宓妃：傳説中伊、雒二水之女神。伊雒：伊水與雒水，在今河南偃師會合。

〔八〕剃：本指以刀砍去，此指除去。　中霤：室中央，指朝廷。　吕管：吕望、管仲。吕望爲殷周時人，助周武王滅紂。管仲爲春秋時人，助齊桓公成霸業。　榛薄：雜木叢生，此喻卑賤，指呂望曾做屠夫、管仲曾爲囚徒之事。

〔九〕畔：岸。隱夫：隱士。

〔一〇〕三苗：傳說中堯舜時的佞臣。徒：指同類。伊皋：伊尹、皋陶。伊尹爲夏殷時人，曾助湯滅桀。皋陶爲舜臣。倫：同「類」。廬：室。「充廬」猶滿朝。

以上第一段，歌頌先祖皇考能任用賢能，疏遠小人。

今反表以爲裏兮，顛裳以爲衣〔一〕。戚宋萬於兩楹兮，廢周邵於遐夷〔二〕。卻騏驥以轉運兮，騰驢贏以馳逐〔三〕。蔡女黜而出帷兮，戎婦入而綵繡服〔四〕。慶忌囚於阱室兮，陳不占戰而赴圍〔五〕。破伯牙之號鍾兮，挾人箏而彈緯〔六〕。藏瑉石於金匱兮，捐赤瑾於中庭〔七〕。韓信蒙於介冑兮，行夫將而攻城〔八〕。莞芎棄於澤洲兮，瓟蠡蠹於筐簏〔九〕。麒麟奔於九皋兮，熊羆羣而逸囿〔一〇〕。折芳枝與瓊華兮，樹枳棘與薪柴〔一一〕。掘荃蕙與射干兮，耘藜藿與蘘荷〔一二〕。惜今世其何殊兮，遠近思而不同〔一三〕。或沈淪其無所達兮，或清激其無所通〔一四〕。哀余生之不當兮，獨蒙毒而逢尤〔一五〕。雖謇謇以申志兮，君乖差而屏之〔一六〕。誠惜芳之菲菲兮，反以兹爲腐也〔一七〕。懷椒聊之蔎蔎兮，乃逢紛以罹詬也〔一八〕。

〔一〕裳：古代下身所著稱裳，上身所著稱衣。　二句言是非顛倒。

〔二〕戚：親。　宋萬：春秋時宋閔公臣，名南宫萬，出獵中與宋閔公發生爭執，殺宋閔公。事參史記宋微子世家。　楹：柱子。「兩楹」指尊者所居之處。　廢：廢除。　周邵：周公旦與邵公奭，皆爲周初功臣。　遐夷：指邊遠的少數民族地區。

〔三〕卻：退。　轉運：謂搬運轉移。　騰：乘。　羸：騾。

〔四〕蔡女：指蔡國賢女。　黜：敗黜。　帷：帷幕。　戎婦：夷狄醜婦。　綵繡服：指貴婦之服。

〔五〕慶忌：春秋時吴王僚公子，勇武有力。吴公子光刺僚而懼慶忌，於是派人刺慶忌於鄭。阱室：陷阱之室，指囚室。　陳不占：春秋時齊莊公臣，重義而膽怯，赴齊莊公難，因聞戰鬥聲震恐而死。

〔六〕伯牙：傳説中著名的琴師。　號鍾：琴名。　挾：持。　人箏：洪興祖考異：「一作『介箏』。」　介：小。　緯：「徽」之借字，指箏絃。文選答東阿王書：「秦箏發徽」，即其例。

〔七〕瑉石：似玉之石。　匱：匣。　捐：棄置。　赤瑾：美玉。

〔八〕韓信：西漢初人，善帶兵作戰，是劉漢政權得以建立的功臣之一。事參史記韓信盧綰列傳、漢書韓信傳。　介：鎧甲。　胄：頭盔。「蒙介胄」謂披甲胄而爲戰士。　行夫：指普通士卒。　將：率領。　二句謂以將帥爲士卒，以士卒爲將帥，用人不當。

〔九〕芫、芎：皆香草。　澤洲：水中陸地。　瓟蠡：「蠡」即「蠡」之異體；「瓟蠡」謂葫蘆所製之瓢。　蠹：朽壞。　筐簏：竹編容器。

〔一〇〕麒麟：傳説中的吉祥之獸。　九臯：指野外沼澤地。　熊羆：此泛指猛獸。　囿：皇家養獵場。「逸囿」謂在苑囿中荒逸作樂。

〔一一〕折：摧折。　瓊華：謂美如瓊玉之花。　樹：栽種。

〔一二〕射干：香草。　耘：爲農作物除草。　藜藿、蘘荷：皆野菜。

〔一三〕殊：異。　「惜今世」句指「戚宋萬」以下數句而言，謂當時是非顛倒與今世無異。　遠近：謂或遠或近。言人之賢愚有别，所思遠近各不相同。

〔一四〕沈淪：指沈淪世俗者。　清激：指清高不羣者。　二句「沈淪」與「清激」對舉，疑上句「無所達」當作「有所達」，意謂沈淪者得用，清激者不遇。其既爲「今反表以爲裏」以下數句之小結，又呼應「今反表」二句。

〔一五〕當：遇。　蒙毒：受禍患。　逢尤：得罪過。

〔一六〕謇謇：忠貞貌。　乖差：互相矛盾。　屏：摒棄。

〔一七〕惜：愛憐。　芳：芳草。　菲菲：香氣濃鬱四散。　兹：此。　腐：臭。　二句謂己愛惜芳香，而君主却以此爲腐臭。

〔一八〕椒聊：指椒實。詩唐風椒聊：「椒聊且蕍。」　蕍蕍：芳香彌漫貌。　逢紛：遇到亂世。罹訧：遭受耻辱。

以上第二段，敍今世風俗美醜不辨，好壞不分，故己只能逢紛罹訧。

歎曰：嘉皇既歿，終不返兮〔一〕。山中幽險，郢路遠兮〔二〕。讒人諓諓，孰可愬兮〔三〕。征夫罔極，誰可語兮〔四〕。行唫累欷，聲喟喟兮〔五〕。懷憂含戚，何侘傺兮〔六〕。

〔一〕嘉：美好。皇：君王。不返：承上「既歿」而言。

〔二〕幽險：艱險。郢路：回歸郢都之路。

〔三〕諓諓：花言巧語貌。愬：告訴。二句謂己對讒言之人無話可説。

〔四〕征夫：旅途中人，此自指。罔極：没有盡頭。

〔五〕唫：即「吟」。累欷：一再歎息。喟喟：歎息聲。

〔六〕戚：悲哀。侘傺：悵然失意貌。

以上爲全篇的亂辭。

思古

冥冥深林兮，樹木鬱鬱〔一〕。山參差以嶄巖兮，阜杳杳以蔽日〔二〕。悲余心之悁悁兮，目眇眇而遺泣〔三〕。風騷屑以摇木兮，雲吸吸以湫戾〔四〕。悲余生之無歡兮，愁侘傺於山陸〔五〕。旦徘徊於長阪兮，夕彷徨而獨宿〔六〕。髮披披以鬤鬤兮，躬劬勞而瘏悴〔七〕。魂俇俇而南行兮，泣霑襟而濡袂〔八〕。心嬋媛而無告兮，口噤閉而不言〔九〕。違郢都之舊閭兮，回湘沅而遠遷〔一〇〕。念余邦之横陷兮，宗鬼神之無次〔一一〕。閔先嗣之中絶兮，心惶惑而自悲〔一二〕。聊浮遊於山陿兮，步周流於江畔〔一三〕。臨深水而長嘯兮，且倘佯而氾觀〔一四〕。

〔一〕冥冥：昏暗不明貌。

〔二〕參差：錯落不齊貌。　嶄巖：險峻壁立貌。　阜：土山。　杳杳：幽暗迷茫貌。　蔽：遮蔽。

〔三〕悁悁：憂愁苦悶貌。　眇眇：縱目遠視貌。　遺泣：猶落淚。

〔四〕騷屑：風聲。　吸吸：雲浮動貌。　湫戾：卷曲。

〔五〕侘傺：困苦。

〔六〕阪：山坡。

〔七〕披披、鬤鬤：皆頭髮散亂貌。　躬：身體。　劬勞：辛勞。　瘏悴：疲病。

〔八〕俇俇：惶恐不安貌。　濡：浸濕。　袂：衣袖。

〔九〕嬋媛：屈賦或作「撣援」，心牽引作痛貌。　噤：閉口。

〔一〇〕違：離開。　閭：里巷。　回：洪氏考異：「一作『過』。」是。

〔一一〕横陷：突遭淪陷。　宗：宗族。「宗鬼神」指祖宗的靈魂。　次：指宗廟中祖宗享受祭祀的秩序。　二句謂郢都横遭禍患，宗廟失次，無人祭祀。

〔一二〕閔：悲哀。　先嗣：先祖的後嗣。

〔一三〕陿：山側。　周流：即周遊。　畔：岸。

〔一四〕嘯：嘬口而呼。　倘佯：徘徊。　氾觀：廣泛觀覽。

以上第一段，敍流放途中的環境和心境。

興離騷之微文兮，冀靈修之壹悟〔一〕。還余車於南郢兮，復往軌於初古〔二〕。道脩遠其難遷兮，傷余心之不能已〔三〕。背三五之典刑兮，絶洪範之辟紀〔四〕。播規榘以背度兮，錯權衡而任意〔五〕。操繩墨而放棄兮，傾容幸而侍側〔六〕。甘棠枯於豐草兮，藜棘樹於中庭〔七〕。西施斥於北宮兮，仳倠倚於彌楹〔八〕。烏獲戚而驂乘兮，燕公操於馬圉〔九〕。蒯聵登於清府兮，咎繇棄而在壄〔一〇〕。蓋見兹以永歎兮，欲登階而狐疑〔一一〕。乘白水而高騖兮，因徙弛而長詞〔一二〕。

〔一〕興：創作。　微文：劉安離騷傳：「其文約，其辭微」；又：「其稱文小而其旨極大，舉類邇而見義遠。」　冀：希望。　靈修：指楚懷王。　劉安離騷傳：「冀幸君之一悟，俗之一改也。」爲此句所本。據此二句所言，劉向當時或已讀到了劉安的離騷傳。

〔二〕還：指楚懷王命還。　往軌：謂當初己與楚王好合時共行之道。　初古：古聖賢之道。　二句及以下二語，本諸離騷傳：「其存君興國而欲反覆之，一篇之中三致意焉。然終無可奈何，故不可以反，卒以此見懷王之終不悟也。」

〔三〕遷：轉移。　此句將己不能返回郢都之因歸結於道之「脩遠」，乃喻詞。

〔四〕三五：指五帝與夏、商、周開國之三王。參抽思「望三五以爲象兮」句注。　典刑：常法。　洪範：尚書篇名，係箕子爲周武王所陳五行之道。　辟紀：法紀。

〔五〕播：放棄。　度：法度。　錯：即「措」，放置。　權衡：秤錘與秤桿，此借指法則、標準。　任意：謂一意孤行。

〔六〕操繩墨：指執法者。　傾容幸：謂善以諂諛取寵。　二句謂執法之士被棄一旁，而巧佞求寵者反得侍候君側。

〔七〕甘棠：木名。傳說周武王時召伯巡視南國，曾在甘棠樹下歇息，後人因此寫甘棠詩歌頌他，事見詩召南甘棠序。後世因以甘棠象徵賢者。　豐草：茂草。　藜棘：帶刺之木，此喻惡人。

〔八〕西施：古代傳說中的著名美女。　斥：貶斥。　北宮：後宮。　仳倠：古代著名的醜女。　彌：滿。　楹：柱子。「彌楹」謂滿於兩楹之間，此猶言滿宮。

〔九〕烏獲：古代傳説中的著名大力士。　戚：悲。　驂乘：指跟隨馬旁爲侍從。　燕公：即周邵公奭。　操：服勞役。　馬圉：馬厩。

〔一〇〕蒯聵：春秋時衛靈公太子，欲殺其後母南子，事參史記衛康叔世家。　清府：即清廟，此指朝廷。　咎繇：舜之司法大臣。　壄：即「野」。

〔一一〕兹：此。　二句謂見以上情景而長歎，故雖欲登朝盡忠，而内心狐疑，恐遇害也。

〔一二〕椉：即「乘」。　白水：傳説中水名，發源於崑崙。　高騖：高馳。　徙弛：即「徙迤」，退斂。　長詞：即長辭，永訣。

以上第二段，敍流放途中，眷眷不忘故國鄉土，希冀一還，爲王所用而不得。

歎曰：倘佯壚阪，沼水深兮〔一〕。容與漢渚，涕淫淫兮〔二〕。鍾牙已死，誰爲聲兮〔三〕。纖阿不御，焉舒情兮〔四〕。曾哀悽欷，心離離兮〔五〕。還顧高丘，泣如灑兮〔六〕。

〔一〕倘佯：徘徊。　壚阪：地名，所指不詳。一説即黑土坡。　沼：水池。

〔二〕容與：躊躇。　漢渚：漢水之濱。　淫淫：涕流不止貌。

〔三〕鍾牙：鍾子期與伯牙。古代傳説中的一對知音。　誰爲聲：猶言爲誰奏樂。

〔四〕纖阿：古代傳説中善御馬者。　御：駕馭。　焉舒情：謂怎能快意而行。

〔五〕曾：累。　離離：心痛欲裂貌。

〔六〕高丘：楚地名，此象徵楚國。　灑：以水灑地。
以上爲全章的亂辭。

遠遊

悲余性之不可改兮，屢懲艾而不迻〔一〕。服覺晧以殊俗兮，貌揭揭以巍巍〔二〕。譬若王僑之乘雲兮，載赤霄而淩太清〔三〕。欲與天地參壽兮，與日月而比榮〔四〕。登崑崙而北首兮，悉靈圉而來謁〔五〕。選鬼神於太陰兮，登閶闔於玄闕〔六〕。回朕車俾西引兮，褰虹旗於玉門〔七〕。馳六龍於三危兮，朝西靈於九濱〔八〕。結余軫於西山兮，橫飛谷以南征〔九〕。絕都廣以直指兮，歷祝融於朱冥〔一〇〕。枉玉衡於炎火兮，委兩館於咸唐〔一一〕。貫澒濛以東朅兮，維六龍於扶桑〔一二〕。

〔一〕懲艾：即「懲忞」，洪氏考異：「『艾』一作『忞』」，是。因受創傷而戒懼。　迻：同「移」。洪氏考異：「一作『移』。」

〔二〕服：衣服。　覺晧：當即「皎晧」，光鮮明麗貌。　殊俗：異乎流俗。　揭揭：當即「朅朅」。詩碩人：「庶士有朅」。「有朅」即「朅朅」。經典釋文：「朅，韓詩作『桀』，云『健也』。」則此「揭揭」當爲健壯貌，與下文「巍巍」相稱。

〔三〕王僑：古代傳説中的仙人。 赤霄：紅霞。 太清：即太空。

〔四〕參壽：同其壽考。 比榮：共其光輝。

〔五〕崑崙：神話中神仙聚居處。 北首：北嚮。 悉：盡。 靈圉：神話中的仙人名，此指衆神。 謁：拜見。

〔六〕選：選擇。 太陰：本爲星名，此指北方神仙之區。淮南子道應：「盧敖遊於北海，經乎太陰，入於玄闕，至於蒙穀之上。」 閶闔：神話傳説中的天門。 玄闕：傳説中北方山名。淮南子道應許慎注：「玄闕，北方之山也。」

〔七〕朕：作者自稱。 俾：使。 褰：舉起。 虹旗：以虹爲旗。 玉門：神話傳説中的西方山名。

〔八〕六龍：駕車之龍。 三危：神話中西方山名。 朝：拜見。 西靈：西方之神。九濱：指大海九曲之涯。

〔九〕結：回轉。 軫：本指車廂横木，此代指車。 横：横渡。 飛谷：神話傳説中太陽所行之道。

〔一〇〕絶：渡過。 都廣：神話傳説中的地名，見山海經。 歷：經過。 祝融：神話傳説中的南方神名。 朱冥：此指南方。

〔一一〕枉：曲行。 衡：本指車前駕馬横木，此代指車。 委：猶「枉」。 兩：車輛。

館：舍息。　咸唐：即「咸池」，神話傳説中的日沐之所。

〔一二〕貫：穿。　澒濛：大氣。　朅：去。　維：繫。　扶桑：神話傳説中的日出處。

以上第一段，敘己與世俗不合，遂乘六龍上天遊於四方。

周流覽於四海兮，志升降以高馳〔一〕。徵九神於回極兮，建虹采以招指〔二〕。駕鸞鳳以上遊兮，從玄鶴與鷦明〔三〕。孔鳥飛而送迎兮，騰羣鶴於瑤光〔四〕。排帝宮與羅囿兮，升縣圃以眩滅〔五〕。結瓊枝以雜佩兮，立長庚以繼日〔六〕。淩驚靁以軼駭電兮，綴鬼谷於北辰〔七〕。鞭風伯使先驅兮，囚靈玄於虞淵〔八〕。遡高風以低佪兮，覽周流於朔方〔九〕。就顓頊而嗽詞兮，考玄冥於空桑〔一〇〕。旋車逝於崇山兮，奏虞舜於蒼梧〔一一〕。浛楊舟於會稽兮，就申胥於五湖〔一二〕。見南郢之流風兮，殞余躬於沅湘〔一三〕。望舊邦之黯黮兮，時溷濁其猶未央〔一四〕。懷蘭茝之芬芳兮，妒被離而折之〔一五〕。張絳帷以襜襜兮，風邑邑而蔽之〔一六〕。日暾暾其西舍兮，陽焱焱而復顧〔一七〕。聊假日以須臾兮，何騷騷而自故〔一八〕。

〔一〕周流：周遊。

〔二〕徵：召。　九神：即「九鬿」，指北斗九星。參遠逝「訊九鬿與六神」句注。　回極：指北極星，參抽思「何回極之浮浮」句注。　建：樹立。　虹采：即「彩虹」。　招指：指揮。

〔三〕從：爲之侍從。　玄鶴：黑色鶴，傳説中的吉祥鳥。　鵕明：鳳凰一類神鳥。

〔四〕孔鳥：孔雀。　騰：參離騷「騰衆車使徑待」句注。　瑶光：北斗杓第七星，亦作「摇光」。

〔五〕排：推開。　羅囿：神話中的天帝之苑。　縣圃：即「懸圃」，相傳在崑崙山中。　眩滅：目爲炫耀，魂魄飛散。

〔六〕結：糾結。　長庚：星名，即太白金星。「立長庚以繼日」猶言夜以繼日。

〔七〕淩：淩駕。　軼：超過。　綴：連繫。　鬼谷：洪氏考異：「一作『百鬼』。」據王逸注，古本當作「百鬼」，據説在北辰之下。　北辰：北極星。

〔八〕風伯：傳説中的風神。　靈玄：神話中的北方之神。　虞淵：傳説中的太陽所入處。

〔九〕遡：此指逆風而行。　低佪：徘徊。　朔方：北方。　以上四句謂鞭打風伯，又囚北方神於日入之地，使北方不致寒冷。

〔一〇〕顓頊：傳説中楚民族的祖神。　敶：即「陳」。　考：考問。　玄冥：傳説中主北方之神，專管刑殺。　空桑：神話傳説中的山名。

〔一一〕旋：回。　崇山：神話中的地名。　奏：進言。　蒼梧：山名，在今湖南寧遠。傳説舜南巡即死於此。

〔一二〕涖：渡。　楊舟：楊木之舟。古人多以楊木爲舟，屢見於詩。　會稽：即今浙江紹興。傳説夏禹治水成功，曾在此大會天下諸侯。　申胥：即伍子胥，因曾被吴王封於申地，故稱。以忠遭讒，屢爲屈賦所及。

〔一三〕流風：指當時流行的風俗。　殞：墜落。　躬：身體。　沅湘：沅江與湘江，均在湖南。　二句謂南郢有嫉賢之風，故己被放於沅湘。

〔一四〕黯黮：昏黑貌。　未央：尚未減弱。

〔一五〕妒：指讒妒者。　被離：即「披離」，凌亂分散貌。參哀郢「妒被離而鄣之」句注。

〔一六〕絳帷：紅色帷幕。　襜襜：開張貌。　風邑邑：風勢微弱貌。　二句喻小人巧言離間，君恩被蔽而不及己。

〔一七〕暾暾：明亮貌。　西舍：西下。　陽焱焱：日光閃爍貌。　二句謂己年已暮，如日西下，但心猶焱焱，眷顧故鄉。

〔一八〕聊：暫且。　假：憑借。　騷騷：充滿愁思貌。　自故：洪氏考異：「『故』一作『苦』。」是。　二句謂己本當暫借時日以待，然而却始終愁思自苦。

以上第二段，敍己上天下地，遍訪衆神祖先；然目睹故鄉流風，終於愁思滿腹，不能自解。

歎曰：譬彼蛟龍，乘雲浮兮〔一〕。汎淫澒溶，紛若霧兮〔二〕。潺湲轇轕，雷動電發，馺高舉兮〔三〕。升虚凌冥，沛濁浮清，入帝宫兮〔四〕。摇翹奮羽，馳風騁雨，遊無窮兮〔五〕。

〔一〕二句謂己欲如蛟龍乘雲浮遊。

〔二〕汎淫：浮動不定貌。　澒溶：廣闊深遠貌。

〔三〕潺湲：此或係「撣援」之同音聯綿詞，牽引之意。（見離騷「嬋媛」王逸語。）　轇轕：糾繞。　騖：馬奔馳貌。

〔四〕升虛凌冥：謂高入渺茫的太空。　沛濁浮清：洪氏考異：「『沛』一作『棄』。」謂棄人間濁氣而遊於太空之清氣。　帝宮：天宮。

〔五〕翹：鳥尾長毛。「搖翹」謂搖其長尾。　奮羽：張開翅膀。

以上爲全章的亂辭。

九思

【解題】

九思，王逸所作。逸，東漢時南郡（治今湖北江陵）人。安帝時爲校書郎，著楚辭章句。後官侍中、刺史、太守。事略參後漢書文苑傳。

九思之作，意在傷悼屈原，嘉其忠貞之志，斥責羣小亂國，賢士流放。這一主旨與漢代其他傷屈之作無大異。唯王逸乃積極用世之人，故篇末强調政治清明，弘大唐堯之功業，是以史爲鑑，傷屈以喻今也。

又，九思初未編入楚辭章句，故逸離騷後敍僅云作章句十六卷。或謂十六卷乃逸進獻之本，十七卷本乃逸家藏别本，故援楚辭成書舊例而附以己作。據後漢書本傳，逸爲校書郎在安帝時，爲侍中在順帝時。而今本章句前十六卷皆題「校書郎臣王逸上」，九思則題「漢侍中南郡王逸叔師作」，是十六卷本成書於前，而九思作於後，故進獻之後始附九思，遂如今本。而且九思舊有序有注，然考其内容並非逸語。洪興祖謂此或王逸之子王延壽之徒所爲，其説近是。

九思全篇用九歌體，以句中「兮」字代連詞、介詞等（個别句子例外）。逸編纂楚辭章句，乃屈學之大功臣。其九思亦感情誠摯，意深筆長，爲漢世傷屈之佳作。

逢尤〔一〕

悲兮愁，哀兮憂。天生我兮當闇時，被諑譖兮虛獲尤〔二〕。心煩憒兮意無聊，嚴載駕兮出戲遊〔三〕。周八極兮歷九州，求軒轅兮索重華〔四〕。世既卓兮遠眇眇，握佩玖兮中路躇〔五〕。羕咎繇兮建典謨，懿風后兮受瑞圖〔六〕。愍余命兮遭六極，委玉質兮於泥塗〔七〕。遽傽遑兮驅林澤，步屏營兮行丘阿〔八〕。車軏折兮馬虺頹，惷悵立兮涕滂沲〔九〕。思丁文兮聖明哲，哀平差兮迷謬愚〔一〇〕。呂傅舉兮殷周興，忌嚭專兮郢吳虛〔一一〕。仰長歎兮氣餶結，悒殟絶兮咶復蘇〔一二〕。虎兕爭兮於廷中，豺狼鬥兮我之隅〔一三〕。雲霧會兮日冥晦，飄風起兮揚塵埃〔一四〕。走鬯罔兮乍東西，欲竄伏兮其焉如〔一五〕？念靈閨兮隩重深，願竭節兮隔無由〔一六〕。望舊邦兮路逶隨，憂心悄兮志勤劬〔一七〕。魂煢煢兮不遑寐，目眽眽兮寤終朝〔一八〕。

〔一〕逢尤：即「獲尤」，言忠而得罪。按章句體例，此題本在章末，今仿前例，移於章首，以便讀者。下同。

〔二〕諑譖：毁謗、誣陷。離騷：「衆女嫉余之蛾眉兮，謡諑謂余以善淫。」　尤：罪過。

〔三〕煩憒：煩亂、不安。　無聊：無所依賴。　嚴：整肅。

〔四〕八極：八方極遠之地。參淮南子墬形。　九州：古代中國設置的九個州，此泛指中國。　軒轅，即黄帝。　重華：虞舜名。

〔五〕卓：與「逴」通，遠。　眇眇：遼遠貌。　玖：質次於玉的黑色美石。詩王風丘中有麻：「貽我佩玖。」　躇：躊躇徬徨。

〔六〕咎繇：即臯陶，舜臣，掌刑獄。參離騷「摯咎繇而能調」句注。　典謨：尚書有「典」、「謨」之體，此指舜典、臯陶謨等。　懿：稱美。　風后：相傳爲黄帝相，參史記五帝本紀「舉風后」集解引鄭玄、正義引帝王世紀之説。　瑞圖：祥瑞之圖。風后授瑞圖之事，史傳無載。但漢書藝文志兵書略著録有「風后十三篇、圖二卷」，原注：「黄帝臣，依託也。」由此可知王逸所謂「受瑞圖」所由出。

〔七〕六極：六種凶惡之事。書洪範：「六極，一曰凶短折，二曰疾，三曰憂，四曰貧，五曰惡，六曰弱。」　委：遺棄。

〔八〕遽：急行。　倖偟：驚慌失措貌。字亦作「章皇」、「徸偟」。　屏營：惶恐貌。國語吴語：「屏營仿偟於山林之中。」文選與蘇武詩：「屏營衢路側，執手野踟躕。」　丘阿：山丘。詩小雅緜蠻：「止于丘阿。」亦作「阿丘」，見詩鄘風載馳。

〔九〕軏：説文車部：「車轅耑持衡者。」即轅前端與車衡銜接處的銷釘。大車稱輗，小車稱軏。論語爲政：「大車無輗，小車無軏，其何以行之哉？」虺穨：疲病。詩周南卷耳：「我馬虺隤。」「隤」、「穨」同。　惷悵：憂悴失意貌。　滂沲：即「滂沱」，此指淚水多。詩陳風澤陂：「涕泗滂沱。」　二句化用論語、詩經句意，以抒失意惆悵之情。

〔一〇〕丁：武丁，殷高宗名。　文：周文王。　聖明哲：三字平列，謂洞察事理。　平：楚平王。　差：吴王夫差。　迷謬愚：三字平列，謂迷誤愚蠢。

〔一一〕吕：吕尚。承上文謂周文王舉用吕尚，周由是興盛。參前離騷「吕望之鼓刀兮，遭周文而得舉」句注。　傅：傅説。承上文謂殷高宗武丁舉用傅説，使殷强盛。參離騷「説操築於傅巖兮，武丁用而不疑」句注。　忌：費無忌，楚平王大夫，讒太子建，害伍奢和奢子伍尚。奢另一子伍員奔吴。後吴師攻打楚國，入郢都，辱平王墓。事參左傳昭公十七年至昭公二十七年及定公四年、史記楚世家等。　嚭：洪興祖考異一作「噽」，當從。噽，指太宰噽，即伯噽，吴王夫差大夫。夫差破越後，伯噽受越賂，勸夫差許越和。越滅後，殺伯噽。參國語越語上、史記吴世家。郢：楚都。　虚：同「墟」，此概括被攻占或滅亡之意。

〔一二〕餶結：氣結。「餶」同「噎」。　愠殟：即「烏殟」（見聲類），昏厥。　絶：謂絶氣，與下文「復蘇」相應。　咶：喘息。　復蘇：復活。

〔一三〕虎兕：虎與犀牛。　隅：傍。　二句喻衆佞人在朝爭權奪利。

〔一四〕飄風：回旋之風。　二句喻衆佞蔽君。此處王逸造句之用意，符合他對屈賦類似文句的理解。如離騷「飄風屯其相離兮」王逸注：「回風爲飄，……以興邪惡之衆。」

〔一五〕悒罔：即悵惘，失意貌。字或作「惝怳」（遠遊）、「惝罔」（哀時命）。九思守志又有「敞罔」一詞，亦同。　乍東西：乍東乍西，心志不定之故。　竄伏：藏匿。　焉如：謂何往。如，往。

〔一六〕靈閨：懷王閨閤。　語出離騷「靈修」及「閨中既以邃遠」句。　隩：深，通「奥」（洪興祖考異引一本作「奥」；又引一本作「窈」，音近義同）。　竭節：盡忠。　由：緣由。

〔一七〕逶隨：迂曲長遠。　悄：憂貌。詩邶風柏舟、小雅出車並有「憂心悄悄」句。　勤劬：勤勞。

〔一八〕煢煢：同「㷀㷀」，孤獨貌。　遑：暇。　詩小雅小弁：「心之憂矣，不遑假寐。」遠遊：「魂煢煢而至曙。」王逸合二句而爲此。　眽眽：視貌。　寤：醒，與「寐」對言。

以上爲第一章。言己生當闇時，遭讒獲尤，故載駕生遊，求聖明之主。但命遭六極，竭節無由，舊邦路遠，憂心不寐。

怨上

令尹兮謷謷，羣司兮譨譨〔一〕。哀哉兮淈淈，上下兮同流〔二〕。菽藟兮蔓衍，芳虈兮挫枯〔三〕。朱紫兮雜亂，曾莫兮別諸〔四〕。倚此兮巖穴，永思兮窈悠〔五〕。嗟懷兮眩惑，用志兮不昭〔六〕。將喪兮玉斗，遺失兮鈕樞〔七〕。我心兮煎熬，惟是兮用憂〔八〕。進惡兮九旬，復顧兮彭務〔九〕。擬斯兮二蹤，未知兮所投〔一〇〕。謠吟兮中壄，上察兮璇璣〔一一〕。大火兮西睨，攝提兮運低〔一二〕。雷霆兮硠磕，雹霰兮霏霏〔一三〕。奔電兮光晃，涼風兮愴悽〔一四〕。鳥獸兮驚駭，相從兮宿棲〔一五〕。鴛鴦兮噰噰，狐狸兮徹徹〔一六〕。哀吾兮介特，獨處兮罔依〔一七〕。螻蛄兮鳴東，蟊蠽兮號西〔一八〕。蛓緣兮我裳，蠋入兮我懷〔一九〕。蟲豸兮夾余，惆悵兮自悲〔二〇〕。佇立兮忉怛，心結縎兮折摧〔二一〕。

〔一〕令尹：楚官名，職位最高。參史記楚世家、屈原列傳等。　謷謷：叫囂聲。　羣司：衆官。　譨譨：多言貌。

〔二〕淈淈：濁亂貌。

〔三〕菽藟：小草，此喻羣小。　虈：香草名，喻忠賢之士。　挫枯：摧折、枯萎。

〔四〕朱：大紅色，古人稱爲正色。　朱紫：古以朱紫喻正邪、優劣。論語陽貨：「惡紫之奪朱也。」　別諸：猶言別之，即區分朱、紫二色，喻辨別忠佞賢愚。

〔五〕窈悠：悠長。

〔六〕懷：懷王。　眩惑：迷瞀。　昭：明。

〔七〕玉斗：北斗星。　鈕樞：蓋指北斗第一星天樞（參史記天官書索隱引春秋運斗樞）。喪玉斗、失鈕樞，喻喪失政權。

〔八〕用憂：因而憂愁。

〔九〕惡：當從洪興祖考異引別本作「思」。　九句：亦當從洪氏引別本作「仇荀」。仇：仇牧，宋萬弑宋閔公，仇牧手劍叱之，被萬所殺，事見左傳莊公十二年等。　荀：荀息，里克殺公子卓，息死之，事見左傳僖公九年。二人皆義士，故曰「進思」。　復：亦當從別本作「退」，與上句「進」對文。「退」、「復」篆隸形近易混。　顧：眷念。「退顧」與「進思」亦對文。　彭：彭咸，古忠介之士。離騷「願依彭咸之遺則」王逸注：「彭咸，殷賢大夫，諫其君不聽，自投水而死。」　務：務光，古清白隱士。哀時命「務光自投於深淵兮」王逸注：「務光，古清白之士也。」

〔一〇〕擬：效法。　二蹤：上述兩種古賢之跡。　投：合。大招「投詩賦只」王逸注：「投，合也。」

〔一一〕壄：即「野」。　璇璣：北斗七星之二、三兩星星名，參史記天官書索隱引春秋運斗樞。

〔一二〕大火：星名。心宿中央的紅色大星，即營惑星。　左傳襄公九年：「心爲大火。」　西晲：指大火星西斜。　攝提：星名，共六星，位於大角星兩側，各三星。　運低：下行。

〔一三〕硠磕：雷聲。　霏霏：紛亂貌。

〔一四〕光：閃電。晃：照耀。愴悽：悲傷。

〔一五〕宿棲：棲息。

〔一六〕嚾嚾：和鳴聲。徽徽：「徽」音眉，相隨貌。

〔一七〕介特：孤身一人。罔依：無依無靠。

〔一八〕蟊蠽：昆蟲名。

〔一九〕蛓：音次。毛蟲，有毒。「緣兮我裳」謂緣我裳而爬行。蠋：蟲生葵中，似蠶。

〔二〇〕蟲豸：昆蟲。爾雅釋蟲：「有足謂之蟲，無足謂之豸。」以上六句總歸於己獨處山野，與蟲豸爲伍，內心悲慼。

〔二一〕佇立：久立。忉怛：悲傷。結縎：鬱結不解。結、縎同義（說文糸部）復合。

以上爲第二章。怨當國者同流合污，而己用志不昭，獨處無依，故惆悵自悲，倍受摧折。因怨懷王與令尹，故曰「怨上」。

疾世

周徘徊兮漢渚，求水神兮靈女〔一〕。嗟此國兮無良，媒女詘兮謰謱〔二〕。鴳雀列兮譁讙，鴝鵒鳴兮聒余〔三〕。抱昭華兮寶璋，欲衒鬻兮莫取〔四〕。言旋邁兮北徂，叫我友兮配耦〔五〕。日陰曀兮未光，闃睄窕兮靡睹〔六〕。紛載驅兮高馳，將諮詢兮皇羲〔七〕。遵河皐兮周流，路變易兮時乖〔八〕。濿滄海兮東遊，沐盥浴兮天池〔九〕。訪太昊兮道要，云靡貴兮仁義〔一〇〕。志欣樂兮反征，就周文兮邠岐〔一一〕。秉玉英兮結誓，日欲暮兮心悲〔一二〕。惟天禄兮不再，背我信兮自違〔一三〕。踰隴堆兮渡漠，過桂車兮合黎〔一四〕。赴崑山兮馽騄，從邛遨兮棲遲〔一五〕。吮玉液兮止渴，齧芝華兮療飢〔一六〕。居嵺廓兮尠疇，遠梁昌兮幾迷〔一七〕。望江漢兮濩渃，心緊絭兮傷懷〔一八〕。時昢昢兮旦旦，塵莫莫兮未晞〔一九〕。憂不暇兮寢食，吒增歎兮如雷〔二〇〕。

〔一〕周：徧。　漢渚：漢水之涯。　靈女：神女。　二句用詩周南漢廣「漢有游女，不可求思」意。三家詩解「游女」爲「漢水之神」，雖時見，卻「不可得而求之」（文選琴賦注引薛君章句）。王逸用此，亦言求賢而不可得，故下文有「嗟此國兮無良」之歎。

〔二〕良：賢良之人。　詘：言語鈍拙。　洪興祖考異云一本作「媒拙訥」，「拙」同「詘」，訥義同。　謰謱：語繁亂貌。

〔三〕鴳雀：鶉類小鳥。　列：各得其位。　譁讙：吵嚷、喧嘩。　鴝鵒：鳥名。　聒：喧擾，聲音嘈雜。　以上二句以小鳥喻在位之羣小。

〔四〕昭華：美玉。　淮南子泰族：「贈以昭華之玉以傳天下焉。」　寶璋：寶玉。　衒鬻：

叫賣。　莫取：無人賞識。

〔五〕言：發語詞。　旋：回轉。　北徂：北行。與下文「東遊」以及至「邠岐」等，乃遍遊四方，而自北始。　叫：呼唤。　配耦：即配偶，此指朋輩。

〔六〕陰曀：陰晦。　閴：當作「闃」，静。易豐：「闚其户，闃其無人。」　睄窕：蕭條寂寞。

〔七〕諮詢：問詢。　皇羲：即伏羲，古傳三皇之一，故曰「皇羲」。

〔八〕河皐：黄河岸邊。　時乖：時勢不合。

〔九〕濿：涉渡。　沐：洗髮。　盥：洗手。　浴：洗身。沐盥浴，三事並列連舉。　天池：咸池，古神話中日所浴處，參離騷「飲余馬於咸池兮」句注。又九歌少司命「與女沐兮咸池」，王逸注即以「天池」解之，因知此即以「天池」稱「咸池」。

〔一〇〕太昊：即伏羲。遠遊「歷太皓以右轉兮」王逸注：「遂過庖犧而諮訪也。」「昊」、「皓」同，「庖犧」即伏羲。王逸注言「諮訪」，故本句用「訪」字義同。　道要：天道之要。　云：指太昊之答詞。

〔一一〕反征：謂又自東而西。　周文：周文王。　邠岐：即豳岐。豳，周先人公劉所建；岐：周文王所封。此言「岐」而連及「邠」。

〔一二〕玉英：指圭璋之類。　結誓：結約。

〔一三〕惟：思。　天禄：天賜福禄，此指壽命而言。　自違：自己背叛自己。

〔一四〕隴堆：即隴山。今盤山南段之別稱。　漠：沙漠。　桂車：以桂爲車，猶九歌山鬼之「辛夷車」。　合黎：山名。尚書禹貢：「導弱水至于合黎。」「過桂車」句言乘桂車經過合黎。

〔一五〕崑山：崑崙山。　䍿騄：䍿，絆。騄，駿馬。䍿騄，言絆住駿馬。　邛：即「邛邛」，獸名，善走。又作「蛩蛩」，參逸周書王會注、爾雅釋地。　遨：遨遊。　棲遲：遊息。

〔一六〕玉液：猶瓊漿。道家言飲玉液可以長生。　齧：咬。　芝華：靈芝之花。司馬相如大人賦：「噍咀芝英兮嘰瓊華。」　療：治。

〔一七〕嵺廓：同「寥廓」，空廓無人。　尠：即「尟」之異體，少。今多借「鮮」爲之。　疇：通「儔」，同類。　梁昌：處境狼狽，進退失據。九辯「然潢洋而不遇兮」王逸注：「俍倡後時無所逮也。」「梁昌」與「俍倡」同。

〔一八〕濩渃：水大貌。　緊絭：糾纏縈繞。

〔一九〕昢昢：太陽始出光未盛明貌。　旦旦：洪興祖考異：「一云『且旦』。」按作「且旦」是，與上文「昢昢」義合。　莫莫：塵埃飛揚貌。　未晞：未消。

〔二〇〕吒：憤怒聲。

以上第三章。言己求女不得，羣小讙讙。高馳訪道，而天禄不再。故憂心懷傷，增歎如雷。

憫上

哀世兮睩睩，諓諓兮嗌喔〔一〕。衆多兮阿媚，骫靡兮成俗〔二〕。貪枉兮黨比，貞良兮煢獨〔一三〕。鵠竄兮枳棘，鵜集兮帷幄〔四〕。蘮蕠兮青葱，槀本兮萎落〔五〕。覩斯兮僞惑，心爲兮隔錯〔六〕。逡巡兮圃藪，率彼兮畛陌〔七〕。川谷兮淵淵，山阜兮峉峉〔八〕。叢林兮崯崯，株榛兮岳岳〔九〕。霜雪兮漼溰，冰凍兮洛澤〔一〇〕。東西兮南北，罔所兮歸薄〔一一〕。庇廕兮枯樹，匍匐兮巖石〔一二〕。蜷跼兮寒局數，獨處兮志不申，年齒盡兮命迫促〔一三〕。魁壘擠摧兮常困辱，含憂强老兮愁不樂〔一四〕。鬢髮薴顇兮顠鬢白，思靈澤兮一膏沐〔一五〕。懷蘭英兮把瓊若，待天明兮立躑躅〔一六〕。雲蒙蒙兮電儵爍，孤雌驚兮鳴呴呴〔一七〕。思怫鬱兮肝切剌，忿悁悒兮孰訴告〔一八〕？

〔一〕睩睩：謹視貌。　諓諓：巧言善辯貌。説文言部：「諓，善言也。」九歎愍命「讒人諓諓」王逸注：「諓諓，讒言貌也。」　嗌喔：强笑貌，與卜居「喔咿」同義。

〔二〕阿媚：阿諛諂媚。　骫靡：委曲取容。「骫」字當作「骩」，從骨，丸聲。

〔三〕貪枉：貪婪邪惡。　黨比：結成黨羽。　煢獨：孤獨。

〔四〕鵠：鴻鵠。　枳棘：枳木與棘木。二木皆多刺。韓非子外儲説左下：「樹枳棘者，成而刺人。」故此用以喻艱難險惡之環境。　鵜：即鵜鶘，一種水鳥。　帷幄：帳帷。　二句言鴻鵠本該奮翅千里，却被迫竄伏於枳棘之中；鵜鶘本水鳥，却棲集於帳帷之中。以喻賢者不遇，小人高張。詩曹風候人「維鵜在梁，不濡其翼」鄭箋：「鵜在梁，當濡其翼；而不濡者，非其常也。

以喻小人在朝，亦非其常。」王逸「鵜集」句即本詩説。

〔五〕⿱艹剡蕠：草名。參爾雅釋草「蘮蒘」及郭注。此處「⿱艹剡」亦當作「蘮」，「蕠」與「蒘」聲通。青葱：蔥緑色。「葱」當作「蔥」。　槀本：香草名。

〔六〕靚斯：視此。「斯」指上六句而言。　僞惑：洪興祖考異云一本「惑」作「忒」，是。僞忒，言差誤。　隔錯：隔阻不通。

〔七〕逡巡：徘徊。　圃藪：園圃藪澤。　率：遵循。　畛陌：田間小路。　二句言出遊以舒憂。

〔八〕淵淵：深貌。　皀：即「阜」，土山。　峉峉：山高大貌。

〔九〕崯崯：繁茂貌。　岳岳：挺立貌。

〔一〇〕灌溰：積聚貌。　洛澤：結冰。字當作「洛澤」（見集韻、廣韻）。依以上六句句例，「洛澤」當狀結冰之貌。

〔一一〕歸薄：歸宿。

〔一二〕庇廕：覆蓋。「廕」即「蔭」之俗體。

〔一三〕蜷蜎：縮屈貌。　寒局數：洪興祖考異云一作「寒風數」，當是。言寒風不停。又以韻求之，此句上或脱一句。

〔一四〕魁壘：坎坷不平貌。　擠摧：摧折殘害。　强老：舊注：「愁早老曰强也。」

〔一五〕薴顇：紛亂灰敗。顠鬢：亂鬢。靈澤：天賜惠澤。膏沐：以油膏潤髮。
〔一六〕瓊若：玉的杜若，言其珍貴。躑躅：躊躇徘徊。
〔一七〕儵爍：閃爍。呴呴：驚叫聲。
〔一八〕怫鬱：憤懣不平。切剥：猶言傷痛。忿：怨憤。悁悒：憂鬱。

以上第四章。言世人阿媚，黨人比周，而貞良煢獨，心志不申，年盡命迫，悁悒莫告。本章題曰「憫上」，疑本作「憫己」，因「己」字壞而譌作「上」。否則與第二章「怨上」義複，更與本章内容不合。

遭厄

悼屈子兮遭厄，沈玉躬兮湘汨〔一〕。何楚國兮難化，迄于今兮不易〔二〕。士莫志兮羔裘，競佞諛兮讒閲〔三〕。指正義兮爲曲，訿玉璧兮爲石〔四〕。鴟鵰遊兮華屋，鵕鸃棲兮柴蔟〔五〕。起奮迅兮奔走，違羣小兮謑詬〔六〕。載青雲兮上昇，適昭明兮所處〔七〕。躡天衢兮長驅，踵九陽兮戲蕩〔八〕。越雲漢兮南濟，秣余馬兮河鼓〔九〕。雲霓紛兮晻翳，參辰回兮顛倒〔一〇〕。逢流星兮問路，顧我指兮從左〔一一〕。俓娵觜兮直馳，御者迷兮失軌〔一二〕。遂踢達兮邪造，與日月兮殊道〔一三〕。志閼絶兮安如，哀所求兮不耦〔一四〕。攀天階兮下視，見鄢郢兮舊宇〔一五〕。意逍遥兮欲歸，衆穢盛兮杳杳〔一六〕。思哽饐兮詰詘，涕流瀾兮如雨〔一七〕。

〔一〕屈子：屈原。此爲尊稱。　厄：困厄。　湘汨：汨羅爲湘水支流，故曰「湘汨」，屈原自沈處。參史記屈原賈生列傳。

〔二〕難化：難治。　易：改變，謂由亂而治。

〔三〕志：有志於。此用作動詞。　羔裘：詩鄭風篇名（另唐風、檜風亦有羔裘篇。從詩義及此二句文義觀之，本句「羔裘」當指鄭風羔裘）。該詩詠古之在朝君子忠正有德，以刺當朝無賢臣。　閲：字當作「鬩」，互相爭訟。　此指黨人言。

〔四〕訿：即「呰」字，詆毁。

〔五〕鵶：「鴟」之譌體，鴟鴞，惡鳥。　鵰：即「雕」，鷹類猛禽。　鵔鸃：有文彩的赤雉，古人以爲瑞鳥。　柴蔟：柴叢。　二句喻小人得志，賢士無名。

〔六〕謑詬：辱駡。

〔七〕載青雲：即乘青雲。　昭明：光明。

〔八〕躡：登。　天衢：天路。　九陽：日入處。遠遊：「夕晞余身兮九陽。」　戲蕩：疑本作「蕩戲」，「戲」與「處」同古韻魚部爲韻。

〔九〕雲漢：天河。　秣：餵養。　河鼓：牽牛星之别名。見爾雅釋天。

〔一〇〕晻翳：遮蔽。　參、辰：二星名，分在東方、西方，出没各不相見。　回：回旋。此指見參、辰二星回旋而顛倒位置。

〔一一〕顧：回視。　從左：向左。　謂流星指路向左。　言向左者，蓋承離騷「路不周以左轉兮，指西海以爲期」而命意。　但從下文言迷失路途之語觀之，則又似有古人尊右卑左之意。

〔一二〕侹：即「徑」，徑直。　娵觜：星次名。

〔一三〕踼達：當作「踢達」，洪興祖注音及洪氏引林德祖注音，並在陽聲韻。　行不正貌。　造：行。

〔一四〕闕絶：壅塞阻絶。　安如：何往。　耦：匹偶，喻志同道合者。

〔一五〕天階：登天之階梯。　鄢郢：指楚都。　戰國策齊策三：「鄢郢者，楚之柱國也。」鄢本水名，在今湖北宜城縣境，見左傳桓公十三年及杜注，楚曾都宜城，因名鄢。　郢，楚都，故址在今湖北江陵。　鄢郢連稱，蓋因王逸本鄢人。　後守志還有「朝晨發兮鄢郢」，用心一也。

〔一六〕衆穢：喻讒邪之人。　杳杳：幽暗貌，指世俗愚蔽。

〔一七〕哽饐：悲悒不能成聲。　詰詘：憂思不舒。

以上第五章。　起句有「悼屈子之遭厄」，故章名「遭厄」。　全章抒寫小人得志、賢士遭殃的悲憤之情，與賢士登天無路、所求無耦的哀怨。

悼亂

嗟嗟兮悲夫，殽亂兮紛挐〔一〕。茅絲兮同綜，冠屨兮共絇〔二〕。督萬兮侍宴，周邵兮負芻〔三〕。白龍兮見鯢，靈龜兮執拘〔四〕。仲尼兮困厄，鄒衍兮幽囚〔五〕。伊余兮念兹，奔遁兮隱居〔六〕。將陞兮高山，上有兮猴猿〔七〕。欲入兮深谷，下有兮虺蛇〔八〕。左見兮鳴鵙，右睹兮呼梟〔九〕。惶悸兮失氣，踴躍兮距跳〔一〇〕。便旋兮中原，仰天兮增歎〔一一〕。菅蒯兮壄莽，雚葦兮仟眠〔一二〕。鹿蹊兮躖躖，貒貉兮蟫蟫〔一三〕。鸇鷂兮軒軒，鶉鵪兮甄甄〔一四〕。哀我兮寡獨，靡有兮齊倫〔一五〕。意欲兮沈吟，迫日兮黄昏〔一六〕。玄鶴兮高飛，曾逝兮青冥〔一七〕。鶬鶊兮喈喈，山鵲兮嚶嚶〔一八〕。鴻鸕兮振翅，歸鴈兮于征〔一九〕。吾志兮覺悟，懷我兮聖京〔二〇〕。垂屣兮將起，跓竢兮碩明〔二一〕。

〔一〕殽亂：交錯。紛挐：「挐」當作「拏」，牽引。「紛拏」乃糾葛混雜之意。

〔二〕同綜：交織。茅草與絲綫交織，喻賢愚不分，故謂之殽亂。屨：鞋。絇：古時鞋頭裝飾，見儀禮士冠禮及鄭注。今冠屨同飾，亦賢愚不分之意。

〔三〕督：華督，宋人，殺其君。事見左傳莊公二年。萬：宋萬，宋人，殺其君。事見左傳莊公十二年。周：周公。邵：邵公。二人皆周之開國功臣。負芻：負荷薪芻，謂服賤役。

〔四〕白龍、靈龜：事參天問「胡䠶夫河伯」、「鼇戴山抃」等句注。二句以白龍被射、靈龜被執喻賢人遭厄。

〔五〕仲尼：孔子，字仲尼。困厄：處境窘迫，指孔子厄於陳、蔡，事參史記孔子世家。鄒衍：戰國時齊人。太平御覽卷十四引淮南子：「鄒衍事燕惠王，盡忠。左右譖之王，王繫之獄。」即此所謂「幽囚」。

〔六〕伊：助詞。兹：此。指上言賢人遭厄之事。

〔七〕猿與下「蛇」爲韻，乃寒、歌對轉。

〔八〕虺蛇：毒蛇。

〔九〕鵙：當作「鶪」，鳥名。梟：鳥名，俗稱貓頭鷹。

〔一〇〕惶悸：驚恐。距跳：超越。九辯有「故駶跳而遠去」句，七諫謬諫重現，字作「駒跳」。「駶跳」、「駒跳」、「距跳」音義並同。

〔一一〕便旋：回旋。張衡西京賦：「便旋閭閻，周觀郊遂。」

〔一二〕菅蒯：茅草。壄莽：野草。藋葦：即「萑葦」，蒹葭，又名蘆葦。仟眠：叢生貌。

〔一三〕蹊：踩踏成徑。斷斷：獸跡貌。貒、貉：皆獸名。蟫蟫：相隨貌。

〔一四〕鸇、鷂：皆猛禽。軒軒：高翔貌。鶉鷂：鳥名，即鶴鶉。甄甄：飛翔貌。

〔一五〕齊倫：同道之人。

〔一六〕沈吟：低吟。 迫：近。

〔一七〕曾逝：即層逝，高飛。洪興祖考異：「『曾』一作『增』」，同。淮南子覽冥：「曾逝萬仞之上，翱翔四海之外。」又漢書梅福傳：「仁鳥增逝。」 青冥：蒼天。

〔一八〕鶬鶊：鳥名，即黄鶯。 喈喈：鶬鶊鳴聲。 嚶嚶：山鵲鳴聲。

〔一九〕鴻：大雁。 鸕：鸕鷀。 鴈：「雁」之異體。 于征：將去。征：行。「于」爲助詞。

〔二〇〕覺悟：明瞭。 聖京：故都，指「鄢郢」。

〔二一〕垂：洪興祖考異云釋文作「函」，即「臿」，通作「插」。 屣：鞋。「插屣」猶穿鞋。 跓竢：停足而待。 碩明：大明，指世道昌明。

以上第六章。言時事殽亂，忠佞不分，賢愚莫辨。故欲奔遁隱居，以待明時。

傷時

惟昊天兮昭靈，陽氣發兮清明〔一〕。風習習兮龢煖，百草萌兮華榮〔二〕。堇荼茂兮扶疏，蘅芷彫兮瑩嫇〔三〕。愍貞良兮遇害，將夭折兮碎糜〔四〕。時混混兮澆饡，哀當世兮莫知〔五〕。覽往昔兮俊彥，亦詘辱兮係累〔六〕。管束縛兮桎梏，百貿易兮傅賣〔七〕。遭桓繆兮識舉，才德用兮列施〔八〕。且從容兮自慰，玩琴書兮遊戲〔九〕。迫中國兮迮陿，吾欲之兮九夷〔一〇〕。超五嶺兮嵯峨，觀浮石兮崔嵬〔一一〕。陟丹山兮炎野，屯余車兮黃支〔一二〕。就祝融兮稽疑，嘉己行兮無爲〔一三〕。乃回朅兮北逝，遇神孈兮宴娭〔一四〕。欲静居兮自娱，心愁慼兮不能〔一五〕。放余轡兮策駟，忽飈騰兮浮雲〔一六〕。蹠飛杭兮越海，從安期兮蓬萊〔一七〕。緣天梯兮北上，登太一兮玉臺〔一八〕。使素女兮鼓簧，乘弋龢兮謳謡〔一九〕。聲噭誂兮清和，音晏衍兮要婬〔二〇〕。咸欣欣兮酣樂，余眷眷兮獨悲〔二一〕。顧章華兮太息，志戀戀兮依依〔二二〕。

〔一〕昊天：春天。説文夰部：「春爲昦天，元氣昦昦。」「昦」、「昊」音同。　昭靈：顯示神通。　陽氣發：暖氣初來。

〔二〕習習：風和煦貌。詩邶風谷風：「習習谷風。」谷風即東風。　龢煖：即「和暖」。　華榮：花開。爾雅釋草：「華、荂，榮也，木謂之華，草謂之榮。」

〔三〕菫、荼：皆苦菜名。　扶疏：繁茂紛披貌。　蘅、芷：皆香草名。　彫：凋零。　瑩嫇：枯萎貌。説文女部有「嬰嫇」，義爲小心之態（參段注）。王逸作「瑩嫇」，乃引申爲枯萎之意。二句由上文之時令描寫引入比興，以苦菜繁盛而香草凋萎喻「貞良遭害」。

〔四〕愍：傷惜。　碎糜：碎爛。

〔五〕混混：亂貌。　澆饡：用羹湯澆飯，比喻濁亂。説文食部：「饡，以羹澆飯也。」

〔六〕俊彦：俊傑之士。　詘辱：屈辱。「詘」通「屈」。　係累：綑綁、拘囚。

〔七〕管：管仲。　桎梏：脚鐐手銬。　管仲事公子糾（齊桓公庶兄），公子糾死，管仲被幽囚。事見史記管晏列傳。　百：百里奚。　賀易：買賣。「賀」即「貿」。　傳：當從洪興祖考異引一本作「傳」，通「轉」。　淮南子修務「百里奚轉鬻」高誘注：「百里奚，虞臣。自知虞公不可諫而去，轉行自賣於秦，爲穆公相而秦興也。」　傳賣：「賣」據説文貝部「讀若育」，音與「鬻」同，故淮南子作「轉鬻」。

〔八〕桓：齊桓公。　繆：秦穆公。「繆」、「穆」同。

〔九〕從容：舒緩自得貌。　二句以古賢多初「係累」而終得「識舉」之事自我寬解。

〔一〇〕迫：受逼迫。　迮陿：狹窄。　九夷：泛指遠方異族之地。此乃借用論語子罕「子欲居九夷」之語，喻屈子避世遠去之意。下言「五嶺」、「丹山」、「黄支」，皆可以「九夷」概之。

〔一一〕五嶺：南方山嶺，横亘今湖南、廣東之間。　嵯峨：山峻高貌。　浮石：山名，在南海（抱朴子論仙）。　崔嵬：山峻高貌。

〔一二〕丹山：南方山名。呂氏春秋本味「丹山之南」高誘注：「丹山在南方，丹澤之山也。」黄支：南方古國名。漢書平帝紀「黄支國獻犀牛」師古注引應劭曰：「黄支在日南之南，去京師三萬里。」日南，漢時郡名，屬交州（今屬廣東、廣西），見漢書地理志下。

〔一三〕祝融：南方火神，高辛氏之火正。參遠遊「祝融戒而還衡」句注。　稽疑：決斷疑事。猶九章惜誦所謂「折中」。　無爲：即遠遊之「澹無爲而自得」，言祝融嘉其「無爲」自得之旨。

〔一四〕回朅：轉去。　神孆：北方之神名。　宴娭：宴飲嬉樂。

〔一五〕愁慼：悲傷。

〔一六〕放轡：即縱馬。　策駟：即鞭馬。　飈騰句：洪興祖考異云一作「忽風騰兮雲浮」。以韻求之，作「雲浮」爲是。「浮」與上句「能」字，之、幽旁轉爲韻。

〔一七〕蹠：踏。此指乘船。　飛杭：即「飛航」，以飛言其速。　安期：安期生。仙人名，居蓬萊。參列仙傳等。　蓬萊：傳說中渤海中仙人所居之神山，見山海經海内北經、史記封禪書等。

〔一八〕太一：天神之名。史記封禪書：「天神貴者太一。」索隱：「宋均云：天一、太一，北極神之别名。」又史記天官書：「中宫北極星，其一明者，太一常居也。」此皆言其位在北方，故上句曰「緣天梯兮北上」。　玉臺：太一居處。

〔一九〕素女：傳說中的神女名。擅長音樂，故此言其「鼓簧」。史記封禪書：「太帝使素女鼓五十弦瑟。」　乘弋：傳說中仙人名。　龢：倡和。「龢」即「和」（去聲）。　謳謡：歌謡。

〔二〇〕噭誂：高唱聲。漢書韓延壽傳有「噭咷楚歌」句，「噭咷」、「噭誂」同。　清和：指歌聲清美和諧。　晏衍：旋律悠長。　要娙：以韻求之，「娙」本作「媱」，與上句「謠」爲韻。章句本字正作「媱」。要媱，聲音婉好。

〔二一〕咸：皆。　欣欣：樂貌。　眷眷：依戀貌。

〔二二〕章華：春秋時楚靈王所造臺，見左傳昭公七年。　依依：依戀貌。

以上第七章。言天時雖好，而香草凋零；世事混混，莫知我者。於是從容自慰，遊戲自娱。然而心中眷顧，獨悲太息而思故都。

哀歲

旻天兮清涼，玄氣兮高朗〔一〕。北風兮潦洌，草木兮蒼唐〔二〕。蛜蚗兮噍噍，蝍蛆兮穰穰〔三〕。歲忽忽兮惟暮，余感時兮悽愴〔四〕。傷俗兮泥濁，矇蔽兮不章〔五〕。寶彼兮沙礫，捐此兮夜光〔六〕。椒瑛兮湼汙，葈耳兮充房〔七〕。攝衣兮緩帶，操我兮墨陽〔八〕。昇車兮命僕，將馳兮四荒〔九〕。下堂兮見蠆，出門兮觸螽〔一〇〕。巷有兮蚰蜒，邑多兮螳螂〔一一〕。睹斯兮嫉賊，心爲兮切傷〔一二〕。俛念兮子胥，仰憐兮比干〔一三〕。投劍兮脱冕，龍屈兮蜿蟤〔一四〕。潛藏兮山澤，匍匐兮叢攢〔一五〕。窺見兮溪澗，流水兮沄沄〔一六〕。

黿鼉兮欣欣，鱣鮎兮延延〔一七〕。羣行兮上下，駢羅兮列陳〔一八〕。自恨兮無友，特處兮煢煢〔一九〕。冬夜兮陶陶，雨雪兮冥冥〔二〇〕。神光兮熲熲，鬼火兮熒熒〔二一〕。修德兮困控，愁不聊兮遑生〔二二〕。憂紆兮鬱鬱，惡所兮寫情〔二三〕。

〔一〕旻天：說文指秋天。　玄氣：太空自然之氣。易坤文言有「天玄而地黃」之說，漢郊祀歌齊房亦云「玄氣之精」。

〔二〕潦洌：寒冷凜洌貌。　蒼唐：洪興祖考異云一本作「蒼黃」，草木始凋，青黃相雜之色。

〔三〕蚈蚗：蟲名。說文虫部：「蛁蟟也。」　噍噍：蟲鳴聲。　蝍蛆：蜈蚣（爾雅釋蟲）。穰穰：當即「攘攘」之借字，紛亂貌，言秋風寒而蟲惶亂。

〔四〕悽愴：悲傷。

〔五〕矇：視不明。　不章：言是非不明。

〔六〕寶：貴。　捐：棄。　夜光：明珠。

〔七〕椒：香木。　瑛：美玉。　葈耳：通作「枲耳」，草名，古稱卷耳。　充房：盈室。

〔八〕攝：提。　墨陽：古良劍名。或即「鏌邪」之轉音。

〔九〕四荒：四方荒遠之地。參離騷「將往觀乎四荒」句注。

〔一〇〕蠆：毒蟲名，蠍子之類。　蠭：即「蜂」本字，有毒。左傳僖公二十二年：「蠭蠆有毒。」國語晉語：「蛃蟻蜂蠆，皆能害人。」

〔一一〕蚰蜒：蟲名。　以上四句以昆蟲喻佞人無處不在，故下文統稱爲「嫉賊」。

〔一二〕嫉賊，妒嫉賢能之羣小。　切傷：極度悲傷。

〔一三〕俛：同「俯」，低頭。　子胥：伍子胥。　參九章涉江「伍子逢殃」句注。　比干：殷紂王伯父。　參天問「比干何逆」、惜誓「比干忠諫而剖心兮」句注。

〔一四〕投劍、脱冕：言拋棄武器與官職。　龍屈：像龍一樣屈曲。　蜿蟤：屈曲貌。　二句以龍屈身喻隱退。　易乾文言：「潛龍勿用，陽氣潛藏。」故下文有「潛藏兮山澤」之句。

〔一五〕匍匐：伏行。　叢攢：草木聚生處。　司馬相如上林賦：「攢立叢倚。」

〔一六〕沄沄：水流貌。

〔一七〕黿：大鼈。　鼉：即鱷。　鱣：魚名。　鮎：魚名。　延延：衆多貌。

〔一八〕駢羅：並列。

〔一九〕特處：獨處。　煢煢：孤獨貌。　九章思美人：「獨焭焭而南行兮。」「焭」、「煢」同。

〔二〇〕陶陶：即「悠悠」之同音借字，夜長貌。　冥冥：幽暗貌。

〔二一〕熲熲：當從章句本作「熲熲」，光亮貌。　熒熒：微光閃爍貌。

〔二二〕困控：困窮。「窮」、「控」同音通用。　愁不聊：愁思難以料理。聊，通「料」。　廣雅釋詁：「料，理也。」　遑：暇。　此當爲「何遑」之省語。　詩邶風谷風：「我躬不閲，遑恤我後。」鄭箋：「我身尚不能自容，何暇憂我後所生子孫也。」即以「何暇」訓「遑」，爲王逸所彷。此言我之憂愁尚不能料理，又何暇顧及生活。

〔一三〕憂紆：憂悶。　惡：通「烏」。惡所，猶言何所。　寫情：宣洩愁憂之情。

以上第八章。言歲時已暮，感傷悽愴，而世俗泥濁，矇蔽不章。思欲遠逝，則惡蟲載塗；潛藏山澤，亦愁苦不聊。自傷無所洩己之愁思，故總曰「哀歲」。

守志

陟玉巒兮逍遥，覽高岡兮嶢嶢〔一〕。桂樹列兮紛敷，吐紫華兮布條〔二〕。實孔鸞兮所居，今其集兮惟鴞〔三〕。烏鵲驚兮啞啞，余顧瞻兮怊怊〔四〕。彼日月兮闇昧，障覆兮祲氛〔五〕。伊我后兮不聰，焉陳誠兮効忠〔六〕。攄羽翮兮超俗，遊陶遨兮養神〔七〕。乘六蛟兮蜿蟬，遂馳騁兮陞雲〔八〕。揚彗光兮爲旗，秉電策兮爲鞭〔九〕。朝晨發兮鄢郢，食時至兮增泉〔一〇〕。繞曲阿兮北次，造我車兮南端〔一一〕。謁玄黄兮納贄，崇忠貞兮彌堅〔一二〕。歷九宫兮徧觀，睹祕藏兮寶珍〔一三〕。就傅説兮騎龍，與織女兮合婚〔一四〕。舉天罼兮掩邪，彀天弧兮䠶姦〔一五〕。隨真人兮翺翔，食元氣兮長存〔一六〕。望太微兮穆穆，睨三階兮炳分〔一七〕。相輔政兮成化，建烈業兮垂勳〔一八〕。目瞥瞥兮西没，道遐迥兮阻歎〔一九〕。志稸積兮未通，悵敞罔兮自憐〔二〇〕。

〔一〕玉巒：玉山。山海經西山經：「玉山，是西王母所居也。」嶢嶢：高貌。揚雄甘泉賦：「直嶢嶢以造天。」

〔二〕紛敷：紛盛貌。布條：敷展枝條。

〔三〕孔、鸞：孔雀、鸞鳥，古人以爲神靈之鳥。惟：唯。鴞：俗稱貓頭鷹。

〔四〕啞啞：烏鵲叫聲。怊怊：悵惘貌。

〔五〕祲氛：不祥雲氣。

〔六〕伊：句首發語詞。后：君。

〔七〕攄：舒展。羽翮：羽翼。超俗：猶言超凡脱俗。遊陶遨：三字並列，皆遊意。陶讀若「遥」。方言六：「遥，疾行也，南楚之外或曰遥。」

〔八〕六蛟：猶「六龍」。蛟，古傳説中的龍類動物。蜿蟬：盤曲貌。

〔九〕彗光：彗星之光。遠遊有「擥彗星以爲旍」句，爲王逸所仿。電策：閃電似鞭狀，故言。

〔一〇〕鄢郢：楚故都。食時：猶「日食時」，指早食之時。漢書淮南王傳：「日受詔，日食時上」。增泉：舊説「天漢也」，蓋讀「增」爲「層」。

〔一一〕曲阿：即曲嶺。此指神山而言。次：停留。造：進。

〔一二〕謁：拜謁。　玄黃：天地之神。易文言云「天玄而地黃」，故此以玄黃爲天地之神。納贄：饋送見面禮。　崇：尊尚。

〔一三〕九宮：帝宮。

〔一四〕傅説騎龍：傅説，殷高宗武丁相。傳言傅説相武丁，有天下後，乘箕、尾而去，比於列星（參莊子大宗師等）。遠遊有「奇傅説之託辰星兮」之句，可參。　織女：星名，在銀河西，與牽牛星相對。淮南子俶真謂爲神女，有「妻織女」之説。　婚：即「婚」字。

〔一五〕天罼：天有罼宿之星，其形似罼網，故稱「天罼」。　掩邪：捕取妖邪之人。　彀：張弓。　天弧：弧，星名，共九星，位於天狼星東南，形似弓，故名（參史記天官書）。　䠶：即「射」字。　二句以天象設喻，言除姦人。九歌東君有「舉長矢兮射天狼」句，爲王逸所本。

〔一六〕真人：道家所謂存養本性的得道者。　元氣：天地原本之氣。道家言成仙須食元氣。參遠遊「餐六氣而飲沆瀣兮，漱正陽而含朝霞」句注。

〔一七〕太微：星名。淮南子天文：「太微者，太乙之庭也。」　穆穆：肅敬威嚴貌。　三階：星名，又名三台，分上台、中台、下台，共六星，兩兩相比，參晉書天文志。古人以天象徵人事，以比「三公」，故下言「相輔政」。

〔一八〕成化：實現治民的教化。　烈業：顯赫的業績。　垂勳：遺留功勳於世。

〔一九〕目瞥瞥：本作「日瞥瞥」，言日西落，故下言「西没」。「瞥」，廣韻屑：「日落勢也。」

「日暓暓兮西没」，猶離騷「日忽忽其將暮」之意。　遐迥：遥遠。　阻歎：阻，憂，見玉篇。「阻歎」即因憂而歎。

〔二〇〕稸積：即蓄積，指内心的夙願。　未通：未得實現。　悵敞罔：悵惘失意貌。

以上第九章。言遨游陞雲，以求長存，望世事有治，建業垂勳。然志有不通，遂惆悵自憐。

亂曰：天庭明兮雲霓藏，三光朗兮鏡萬方〔一〕。斥蜥蜴兮進龜龍，策謀從兮翼機衡〔二〕。配稷契兮恢唐功，嗟英俊兮未爲雙〔三〕。

〔一〕三光：日、月、星辰。　鏡：照耀。　二句喻政治清明，國君聖哲，而天下大治。

〔二〕斥：驅逐。　蜥蜴：即蜥蜴，喻姦小。　龜、龍：古人以爲靈物，此喻忠賢之士。　策謀從：指國君聽從賢良之士的策謀。　翼：輔翼。　機衡：本指北斗七星中的第二、第五星，也代指北斗。此喻政權之樞要機關，言賢良之臣位在樞要，輔君治國。

〔三〕配：匹。　稷：后稷，周之先祖。　契：商之先祖。二人皆唐堯時賢臣，事參史記周本紀、殷本紀。　恢：弘大。　唐功：唐堯之功業。　嗟：贊歎。

以上亂辭。總結全篇，希冀出現政治清明、斥小進賢之盛世，則可以建功立業，弘大唐堯之偉業。此乃九思所爲作也。

樊榭山房集	[清]厲鶚著　[清]董兆熊注　陳九思標校
劉大櫆集	[清]劉大櫆著　吴孟復標點
儒林外史彙校彙評(增訂版)	[清]吴敬梓著　李漢秋輯校
小倉山房詩文集	[清]袁枚著　周本淳標校
忠雅堂集校箋	[清]蔣士銓著　邵海清校　李夢生箋
甌北集	[清]趙翼著　李學穎、曹光甫校點
惜抱軒詩文集	[清]姚鼐著　劉季高標校
兩當軒集	[清]黄景仁著　李國章校點
惲敬集	[清]惲敬著　萬陸、謝珊珊、林振岳標校　林振岳集評
茗柯文編	[清]張惠言著　黄立新校點
瓶水齋詩集	[清]舒位著　曹光甫點校
龔自珍全集	[清]龔自珍著　王佩諍校點
龔自珍詩集編年校注	[清]龔自珍著　劉逸生、周錫韓校注
水雲樓詩詞箋注	[清]蔣春霖著　劉勇剛箋注
人境廬詩草箋注	[清]黄遵憲著　錢仲聯箋注
嶺雲海日樓詩鈔	[清]丘逢甲著　丘鑄昌標點

夏完淳集箋校（修訂本）　［明］夏完淳著　白堅箋校
牧齋初學集　［清］錢謙益著　［清］錢曾箋注　錢仲聯標校
牧齋有學集　［清］錢謙益著　［清］錢曾箋注　錢仲聯標校
牧齋雜著　［清］錢謙益著　［清］錢曾箋注　錢仲聯標校
牧齋初學集詩注彙校　［清］錢謙益著　［清］錢曾箋注　卿朝暉輯校
李玉戲曲集　［清］李玉著　陳古虞、陳多、馬聖貴點校
吴梅村全集　［清］吴偉業著　李學穎集評標校
歸莊集　［清］歸莊著
顧亭林詩集彙注　［清］顧炎武著　王蘧常輯注　吴丕績標校
安雅堂全集　［清］宋琬著　馬祖熙標校
吴嘉紀詩箋校　［清］吴嘉紀著　楊積慶箋校
陳維崧集　［清］陳維崧著　陳振鵬標點　李學穎校補
屈大均詩詞編年校箋　［清］屈大均著　陳永正等校箋
秋笳集　［清］吴兆騫撰　麻守中校點
漁洋精華録集釋　［清］王士禛著　李毓芙、牟通、李茂肅整理
聊齋志異會校會注會評本　［清］蒲松齡著　張友鶴輯校
敬業堂詩集　［清］查慎行著　周劭標點
納蘭詞箋注　［清］納蘭性德著　張草紉箋注
方苞集　［清］方苞著　劉季高校點

辛棄疾詞校箋	[宋]辛棄疾著　吴企明校箋
姜白石詞編年箋校	[宋]姜夔著　夏承燾箋校
後村詞箋注	[宋]劉克莊著　錢仲聯箋注
瀛奎律髓彙評	[元]方回選評　李慶甲集評校點
雁門集	[元]薩都拉著 殷孟倫、朱廣祁校點
揭傒斯全集	[元]揭傒斯著　李夢生標校
高青丘集	[明]高啓著　[清]金檀注 徐澄宇、沈北宗校點
唐寅集	[明]唐寅著　周道振、張月尊輯校
文徵明集(增訂本)	[明]文徵明著　周道振輯校
震川先生集	[明]歸有光著　周本淳校點
海浮山堂詞稿	[明]馮惟敏著 凌景埏、謝伯陽標校
滄溟先生集	[明]李攀龍著　包敬第標校
梁辰魚集	[明]梁辰魚著　吴書蔭編集校點
沈璟集	[明]沈璟著　徐朔方輯校
湯顯祖詩文集	[明]湯顯祖著　徐朔方箋校
湯顯祖戲曲集	[明]湯顯祖著　錢南揚校點
白蘇齋類集	[明]袁宗道著　錢伯城校點
袁宏道集箋校	[明]袁宏道著　錢伯城箋校
珂雪齋集	[明]袁中道著　錢伯城點校
隱秀軒集	[明]鍾惺著　李先耕、崔重慶標校
譚元春集	[明]譚元春著　陳杏珍標校
張岱詩文集(增訂本)	[明]張岱著　夏咸淳輯校
陳子龍詩集	[明]陳子龍著 施蟄存、馬祖熙標校

王令集　［宋］王令著　沈文倬校點
蘇軾詩集合注　［宋］蘇軾著　［清］馮應榴注　黄任軻、朱懷春校點
東坡樂府箋　［宋］蘇軾著　［清］朱孝臧編年　龍榆生校箋
東坡詞傅幹注校證　［宋］蘇軾著　［宋］傅幹注　劉尚榮校證
欒城集　［宋］蘇轍著　曾棗莊、馬德富校點
山谷詩集注　［宋］黄庭堅著　［宋］任淵、史容、史季温注　黄寶華點校
山谷詩注續補　［宋］黄庭堅著　陳永正、何澤棠注
山谷詞校注　［宋］黄庭堅著　馬興榮、祝振玉校注
淮海集箋注　［宋］秦觀撰　徐培均箋注
淮海居士長短句箋注　［宋］秦觀著　徐培均箋注
清真集箋注　［宋］周邦彦著　羅忼烈箋注
石門文字禪校注　［宋］釋惠洪撰　周裕鍇校注
石林詞箋注　［宋］葉夢得著　蔣哲倫箋注
樵歌校注　［宋］朱敦儒著　鄧子勉校注
李清照集箋注（修訂本）　［宋］李清照著　徐培均箋注
吕本中詩集箋注　［宋］吕本中著　祝尚書箋注
陳與義集校箋　［宋］陳與義著　白敦仁校箋
蘆川詞箋注　［宋］張元幹著　曹濟平箋注
劍南詩稿校注　［宋］陸游著　錢仲聯校注
放翁詞編年箋注（增訂本）　［宋］陸游著　夏承燾、吴熊和箋注　陶然訂補
范石湖集　［宋］范成大撰　富壽蓀標校
于湖居士文集　［宋］張孝祥著　徐鵬校點
稼軒詞編年箋注（定本）　［宋］辛棄疾撰　鄧廣銘箋注

柳河東集	[唐]柳宗元著　[宋]廖瑩中輯注
元稹集校注	[唐]元稹著　周相録校注
長江集新校	[唐]賈島著　李嘉言新校
張祜詩集校注	[唐]張祜著　尹占華校注
三家評注李長吉歌詩	[唐]李賀著　[清]王琦等評注　蔣凡校點
樊川文集	[唐]杜牧著　陳允吉校點
樊川詩集注	[唐]杜牧著　[清]馮集梧注
温飛卿詩集箋注	[唐]温庭筠著　[清]曾益等箋注
玉谿生詩集箋注	[唐]李商隱著　[清]馮浩箋注　蔣凡校點
樊南文集	[唐]李商隱著　[清]馮浩詳注　錢振倫、錢振常箋注
皮子文藪	[唐]皮日休著　蕭滌非、鄭慶篤整理
鄭谷詩集箋注	[唐]鄭谷著　嚴壽澂、黄明、趙昌平箋注
韋莊集箋注	[五代]韋莊著　聶安福箋注
李璟李煜詞校注	[南唐]李璟、李煜著　詹安泰校注
張先集編年校注	[宋]張先著　吴熊和、沈松勤校注
二晏詞箋注	[宋]晏殊、晏幾道著　張草紉箋注
乐章集校箋	[宋]柳永著　陶然、姚逸超校箋
梅堯臣集編年校注	[宋]梅堯臣著　朱東潤編年校注
歐陽修詩文集校箋	[宋]歐陽修著　洪本健校箋
歐陽修詞校注	[宋]歐陽修著　胡可先、徐邁校注
蘇舜欽集	[宋]蘇舜欽著　沈文倬校點
嘉祐集箋注	[宋]蘇洵著　曾棗莊、金成禮箋注
王荆文公詩箋注(修訂版)	[宋]王安石著　[宋]李壁箋注　高克勤點校

玉臺新咏彙校	吴冠文、談蓓芳、章培恒彙校
王梵志詩校注(增訂本)	[唐]王梵志著　項楚校注
盧照鄰集箋注	[唐]盧照鄰著　祝尚書箋注
駱臨海集箋注	[唐]駱賓王著　[清]陳熙晉箋注
王子安集注	[唐]王勃著　[清]蔣清翊注
陳子昂集(修訂本)	[唐]陳子昂撰　徐鵬校點
孟浩然詩集箋注(增訂本)	[唐]孟浩然著　佟培基箋注
王右丞集箋注	[唐]王維著　[清]趙殿成箋注
李白集校注	[唐]李白著　瞿蜕園、朱金城校注
高適集校注(修訂本)	[唐]高適著　孫欽善校注
杜詩趙次公先後解輯校	[唐]杜甫著　[宋]趙次公注 林繼中輯校
新定杜工部草堂詩箋斠證	[唐]杜甫著　[宋]魯訔編 [宋]蔡夢弼會箋　曾祥波新定斠證
杜詩鏡銓	[唐]杜甫著　[清]楊倫箋注
錢注杜詩	[唐]杜甫著　[清]錢謙益箋注
杜甫集校注	[唐]杜甫著　謝思煒校注
岑參集校注	[唐]岑參著　陳鐵民、侯忠義校注
戴叔倫詩集校注	[唐]戴叔倫著　蔣寅校注
韋應物集校注(增訂本)	[唐]韋應物著　陶敏、王友勝校注
權德輿詩文集	[唐]權德輿撰　郭廣偉校點
王建詩集校注	[唐]王建著　尹占華校注
韓昌黎詩繫年集釋	[唐]韓愈著　錢仲聯集釋
韓昌黎文集校注	[唐]韓愈著　馬其昶校注 馬茂元整理
劉禹錫集箋證	[唐]劉禹錫著　瞿蜕園箋證
白居易集箋校	[唐]白居易著　朱金城箋校
柳宗元詩箋釋	[唐]柳宗元著　王國安箋釋

《中國古典文學叢書》已出書目

詩經今注	高亨注
楚辭今注	湯炳正、李大明、李誠、熊良智注
司馬相如集校注	[漢]司馬相如著　金國永校注
揚雄集校注	[漢]揚雄著　張震澤校注
張衡詩文集校注	[漢]張衡著　張震澤校注
阮籍集	[魏]阮籍著　李志鈞等校點
陸機集校箋	[晉]陸機著　楊明校箋
陶淵明集校箋(修訂本)	[晉]陶潛著　龔斌校箋
世説新語箋疏(修訂本)	[南朝宋]劉義慶撰　余嘉錫箋疏　周祖謨等整理
世説新語校釋(增訂本)	[南朝宋]劉義慶撰　[南朝梁]劉孝標注　龔斌校釋
鮑參軍集注	[南朝宋]鮑照著　錢仲聯增補集説校
謝宣城集校注	[南朝齊]謝脁著　曹融南校注集説
江文通集校注	[南朝梁]江淹著　丁福林、楊勝朋校注
文心雕龍義證	[南朝梁]劉勰著　詹鍈義證
詩品集注(增訂本)	[梁]鍾嶸著　曹旭集注
文選	[梁]蕭統編　[唐]李善注
蕭繹集校注	[南朝梁]蕭繹著　陳志平、熊清元校注